카스트라토

거세당한 자

카스트라토: 거세당한 자

지은이 표창원
펴낸이 임상진
펴낸곳 (주)넥서스

초판 1쇄 발행 2024년 9월 15일
초판 6쇄 발행 2024년 12월 10일

출판신고 1992년 4월 3일 제311-2002-2호
10880 경기도 파주시 지목로 5 (신촌동)
Tel (02)330-5500 Fax (02)330-5555

ISBN 979-11-6683-932-0 03810

www.nexusbook.com
&(앤드)는 (주)넥서스의 문학 브랜드입니다.

표창원
장편소설

카스트라토

거세당한 자

&

| 목차 |

Case No.1

세종문화회관

2023년 12월 15일 금요일

밤 10시, 늦은 시간임에도 불구하고 광화문과 서울시청 광장에 인파가 가득했다. 사람들은 연말을 맞아 빛초롱축제의 화려한 조명과 크리스마스 마켓을 즐기느라 분주했다. 다른 한 구석에선 일단의 시위대가 저마다의 구호를 외치고 있었다. 들뜨고 혼잡한 연말이었다. 같은 시각, 세종문화회관 안에서는 카운터테너의 신비한 노랫소리가 오페라극장을 가득 메운 관객의 마음을 사로잡고 있었다.

'한국 유일의 카스트라토'로 알려진 카운터테너 가수 이경도의 연말 특별 공연이었다. 공연의 마지막 순서, 두 번째 앙코르곡인 헨델의 오페라 〈리날도〉 중 '울게 하소서'가 연주되었다. 객석에는 흐르는 눈물을 닦는 것도 잊은 채 노래에 열중하는 이들이 여럿 있을 정도로 감동으로 가득했다. 우레와 같은 기립 박수 속에 공연이 끝나고 서너 번의 커튼콜 인사를 마친 이경도가 퇴장하자 장내가 밝아지며 출구가 열렸다.

공연의 감흥을 나누는 웅성거림에 싸여 출구 쪽으로 향하던 관객들 중 일부가 갑자기 걸음을 멈추고 옆 사람을 쳐다봤다. 귀를 찌르는 하이 톤의 소리가 들린 것 같은데 실제 사람 소리인지 아니면 공연의 잔향이 남아 환청이 들린 것인지 확실치 않았기 때문이다. 그 의심을 조롱하듯 곧이어 찢어질 듯한 비명 소리가 오페라극장 전체에 울려 퍼졌다. 그것도 한두 명이 아닌 다수의 여성이 극한의 공포심을 느낀 듯 마구 질러 대는 울부짖음이었다. 관객들 사이에 공유되던 감흥이 혼란과 의문, 두려움으로 변해 버리는 순간이었다.

소동의 진원지는 여자화장실이었다. 얼굴이 하얗게 질린 채 비명을 지르며 도망치듯 밖으로 나오는 여성들 뒤로, 도망칠 엄두도 내지 못하고 얼어붙어 있거나 바닥에 주저앉아 비명만 질러 대는 여성들이 보였다. 그들의 시선은 화장실 바닥에 놓인 파란색 작은 케이스에 꽂혀 있었다. 케이스에서는 피로 보이는 붉은 액체와 드라이아이스가 만나 괴기스러운 거품을 더한 연기가 뿜어져 나오고 있었다. 연기 사이로 상한 복숭아 같은 둥근 덩어리에 검붉은 색이 도는 물체가 보였다. 낯설고 기묘한 광경이었다. 물체는 남성 신체의 일부로 정자와 테스토스테론을 합성하고 분비하는 고환이었다. 한 쌍의 알을 둘러싸고 있는 주름진 피부. 그 특유의 모양은 신체에서 분리되어 있는 지금 이 상황에서 그 어떤 것보다 공포스러운 분위기를 자아내고 있었다.

경비원과 안내요원들이 달려와 화장실 밖에 몰려 있던 관객들을 출구로 안내했다. 곧이어 제복을 입고 무전기를 찬 경찰들이 도착했다. 경찰들은 경비원과 안내요원들의 도움을 받아 화장실 안에 남아 있던 여성들을 밖으로 내보낸 뒤 의자와 바닥 등에 앉게 했다. 그러고는 화장실 입구에 노란색 폴리스 라인 테이프를 둘러쳐 출입을 봉쇄했다. 경찰들은 무궁화 계급장 하나를 달고 있는 가장 상관인 듯한 사람의 지시에 따라 목격자들의 상태 및 인적 사항을 확인했다. 기초적인 질문을 통해 목격 사실을 파악한 뒤 무전기로 어디엔가 분주하게 연락했다.

공연장 밖은 비명 소리를 듣고 온 것인지 갑자기 몰려든 사람들로 북새통을 이루고 있었다. 젊은 커플, 가족, 동창회나 계모임을 마치고 나온 듯한 여성들 그리고 퇴역군인으로 보이는 군복 차림의 초로의 남성 무리까지. 다양한 사람들이 서로 수군대며 무슨 일인지 알아내려 하고 있었다. 연말의 세종문화회관은 유동 인구로 넘쳐 났다. 경찰이 호기심에 가득 찬 군중을 힘겹게 통제하는 사이 기자들이 우르르 들이닥쳤다.

"어떻게들 알았대? 하여간 하이에나들이야. 썩은 고기 냄새는 참 잘 맡아."

"아이고 경위님, SNS에 벌써 난리가 났어요. '세종문화회관 여자화장실에 절단된 남성 고환, 꺅!' 이렇게요. 보세요."

기자 한 명이 경위를 향해 휴대폰 화면을 들이밀며 말했다.

"어차피 사진도 올라왔으니 우리도 찍게 해 주세요."

특종 냄새에, 사진 촬영을 제지당한 기자들의 항의가 이어졌다.

"안 돼, 안 돼요! 큰일 날 소리. 우리가 오기 전에 목격자가 휴대폰으로 찍어 올린 건 어쩔 수 없지만 과수팀 올 때까지 현장 보존 해야 돼요. 개미 새끼 한 마리라도 들어가서 흔적 남기면 큰일 나. 잘 알면서 그래. 그리고 일반인이야 그 흉측한 사진 올린다 쳐도, 기사에 그 사진 올릴 수나 있어? 어차피 올리지도 못할 사진 뭐 하러 찍는다고 난리야. 저 밖에 시위대가 도로 점거하고 난리라던데 그거나 취재해."

일부 사진기자들이 경찰과 옥신각신하는 동안, 다른 기자들은 경비원과 안내요원, 그리고 주저앉아 있는 목격자들에게 다가가 취재를 시작했다. 그사이 강력형사들이 도착해 현장 상황을 파악하고 목격자들의 진술을 들었다. 곧이어 가방과 장비를 든 과학수사팀도 현장에 도착했다. 과수팀은 도착하자마자 현장 경찰들에게 부탁해 사람들을 화장실로부터 5미터 떨어진 곳으로 물렸다. 그러고는 현장용 기둥을 세우고 '출입금지-범죄현장 Crime Scene-수사중'이라고 써 있는 노란색 테이프를 추가로 둘러쳤다. 두 줄의 노란 테이프 사이에 너비 5미터의 작업 공간이 생겼다.

과수팀은 그 공간에 가림막과 간이 텐트를 설치하고 장비를 풀어 놓은 뒤 방호복과 방호모, 장갑과 신발덮개를 착용했다. 채증 요원들은 현장 및 주변 전체를 빈틈없이 촬영했다. 팀장과 또 한 명의 과학수사 요원은 목격자와 경비원, 안내요원 등 현장에 들어갔던 사람들의 인적 사항을 파악한 뒤 동의를 얻어 지문과 족적, 구강 상피세포와 옷 섬유 조각 등을 대조용 샘플로 채취했다. 강력팀은 그사이에 세종문화회관 관제실로 가 회관 내외에 설치된 모든 CCTV 녹화 내용을 확인하고 압수수색 영장이 발부될 때까지 삭제나 변경하지 말고 보관해 달라고 요청했다. 그리고 만일의 경우에 대비해 지난 24시간 동안의 촬영 내용을 외장하드에 별도로 복사했다.

모든 준비가 끝나자 강력팀 팀장으로 보이는 날카로운 인상의 남자가 과학수사팀 팀장과 현장을 바라보며 진지하게 협의하기 시작했다. 강력팀장이 간단한 설명과 함께 여기저기를 가리키자 과수팀장이 고개를 끄덕였다.

"이렇게 프로파일러가 직접 현장에 나와서 감식 포인트를 짚어 주니 좋네. 우리 일이 훨씬 수월해졌어."

"일단 간략한 행동 분석만 한 거니까 너무 의존하진 말고. 물론 잘 알아서 하겠지만."

"여부가 있겠습니까, 이맥 팀장님."

"수고해요, 진경원 팀장님."

과학수사 요원들은 이맥 팀장이라고 불린 프로파일러가 짚어 준 부분들을 중심으로 지루할 정도로 꼼꼼하게, 외곽에서 시작해 점점 화장실 안쪽

11

으로 훑으며 조여들었다. 사진과 동영상 촬영부터 시작한 과수팀은 팀장의 지시에 따라 백색부터 파란색, 청록색, 적외선, 자외선 등 특수 광원을 비춰 나갔다. 흡광과 반사작용으로 주변과 다른 색을 띠거나 형광빛을 내며 반짝이는 물체가 확인되면 크기 측정용 자를 놓고 사진을 찍었다. 이 과정이 완료되면 물체를 핀셋으로 집어 증거 수집용 봉투에 넣거나 전사판으로 모양을 떴다. 외곽에 대한 현장 수사와 증거 수집을 마친 과학수사 요원들은 화장실의 모든 창과 문 외부에 검은색 장막을 둘러쳤다. 화장실 내부를 완전한 암실로 만든 것이다.

칠흑 같은 어둠 속으로 던져진 빛이 화장실 내부를 샅샅이 훑으며 반응을 보이는 지점들을 빠짐없이 찾아 나갔다. 과학수사 요원들은 반응을 보이는 지점마다 증거물 번호 마커를 놓거나 테이프를 붙여 가며 사진을 찍었다. 검은 심연 속에서 간헐적으로 번쩍이는 카메라 플래시는 마치 불꽃놀이처럼 화려해 보였다. 과수팀장은 두세 번의 반복 점검 과정을 통해 빠진 부분이 없는지 확인하고 마지막으로 혈흔을 감지하는 블루스타 시약을 살포했다. 고환 주변 여러 곳이 푸른 형광색으로 반짝였다. 빠짐없이 사진을 찍고 혈흔을 채취한 뒤 불을 켰다. 화장실 바닥에는 노란색 마커가 어지럽게 놓여 있었고, 벽과 유리, 문과 창틀에는 숫자가 적힌 테이프들이 빼곡하게 붙어 있었다. 각 마커들 사이로 마치 토끼 굴을 파고드는 구렁이 머리같이 카메라 경통이 밀고 들어왔다.

촬영을 마친 뒤엔 지문과 족흔을 뜨고 머리카락, 흙, 먼지, 섬유 등 유류물을 채취해 각기 다른 증거물 수집 용기에 담았다. 각 용기엔 담당 과학수사 요원의 이름과 계급, 날짜와 수거 시간이 기록되었다. 화장실 바닥 한가운데에 덩그러니 놓여 있던 파란색 케이스는 지문과 DNA 감식을 위해 이미 서울경찰청 다기능증거분석실로 이송되었고, 고환은 냉장 용기에 담아 국립과학수사연구원으로 옮겨졌다.

그사이 노란색 통제선 밖에 몰려든 기자들은 경쟁적으로 과학수사 요원들의 작업 모습을 카메라에 담았다. 현장 수사 책임자인 강력팀장에게서 멘트 하나라도 따 내려고 무진 애를 썼지만 강력팀장은 뒤늦게 도착한 형사과장에게 브리핑을 하고 상부 어딘가와 통화를 하느라 정신이 없었다. 기자들은 통화 중인 그의 입 모양을 읽어 내며 메모를 해야 했다. 일단 기사의 줄거리를 미리 잡아 놓고 마감 시간 전에 강력팀장으로부터 확인만 받을 요량이었다.

인왕경찰서 형사과 강력5팀장 이맥 경사. 그는 인왕경찰서를 거쳐 간 형사들에겐 '모르면 간첩' 소리를 듣는 존재였다. 주로 군 특수부대 출신이 응시하는 경찰특공대 순경 특채로 들어와서 특공대 의무복무 기간을 마치고 줄곧 강력형사로 일해 왔다. 업무 연관성이 높은 경비 부서 등을 지망하는 다른 경찰특공대 출신들과 달리, 업무 연관성이 낮아 처음부터 다시 배워야 하고 승진에도 불리해 모두가 기피하는 강력계 근무를 자원한 특이한 이력의 소유자였다.

이맥은 승진과 출세의 지름길인 언론 노출도 극도로 꺼렸다. 최근 발생한 몇 건의 연쇄 살인사건과 미궁에 빠질 뻔한 여의사 살인사건 역시 이맥의 날카로운 분석과 독특한 증거 해석이 해결의 실마리를 제공했다. 그 사실을 모르는 수사전문가나 경찰 출입기자들이 없었지만 그는 인터뷰는 물론 기사에 이름이 언급되는 것 자체를 싫어했다. 그래서 사건 해결 후 언론 인터뷰는 다른 형사나 지휘 간부에게 맡기는 바람에 일반인은 이맥의 존재에 대해 알지 못했다. 몇몇 언론사 기자들이 끈질기게 인터뷰를 시도했지만 단 한 번도 성공하지 못했다.

이번 역시 마찬가지였다. 과학수사 팀장에게 현장 감식 주요 포인트들을 짚어 준 뒤 독자적인 현장 분석을 시작했다. 1차 상부 보고와 형사과장 대상 브리핑을 마친 이맥은 아우성치는 기자들을 뒤로 하고 후문으로 뛰어나가 인파 속으로 사라져 버렸다. 기자들 사이에서 불만과 함께 욕설이 튀어나왔다.

"개자식, 뭐가 그리 잘났어!"

"몇 마디만 해 주면 되잖아."

술렁이던 기자들은 다시 로비에 차려진 임시 기자 회견장으로 몰려갔다.

"에…… 그, 저…… 기자님들, 인왕서 형사과장입니다. 지금 많은 질문이 있겠지만 사건이 방금 전에 발생했고 이제 막 수사가 시작된 상황이라는 점을 감안해 주시기 바랍니다. 제가 기자님들 질문을 받고 아는 대로 답변드리겠습니다. 다만 수사 초기라서 아직 밝혀진 게 많지 않다는 점, 매우 민감한 사건이라는 점, 그리고 에…… 그, 잠시만요, 수첩 좀 보고…… 아, 수사 기밀상 말씀드릴 수 없는 부분도 있다는 점 부디 양해 부탁드립니다."

"살인사건으로 보십니까?"

"아, 그건 국과수 검사 결과가 나와 봐야……."

"피해자 신원 확인됐나요?"

"아직 수사 초기라서……."

"범인은 어떤 사람이라고 추정하고 있습니까?"

"네, 아직 수사 초기라서……."

"과장님 아는 게 뭡니까? 그거부터 말씀하시는 게 좋겠네요."

"아, 네. 잠시만요, 수첩 좀 보고……. 이곳 세종문화회관……."

형사과장은 특유의 어눌하고 빈틈 많아 보이는 말투로 '많은 말을 했지만 핵심은 하나도 공개하지 않는' 원칙적인 기자 회견을 했다. 기자들은 이미 사전 취재로 파악한 내용들 중에 형사과장의 확인을 받은 내용은 실명으로 인용하고, '수사 중', '아직 알 수 없다', '확인해 줄 수 없다', '모든 가능성을 열어 두고 최선을 다하겠다', '국과수의 감정 결과가 나와야 알 수 있다' 등의 상투적 대답으로 얼버무린 내용에 대해서는 익명의 경찰 관계자가 언급한 것으로 표시해 작성한 스트레이트 기사를 데스크로 송고했다.

기자 회견을 마무리하고 세종문화회관을 나서는 길까지 따라붙어 추가 질문을 던지던 기자들이 모두 떠나고 주차장에 대기하던 차에 막 형사과장이 올라탔을 때 젊은 여자가 반대편 문을 열고 불쑥 차에 들어왔다.

"아니, 안 기자. 더 할 말 없어, 알잖아. 그리고 기사 마감 시간 다 되지 않았나?"

"과장님이 아는 게 없으니 말할 게 없다는 건 너무도 잘 알죠. 제가 좀 알려 드리려고요."

"뭘 알려 줘?"

"카스트라토가 뭔지 아세요?"

"카스테라?"

"아니, 카, 스, 트, 라, 토."

"그게 뭔데?"

"18세기 이탈리아, 바로크 시대 오페라에선 여자가 노래하는 걸 금지시켰어요. 그래서 여자처럼 고음을 내는 남자 가수를 만들기 위해 변성기가 오기 전인 어릴 때 거세를 시켰죠. 거세된 남자 가수, 즉 카스트라토가 그들이에요."

"지금 한가하게 오페라 얘기할 때야? 나 바빠, 나중에 보자고."

"어허, 오늘 현장에서 발견된 게 뭐예요?"

"알면서 뭘 물어."

"발견된 장소는?"

"화장실, 오페라극장 여자화장실."

"오늘 누가 공연했는지 알아요?"

"그걸 내가 어떻게 알아?"

"숙제입니다. 전 알려 드렸어요. 나중에 뭐라고 하지 마세요. 참, 이맥 팀장? 그 남자 시건방이 과장님께 얼마나 큰 피해를 끼치는지 이따가 검색 한 번 해 보세요. 바이."

"어이, 안 기자. 안 기자!"

경찰서로 돌아오는 차 안에서 형사과장은 이맥에게 전화를 걸었다.

"이 팀장, 카스테라, 아니 카스트라……인가? 아무튼 거세당한 가수에 대해서 뭐 좀 알아?"

"아, 카스트라토요. 오늘 세종문화회관에서 공연한 사람이 한국의 카스트라토라고 불리는 카운터테너 가수죠. 왜요?"

"거 안 기자 있잖아, 서울리안 출입기자. 그 친구가 카스트라토 이야기하면서 자네 건방지다고, 혼 좀 내 주겠다고 하던데. 연락 좀 해 보지?"

"그냥 두세요. 그 작자들 맨날 하는 낚시질이에요. 시경에서 증거 분석하는 거 좀 보고 들어가서 보고드릴게요. 끊습니다."

"이봐, 이 팀장, 맥! 이맥! 하, 자식, 진짜 시건방져. 어떻게 상관보다 지가 먼저 전화를 끊어? 에이."

그날 밤 11시경부터 인터넷에 난리가 났다. '희대의 카스트라토 살인, 헛다리 짚는 경찰'이라는 제목의 서울리안 기사 때문이었다. 사건 정황과 인왕서 형사과장의 브리핑 내용 등을 간략하게 정리해 사건 기사로 처리한 다른 언론사들과 달리, 서울리안은 카스트라토에 대한 설명과 함께 이날 공연한 가수 이경도를 사건과 연결하는 추정을 자세하고 자극적으로 소개했다. 특히 기사 말미에 수사 책임자인 형사과장이 "카스테라? 그게 뭔데?"라고 말하는 육성 녹음 파일을 첨부했다. 경찰이 카스트라토가 뭔지도 모르고, 거세당한 남성의 고환이 발견된 사건 현장에서 카스트라토 가수가 공연했다는 사실조차 확인하지 않은 채 엉성하게 초동수사를 마무리했다며 비난한 것이다. 이 기사는 순식간에 조회수와 댓글수에서 1위를 차지하며 모든 포털사이트의 메인에 올랐다. SNS도 난리였다. 특히 "카스테라? 그게 뭔데?"라는 형사과장의 말과 음성 파일이 첨부된 조롱 패러디 멘션들이 봇물을 이루며 기사와 함께 퍼져 나갔다.

2023년 12월 16일 토요일

다음 날 신문 가판대에선 서울리안이 순식간에 팔려 나갔다. 방송에서도 서울리안의 기사를 소개하며 전문가와 논객들의 분석을 반복해서 내보내고 있었다. 특히 서울리안이 운영하는 종편 채널인 TV서울리안의 생방송 뉴스에 기사를 작성한 안순옥 기자가 직접 나와 인터뷰한 내용이 화제였다.

"지금 자료 화면으로 나가는 영화 〈파리넬리〉의 배경인 17~18세기 바로크 시대는 보수적인 가톨릭 원리주의가 지배했습니다. 당시 로마 교황이 통치하는 지역에선 여성이 성가대나 오페라 무대에 설 수 없었기 때문에 아직 변성기가 오지 않은 어린 소년을 거세해서 여성처럼 높고 가는 소리를 낼 수 있는 거세된 가수, 즉 카스트라토로 키워서 무대에 세웠죠. 이번 사건 현장인 세종문화회관 오페라극장에서는 한국 유일의 카스트라토로 알려져 있는 카운터테너 이경도의 공연이 열리고 있었습니다. 공연장 화장실에선 카스트라토를 연상시키는 남성의 신체 일부가 발견되었고요. 그런데 경찰은 카스트라토가 뭔지도 모르는 상황이라서 사건 해결에 난항이 예상됩니다. 저희 취재팀이 촬영한 단독 영상 보시죠."

화면은 어느새 여성스러운 화장을 한 중성적인 모습의 이경도가 노래하는 장면으로 가득 채워졌다. 이어서 황급히 차에 오르는 형사과장의 뒷모습이 오버랩 되며 "카스테라? 그게 뭔데?"라는 음성이 자막과 함께 울려 퍼졌다. 가히 악마의 편집이라고 할 만했다.

인왕경찰서 형사과장은 국민 바보가 되었다. 인왕서는 물론이고 경찰 전체가 뒤집혔다. 인왕서 형사과는 서울경찰청과 경찰청 대변인실, 형사과, 감사담당관실에서 연이어 걸려 온 전화에 똑같은 해명을 반복하느라 초주검이 되었다. 어젯밤 10만여 명이 운집한 빛초롱축제 현장을 관리하고, 차도 점거나 기물 파손 등을 한 불법 시위 관련자들을 연행해 오느라 밤을 꼬박 샌 수고에 대한 칭찬은 꿈도 꾸지 못하는 기가 막힌 상황이었다. 이맥의 전화기는 또 꺼져 있었다. 서장은 형사과장에게 당장 사태를 수습하라고 불호령을 내렸다. 서장실을 나온 형사과장은 마치 붉은 천을 향해 돌진하는 투우처럼 형사과 철문을 밀치고 들이닥쳤다.

"이맥, 이 개새끼 어딨어? 경찰이 전화 꺼 놓고 다녀도 돼? 강력5팀, 다 이리 집합해!"

하지만 형사과 사무실은 술렁이기만 할 뿐 아무도 답을 하거나 나서지 않았다. 조사를 받던 피의자와 피해자, 참고인 등 민간인들 역시 당황한 표정으로 형사과장을 쳐다봤다. 강력5팀 자리는 모두 비어 있었다. 형사과장은 흥분을 가라앉히지 못하고 다시 소리를 질렀다.

"다 어디 갔어? 이 자식들 다 근무지 이탈로 징계할 거야!"

눈치만 보고 있던 강력1팀장이 형사과장에게 다가가 귓속말로 뭐라 이야기를 하자 과장은 '그래?' 하며 강력1팀장의 등을 밀었다.

"앞장서."

경찰서 지하, 앞장선 강력1팀장이 창고로 쓰던 빈방의 문을 열고 들어가자 스크린으로 사용하는 한쪽 벽에 세종문화회관 현장 사진들이 투영되어 있었다. 이곳은 이맥이 프로젝터와 남는 사무집기를 끌어 모아 꾸민 사건분석실이었다. 강력1팀장의 뒤를 따라 들어온 형사과장의 감정은 어느새 분노에서 호기심으로 빠르게 변화했다. 스크린 벽 옆에 서서 이동용 보드 위에 뭔가를 적으며 토론을 주재하던 이맥이 형사과장과 1팀장을 알아봤다.

"어서 오세요, 과장님. 카스트라토 기사 때문에 고생 많으셨죠? 걔네들 기사 팔아먹으려고 늘 하는 짓인데요, 뭘. 신경 쓰지 마세요. 안 그래도 1차 분석이 거의 마무리돼서 곧 보고드리려 했는데, 잘됐네요. 이리 앉으시죠."

"허, 이 자식 남의 집에 불 질러 놓고 태평스럽게 지 할 일만 하고 있었네. 내가 말해 뭐 하나…… 소귀에 경 읽기지, 에휴. 그리고 이 자식아, 분석을 하더라도 전화는 켜 두고 연락 유지를 해야 할 것 아냐?"

이맥은 과장의 질책을 못 들은 척 분석 회의를 재개했다. 강력5팀과 과학수사팀의 진지한 토론이 시작되자 과장은 불쾌한 마음을 애써 누르며 엉거주춤 비어 있는 의자에 앉았다. 곧 토론이 마무리되고 과수팀장이 프로파일링 분석 회의의 결과를 정리한 내용을 스크린에 띄우자 이맥이 설명을 시작했다.

---

1. 피해자: (국과수 감정 결과 사람의 신체 일부임이 확인될 경우) 미상의 성인 남성. 가해자와 피해자가 동일인일 가능성은 매우 낮지만 아직 배제하지는 못함.

2. 피해 정도: 고환 부위 절단 및 유기(생사 여부 미확인).

3. 범행 장소: 1차 범행 장소–미상. 2차(혹은 3차) 범행 장소(유기 장소)–서울 세종문화회관 대극장 입구 여자화장실.

4. 범행 시간: 1차 범행 시간–미상. 2차(혹은 3차) 범행 시간(유기 시간)–12월 15일 금요일 20:30(공연 중간 인터미션)~22:02(공연 종료 후 화장실 이용 관람객에 의해 발견된 시간).

5. 범행 도구: 고환 절단에 사용되었을 날카로운 예기. 절단된 고환 부위를 담아 운반한 파란색 성경 케이스와 드라이아이스. 그 외 알 수 없음.

6. 현장 접근 및 도주 경로: 세종문화회관 주변, 입구 및 복도 설치 CCTV 임시 육안 확인 결과 비정상적인 침입이나 도주 정황은 확인되지 않음. 정상적인 관객이나 인근 업소 이용자들의 출입 혹은 근무자 내왕 경로와 일치하는 것으로 추정됨. 공연 관객뿐 아니라 카페와 전시공간 이용자 및 통행자 등 무수히 많은 사람이 이동 및 이용하는 공간이라 용의자 식별이 어려움. 정밀 분석 중.

7. 범행 동기: 고의/우발/과실 중에선 고의 가능성 높음. 이익/감정 동기 모두 가능. 감정 동기 중에선 관심과 인정을 받고 싶은 욕구, 공개 경고, 공포와 두려움 야기 등 사회적 욕구일 가능성 높음. 이익 동기 중에선 사회적 혼란이나 영업 방해 등을 통한 미지의 이익을 노렸을 가능성 있음. 아울러 가학성과 과시욕이 강한 사이코패스일 가능성 배제할 수 없음.

8. 계획/주의/경계/기술 수준: 목격자가 없고 CCTV 영상에 눈에 띄는 용의 행동이 포착되지 않았으며, (현장 감식에서는) 파란색 성경 케이스에서 지문이 발견되지 않는 등의 정황으로 보아 충동적이기보다 계획적이며 주의와 경계 수준이 높고, (국과수의 감정 결과를 통해 확인해야 하지만) 고환 부위의 절단면이 매우 깔끔한 것으로 보아 일반인 이상의 경험이나 기술, 장비를 보유한 것으로 추정됨. 다만, 성경 케이스를 마치 밖에서 던져 놓은 듯 바닥에 내팽개친 모습은 준비하는 과정에서 보인 침착함과 차분함, 치밀함과는 거리가 있다. 이 불일치의 원인이 무엇인지에 대해 파악

하기 위해서는 추가 정보가 필요.

9. 용의자의 행동: 많은 사람이 이용하는 반공개 장소에서 다른 사람에게 목격되지 않는 최적의 시점을 택해 가장 짧은 시간 안에 범행을 마치는 등 효율적, 경제적이라고 평가할 수 있음. 감정이 분출되거나 충동적인 행동의 흔적은 보이지 않음.

10. 용의자의 특성: 용의자의 수는 미상. 여자화장실을 유기 장소로 이용한 것으로 보아 여성일 가능성이 높지만, 공연 중 외부 출입이 차단되어 화장실 이용자가 없는 시간을 이용해서 안에 들어가지 않은 채 밖에서 던져 넣은 것이라면 남자의 범행도 가능. 1차 범행(피해자 유인 혹은 납치), 2차 범행(고환 절단)에 대한 단서는 전혀 없는 상황으로 3차 범행(여자화장실에 고환 유기) 행동만으로 판단한다면, 대담하며 주변 상황 및 사람들 속에 잘 스며들어 특별히 구분되지 않는 적응력을 가지고 있음. 기타 심리, 성격, 정서, 관계, 직업, 기술, 연령, 교육 등과 관련된 단서나 정보는 없음. 다만 목격자나 뚜렷한 지문을 남기지 않는 등 현장인 세종문화회관의 상황이나 경찰 수사 절차에 대한 일반적 수준 이상의 지식을 갖추고 있으며 사전 방문이나 예행연습 등을 통해 계획 및 대비를 했을 가능성이 있음. 사이코패스 연쇄 살인범 가능성 배제할 수 없음.

11. 시그니처성 증거: 파란색 성경 케이스, 절단된 고환, 여자화장실.

12. 여죄 혹은 추가 범행 가능성: 여자화장실 바닥에 던져 놓듯 내팽개친 것으로 보아 유사 범행 경험이 없는 초범일 가능성 있음. 하지만 이 점만 제외한다면 당황, 불안, 혼란의 흔적 없이 범행을 행한 점을 고려할 때, 오랜 시간 준비 과정을 거친 매우 계획적, 조직적인 범행으로 추정됨. 아울러 범행 동기가 과시나 경고 등 사회적 욕구이건 미지의 이익이건, 많은 시간과 노력을 들여 범행을 준비하고 실행한 것으로 판단하건대 이번 한 건의 범행으로 범행 목적이 완전히 달성될 가능성이 낮아 추가 범행이 예상됨.

13. 향후 수사 방향 및 내용: 모든 가능성을 열어 두고 수사하되 유력 용의선을 압

축. 피해자 신원과 생사 여부 및 위치 확인. 당일 공연 관람객과 근무자 및 세종문화회관 출입자 모두 파악, 용의점 확인. 현장 증거 및 국과수 감정 결과에 대한 종합적 분석, CCTV 녹화 내용 압수 후 정밀 분석, 목격자 및 세종문화회관 관계자 추가 면담 조사, 세종문화회관 관할 지역 이동통신 기지국 모든 통신 사실 조회, 카운터테너 가수 이경도 및 주변 내사, 추가 범행 예상 공중이용장소에 대한 경계 강화 등의 조치가 필요함.

14. 전례 없는 초유의 사건으로, 증거나 단서가 부족해 수사에 난항이 예상되는 한편 언론 보도 등으로 인해 불안과 공포 야기는 물론 모방 범죄 등으로 인한 사회 혼란이 예상되므로 사건 관련 구체적인 정보나 수사 사항 유출 방지 등 언론 대응에 각별히 유의 유념해야 할 것.

―――――――――

형사과장은 차분하면서도 조리 있는 이맥의 설명에 연신 고개를 끄덕이며 경청을 하다가 말미에 미간을 잔뜩 찌푸리며 질문을 던졌다.

"그러니까 결론은, 범행 동기, 용의자, 피해자 신원 및 생사 여부, 추가 범행 가능성, 아무것도 모른다 이거 아냐?"

"아직까지 확정된 것은 없다는 이야기죠. 하지만 가능한 경우의 수들이 추려졌고 수사 방향은 나왔으니 지켜보시죠."

이맥이 대답했다.

"이 팀장이 하는 그놈의 프로파일링은 당최 모든 게 애매모호해."

"하지만 결국 여러 건 해결해 드렸잖습니까?"

"이 내용 나한테 이메일로 보내고 한 부 출력해 줘. 서장님이랑 상부에 보고하게."

"알겠습니다. 하지만 언론에는 절대 보안 유지해 주셔야 합니다. 분석 내용이랑 수사 방향 공개되면 범인이 범죄 수법 바꾸고 증거 인멸할 거고, 모방 범죄 터져서 혼란 야기되면 감당 못 하게 됩니다."

"이 자식아, 내가 무슨 언론 프락치인 줄 알아? 안 그래도 언론이라면 지긋지긋하다. '경찰은 뭐 하나?' 소리 더 안 나오게 성과나 좀 내."

"알겠습니다. 언론 보도자료는 따로 챙겨서 곧 보고드리겠습니다."

"알았어. 그리고 휴대전화는 반드시 켜 놓고, 다른 전화는 몰라도 내 전화는 받고. 못 받을 상황이면 최대한 빨리 회신 주고. 오케이?"

"자, 그럼 저희는 바로 수사 개시하겠습니다. 충성!"

"이 자식 또 내 말 씹네."

형사과장에게 거수경례를 마친 이맥은 강력5팀 소속 김 형사와 박 형사에게 각각 임무를 부여하고 자세하게 지시사항을 전달했다. 형사과장은 고개를 절레절레 흔들며 불쾌하다는 듯 사건분석실을 나섰다. 강력1팀장은 맥에게 윙크를 하곤 형사과장 뒤를 따라 나갔다. 맥의 지시사항을 모두 전달받은 두 형사 역시 분석실을 나갔다. 이제 분석실엔 이맥과 진경원만 남게 되었다.

"선배, 왜 늘 그 모양이야? 과장님 질문 무시하고 말 씹고. 일부러 상사들 기분 나쁘게 해서 좋을 게 뭐 있다고?"

"내가? 언제?"

"매번 그런 식이니 큰 사건 해결하고도 인정도 못 받고. 7년 전 내가 과수 요원 경장 특채로 경찰이 되었을 때도 경사였는데 내가 경위로 승진한 지금까지 그대로 경사잖아. 선배 때문에 같이 일하는 형사들도 불이익 받고!"

"불이익 받는 사람들이 왜 불평도 안 하고 다른 데로 떠나지도 않을까?"

"그걸 몰라서 물어? 주로 집시법이나 사기사건 많은 인왕서에서 강력팀은 찬밥인데, 그중에서도 귀찮고 어려운 사건만 떠넘기는 강력5팀…… 갈 데 없는 사람들만 모인 막장이잖아. 떠나지 않는 게 아니라 더 이상 갈 데가 없는 거지."

"야, 경원이 네가 실력이 뛰어나서 승진이 빠른 거지. 나처럼 30대에 경사 다는 것도 엄청 빠른 거야. 그리고 경사한테 팀장 주는 게 어딘데."

"나이가 문제야? 근무 연수가 문제지. 열여덟 살에 군 특수부대 자원입대해서 3년 근무하고, 경찰특공대 합격해서 의무복무 마치곤 거의 10년째 강력계에만 있잖아. 오빠 나이 경대생들은 대부분 경감이야, 빠른 애들은 경정도 있고. 알면서 엉뚱한 소리하고 있어. 그리고 말이 나왔으니 하는 말이지만, 팀장? 팀원은 달랑 두 명, 그것도 다른 팀들이 부담스러워하는 징계 전력자, 말썽꾸러기들. 힘들고 어렵고 남들 하기 싫은 사건만 받아서 처리하는 쓰레기 처리팀이잖아? 그러니 실적 올리기도 어렵고 어쩌다 열심히 분석하고 수사해서 남들 다 포기했던 큰 사건 기적적으로 해결하면 공은 다 다른 팀이 가져가 버리고. 괜히 기자들 무시하고 딱딱하게 굴어서 경찰 까는 악의적 기사나 나오게 만들고."

진경원이 감정이 고조되어 말을 쏟아내는 동안 심각한 표정으로 턱을 괸 채 듣고 있던 맥이 고개를 들고 경원을 쳐다보았다.

"그런데 진 팀장, 왜 세종문화회관일까?"

"뭐라고?"

"정말 카스트라토 공연을 겨냥한 걸까, 아니면 우연일까? 현장 전체 사진하고 현장 주변, 그리고 증거물 찍은 사진들 좀 다시 올려 봐."

"으이그, 내가 미쳐."

경원의 얼굴이 일그러졌다. 울음을 터트리거나 폭발하거나 양극단의 감정이 뒤엉켜 터질 것 같은 표정이었다. 하지만 그런 경원의 감정에는 전혀 개의치 않은 채 사건 분석에만 열중하고 있는 맥이 뿜어내는 아우라는 어느새 경원의 감정을 가라앉혀 버렸다. 경원은 마치 최면에 걸린 사람처럼 컴퓨터 앞에 앉아 맥이 요구한 사진들을 스크린에 띄웠다. 맥은 경원에게서 리모컨을 넘겨받아 사진들을 어지럽게 바꿔 가며 분석에 몰입했다. 이제 경원이 자리를 피해 줄 시간이다. 아쉽고 야속하면서도 측은한 마음을 안은 채, 경원은 천천히 문을 나섰다.

형사과장은 진경원이 출력해 준 1차 사건 분석 결과를 들고 경찰서장실로 갔다. 일단 호통을 들은 뒤 분석 결과를 보고할 각오를 했던 과장은 서장이 의외로 부드럽게 맞으며 자리에 앉으라고 권하자 오히려 더 불안해졌다. 그 모습을 지켜보던 서장이 과장을 안심시켰다.

"형사과장, 위에서 격려와 위로 말씀이 내려왔어."

"네? 아니 감찰 조사 하고 징계할 듯이 난리 치더니, 갑자기 왜요?"

"왜요라니. 어제 대규모 축제 군중 관리도 잘했고 그 뭐야 카스테라 사건 초동 조치도 잘했다고."

"카스트라토……."

"응, 그래 카스트라토. 크크크."

"언론 보도 감찰 조사나 진상 보고 하란 말은 없고요?

"그런 말은 없었어. 이건 순전히 내 감인데 오히려 위에선 이 사건에 대한 언론의 관심을 좋아하는 눈치던데?"

"네?"

"이 사람, 정무감각이 제로구먼. 고위층 비리사건, 이태원사건, 해병대사건, 외교갈등, 경제불황…… 나라가 얼마나 시끄러워?"

"네. 그건 그렇죠…… 아!"

"이제야 눈치챘어?"

"네, 그러니까 연예인 마약이나 성추문처럼 사람들 관심을 돌릴 수 있는 사건이다?"

"쉿, 말조심해. 기자들이 어디 있을지 몰라. 난 그런 얘기 한 적 없어. 우린 이 사건 때문에 너무너무 골치가 아파. 알았어?"

"네. 알겠습니다."

"그래서…… 가급적이면 언론에 수사 내용이랑 사건 관련 사항 자주 좀 흘려주라고. 계속 보도가 되게. 너무 티 나지 않게 조심하고."

"네. 지시대로 하겠습니다. 일단 이맥이 1차 사건 분석을 했는데 요……."

"아, 골치 아파. 안 그래도 머리 아픈 일 천진데, 이맥 그 녀석이 한다는 프로파일링인가 뭔가 너무 복잡해. 내가 이래봬도 지금 박사 과정 다니는 지식인인데 말이야, 그 자식 대학도 안 나왔다며? 고졸 형사가 뭘 그리 복잡하고 어렵게 일을 해? 나한텐 그냥 증거 나왔다, 용의자 특정됐다, 범인 잡았다, 이런 것만 보고해. 나머진 알아서들 하고."

"네, 잘 알겠습니다. 최선 다해서 조속히 범인 검거하겠습니다."

"너무 무리해서 지나치게 속도 내지는 말고. 그러다 사고 나면 안 돼. 계속 언론에 보도되도록 투명하고 공개적인, 국민과 소통하는 수사. 제대로 잘해. 무슨 말인지 알지?"

"네, 잘 알겠습니다. 그런데 서장님, 잘 아시다시피 제가 이번에 경정 막차라 총경 승진 마지막 기회라서……."

"야, 인왕경찰서가 어떤 곳이야?"

"네, 청와대를 지키는, 아니 지켰던 대한민국 제1, 최고의 국가수호 경찰서입니다."

"그 말은?"

"네?"

"국가수호 경찰서에서 가장 중요한 부서가 어디야?"

"그야 경비와 정보……."

"인왕서 형사과장이 총경 승진하는 거 봤어?"

"그러니까……."

"그러니까 그냥 검거만 해선 안 된다는 거지."

"아, 네."

"총경에 시험 승진이 있냐?"

"아뇨."

"실적이나 능력 순으로 총경 다냐?"

"아니죠."

"그러니까 딴생각 말고 시키는 대로만 해. 알았어?"

"네, 알겠습니다. 전 저 높은 분들과 잘 연결되어 계시고, 우리 경찰에서 정무감각 최고인 존경하는 서장님만 믿겠습니다. 충성!"

서장실을 나서는 형사과장의 휴대전화에서 딩동 소리가 났다.

[언론 보도자료 첨부합니다.]

맥이 보낸 문자였다.

형사과장은 야릇한 미소를 띠며 전화기 단축번호 3번을 꾹 눌렀다. 형사과 서무를 담당하는 과장의 심복, 형사지원팀장 최경우 경위였다.

"바로 내 방으로 좀 와."

사무실로 돌아온 형사과장은 사건분석실에서 진경원이 출력해 준 1차 사건 분석 보고서와 맥이 보낸 보도자료 출력본을 책상 위에 나란히 올려둔 채 비교했다. 보도자료의 제목은 '신체 일부 의심 물체 발견 사건'이었다. 사건 발생 일시와 장소, 현장 수사에서 확보한 증거물품 종류 및 개수, 목격자와 관계자 진술 개요, 서울시경과 국과수에서 증거물 감정 및 분석 중이라는 사실, 아직 실제 신체 일부인지와 피해자의 생사 여부 등은 확인되지 않았으며 용의자에 대한 정보 역시 확인되지 않았고 모든 가능성을 열어 두고 최선을 다해 수사한다는 내용 등이 담겨 있었다. 언론에 단신 보도거리 정도는 되겠지만 관심을 끌 만한 흥미롭거나 자극적인 내용은 전혀 없었다. 형사과장은 보일 듯 말 듯한 미소를 지으며 복사 용지에 뭔가를 적어 내려 갔다. 그때 노크도 없이 문이 벌컥 열렸다.

"과장님, 괜찮으십니까?"

"야 이 자식아, 넌 나이가 몇 갠데 아직 노크하는 예의범절도 못 배웠냐?"

"농담하시는 거 보니까 서장님한테 마이 까이진 않으셨는갑네요."

"쓸데없는 소리 집어치우고, 여 앉아 봐."

잠시 후 세 가지 버전의 자료가 만들어졌고 세 곳으로 전달됐다. 하나는 이맥이 만든 보도자료가 원문 그대로 출입기자단에게 이메일로 단체 발송이 됐다. 각 언론사와 방송사에서는 이 보도자료에 현장 목격자들의 목격담이나 전문가 의견 등 조금씩 살을 붙여 대동소이한 보도를 했다. 두 번째 자료는 보도자료에 형사과장이 줄을 그어 지우거나 끄적거린 내용이 추가된 특별 단독 보도자료였다. 추가된 내용은 맥이 절대 비밀로 유지해 달라고 신신당부한 1차 분석 결과 중 일부였다. 형사과장은 최경우에게 서울리안 안순옥 기자를 별도로 불러서 아무도 모르게 이 자료를 전달해 주고 누구에게 받았는지 절대 밝히지 말아 달라고, 철저한 취재원 보호에 대해 당부할 것을 특별히 지시했다. 세 번째 자료, 이맥이 작성한 1차 분석 결과 보고서는 휴대전화로 사진을 찍은 뒤 주소록에서 이중도 교수를 찾아 문자로 전송

했다. '참고, 극비자료, 확인 즉시 문자 삭제 요망'이라는 메시지와 함께. 이중도 교수는 방송에 많이 나오는 유명인이기도 하지만 경찰 고위직은 물론 정치권력층과도 인맥으로 얽혀 있는 긴밀한 관계라고 알려져 있었다. 형사 과장은 총경 승진을 위한 줄을 여러 개 잡고 그들에게 할 수 있는 모든 정성을 다하며 전력을 기울이는 중이었다. 이중도 교수 역시 그 대상 중 한 명이었다.

2023년 12월 17일 일요일

후폭풍은 엄청났다. 이미 카스트라토 첫 특종 보도 이후 유명세를 치른 서울리안 안순옥 기자의 두 번째 단독 보도였다. 이 기사는 다른 언론이 깔아 놓은 천편일률적인 경찰 보도자료 받아쓰기 기사의 홍수를 발판으로 이용하며 세간의 관심과 인터넷 클릭수를 독점했다. 여기에 더해 TV서울리안 메인 뉴스에 유명 범죄 심리학자 이중도 교수가 출연해 카스트라토 사건과 예상되는 범인에 대한 자세한 프로파일링을 할 때는 순간시청률이 동시간대 전체 1위를 찍는 기염을 토했다. 이중도 교수가 출연한 뉴스의 꼭지는 안 기자의 기사와 시너지 효과를 내며 각종 SNS와 단톡방, 인터넷 커뮤니티 등을 통해 기하급수적으로 전파됐다. 서울리안과 TV서울리안은 창사 이래 단기간 최대 수익을 내고 각종 광고를 유치하는 대박을 터트렸다.

뉴스를 본 형사들이 전달해 준 인터넷 기사와 동영상 링크를 눌러 내용을 확인한 진경원은 화가 머리끝까지 치밀어 올랐다. 이맥과 함께 분석한 내용을 마치 자기들이 취재하거나 분석한 것처럼 기사로 쓰고 뉴스에 출연해 발언하는 걸 보고 있자니 마치 누군가 집에 몰래 침입해서 귀중품을 훔친 뒤 자기 것인 양 과시하는 수작을 직접 목격한 것 같은 더러운 느낌이었다. 특히 영상 속 이중도 교수는 테이블 위에 올려 둔 메모를 수시로 보면서 말하는 것이 아직 분석 내용을 충분히 자기 것으로 소화하지도 못한 상태인 듯했다. 그럼에도 그의 표정과 말투에는 억지로 만들어 낸 자신감과 감출 수 없는 과시욕이 넘쳐흐르고 있었다.

"제가 다년간의 범죄 심리 분석 경험을 통해서 전문적인 추리를 해 본 결과, 물론 수사 기밀에 관한 내용은 말씀드릴 수 없다는 점을 양해해 주시기 바라고요. 제가 확인할 수 있는 제한된 정보를 바탕으로 분석했다는 한계도 감안해 주시길 요청드립니다. 그러니까 제 분석 결과, 이 사건의 피해자는 미상의 성인 남성으로 추정되고 피해 정도는 신체 중요 부위 절단, 유기입니다. 경찰에서는 유기된 사람의 신체 일부, 그러니까 고환이죠. 이것에 대한 국과수의 정밀 검사 결과가 나올 때까지 생사 여부를 속단할 수는 없다고 판단하고 있을 텐데요. 전 개인적으로 피해자가 사망한 살인사건으로 봅니다."

"이 교수님, 지금 매우 중요한 말씀을 해 주셨는데요. 다른 모든 언론에서는 현장에서 발견된 것이 사람의 신체 일부인지 확인되지 않았다고 보도했습니다. 오직 서울리안 안순옥 기자만 사람의 신체 일부, 그것도 성인 남성의 중요 부위라고 확정해서 언급했고요. 이 교수님께서 범죄 전문가 중엔 처음으로 사람의 신체 일부, 그것도 고환이라고 특정해서 확인을 해 주셨고…… 과감하게 살인사건으로 단정하셨어요. 혹시 특별한 근거나 단서가 있으십니까?"

"있죠. 첫째, 서울리안 안순옥 기자 특종 보도 이후 경찰에서 부인하거나 반박하는 입장이 없잖습니까? 다른 언론은 경찰이 제공하는 보도자료만 그대로 받아쓰는 종래 관행대로 기사를 썼고요. 아마도 안 기자는 추가 취재를 한 듯합니다. 저도 그렇고요. 다만 그 취재원은 밝힐 수 없죠. 믿을 만한, 권위가 있는 대상이라는 것은 밝힐 수 있습니다. 둘째, 현장 목격자들의 반응, 한두 명이 오해하고 과민 반응을 보일 순 있지만 무척 많은 사람이 같은 반응을 보였죠. 인터넷과 SNS엔 목격자들이 찍은 사진도 떡 하니 올라왔고요. 지금은 다 삭제나 비공개 조치가 이뤄졌지만. 그리고 셋째, 경찰 현장 과학수사 요원들은 사람의 신체 일부와 다른 유사 물체를 명확하게 구분할 수 있는 경험과 전문성을 갖추고 있습니다. 다만 공식적으로 국과수의 법의학적 분석 결과로 확인되기 전까지는 '아직 확인되지 않았다'는 표현을 쓰는 것이 업무 절차입니다. 마지막으로 가장 중요한 부분, 왜 살인으로 보느냐. 신체 중요 부위 절단은 엄청난 출혈과 쇼크를 동반하기 때문에 전문 의료시설에서 행한 수술이 아니라면 사망했다고 보는 것이 자연스럽죠. 그래서 제가 살인사건으로 규정한 겁니다."

"아, 그렇군요. 교수님 설명을 들으니 명확하게 이해가 됩니다. 그럼 다른 분석 내용 계속 말씀해 주시죠."

"네. 이 사건에서 가장 특이한 것은 피해자의 주요 신체 부위가 담겨 있었던 범행 도구인데요. 놀랍게도 파란색 성경 케이스입니다."

"네? 성경 케이스요? 확실합니까? 너무 충격적이라서……."

"네, 제가 확인했습니다. 일부에서는 수사 기밀 어쩌고 할 수 있겠지만 이건 국민의 알 권리라는 헌법상의 기본권 문제이고요. 범인 주변인들의 제보가 무엇보다 절실하게 필요한 사건이기 때문에 제가 오늘 전격적으로 공개합니다."

"당연하죠, 국민의 알 권리는 무엇보다 중요하죠. 사실이기만 하다면 당연히 공개되어야 할 중요한 내용입니다. 법무부와 검찰, 그리고 법원과 경찰 자문위원을 역임하고 계신 이중도 교수님께서 확인하셨다니까 당연히 사실이겠지만 너무나 충격적이고 중요한 사실이 최초로 공개되는 상황이다 보니까……. 혹시 사실과 다른 부분, 착오가 있다면 경찰 수사진에서 바로 저희에게 연락 주시길 부탁드립니다. 교수님, 계속 말씀해 주시죠."

계속된 이중도 교수의 설명은 이맥과 진경원이 주도한 과학수사팀과 강력5팀 합동 프로파일링 분석 회의에서 도출된 1차 분석 결과 보고서 내용 그대로였다. 군데군데 이 교수의 근거 없는 사견이나 불필요한 사족 같은 설명이 붙긴 했지만. 무엇보다 큰 문제는 절대 기밀을 유지해야 할 구체적인 범행 방법과 파란색 성경 케이스 같은 범행 도구에 대한 내용이 마구 노출되었다는 것이었다. 게다가 아직은 섣부른 1차 분석에 불과한 범행 동기와 범인의 특성에 대한 다양한 추정 중에서 유독 사이코패스 연쇄 살인범이라는 자극적인 부분만 가져와서 마치 유일한 가능성인 듯 확정적으로 주장했다.

"범행 동기는 세상을 향한 과시, 언론과 방송을 통해 대중의 관심과 인정을 받고 싶은 욕구의 발현일 가능성이 커 보입니다. 극단적으로 대담하고 엽기적이고 가학적인 범행 특성으로 봤을 때 새로운 유형의 '외로운 늑대형 사이코패스 연쇄 살인범'일 가능성이 큽니다."

"사이코패스 연쇄 살인범이요? 유영철, 이춘재, 정남규, 강호순 뭐 이런……."

"그들보다 더 진화된 새로운 유형의 외로운 늑대형 사이코패스 연쇄 살인범입니다. 여기서 '외로운 늑대'가 중요합니다. 그동안 주로 1인 테러리스트에게 붙이던 명칭인데요. 이번 사건을 보면 성인 남성 피해자를 흔적도 없이 납치하고 신체 일부를 예리하게 절단한 뒤 사람이 많은 세종문화회관까지 와서, 드라이아이스가 담긴 성경 케이스를 여자화장실에,"

"드라이아이스요?"

"아, 그 부분은 안 들은 것으로 해 주시고요. 수사 기밀상."

"하지만, 지금 생방송이라……."

예기치 않게 수사 기밀을 밝힌 실수를 만회하려는 듯 이중도 교수의 목소리 톤이 높아지고 강해졌다.

"그것보다 범인의 특성이 더 중요하잖습니까? 새로운 유형의 외로운 늑대형 사이코패스 연쇄 살인범!"

"아, 네."

"그 신체 절단, 아무나 그렇게 할 수 있는 게 아닙니다. 그래서 저는 의학, 혹은 수의학 전문가나 가축 거세 경험이 많은 기술자가 분명하다, 이렇게 추정합니다."

"아, 교수님 오늘 무척 놀랍고 충격적인 사실 알려 주셔서 감사합니다. 다만 교수님 말씀처럼 오늘 교수님 말씀의 상당 부분은 아직은 주관적인 추측이라는 점 다시 한번 확인하면서 오늘 인터뷰 여기서 정리하도록 하겠습니다. 지금까지 범죄 심리학자 이중도 교수였습니다. 교수님, 오늘 말씀 고맙습니다."

방송이 나가자 반향은 걷잡을 수 없을 정도였다. 특히 경찰에서 이중도 교수의 인터뷰 내용에 대한 어떤 공식적인 언급이 나오지 않고 쏟아지는 경찰 출입기자들의 질문에 대해서도 '수사 중인 사항에 대한 구체적인 언급이나 사실 확인은 해 줄 수 없다'는 대변인의 앵무새 답변만 돌아오다 보니, 이 교수의 인터뷰 발언은 기정사실이 되어 확대 재생산되면서 세상을 뒤덮었다.

분노에 사로잡혀 얼굴이 벌겋게 상기된 진경원은 형사계 문을 박차고 들어와 강력5팀을 향해 돌진했다.

"선배, 도대체 어떻게 된 거예요? 이래도 돼요, 진짜?"

"아, 그게, 내가 절대 비밀 유지를 해야 한다고 신신당부했는데."

"그런데 누가? 과장님? 설마 과장님이 빨대짓까지 하신 거예요?"

그때 등 뒤에서 큰 소리가 들렸다.

"야, 누가 나 보고 빨대래? 니가 봤어, 진경원? 너 아주 좋게 봤는데 이게 저 꼴통이랑 붙어 다니더니 물이 들었나, 어디서 하늘 같은 상관을 모함하고 있어?"

"과장님, 그게 아니라 방송이랑 인터넷이랑 온통,"

"니들이 분석한 내용으로 도배가 됐다. 나도 알아. 그런데 그게 나한테서 나갔다는 증거가 있냐고 인마!"

"과장님!"

이맥이 인상을 찌푸리며 큰 소리로 과장을 부르자 형사과장과 진경원 두 사람 모두 안색이 바뀌었다.

"선배, 아냐, 됐어. 과장님, 죄송합니다. 제가 생각이 짧았습니다."

"어허, 그래 뭐 그럴 수 있지. 나라도 아마 무척 화가 났을 거야. 이해해. 그리고 분석 내용이 공개된 게 꼭 나쁜 것만은 아닐 수 있어. 제보나 뭐 그런 게 있을 수도 있고. 게다가 방송에서 그 이 교수는 그냥 사이코패스 연쇄 살인 쪽으로 몰아갔잖아, 우리와 달리……. 암튼 중요 사건이니까 최선 다해서 조기에 해결하자고. 알았지? 파이팅!"

형사과장은 마치 이맥의 다음 말이 나오기 전에 반드시 자리를 피해야 한다는 듯이 서둘러 형사계 사무실을 나갔다. 최경우를 꼬리처럼 뒤에 달고서.

강력5팀 김 형사와 박 형사는 서로 쳐다보며 "과장님은 우리 팀장님을 정말 무서워하는 것 같지.", "서둘러 피하는 모습이 딱 도둑이 제 발 저린 그 모습이네."라며 수군거렸다.

"과수팀장, 더 할 말 없으면 우리 수사 회의 좀."

"알았어요, 알았습니다. 형사과장도 무서워하는 경사 팀장님."

"과수팀장님, 왜 계급 얘기를 꺼내십니까. 안 그래도 우리 팀장님 실력과 실적에 비해서 저평가되는 게 안타까워 죽겠는데."

듣고 있던 박 형사가 볼멘소리를 했다.

"과장이 왜 이 팀장을 무서워하겠어요? 승진 포기한 경찰, 줄여서 '승포경'! 아쉬울 것도 잃을 것도 없는 인간이니까 무서워하죠. 안타까우면 그쪽 팀장 승진 좀 시켜 줘요. 팀원들이 해 줘야지 누가 해 줘. 승진할 때까지 난 계속 이맥 경사, 이맥 경사 노래를 부를 테니까."

형사계를 나가면서 뱉어 내는 진경원의 독설에 아무도 대꾸하지 못했다.

2023년 12월 18일 월요일

이맥과 강력5팀은 수사 회의를 거쳐 피해자 신원 확인과 현장 주변 탐문, 용의 대상자 유형 작성 및 목격자 등 참고인 조사의 세 방향으로 수사력을 우선 집중하기로 했다. 이맥은 추가 프로파일링을 통한 용의선상 구축 작업을 시작했다. 성폭력 피해자 및 그 가족, 종교적 광신자, 동물 거세 전문가, 극단적 남성 혐오 범죄자, 사회 불만 세력…… 아직은 단서가 너무 부족했다.

현장에 남겨진 범죄 행동의 특성으로 볼 때 계획적이고 치밀하며 대담하고 주저나 망설임의 흔적이 전혀 없었다. 하지만 마지막에 바닥에 던져 놓듯 내팽개치고 간 성급한 행동은 이와 모순됐다. 무엇보다 이맥의 신경을 건드리는 문제가 있었다. 언론 보도로 인해 너무 일찍 사건이 카스트라토 가수 공연과 배타적 연결이 이뤄진 부분이다. 자극적인 스토리텔링을 위해선 완벽한 조합이고 객관적 현장 상황도 대체적으로 부합하긴 하지만 만약 범인이 공연에는 전혀 관심이 없고 다른 이유로 그 장소를 선택한 것이라면 수사의 방향이 완전히 엉뚱한 쪽으로 치우치는 문제가 발생했다.

상념에 빠진 이맥을 깨우려는 듯 휴대전화 벨이 울렸다. 참고인 조사 쪽을 맡은 박 형사였다.

"팀장님, 왜 이경도를 안다고 말씀 안 하셨습니까?"

"이경도? 뜬금없이 그게 무슨 말이야."

"카스트라토 가수 이경도 말입니다. 세종문화회관."

"아, 그 사건 현장에서 공연한 가수. 내가 그 가수를 안다는 건 또 무슨 말이야?"

"아니, 가수분이 팀장님 어린 시절 친구, 아니 친한 동생이었다는데요?"

"그래? 지금 같이 있어?"

"아뇨, 일단 확인할 거 다 확인하고 물어볼 거 다 물어보고 나왔습니다. 팀장님께 말씀드린다고 했고요. 혹시 몰라서 팀장님 전화번호는 안 알려 줬습니다. 가수분 연락처 문자로 찍어 드릴게요. 팀장님이 전화하시든지 알아서 하세요."

"알았어, 박 형사. 수고했어."

맥은 의자를 한껏 뒤로 젖힌 채 눈을 천장 얼룩에 고정한 뒤 기억의 저장고를 뒤졌다.

'이경도…… 아, 이경도가 정말 그 경도인가……?'

이맥의 집, 고향, 근본. 비무장지대에서 가깝고 미군부대가 주둔해 있는 동담시 외곽의 천주교 성당. 그 성당과 이웃하고 있는 보육원 보스코의 집. 자신이 낳은 아기를 키울 수 없거나 키우기 싫은 부모들이 아기를 맡기는, 아니 버리는 곳. 이맥 역시 태어나자마자 그곳에 버려졌다. 부모가 누구인지 어떤 사정이 있기에 제 새끼마저 버렸는지 전혀 알 길이 없었다.

경도는 그곳에서 함께 자란 두 살 어린 동생이었다. 아이들에게 엄마 같았던 소은이 죽고 그녀의 동생 주은마저 어디론가 떠나 버리는 충격적인 사건이 발생하기 전까지는 경도 역시 그저 여러 동생들 중 한 명이었다. 하지만 소은의 사망 이후 떠나 버린 주은을 대신해 아이들이 각자 의지할 대상을 찾을 때, 경도는 맥을 선택했다. 경도가 신중하게 골라 자신을 선택한 것인지 그저 눈앞에 보이는 싸움 잘하는 형을 따라 다닌 것인지 이맥은 전혀 기억나지 않았다. 다만 경도가 노래를 무척 잘했다는 것은 기억났다. 성당 어린이 성가대에서 독창 부분을 도맡았고 동담초등학교 합창단에서도 가장 돋보이는 존재였다.

경도를 생각하자 어린 시절 맥의 마음을 사로잡았던 친구, 진아의 얼굴이 자연스럽게 떠올랐다. 경도가 진아의 합창단 후배였기 때문이다. 부모가 있는 진아가 보스코의 집에 맥과 산 쌍둥이를 찾아올 때마다 경도가 먼저 뛰어나가 '진아 누나'라고 소리치던 모습이 지금도 눈에 선했다. 이번 카스트라토 사건이 발생한 세종문화회관에서 공연하고 있던 유명한 가수 이경도가 그 경도란 말인가? 정말 그 경도일까?

"여보세요. 인왕경찰서 강력5팀장 이맥 경사입니다. 이경도 가수죠?"

수화기 너머에선 꽤 긴 시간 아무 말 없이 침묵이 흘렀다.

"여보세요? 이경도 가수님?"

"이경도 가수님? 낄낄, 참 웃긴 호칭이네."

"네?"

"왜 이래 맥 형. 설마 진짜 날 잊은 거야? 아니면 잊고 싶은 거야?"

"어…… 진짜 경도? 그 경도?"

"아니, 세상에 진짜 경도 가짜 경도가 따로 있어? 경찰 되더니 사람 변했네, 맥 형. 난 여보세요 한마디 듣고 형이라는 거 바로 알았는데."

"아, 아, 미안. 미안 경도야. 나 진짜 이렇게 유명한 가수가 내가 아는 사람일 수 있다는 건 상상조차 못 했어, 미안."

"형만 경찰 꿈 이루고 다른 고아들은 꿈 같은 건 전혀 이룰 수 없다고 생각한 거야? 너무 오만한 거 아냐?"

"아냐, 경도야 그런 거. 미안. 언제 시간 돼? 내가 너 있는 데로 갈게."

"오호, 날 살인범으로 체포하시려고? 아니면 조사 먼저?"

"이경도 가수는 중요 참고인이니까 당연히 조사는 해야 하는데, 내가 아니고 먼저 만난 박 형사 있지? 그 박 형사가 할 거야. 난 사건과 관계없이 너보고 싶은데, 괜찮겠어? 시간 낼 수 있어?"

"시간 낼 수 있냐고? 내가 형을 얼마나 만나고 싶어했는지 전혀 모르는구나? 형이 온다면 공연도 중단할 수 있어."

"……고맙다, 미안하고. 문자로 편한 일시 몇 개랑 장소 찍어 줘. 내가 바로 갈게."

공연 중단은 물론 과장일 테였다. 어린 시절 좋아하던 형을 만나겠다고 공연을 중단한다니. 비록 빈말이겠지만 경도가 얼마나 맥을 좋아했고 그리워했는지가 느껴졌다. 부모 있는 사람들을 중심으로 돌아가는 세상에서 이방인이나 외계인 취급을 받으며 사느라 쇠처럼 굳어졌던 맥의 심장에 다시 피가 공급된 느낌이었다. 이 세상에 자신을 그리워하는 사람이 있다는 사실이 맥을 잠시나마 뒤흔들었다.

경도가 정한 만남 시간과 장소는 목요일 오후 5시 성동구 응봉동에 있는 그의 소속사 IMG기획 사무실이었다. 꽉 막히는 오후, 도로 위에서 차가 가다 서다를 반복하는 동안 맥의 머릿속에는 1999년, 열세 살 초등학교 시절 일들이 떠올랐다.

한 몸 같았던 쌍둥이 산이 주한미군 존스 대령 부부를 따라 미국으로 떠나고, 맥은 충격과 슬픔에 빠져 무작정 보스코의 집을 뛰쳐나왔다. 이후 보스코의 집을 떠나 수원에 있는 차해용 경위의 집에서 살면서 새로운 환경에 적응하던 맥은 여름방학 직전 충격적인 소식을 접했다. 입원 중이던 보스코의 집 이영순 원장이 죽은 것이다. 원장의 추모 미사에 참석했다가 히죽히죽 웃는 전우민을 발견한 맥은 순간적인 분노를 참지 못해 주먹을 휘둘렀고, 곧이어 전 사장 큰아들인 우균에게 두들겨 맞았다. 성당을 가득 메운 신도들 앞에서 벌어진 일이었다. 해용이 뛰어와 우균을 떼어 낸 뒤 일방적으로 맞고 있던 맥을 안아 들고 응급실에 가기 위해 성당을 나왔지만, 수년 간 종합격투기 훈련을 받아 온 맥은 크게 다치지 않았다. 병원에 가는 대신 아이들이 좋아하는 과자를 사서 보스코의 집을 찾았던 그날, 맥을 가장 먼저 반겨준 아이가 바로 경도였다.

"맥 형이다! 형아, 나 경도. 나 안 잊었지?"

"안녕? 잘 있었어?"

"형 괜찮아? 어떤 사람이 형 맞아서 죽었다던데?"

"그래, 나 귀신이다. 으엉!"

"악!"

"하하, 바보. 형 괜찮아, 멀쩡해."

"역시 맥 형아는 세. 전우민 그 자식은 완전히 뻗었다던데."

"들어가자. 해용이 형이 과자 왕창 사 왔어. 오랜만에 과자 파티 하자."

"와, 과자다!"

다른 아이들이 한참 과자를 먹으며 깔깔거리는 사이 이경도와 강두필이 맥에게 다가왔다. 두필은 경도의 단짝 친구로 말이 별로 없고 늘 위축된 표정으로 경도 뒤만 졸졸 따라다녔다. 경도만큼은 아니지만 노래도 곧잘 불러서 성가대와 합창단 활동도 함께했다. 둘은 소은이 죽고 주은이 사라진 뒤부터 유독 산과 맥을 잘 따랐고, 같은 합창단이었던 진아와도 가깝게 지냈다.

"맥 형, 형은 좋겠다."

"왜?"

"저 경찰 형아랑 둘이 살잖아."

"여기 보스코의 집도 좋잖아, 경도야. 친구들, 형들 누나들 동생들, 선생님들, 수녀님들……."

"어차피 다 헤어질 건데 뭐. 아이들 다 갈 곳이 정해졌어. 나도 다음 주에 어떤 교회로 가."

"교회? 우린 성당인데? 보스코의 집 아이가 왜 교회로 가?"

"지난번 어린이 동요대회에서 우리 동담초등학교 합창단이 3등 했거든. 그때 2등 팀이 은총소년합창단인데, 그 팀이 어떤 교회 보육원 팀이고, 그 교회 목사님이 선생님이야."

"그런데 우리 경도가 노래를 너무 잘해서 그 목사님이 데려가는구나."

"뭐, 우리 합창단에서 고아는 나랑 두필이뿐이니까. 어차피 보스코의 집도 다음 주에 문 닫고, 그 목사님이 잘 키우겠다고 약속하고 뭐 그런 거지."

"넌 가고 싶지 않고?"

"그저 그래, 잘 모르겠어. 형처럼 같은 고아 형아랑 자유롭고 재밌게 살면 좋은데, 난 그럴 수 없으니 뭐, 할 수 없지."

"두필아, 너는? 넌 은총합창단인가 그 목사님한테 가고 싶어?"

언제나처럼 경도 뒤에 조용히 서 있는 두필에게 맥이 질문을 던졌다.

"어? 나? 나야 뭐……. 경도랑 같이 간다면 어디든 상관없어."

"그렇구나."

맥은 다시 경도에게 고개를 돌렸다.

"경도야, 그래도 네가 좋아하는 노래는 계속할 수 있잖아."

"그건 좋지. 난 커서 유명한 가수가 돼서 꼭 우리 엄마 찾을 거야."

"그래. 넌 노래를 잘하니까 꼭 그렇게 될 거야. 경도는 좋겠다."

"참, 형아. 동요대회 온 서울 애들한테 진아 누나 소식 들었는데……."

"진아? 민진아?"

"응. 우리 합창부에서 진아 누나랑 같은 학교로 전학 간 애가 있거든."

"그런데? 잘 지낸대? 대회엔 나왔어?"

"응. 그게……."

"뭔데?"

"잘은 모르는데, 진아 누나한테 나쁜 일이 생겨서 합창부도 그만두고 학교도 다른 데로 전학 갔대."

"나쁜 일? 무슨 일?"

"잘은 몰라. 애들 말로는 무슨 폭행인가 그런 거 피해자래. 그래서 학교에서 애들이랑 어울리지도 않고 늘 혼자 지내고 그랬는데 이유도 모르면서 애들이 따돌리고 그랬나 봐. 그중 한 명이 같은 동네에 살았는데 학교 가는 길에 진아 누나가 걔 얼굴을 볼펜으로 찍어서 막 피나고 난리 났대. 뺨에 큰 구멍이 생겨서 그 구멍 사이로 입안이 다 보였대. 선생님이랑 어른들은 애들은 몰라도 된다고 말도 안 해 주고 그러는데, 진아 누나네 집 근처 사는 애가 봤대. 경찰이랑 병원 차 오고……. 그러고 얼마 있다가 누나네 집이 이사 갔대. 학교는 아예 안 오고."

사무실에서 부원장이 맥을 부르는 바람에 경도와의 대화는 그것이 끝이었다. 아주 오랜 세월이 흐른 지금, 아주 이상한 상황에서 다시 만나게 될 때까지.

2023년 12월 21일 목요일

　　꽉 막힌 연말 오후 서울 시내 교통, 특히 종로에서 동남쪽 한강다리 방향은 영화에서 보던 전쟁통 피란길 같았다. 성질 급한 운전자들이 기다림에 지쳐 경적을 울려 댔다. 무리하게 차선을 바꾸고 끼어들다 차창을 내리고 서로 욕설을 주고받는 동안 맥은 24년 전 어린 시절 기억 속에 푹 빠진 채 차분히 운전을 해 나갔다.

　　맥의 깊은 추억 속 상념을 깨운 것은 도로 앞쪽에서 벌어진 다툼이었다. 극심한 꼬리물기로 생긴 사거리 정체를 해소하기 위해 수신호로 교통 관리를 하는 경찰에게 한 남성 운전자가 거칠게 항의를 하고 있었다. 그 옆엔 아들로 보이는 열 살 남짓 된 아이가 울면서 남자의 바지를 잡아 흔들고 있었다. 아마도 남자는 꽉 막힌 도로에 긴 시간 갇혀 있으면서 풍선처럼 부풀어 오른 분노를 터트릴 대상을 만난 듯했다. 정복을 입은 경찰에게 거칠게 달려드는 아빠의 모습을 보며 겁을 먹은 아들은 울면서 아빠를 말렸다.

　　그동안 고아에 대한 세상의 차별에 시달리면서 인내심을 키운 맥이었지만 부모로부터 버려진 자신의 모습을 연상케 하는 아이를 보면 인내심이 무너져 내리고 몸이 먼저 반응했다. 늘 그랬다. 어느새 맥은 몸싸움 직전까지 치달은 경찰과 남자 사이에 섰다.

"화가 많이 나신 것 같은데, 저도 세 대 뒤에 서 있는 차 운전잡니다. 보시다시피 선생님 때문에 저 많은 차들이 못 가고 있고 아드님도 많이 불안해하는데 이쯤에서 차로 돌아가시죠."

"당신 뭐야! 뭔데 짭새 편을 들어! 분명히 이 짭새가 우리 쪽 차선만 막고 다른 쪽 차들만 다 보내고 있다고. 위에서 지시받았겠지. 높은 놈이나 돈 많은 놈 길 터 주라고."

"지금 이렇게 싸워 봤자 그 말이 사실인지 확인할 수도 없고, 울고 있는 아드님을 봐서라도 추운데 밖에서 이러지 마시고 이만 차로 돌아가시죠. 마지막으로 부탁합니다."

"마지막 부탁? 그 부탁 내가 안 들어 주면 어쩔 건대? 나랑 한번 붙어 보자는 거야? 엉?"

갑자기 날아든 남자의 손이 맥의 멱살을 잡았다. 하지만 비명을 지르며 주저앉은 것은 오히려 남자였다. 어느새 맥의 손가락이 남자의 손등을 눌렀고 고통을 참지 못한 남자가 무릎을 꿇었다. 맥은 길바닥에 주저앉은 남자를 무시하고 아이부터 챙겼다. 길을 막고 다투는 이들을 향해 경적을 울리고 창을 내려 욕을 해 대던 운전자들도 남자가 바닥에 고꾸라지자 조용해졌다.

"괜찮아? 너무 걱정하지 마. 아빠는 괜찮을 거야."

"경찰 아저씨가 우리 아빠 잡아가지 않아요?"

맥이 경찰을 향해 눈을 찡긋하자 넋을 잃고 서 있던 경찰이 입을 열었다.

"어? 어, 그럼. 아저씨는 아빠 같은 운전자들 도와드리러 온 경찰이야. 길이 너무 막혀서 아빠가 화를 좀 내신 거라서 아저씨도 다 이해해. 걱정하지 마."

"정말요? 고맙습니다."

맥이 아이의 머리를 쓰다듬었다.

"아주 착한 어린이구나. 이름이 뭐야?"

"준서예요. 최준서."

남자는 아직도 아픈 듯한 손을 다른 손으로 감싸 쥔 채 인상을 찌푸리며 몸을 일으켰다.

"이거 폭행이야, 폭행. 짭새, 이거 다 봤지? 이 사람 체포해 당장. 그 뭐지? 그래, 현행범이야 현행범."

"글쎄요, 일단 전 짭새가 아니고요. 경찰입니다, 경찰. 그리고 제가 본 건 선생님이 이분 멱살을 잡다가 스스로 넘어진 상황이고요. 그래서 체포를 해야 한다면 그건 이분이 아니라 선생님이 대상일 겁니다. 이분은 피해자고요. 피해자분, 피해 입으셨습니까? 폭행당하셨다고 생각하신다면 정식으로 사건 처리하겠습니다."

"멱살을 잡힌다는 건 무척 기분 나쁘고 가슴과 목 부위에 통증이 발생하는 명백한 폭행 행위죠. 저분이 정식 사건 처리를 원한다면 전 당연히 폭행 피해에 대해 신고하겠습니다. 하지만,"

전혀 예상치 못한 상황에 눈이 커질 대로 커진 남자가 초조한 듯 침을 꿀꺽 삼키며 되물었다.

"하지만……?"

"다만 저분이 스스로 넘어진 것으로 봐서 제 몸에 손이 닿은 것도 고의가 아니라 넘어지는 과정에서 발생한 우연한 접촉, 그러니까 사고로 볼 여지도 있고…… 특히 이 착하고 용감한 어린이가 실망해서는 안 되잖습니까?"

"아저씨, 우리 아빠 용서해 주세요. 요즘 우리 아빠 괴롭히는 누나들 때문에 스트레스받아서 그래요. 용서해 주세요, 제발……."

"준서야, 용서라니. 아빠가 잘못한 게 아니야. 아빠는 피해자야, 피해자."

"자, 선생님 결정을 내리시죠. 저 신호등 위에 CCTV 카메라 보이시죠? 주변 차량들 블랙박스에도 다 찍혔을 테고요. 증거는 차고 넘칩니다. 원하시면 정식 사건 접수하겠습니다."

"아니, 뭐 각박하게 꼭 정식 사건 처리를 하라는 건 아니고…… 우리 준서도 그만하라고 하니……. 하여튼 민중의 지팡이가 말이야, 똑바로 해, 똑바로! 가자 준서야."

"안녕히 계세요."

아빠의 손에 이끌려 차로 돌아가면서 아이는 맥과 경찰을 향해 공손히 배꼽인사를 했다.

맥과 경찰도 아이에게 손을 흔들어 주었다.

"정말 고맙습니다. 시민분이 이런 어려운 상황에서 경찰을 돕는 일이 흔치 않은데……."

맥은 경찰의 귀에 대고 속삭였다.

"직원이에요. 인왕서 강력5팀장. 힘내세요."

경찰은 뒤돌아 뛰어가는 맥의 등을 향해 환한 미소와 함께 거수경례를 했다.

맥은 기어가듯 꽉 막힌 동호로를 따라 금호터널을 지난 뒤 네비게이션이 지시하는 대로 금호동을 지나 응봉동 좁은 이면도로를 헤엄치듯 헤치고 나갔다. 그렇게 도착한 곳은 낡은 다가구 주택들이 줄지어 늘어선 주택가였다. 좁고 긴 언덕길 끝으로 오래된 빨간 벽돌 건물 위에 십자가가 달린 교회가 보였다. 목적지는 교회 뒤로 붙어 있는 새로 지은 듯한 회색 콘크리트 건물이었다. 교통 체증을 예상하고 이른 시간에 출발했지만 맥은 결국 약속 시간보다 15분 늦게 IMG기획에 도착했다.

주차장 입구 차단기 앞에 차를 세운 뒤 인터폰을 눌러 신분과 방문 목적을 밝히자 차단기가 올라갔다. 1층 안내 데스크에서 다시 한번 이경도를 만나러 왔다고 밝히고 방문자 확인을 마친 뒤에야 내부 엘리베이터로 향하는 차단문이 열렸다. 직원은 맥을 향해 꼭대기 층인 5층에서 내리라고 말했다. 엘리베이터 안 층별 버튼 옆에는 기획실, 마케팅팀, 회의실 등 안내 표지가 있었는데 F로 표시된 4층 버튼 옆에는 아무 표시 없이 빈칸으로 남겨져 있었다. 5층에 내리니 반투명한 유리문이 다시 앞을 가로막았다. 우측 벽 눈높이에 설치된 비디오폰의 방문자용 버튼을 누르고 잠시 기다리자 '들어오세요'라는 음성과 함께 문이 열렸다. 검은색 재킷에 흰색 블라우스를 받쳐 입고 올림머리를 한 20대 중반 정도로 보이는 여성이 맥을 맞았다. 단정하고 흔들림 없는 태도, 무표정한 얼굴…… 회사원이라기보다는 경호원 같은 느낌이 물씬 났다.

"안녕하세요. 이맥 형사님이죠?"

"네, 이경도 가수 만나러 왔습니다."

"조금 늦으셨네요. 기다리고 계십니다. 이쪽으로 오시죠. 아시다시피 그 사건 때문에 회사 전체가 정신이 없습니다."

어딜 가든 주변을 세심히 관찰하는 것은 형사이자 프로파일러로서 이맥에게 생긴 직업병 중 하나였다. 초기에는 이맥이 방문하는 곳의 주인이나 일하는 사람들이 이맥의 이런 톺아보기 습관에 대해 불쾌감을 드러내기도 했다. 이후 이맥은 다른 사람들이 알아채지 못하도록 눈 동작만으로 사방을 살펴보는 방법을 터득했다. IMG기획 사무실 천장 각 코너와 중앙에는 CCTV 카메라가 달려 있었다. 파티션으로 나눈 네 개의 공간에 책상을 두고 앉은 네 명의 직원은 모두 전화기를 붙들고 있었다. 카스트라토 사건과 관련한 언론의 취재 요청 혹은 팬들의 우려 섞인 문의 전화에 응대하느라 정신이 없었다.

계속 울리는 전화벨 소리와 직원들 목소리가 뒤섞여 시끌시끌한 사무 공간을 지나 두 개의 방문 앞에서 안내 직원이 멈췄다. 오른쪽에 IMG 대표 실이라고 적힌 팻말이 붙은 방 옆으로 아무런 표시도 없는 작은 문 앞에 선 안내 직원이 노크를 했다. 문은 기다렸다는 듯 열렸다. 반갑게 안아 오는 경도의 뒤로 방 안 천장에 달린 CCTV 카메라가 맥의 눈에 들어왔다.

"이맥 강력팀장님, 어서 오세요. 이게 얼마 만이야, 도대체?"

"반갑다, 경도야. 너무 멋있어져서 몰라보겠다."

"어렸을 때 내가 얼마나 초라하고 못나 보였길래 몰라볼 정도래?"

"아, 아니 그런 뜻이 아니고……."

"하하, 농담이야, 농담. 천하의 이맥 형이 쩔쩔매는 모습을 보다니. 너무 의왼데, 이거? 하하."

"형사님, 마실 건 어떤 걸 드릴까요?"

아직 나가지 않고 있던 안내 직원이 물었다.

"그러게, 손님한테 음료수부터 권하는 게 예의지. 우리 사무실에 마실 거 뭐 있나요?"

"네. 커피, 녹차, 오렌지주스, 그리고 물 있습니다."

"맥 형, 뭐 마실래? 어릴 땐 주스 좋아했었잖아?"

"그걸 기억하고 있었구나. 지금은 커피 좋아해. 전 커피 주세요. 찬 거 더운 거, 캔, 자판기 가리지 않으니까 아무거나 그냥 있는 거 주세요."

"하하, 경찰답네. 난 뭐 마실까?"

안내 직원이 경도를 향해 눈을 흘겼다.

"목이 생명인 가수가 아무거나 드시면 안 되는 거 아시면서……. 텀블러 주세요, 채워 드릴게요. 손님은 커피로 준비하겠습니다."

마치 사탕을 달라고 조르다가 거절당한 아이 같은 표정을 짓던 경도가 다시 어른스러운 미소를 지으며 소파로 맥을 이끌고 가 나란히 앉았다.

"난 하루도 형 잊은 적이 없는데, 형은 날 완전히 잊고 있더라. 이경도 가수님이라고 부르고……. 전혀 모르는 사람인 줄 알던데. 서운해, 형."

"미안해, 경도야. 전화로도 얘기했지만,"

"잠깐, 내가 정확히 기억하고 있어, 그 대사. '아, 아, 미안. 미안 경도야. 나 진짜 이렇게 유명한 가수가 내가 아는 사람일 수 있다는 건 상상조차 못했어, 미안' 맞지, 맞지? 정확하지?"

"어떻게 나보다 더 정확하게 내가 한 말을 기억하고 있냐, 대단하다."

"우리야 늘 뮤지컬이나 오페라 대사 외워야 하고, 노래도 맨날 이태리어, 독일어 아니면 영어로 부르니까 가사도 매번 외워야 하거든. 대사 외우는 거야 이골이 났지. 무엇보다 그날 전화할 때 형이 했던 대사는 너무나 명대사라서 듣자마자 외워지더라니까, 하하."

노크 소리가 들리고 직원이 커피와 경도의 텀블러를 가져다주었다.

"혹시 더 필요한 건 없으세요?"

"없어요, 이것도 과분하죠. 잘 마실게요."

"네, 그럼 대화 나누시고 언제든 필요한 거 있으면 불러 주세요."

할 일을 마친 직원이 조용히 문을 닫고 나갔다.

"그건 가수를 위한 특제 음료인가 봐?"

"이거? 목에 좋다는 것 다 넣어서 무슨 박사가 만들었다는데 맛도 이상하고 천천히 날 독살하는 게 아닌가 의심도 가고. 하하, 농담이야. 뭘 그리 진지하게 들어. 형 맛 좀 볼래?"

51

맥은 자기도 모르게 세차게 고개를 흔들었다. 그 모습이 재밌었는지 경도가 눈물까지 흘리며 웃음을 터트렸다.

"그런데 경도야, 들어오면서 보니까 바로 옆방 문에 대표실이라고 붙어 있던데 대표님은 안 계신가 봐?"

"아, 대표님. 대표라고 쓰고 주인님이라고 읽는다. 하하."

마치 허공에 글씨가 띄워져 있는 듯 경도는 손가락으로 허공 속 특정 지점을 연이어 짚으며 '주인님' 세 글자를 한 자씩 또박또박 뱉어 냈다.

"주인님?"

"농담이야, 농담. 형사라서 그런가 장난꾸러기 맥 형답지 않게 왜 자꾸 개그를 다큐로 받아? 크크크."

아무리 오랜 세월이 흐르고 어른이 된 경도가 어린 시절과는 많이 달라졌다 해도, 과장된 웃음 앞뒤로 불현듯 뱉어 내는 말에 묻어 있는 경도의 속마음이 맥에게 느껴졌다. 쉽게 거둬들이지 않는 맥의 진지한 눈빛이 부담스러웠는지 경도가 말을 이었다.

"형도 경찰이니까 상사가 있을 거 아니야, 경찰서장? 뭐 그런 사람. 우리 대표도 목 아껴라 컨디션 유지 잘 해라 이런저런 잔소리 많고, 이거 해라 저거 하지 말아라 지시도 많아서 재미 삼아 별명처럼 주인님이라고 부르곤."

경도의 말이 채 끝나기도 전에 문이 벌컥 열리며 60대 초중반으로 보이는 남자가 들어왔다.

"우리 경도, 손님이 와 있었네?"

"네, 대표님. 제가 어릴 때 좋아했던 형이에요. 아시죠, 보스코의 집?"

"아, 경도가 나 만나기 전에 있었던 곳? 반가워요. 경도는 내 아들이나 다름없으니까 경도 친구라면 아들 친구라고 할 수 있지. 혹시 필요한 것 있으면 뭐든지 얘기해요. 참, 경찰이라면서요, 형사?"

"네, 인왕경찰서 강력5팀장 이맥 경사입니다. 처음 뵙겠습니다."

"나도 경찰청, 검찰청, 법무부 자문위원으로 많이 돕고 같이 일했으니까 한 식구라고 생각해요. 그럼 경도한테 좋은 얘기 많이 해 주고 다음에 또 봐요."

"아, 네. 그러겠습니다."

대표가 나가고 난 뒤에서야 맥은 그가 누구인지 생각났다.

"경도야, 저분 그 고……."

"그래, 고일민 대표. 세상에는 고일민 목사로 잘 알려져 있지. 경찰, 검찰, 교도소랑 가장 친한 목사님."

"그럼 저분이 널 보스코의 집에서 데려간 은총합창단인가, 그 목사님이야?"

"응, 은총소년합창단."

"그리고 네 소속사 대표고?"

"그렇지. 열한 살 때부터 줄곧 내 보호자, 선생님, 매니저, 그리고 대표지."

"주인님이라고 할 만하네."

"아니, 그건 농담이라니까, 농담. 그건 잊어버려, 형."

"참, 너랑 같이 은총합창단 목사님 따라갔던 두필이는 어떻게 됐어?"

순간 경도의 표정이 묘하게 일그러졌다.

"어? 형이 어떻게 두필이를 기억하지? 두필이 기억하는 사람 처음 만나네."

"왜 기억을 못 해? 보스코의 집에서 경도 너랑 단짝이었잖아. 성당 어린이 성가대, 동담초등학교 합창단, 어디든 둘이 함께였잖아. 결국 은총합창단도 같이 가고."

"글쎄, 그걸 기억하는 사람을 처음 만났다니까. 워낙 두필이가 조용하고 말이 없어서 그런지 두필이를 기억하는 사람이 없던데."

"그 말은, 그동안 네가 두필이에 대해서 알아봤다는 얘기?"

"아니, 뭐 내가 알아봤다는 게 아니라 이런저런 자리에서 우연히 만난 사람들이 그렇더라는 얘기지."

"누구? 그중에 혹시 내가 아는 사람들도 있나?"

"뭐야? 지금 날 취조하는 거야? 사건과 관계없이 나 보러 오는 거라며? 그게 아니면 혹시 진아 누나 소식 알 수 있을까 기대하는 거야?"

"아니, 아니, 그게 아니고……."

"뭐야, 형사가 뭐 이렇게 순진해? 얼굴까지 빨개지네? 아쉽게도 보스코의 집 사람들은 아니고 은총 사람들……. 나한테 두필이 안부를 물어본 사람이 아무도 없어. 형이 처음이란 말이지."

"아, 조금 전에 들어왔던 너희 대표님. 그분은 알고 있을 거 아냐?"

"어? 대표님? 그런 얘긴 별로 안 해서……. 그건 그렇고 형, 진아 누나 소식 정말 몰라?"

"몰라. 지난번 이영순 원장님 돌아가시고 보스코의 집에서 널 마지막으로 봤을 때 경도 니가 전해 준 소식, 그게 진아에 대해서 내가 들은 마지막 소식이야."

"형, 진아 누나랑 진짜 친했잖아. 산이 형이랑 셋이 삼총사였는데……."

"그러게, 어디서 잘들 살고 있겠지."

"산이 형도 없고, 진아 누나도 없고, 형도 참 외로운 인생이네."

"야, 그래도 이렇게 대성공한 동생이 있으니 얼마나 좋냐. 넌 우리 보스코의 집의 자랑이야. 대한민국 최고의 가수 대스타 이경도, 뿔뿔이 흩어진 보스코의 집 동생들이 너 보면서 큰 힘 얻을 거야. 고맙다, 경도야. 이렇게 훌륭하게 커 줘서."

"뭐야, 갑자기 노인네같이……."

감격해서인지 당황해서인지, 이경도의 표정이 묘하게 일그러지더니 눈가를 훔쳤다.

"아니, 뭐야 진짜 당황스럽게, 사람 눈물 나게 만드네. 형, 형사 맞아? 연기 잘하는 멜로드라마 배우 같아."

노크 소리가 들리고 잠시 후 문이 열렸다.

"두 분 말씀 중에 죄송합니다. 이경도 가수님, 다음 스케줄 때문에 이제 이동하셔야 합니다."

"그래요? 벌써 그렇게 됐나?"

"아, 미안합니다. 제가 우리 가수님 귀한 시간을 너무 많이 빼앗았군요. 경도야, 만나서 정말 반가웠다. 워낙 유명하고 바쁜 분이라 자주 보자는 말은 못 하겠고, 언제든 시간 나면 연락해. 사건 때문에 불가피할 때 아니면 달려올게. 주로 여기에 있는 거지?"

"그럼. 나한테 필요한 건 여기 다 있거든. 4층 전체가 내 개인 연습실 겸 녹음실이야. 언제든 시간 되면 여기 들러. 이제 우리 자주 보자, 형."

"그래, 연락하자."

직원의 안내를 받아 사무실을 나서며 주머니에서 휴대전화를 꺼내 보니 부재중 전화가 일곱 통, 문자 메시지가 10여 개 와 있었다. 세 번이나 전화를 한 진경원에게는 바로 회신해 달라는 독촉 문자도 세 개나 들어와 있었다. 나머지는 인왕서 출입기자, 형사과장, 그리고 이경도 등 참고인과 주변 인물 조사를 맡은 박 형사였다. 순서상, 그리고 전화 온 횟수를 보자면 진경원에게 가장 먼저 전화를 해야 했지만 맥은 박 형사로부터 온 부재중 전화에 통화 버튼을 눌렀다. 전화기를 귀에 대고 안내 직원에게 인사를 하는 동안 박 형사가 전화를 받았다.

"팀장님!"

"어, 박 형사."

"이경도 만나셨어요? 어때요? 뭐 좀 건졌어요?"

"어, 잠시만. 엘리베이터 타니까 내려서 주차장에서 다시 전화할게."

지하 주차장에 도착한 맥은 다시 박 형사에게 전화를 걸면서 주차된 차 문을 열고 운전석에 앉았다.

"그래, 박 형사."

"뭐 좀 있던가요?"

"사건 때문에 온 게 아니고 사적으로, 지인이라서 만나러 온 거 잘 알잖아."

"에이, 팀장님. 형사한테 사적인 만남이 어딨어요? 다 내사고 수사지. 어때요?"

"다른 건 아직 잘 모르겠고, 고일민 대표 쪽 좀 조심스럽게 들여다봐 줘. 강두필이라고 있어."

"강도요?"

"아니, 강두필. 사람 이름. 강 두 자 필 자, 강두필."

"아, 강두필. 이게 누군데요?"

"어릴 적 보육원에서 같이 자란 경도 친군데 늘 말이 없고 조용했어. 합창단이나 성가대에서 노래도 같이했고. 나랑 같이 있던 보스코의 집에서 은총소년합창단으로 옮길 때도 경도랑 두필이가 같이 갔거든."

"단짝이었네요, 둘이."

"그런 셈이지. 그런데 경도는 늘 인정받고 주목받았는데 두필이는 아무도 알아주지 않고 관심도 못 받았거든."

"아하! 시기 질투, 뭐 그런."

"그럴 수도 있지만 확실하진 않아. 내 기억엔 두필이가 경도를 질투한 건 떠오르지 않고…… 오히려 경도를 무척 좋아하고 그냥 졸졸 따라다녔다고 해야 하나? 내가 두 사람에 대한 기억이 별로 없어서. 암튼 은총소년합창단으로 간 이후 두필이는 전혀 소식도 없고 오늘 경도에게 물어봤는데 내가 안부를 물었다는 거 자체에 무척 놀라더라고. 아무도 두필이에게 관심 가진 사람이 없었다고, 내가 처음이라고."

"그런데요, 그게 이번 사건과 어떤 관계가 있을까요?"

"모르지. 그러니까 한번 알아보라고. 내가 팀장이냐, 니가 팀장이냐?"

"아, 아, 뭔 말인지 알겠습니다. 팀장님 촉이야 뭐 거의 무당이나 도사급이니까, 함 파 볼게요. 아 참, 그리고 고일민 대표라고 했습니까?"

"이경도 소속사 대표, 몰랐어?"

"아 예, 소속사 쪽은 아직. 그런데 고일민, 고일민, 많이 들어본 이름인데?"

"경찰청 범죄예방자문위원. 검찰청하고 법무부 쪽에도 이름 올리고 있고 신문이나 방송에서 가끔 등장하고."

"아, 그 목사님."

"그래, 고일민 목사."

"그런데 그 사람이 이경도 소속사 대표라고요?"

"그래, IMG기획 대표. IMG가 무슨 뜻일까 생각해 봤는데 왜 영어 이름은 성이 뒤로 가고 이름이 앞으로 오잖아."

"고일민이니까, IM이 일민, G가 고."

"그렇지. 그리고 24년 전에 경도가 나랑 같이 지내던 보스코의 집에서 은총소년합창단으로 갔는데 거기가 고일민 목사가 운영하던 곳이야. 그때부터 죽 고일민 목사가 이경도를 데리고 있었던 거지. 강두필은 그때 같이 은총으로 간 뒤에 언제 어떻게 됐는지 모르겠고. 그리고……."

"그리고……요?"

"IMG기획사 건물이 꼬불꼬불 주택가 언덕길에 낡은 다가구 주택들이 밀집해 있는 곳에 있거든. 그것도 교회 뒷마당에. 위치도 이상하지만 그런 위치에 있는 건물치고 내부에 CCTV 카메라가 너무 많이 설치되어 있는 것도 좀 그렇고……. 왠지 경도가 고일민 목사 얘기만 나오면 얼굴 표정도 굳고 화제를 다른 곳으로 돌리고, 내가 너무 과민한 건지 몰라도 뭔가 있나 싶어."

"알겠습니다. 표 안 나게, 조심조심 하지만 깊숙이, 잘 파 보겠습니다. 뭐 나오면 보고드릴게요."

"그래, 수고해."

"넵, 충성!"

박 형사와 통화하는 동안 진경원으로부터 여러 차례 전화가 걸려 왔다. 맥은 박 형사와 통화를 마치고 진경원에게 전화했다.

"아니, 전화를 안 받을 땐 긴급한 수사 중인가 싶어서 용서해 주려고 했는데, 통화 중이라는 건 누군가 다른 사람과 시시닥거릴 시간이 있었다는 거 아냐? 내 긴급 전화는 무시하고."

"그럴 리가, 아냐. 전화 못 받은 건 정말 미안한데 박 형사랑 통화했어. 박 형사 담당 중요 참고인을 내가 좀 전에 만났거든."

"박 형사 담당 참고인을 왜 팀장인 선배가 만나?"

"아, 그게 그 참고인이 예전에 나랑 알던 사이라서."

"아, 됐고. 국과수랑 시경에서 회신이 왔어."

"뭐 좀 나왔대?"

"맘 같아서는 절대 말 안 해 주고 싶은데."

"경원아, 그러지 말고. 오빠가 맛있는 거 사 줄게."

"이럴 때만 '경원아', '오빠가' 이러지. 평소엔 세상 차갑고 냉정하게 '진 팀장', 이러면서."

"남들 앞에서 어떻게 이름 부르고 오빠라고 하냐? 니가 나보다 계급도 높은 상관인데."

"하여튼 경찰이 아니라 사기꾼 같아, 오빠는. 난 완전 피해자고."

"미안, 뭐가 나왔대? 서울청에선 쪽지문, 국과수에선 터치 DNA?"

"참, 사람 할 말 없게 만드네. 전화 괜히 했네. 나만 몸 달아서, 빨리 결과 알려 주려고. 벌써 다 알고 있는 걸."

"아냐, 알긴 뭘 알아? 그냥 넘겨짚은 거지. 정말 나왔어? 쪽지문하고 DNA?"

"그래, 현장에서 내가 놓친 거 서울청에서 성경 케이스 정밀 감식해서 쪽지문 한 점 찾아냈어. 국과수에선 고환에서 피해자 것이 아닌 미량의 터치 DNA."

"쪽지문······ AFIS(Automatic Fingerprint Identification System, 지 문자동검색시스템) 돌릴 만한가? DNA는 데이터베이스 검색해 봤고?"

"워낙 일부만 찍힌 쪽지문이라서 특정점 몇 개 잡히긴 하는데······ 그래 도 돌려는 본대. 일단 그 지문 이미지 전달받아서 내가 현장에서 채취한 목 격자들 지문하고 대조 좀 해 보려고. DNA는 일단 국과수 DB랑 대검 DB에 선 일치하는 대상 없고."

"오케이, 그래도 큰 성과네. 용의자 나오면 대조해 보면 되니까. 그런데 경원아, 현장에서 놓친 건 아니지. 육안으로 안 보이고 특수 광원으로도 식 별 어려운 쪽지문일 텐데, 실험실에서 슈퍼글루 훈증이나 시약 처리해서 겨우 드러났겠지. 터치 DNA야말로 현장에선 발견할 수 없는 거고. 무엇보다 증거물 보존이 잘됐으니까 실험실에서 찾을 수 있었지. 잘했어, 진 팀장."

"어이구, 이런 걸 엎드려 절 받기라고 하나? 암튼 위로가 좀 되네. 앞으로도 나한테 좀 다정하게, 착하게 말해. 데데거리지 말고."

"알겠습니다. 진경원 경위님, 충성!"

"또 그런다, 또. 그런데 이거 아직 형사과장이나 다른 사람한텐 보고 안 했어. 또 기자한테 달랑 갖다 바칠까 봐서."

"그래, 잘했다. 일단 우리만 알고 있자. 최대한 보고 시점을 늦춰 보자. 그동안 수사 계획 재점검하고. 나 운전해야 해서 이만 끊을게. 또 연락할게."

"오빠, 오빠, 야, 이맥!"

맥은 미소를 지으며 통화종료 버튼을 눌렀다. 전화는 끊었지만 맥은 차에 시동을 걸지 않았다. 아니, 걸 수가 없었다. 경원의 목소리, 그 목소리 너머에 있는 살짝 삐친 얼굴, 밝고 착한 품성은 언제나 맥의 마음을 뒤흔들었다. 하지만 절대 그런 속마음을 보여선 안 된다. 아니, 아주 조금이라도 들켜선 안 된다. 그건 배신이기 때문이다. 진 박사님과 사모님, 경원의 가족 모두가 자신에게 베풀어 준 친절과 배려에 대한 지독한 배신.

부모가 누군지도 모르는 고아, 대학도 나오지 못한 싸움꾼. 경찰이라는 직업이 허락된 것 자체가 기적이라고 할 수 있는 자신에게 다가오는 경원을, 이맥은 조금의 틈도 내 주지 않고 밀어냈다. 갑자기 우울 증상과 함께 자살 충동이 엄습해 오곤 하는 혼자만의 비밀, 그 어두운 그림자를 안고 있는 자신의 치명적인 위험성을 너무도 잘 알기에 경원 아니라 어떤 사람에게도 지나치게 가까운 거리는 결코 내어 줄 수가 없었다. 남에게 보일 수 없는 상처가 있는 왼 손목, 그 왼쪽 손목을 감싸고 있는 커다란 시곗줄을 만지작거리던 맥은 자기도 모르게 경원을 처음 만난 그날의 기억을 떠올렸다.

24년 전, 이영순 원장 추모미사에 참석하기 위해 찾은 보스코의 집에서 경도와 두필을 마지막으로 만난 그날, 부원장은 맥에게 겉에 매직펜으로 '이산', '이맥'이라고 쓴 라면 상자 한 개를 건네주었다. 원장이 남긴 유품 상자들 중 하나였다. 상자를 받아 든 맥은 부원장에게 꾸벅 인사를 하고는 전에 산과 함께 쓰던, 지금은 비어 있는 방으로 들어가 문을 닫았다. 상자 안에는 산과 맥이 처음 보스코의 집에 왔을 때부터 찍은 사진과 생일이나 성탄, 새해 등 중요한 기념일마다 원장에게 썼던 카드와 편지, 사고 치거나 잘못한 뒤 썼던 반성문, 상장 같은 것들이 들어 있었다. 그 사이로 1987년 12월 25일 새벽 성당 사제관 문 앞에 놓여 있던 바구니 속 두 아기를 감싸고 있던 강보와 담요, 그리고 "죄송합니다. 우리 산과 맥, 잘 부탁드립니다. 찬미 예수님."이라고 적힌 쪽지가 보였다. 쪽지를 손에 든 맥은 얼어붙은 듯 한참을 움직이지 않았다. 두 눈은 쪽지 위 글자들을 빨아들일 듯 노려보고 있었다.

"맥아, 가자! 맥! 맥 어딨니?"

밖에서 해용이 부르는 소리가 들렸다. 하지만 맥은 자신을 부르는 소리조차 알아듣지 못했다. 엄마가 쓴 것으로 보이는 쪽지, '산', '맥'이라는 이름, 그리고 곱고 예쁜 글씨체. 눈물인지 물기인지에 젖어 번져서 알아볼 수 없는 마지막 한 줄이 머리를 가득 메우고 바깥세상으로부터 맥을 완전히 차단했다. 문이 벌컥 열렸다.

"이 녀석 여기 있었구나. 그렇게 여러 번 불렀는데 대답도 안 하고."

"어, 형, 미안."

"그게 뭐야?"

"원장 선생님이 남겨 주신 거."

"어디, 나도 한번 볼까?"

"아냐, 형. 왜 불렀어?"

"이것 봐라. 우리 사이에 이제 비밀이 생긴 거야? 섭섭한데."

"비밀은 뭐. 집에 가서 보여 줄게."

"알았어, 봐주지. 이제 가야지. 길도 많이 막힐 텐데 일찍 출발하자."

맥은 한꺼번에 큰일이 여러 개 생겨서 머리가 아플 정도로 복잡했다. 성당에서 우민이를 때리고 여덟 살 위인 전우균에게 두들겨 맞은 일 정도는 이제 신경 쓸 여유도 없었다. 전 사장의 변호사가 제안한 합의금도 해용과 상의해서 보스코의 집에 모두 기부하기로 했다. 맥을 온통 사로잡은 것은 엄마가 썼을 것이 틀림없는 쪽지, 그리고 진아에게 일어난 사건이었다. 해용에게는 나중에 얘기하기로 했다. 안 그래도 가뜩이나 범죄사건에 승진 공부에, 맥이 저지른 사고 뒤처리에 바쁘고 힘든 해용에게 새로운 걱정거리를 안겨 주고 싶지 않았다.

추모미사에 다녀온 맥은 말수가 줄고 밥도 거의 먹지 않았다. 어두운 표정으로 멍하니 있을 때가 많았고 누가 불러도 아무런 반응을 보이지 않았다. 해용과 담임선생의 '괜찮아 지겠지'라는 기대도 일주일이 넘어가자 흔들렸다. 결국 해용은 맥의 동의를 얻고 소아청소년정신의학과가 있는 대학병원을 찾았다. 몇 가지 검사와 상담을 마친 맥이 대기실에서 기다리는 동안 해용이 결과를 듣기 위해 의사와 마주 앉았다.

"이맥 환자 보호자분, 환자 상황에 대해서는 잘 알고 계시죠?"

"네, 제가 법정후견인이자 동거인이고 맥이 저와 함께 살기 전에 보육원에서 지낼 때부터 잘 알고 있었습니다."

"그럼 혹시 전에도 지금처럼 말이 없고 식욕도 없고 집중을 잘 못 하는 경우가 잦았나요?”

“아뇨, 제가 알기론 없습니다. 비록 태어난 직후부터 부모를 모른 채 보육원에서 자랐지만 씩씩하고 싸움도 잘하고 리더십도 뛰어나서 동생들이 잘 따르는 아이였어요.”

“쌍둥이였다면서요……?”

“아, 예. 산이라고 쌍둥이 형제가 혼자 미국으로 입양을 가서 그때 충격을 좀 크게 받았습니다. 보육원을 뛰쳐나가서 제가 찾아왔죠. 그래도 이런 식은 아니었거든요. 제가 같이 살자고 하면서 후견인 지정 법원 절차도 아주 잘 치러 냈었고요.”

“그 이후엔…….”

“동담시에서 수원으로 와서 저와 함께 살았는데 새 학교에도 잘 적응하고 별문제 없이 잘 지냈어요, 최근까지…….”

“그런데요?”

해용은 최근 동담시에 다녀온 일을 얘기했다. 그러자 의사는 알겠다는 듯 고개를 끄덕였다.

“사람의 마음은 참 복잡하죠. 세균이나 바이러스 때문에 생긴 병이라면 진단과 치료가 명확한데 주변 환경과 다른 사람들, 그리고 자기 생각과 감정 같은 것들이 얽히면서 발생하는 문제는 다릅니다. 결론부터 말씀드리면 우리 이맥 환자가 보이는 증상들, 그리고 심리검사 결과를 종합하면 소아 우울증 초기라고 판단됩니다.”

“소아 우울증이요……?”

“너무 놀라거나 걱정하지는 마시고요. 많은 분들이 잘 모르시는데 의외로 우리나라엔 소아 우울증 환자가 꽤 발생합니다. 학업, 가족 갈등, 교우 관계 등등 어린이에게 과도한 스트레스가 가해지는 경우가 꽤 많거든요. 게다가 보호자가 너무 크게 걱정하면 어린이 환자가 더 위축되고 치료에 부정적인 영향이 발생할 수 있습니다."

"아, 네. 그럼 우리 맥이는……?"

"우선 가장 큰 영향 요인이 한 몸 같았던 쌍둥이와의 갑작스러운 이별이었던 것으로 보입니다. 당시엔 겉으로는 그 상실감을 극복한 것처럼 보였을지 모르지만 늘 이맥 환자 마음속에 쌍둥이 형제의 빈자리가 커다란 상처로 자리 잡고 있었던 것 같습니다. 물컵에 가득 담겨 있는 물이 넘치지 않아서 괜찮은 줄 알았는데 마지막 한 방울에 왈칵 넘쳐 버린다는 얘긴 들어 보셨죠?"

"네, 티핑 포인트라고……."

"경찰이라더니 잘 아시네요. 쌍둥이와 헤어진 상실감이 컵에 가득 찬 물이고요, 최근 보육원에 다녀온 일이 티핑 포인트를 건드린 물방울이라고 할 수 있을 겁니다."

"제가 어떻게 해야 할까요, 선생님?"

"우선 부작용이 적은 약을 처방해 드릴 테니까 처방대로 시간 맞춰서 꼭 복용하도록 해 주시고요. 당분간 집에서 가까운 소아심리상담 클리닉에서 매주 한 번 정도 상담치료 받으시고요. 미술치료나 음악치료, 놀이치료 어떤 것이든 환자가 잘 따르고 좋아하는 것이면 좋습니다. 그리고 가급적 밝고 상쾌한 환경과 분위기를 조성해 주시면 좋습니다. 하지만 너무 갑작스럽고 부자연스러운 변화는 환자에게 부담을 줘서 안 좋을 수 있으니까 부담스럽지 않게 자연스럽게……."

"금방 좋아질 수 있겠죠?"

"너무 조급하게 생각하지 마시고요. 소아 우울증은 조기에 적절한 치료를 하면 성인에 비해 치료 예후가 좋습니다. 다만 마라톤처럼 길고 오랜 치료 과정을 시작한다 생각하시는 게 좋습니다."

다행히 해용의 노력과 약 그리고 심리상담 치료 덕분인지 맥의 증세는 많이 호전되었다. 더 이상 약은 안 먹어도 되고 심리상담 치료는 2주일에 한 번으로 횟수가 줄었다. 그러는 사이 여름방학이 돌아왔다. 가족과 여행을 가거나 시골 할머니 집에 내려간다며 들뜬 아이들 속에서 맥은 아무 얘기도 할 수 없었다. 사건 수사로 바쁜 해용에게 부담이 되기 싫어 조용히 방학을 보낼 생각이었던 맥에게 해용이 뜻밖의 제안을 해 왔다. 해용의 경찰대학 시절 은사인 진현수 박사의 범죄과학연구소에서 여름방학을 보내는 게 어떠냐는 제안이었다. 해용이 수사하고 있는 사건 때문에 출장과 잠복이 잦아질 거라 맥을 돌봐 줄 수 없다는 것이 이유였다.

경기도 용인에 위치한 범죄과학연구소는 법화산 자락에 안겨 있었다. 오른쪽으로 산에서 내려온 물이 시내를 이루고, 앞으론 넓은 풀밭이 펼쳐져 아이들이 뛰어 놀기 좋은 환경이었다. 진현수 박사의 딸 경원은 맥보다 세 살 어렸고, 코난 도일과 애거사 크리스티의 추리소설이나 『명탐정 코난』 같은 만화에 푹 빠져 있는 아이였다. 경원의 엄마는 무척 친절했다. 맥이 처음으로 '저분이 내 엄마였으면' 하고 강하게 느낀 대상이었다. 연구소 앞마당과 1층은 늘 경원과 친구들의 놀이터였고 추리 실험실이었다. 경원과 친구들은 맥을 자신들의 꼬마 탐정 클럽 신입 회원으로 받아들이고 환영했다. 맥 역시 마치 오랫동안 탐정 클럽의 일원이었던 것처럼 아이들과 어울렸다. 오래전 산, 진아와 함께 동담시 야산을 누비며 신나게 뛰어 놀던 때만큼, 아니 그때보다 더 재밌게 보낸 여름방학이었다. 소아 우울증 증상 역시 언제 그런 적이 있었던가 싶을 정도로 완전히 사라져 버렸다. 맥은 이 행복이 영원히 지속되게 해 달라고 아무도 몰래 기도하고 또 기도했다.

하지만 늘 그렇듯 좋은 일은 끝이 있기 마련이다. 그 끝은 언제나 빨리 찾아왔다. 방학이 끝나 가고 맥이 연구소를 떠나야 하는 시간. 감정 표현에 서툰 맥보다 경원이 울며 억지를 부렸다.

"맥 오빠랑 헤어지기 싫다고. 절대로 안 헤어질 거야!"

"경원아 진정하고…… 다음 방학 때 또 만나면 되잖아."

"다음 방학 때까지 어떻게 기다려! 오빠는 부모님도 없으니까 그냥 우리 집에서 살면 되잖아! 오빠, 오빠도 그게 좋지? 그치?"

"경원아, 나도 경원이랑 박사님, 사모님이 너무 좋지만 오빠한테는 부모님이나 다름없는 해용 형이 있어. 그리고 학교 친구들, 격투기 체육관 관장님이랑 형들, 다 버리고 여기서 살 수는 없어. 경원이는 똑똑하니까 이해할 수 있지?"

소중한 사람들을 하나씩 나열하는 맥 앞에서 어린 경원도 더 이상 고집을 부릴 수 없었다.

"같이 살지는 않지만 앞으로 자주 연락하고 방학 때마다 찾아와서 진짜 친오빠처럼 지낼게, 경원아."

"진짜? 약속하는 거지?"

"그럼!"

경원은 마지못해 맥이 내민 새끼손가락에 자신의 새끼손가락을 걸었다. 맥은 그 이후 약속을 지켰고 방학 때마다 연구소를 찾아와 경원과 함께 놀면서 진 박사로부터 과학수사와 범죄 심리, 프로파일링 등에 대해 배웠다. 경원은 그런 맥을 친오빠 이상으로 따르고 의지했다. 맥에게 범죄과학연구소에서 보낸 시간은 소아 우울증을 낫게 해 준 기적의 명약이었다.

2023년 12월 22일 금요일

　　오픈 준비로 홀 청소가 한창인 가게 안. 불도 켜지 않아 어둑한 출연자 대기실에는 대여섯 명쯤 되는 사람들이 무질서하게 앉아 있었다.

　　"아니, 알고 있었어요? 그날 거기서 카스트라토 공연이 있었다는 거?"

　　"난 몰랐는데……."

　　"나도."

　　"난 단지 거기 식당에서 그놈 군 동기들 연말 모임이 있었기 때문에 정했을 뿐인데……."

　　"하늘이 도운 건지, 운명의 장난인지."

　　"나쁠 건 없을 것 같은데? 우리가 의도한 건 아니지만."

　　"그러게, 카스트라토, 어감도 괜찮아."

　　"우리 목표에서 어긋나는 문제는요?"

　　"크게 어긋날 것 같지 않고, 다소 혼란을 줄 수 있으니까 오히려 장점도 있어."

　　"일단 그럼 세상이 흐르는 대로 따라가 보죠. 카스트라토."

"미스터 C도 같은 생각인 것 같아."

"하하하, 미스터 C는 씨발. 다 잘라 버려, 개새끼들. 잘라, 잘라!"

"수진이 약 안 먹었냐? 자꾸 이렇게 발작하면 안 되는데?"

"내가 깜빡했네. 수진아, 이리 와, 언니한테. 약 먹자."

"아, 씨발! 언니고 지랄이고 다 잘라 버릴 거야!"

자신을 언니라고 칭한, 짧은 머리에 단단한 체격의 여성이 수진의 어깨를 잡고 간신히 한쪽 구석으로 데려가 약을 먹였다. 그 이후에도 한동안 소리를 지르고 발로 집기들을 걷어차며 발작을 하던 수진은 약 기운이 돌았는지 잠잠해졌다.

"그런데 우리 도와준다는 그 미스터 C, 진짜 믿어도 되는 거예요?"

"믿어도 돼. 누군지 밝힐 수 없는 사정은 좀 이해해 주고. 날 믿으면 미스터 C도 믿어도 돼."

"소장님이야 내 목숨 걸고 믿지만, 그렇다고 해서 그 새끼도 당연히 믿는 건 아니에요. 소장님이 속아서 이용당하고 있을 수도 있으니까."

"아니야. 소장님보다 내가 먼저 알았어, 미스터 C. 소장님한테 소개한 것도 나고. 이제야 말해서 미안하지만 믿어도 돼. 우리끼리 믿고 단결하는 게 무엇보다 중요한 거 잘 알잖아? 우리 서로 믿자."

"아, 씨발 나만 몰랐다는 거잖아 그럼? 그 새끼가 카스트라토는 거세당한 놈이고, 거세하는 사람은 카스트레이터라고 그랬다고요?"

"그래. 그래서 나도 찾아봤더니 맞아. 잘린 사람이 카스트라토, 자르는 사람은 카스트레이터."

"그런데 모든 남자 놈들은 다 우리 적인데, 미스터 C라면 그 새끼도 고추 달린 사내놈 아니야?"

잠시 어색한 침묵이 흘렀다. 침묵을 깬 건 굵은 남자 목소리였다.

"나도 여기 있어. 잊고 있었나 본데."

"창수 아저씨는 우리 편이죠. 예외."

"나도 남잔데? 남자가 전부 성범죄자는 아니지. 예외가 한 명일 필요는 없잖아?"

"난 사실 아저씨도 못 믿어. 알죠? 부인 복수 위해서 우리 일 함께하는 동안만 해치지 않는 거니까 방심하지 말아요, 남자 씨. 우리 내부 정보 절대 외부로 발설하지도 말고. 그랬다간 어떻게 될지 알죠?"

"아저씨가 얼마나 우리한테 큰 도움이 되고 있는데, 지수 너 정말 너무 심해. 뭘 믿고 그렇게 막 나가? 어?"

"착한 척 쩌네. 씨발. 당신들끼리 친목 모임 계속하쇼. 나는 일을 해야 해서 이만 현장으로 나갑니다."

남자에 대한 적대감을 숨기지 않던 지수가 자리에서 일어났다. 방을 나가려 연 문틈으로 비집고 들어온 빛에 목덜미에 새겨진 문신이 드러났다.

"그럼 나도 출발해야겠네, 파트너니까. 소장님, 물건 가져오셨죠?"

자신이 진정시킨 수진이 조용히 늘어져 있는 모습을 한번 힐긋 쳐다본 여성은 소장에게서 배달용 냉장 용기를 받아 들고 뒤따라 나갔다. 건장한 체격에 라이더 복장을 하고 있어서 헬멧을 쓴다면 성별을 구분하기 어려운 외형이었다. 두 사람이 나간 후 남은 사람들도 잠시 이야기를 나누다 하나둘 자리를 떠났다.

Case No.2

용산구 동자동 스텔라드롭

2023년 12월 22일 금요일

　나라 전체를 뒤흔든 카스트라토 사건이 발생한 지 일주일이 지난 금요일 밤 10시가 조금 지난 시간. 서울 용산구 동자동에 있는 3층짜리 상가 건물 1층 여자화장실에서 또 다시 밤공기를 찢는 날카로운 비명 소리가 터져 나왔다. 화장실 바로 옆 프랜차이즈 커피 전문점 스텔라드롭에서 손님 몇 명이 소리가 나는 곳으로 달려왔다. 남자들은 화장실 밖에 남고 여자들이 소리가 나는 여자화장실 안으로 들어갔다.

　"왜 그러세요? 무슨 일이에요?"

　"저기, 저거……."

　바닥에 쓰러져 있는 여자가 가리킨 방향을 따라 사람들의 눈길이 세면대 쪽을 향함과 동시에 모두 자지러지는 비명을 질렀다. 스텔라드롭 로고가 선명한 투명 플라스틱 음료수 용기 안에 담긴 액체가 부글부글 끓고 있었고 그 속에 남성의 성기와 고환으로 보이는 물체가 담겨 있었다. 비명 소리에 놀란 남자들도 화장실 안으로 뛰어 들어왔다.

　"아, 씨발. 저게 뭐야! 징그러워!"

"119, 아니 112에 신고해요, 누가 좀!"

"내가 지금 112 눌렀어요. 다들 조용히 좀 해 주세요. 여보세요, 경찰이죠? 빨리 좀 와 주세요. 여기 그 뭐야, 그게 담겨 있어요. 그거 말예요, 남자 그거. 화장실, 여자화장실 안. 아니, 지금 어떻게 침착해요, 이 상황에서. 다들 소리 지르고 난리 났어요, 빨리 와 주세요. 여기가 어디냐면, 네 맞아요. 아 여기 위치가 뜬다고요? 그 스텔라드롭 빌딩 1층 여자화장실이에요. 스텔라드롭 바로 옆에 있어요. 네, 빨리요 빨리. 끊을게요."

그 순간 누군가 후다닥 화장실로 뛰어 들어왔다. 휴대전화를 손에 든 젊은 여자를 시작으로 플래시가 부착된 커다란 카메라를 든 남자와 방송국 카메라를 든 남자, 마지막으로 조명을 든 남자가 따라 들어왔다. 세 남자가 현장을 촬영하는 사이, 여자는 휴대전화를 녹음기처럼 들이대며 질문을 퍼부었다.

"최초 발견자가 누구시죠?"

"저기, 바닥에 앉아 있는 아주머니요."

"안녕하세요? 저는 서울리안 안순옥 기자입니다. 충격 많이 받으셨죠? 좀 괜찮으세요?"

"아직도 심장이 떨려요. 기자랑 얘기할 기분 아니니까 날 좀 내버려둬요."

"네, 그러시겠죠. 충분히 이해합니다. 제가 첫 사건 목격자분들도 다 만나 봤거든요. 그분들도 큰 충격 받으셨었어요."

"첫 사건? 그럼 이게 처음이 아니란 말이에요?"

"아, 못 들으셨어요? 세종문화회관 카스트라토 사건?"

"아뇨, 난 신문이나 TV 같은 걸 전혀 안 봐서."

"아, 그러시구나. 여기 제 명함입니다. 혹시 경찰에서 충분한 도움을 못 받으시거나 필요한 거 있으시면 언제든 연락 주세요.”

“고마워요. 난 이 건물 3층에 있는 교회 집사예요.”

“그러세요? 그런데 어쩌다 여기 1층 화장실에 오셨어요?”

“예배 마치고 집에 가려다가 볼일 보러 들어왔지.”

“그런데 바로 저걸 보신 거예요?”

“아니, 볼일 보고 나와서 손 씻다가 뭔 부글부글하는 이상한 소리가 나서 옆을 보니까 저게 있는 거지 뭐야. 처음엔 뭔지 몰랐어. 그냥 누가 음료수를 저기 두고 갔나, 했지.”

“그런데 부글부글 끓고 있었구나.”

“요즘엔 하도 이상한 게 많으니까. 저것도 새로 나온 음료순가 보다 싶었는데, 자세히 보니까 안에, 아이고, 심장이야. 저거 얘기하니까 다시 심장이 뛰네. 아이고, 이러다 제명에 못 죽지 내가. 더 이상 말 안 해, 나 좀 내버려둬.”

그때 나뭇잎 네 개 계급장을 단 경사가 나뭇잎 두 개 계급장을 단 순경을 데리고 화장실로 들이닥쳤다.

“이거 카메라 이거 뭐야, 나가요! 다 나가라고. 여긴 사건 현장이야. 기자들이 어떻게 우리보다 먼저 왔어?”

“안녕하세요, 경사님? 저흰 서울리안 그리고 TV서울리안 취재팀입니다. 전 안순옥 기자입니다.”

“아, 그러고 보니 TV에서 많이 봤네. 유명한 기자님이 어떻게 여기까지 오셨나? 일단 현장에서 좀 나가 주세요. 김 순경, 순찰차에서 폴리스 라인 좀 가져와. 여기 화장실 입구에 라인 치고 출입 통제부터 해. 현장 보존 해야지, 현장 보존!”

“네, 알겠습니다. 팀장님.”

"안 기자, 일단 현장에서 나갑시다. 목격자분들은 지금 그 자리에 가만히 계셔 주시겠습니까? 신원 확인하고 파악할 거 파악한 뒤에 바로 귀가할 수 있도록 조치해 드리겠습니다. 조금만 협조해 주시기 바랍니다. 기자분들 먼저 좀 나가 주세요. 세 번 요청드려도 안 나가시면 공무집행방해죄를 적용할 수도 있습니다."

"네. 알겠습니다, 경사님. 대신에 응급조치 끝내고 저랑 몇 마디 인터뷰해 주셔야 해요."

"알았어요, 알았어. 나 저 뭐야, 모자이크 처리해 주고 이름 안 밝히는 조건으로 인터뷰해 줄 테니까 밖에서 기다려요. 참, 네 분 다 인적 사항하고 연락처, 신발 바닥 흔적 채취 도와주셔야 하고."

"네, 알겠습니다. 팀장님."

어설픈 거수경례를 한 안 기자가 촬영기자들을 데리고 화장실 밖으로 나가는 사이 폴리스 라인을 들고 온 김 순경이 출입 통제 라인을 쳤다.

"김 순경, 라인 치고 저 기자분들 다 인적 사항하고 연락처 확인하고 지문하고 신발 바닥 문양 찍어 놔. 순찰차 트렁크에 장비 있는 거 알지?"

"네, 팀장님. 근데 지문하고 족흔 채취는 과수팀한테 하라고 하는 게 낫지 않습니까?"

"증거의 휘발성, 몰라? 최초 임장 경찰이 현장 철저히 보존하고 가능한 한 모든 상황 기록하고,"

"특히 시간이 지나면 사라질 수 있는 휘발성 증거는 반드시 채취하거나 기록한다. 알겠습니다, 충성!"

세종문화회관 사건 이후 경찰청은 전국 경찰서에 다음과 같은 특별지시를 하달했다.

[사람의 신체 일부, 혹은 그로 의심되는 것이 발견되거나 성인 남성 실종 또는 변시체가 발견될 경우 즉시 경찰청 이상범죄분석팀 ACAT(Abnormal Crime Analysis Team, 에이캣)으로 보고 혹은 통보할 것.]

ACAT은 2019년 국회에서 소위 '패스트트랙 폭력사태'까지 겪으면서 개정된 형사소송법 덕에 경찰이 검찰 지휘에서 벗어나 독자적인 수사를 할 수 있게 되면서 강력사건 수사 역량 강화를 위해 특별히 설치된 부서다. 순경 공채로 경찰에 입직해서 현장 형사, 지금의 CSI 과학수사대인 감식 요원을 거쳐 독학으로 대한민국 경찰 최초의 프로파일러가 된 마일영 경정이 팀장을 맡고, 범죄 수사 심리학의 권위자인 전 경찰대학 교수 진현수 박사가 자문위원으로 참여해 각 분야 최고의 전문가들로 팀을 꾸린 경찰 역사상 최초의 이상강력범죄 수사 드림팀이라고 할 수 있다.

ACAT에는 두 명의 경찰 프로파일러 김경아 경사와 이시은 경장, 그리고 지리정보 GIS 분석 전문가인 윤의주 박사가 합류했다. 윤 박사는 이 분야를 선도하는 최고 권위의 영국 UCL대학교에서 범죄과학 박사학위를 취득한 재원으로 휠체어에 의존하는 하반신 마비 장애인이다. 경찰 최고의 영상 분석 전문가인 한진규 경장과 전수미 검시관, 피해자 심리지원 전문가인 케어 요원 우진희 경사와 현수경 경장도 기꺼이 ACAT의 부름에 응했다. 사이버수사 전문가 심희용 경사와 소리와 음성 분석 전문가인 서마리 주무관도 팀원이 되었다. 서 주무관은 시각장애인으로 방송국 음향 담당 일을 했었는데 소리 감지 및 구분과 분석에 있어서는 대한민국 최고의 능력을 자랑했다. 이들 드림팀 전문가들을 보조하고 지원하기 위해 조유현 경위와 서현용 순경이 행정지원팀으로 발령받았다.

ACAT에는 또 한 명의 멤버가 있었는데 바로 준법담당관 김태섭 경감이었다. ACAT의 모든 멤버는 마일영 팀장이나 진현수 박사가 선발했지만 김태섭 경감만은 예외였다. 그의 역할은 소위 '레드팀'이라고 불리는 내부 감시자 역할이다. ACAT 업무 중 혹시나 법규 위반 또는 윤리적 문제나 정치적 올바름 시비를 불러일으킬 부분이 있는지 매의 눈으로 지켜보며 점검하고 따져 물었다. 그는 변호사 경감 특채로 경찰에 들어온 지 3년째가 되는 젊은 간부였다. 경찰청 수사국 내에서 떠도는 말에 따르면, 준법담당관 직책 신설을 요구한 것은 집단사고 문제 예방 필요성을 강조한 진 박사였는데 마 팀장이 팀 분위기를 해치고 수사에 방해만 될 뿐이라며 강하게 반대했고, 형제처럼 친하다는 평가를 받던 두 사람이 이 문제로 수사국장 앞에서 몸싸움 직전까지 가는 언쟁을 벌였다고 했다. 결국 약 70년 만에 검찰의 지휘에서 벗어나 독자적 수사권을 부여받게 된 상황에서 경찰 수사의 신뢰성을 떨어트릴 수 있는 추호의 실수라도 있어서는 안 된다는 진 박사의 엄포에 겁먹은 수사국장이 ACAT에서 준법담당관 제도를 도입, 실험해 보자는 결정을 했다. 다만 그 뜨거운 감자 같은 역할을 담당할 당사자를 누가 어떻게 선발했는지에 대해 아는 사람은 아무도 없었다.

2019년 4월 형사소송법 개정안의 국회 통과 이후, 경찰청 범죄 수사 드림팀 신설에 대한 논의는 여러 차례 뒤집히고 번복되었다. 그때마다 새로 마련해야 했던 세부 규정, 마른 북어를 쥐어짜서 국물을 내듯 마련한 예산 및 직제, 최종적으로 팀원 선발과 연수, 워크숍 등까지 4년 넘게 이어진 길고 어려운 과정을 거쳐 탄생한 ACAT이었다. 그리고 그 첫 분석 대상이 카스트라토 사건이 된 것이다.

2023년 12월 22일 금요일 22시 15분, 용산구 동자동 상가 건물 여자 화장실에서 남성 신체 일부가 담긴 음료수 용기가 발견되었다는 신고를 접한 서울경찰청 112종합상황실은 현장 인근 순찰차의 최우선 출동을 지시하는 코드 1 지령을 발령한 뒤 경찰청 특별 업무지시에 따라 신고 접수 내용을 ACAT에 통보했다. 통보를 받은 ACAT 행정지원팀에서는 바로 마일영 팀장에게 보고했고 마 팀장은 전체 팀원에게 상황을 공유하고 케어팀원의 현장 파견을 지시했다. ACAT 팀원들은 근무 수칙상 휴가 등 특별히 사생활 보호의 필요가 있어 사전 허가를 얻은 경우를 제외하곤 공용폰의 위치 확인 기능을 켜 두고 있어야 하는데, 마침 케어팀 막내 현수경 경장이 신고 현장에서 가까운 서울시티타워 지하 1층 카페에 있는 것으로 확인됐다. 행정지원팀 서현용 순경은 사무실 유선전화를 들고 현수경 경장 공용폰 번호를 눌렀다.

"네, 케어팀 현수경입니다."

"현 경장님, 저 지원팀 서 순경입니다, 서현용."

"아, 네. 서 순경님, 왜요?"

"현 경장님, 문자 확인하셨죠?"

"아뇨, 아직. 왜요? 사건 생겼어요?"

"네, 두 번째 사건요. 지금 서울역 근처에 계시죠?"

"잠깐만요, 문자 확인 좀 하고. 동자동 스텔라드롭 건물 1층 여자화장실…… 바로 이 근처네요."

"네, 그래서 연락드렸어요. 팀장님 지시로."

"휴, 간만에 데이튼데…… 알았어요, 바로 갈게요."

"네, 현 경장님. 죄송합니다, 데이트하시는데."

"미안하긴요. 서 순경님이 왜 미안해요. 할 일 하시는 거지. 경찰에게 편하게 데이트할 권리 같은 건 없는 거죠. 지금 출발할 테니까 사건 관련 추가된 내용이랑 목격자들 인적 사항이랑 확보되는 대로 문자 주세요."

"넵, 수고하십쇼. 충성!"

테이블 건너편에 앉아 있던 남자 친구가 걱정 가득한 눈으로 수경을 쳐다봤다.

"미안해 민식 씨. 민식 씨가 만나자는 강남으로 갔으면 이런 일이 없었을 텐데, 괜히 내가 서울역에서 보자 그래서……."

"미안해 하지 마. 난 이런 멋진 여친이 자랑스러워. 마치 영화 속에 있는 것 같아."

"고마워, 민식 씨. 이래서 내가 민식 씰 사랑하잖아. 사건 끝나면 진하게 보상해 줄게."

"완전 기대되는데? 현장에서 몸조심하고. 언제든 위험하면 나 불러. 알았지?"

"그래, 알았어. 위험하면 테이저건이랑 권총 차고 있는 경찰들 말고 분필로 무장한 오민식 선생님 부를게요. 간다, 연락할게."

현장에 도착한 현 경장의 눈에 가장 먼저 들어온 것은 차가운 복도 바닥에 가방을 깔고 앉아 노트북으로 기사를 입력하고 있는 기자들이었다. 그 모습을 대충 훑어보고 출입 통제 중인 김 순경에게 다가가 신분증을 내밀었다.

"경찰청 ACAT 케어팀 현수경 경장입니다. 목격자들 안쪽에 있습니까?"

"네, 일찍 오셨네요. 아직 우리 서 강력팀이랑 과수팀도 안 왔는데."

"저보다 더 일찍 온 저 사람들…… 기자죠?"

"네, 서울리안 안순옥 기자라고."

"아, 그……."

"네."

"좀 들어갈게요."

"네, 잠시만요. 팀장님께 말씀드리고요. 팀장님!"

화장실 안쪽에서 목격자들의 인적 사항과 연락처를 파악하고 진술을 청취하던 팀장이 밖으로 나왔다.

"어? 현 경장 아냐?"

"유 형사님. 지구대 나가셨다는 말씀은 들었는데 여기 계셨군요."

"일단 들어와. 저기 기자들이 있어서."

"안 그래도 어떻게 기자들이 벌써 와 있나 궁금해하고 있었어요."

"나도 그게 좀 이상해. 일단 김 순경이 인적 사항이랑 파악해 놨으니까 수사팀에 전달해서 조사해 보라고 해야지. 그런데 형사들보다 케어팀이 어떻게 먼저 왔어? 요즘 서울청 강력계 완전히 군기 빠졌구먼."

"아니에요, 저 경찰청 ACAT에 있잖아요. 이 사건 우리가 분석하고 있어서 112 신고 들어오면 저희한테 바로 통보 와요. 제가 피해자랑 목격자들 담당이라서……."

"아, 그러면 그렇지. 기본 인적 사항이랑 최초 목격 진술은 내가 다 파악해 놨으니까 이거 내가 현 경장한테 쏴 줄게. 번호 그대로지?"

"네, 고맙습니다. 서울청 강력계 에이스가 지구대 나오니까 초동 조치부터 쌈박하네요. 선배한테 교육 잘 받아서 라인 지키는 저 순경도 FM이고. 앞으로 형사들 지구대 순환 근무 의무화해야겠어요."

"그런 거 아냐. 요즘 지구대 직원들도 교육 잘 받아서 진짜 일들 잘해. 예전 같지 않아."

"그럼 다행이고요. 저 목격자들 좀 만나 볼게요. 선배가 조사한 내용 먼저 훑어보고 추가 질문 좀 하고 그럴게요."

"오케이, 저 바닥에 앉아 있는 최초 목격자, 이 건물 3층 교회 집산데 충격이 심해. 현 경장이 전문가니까 케어 좀 해 줘. 난 우리 서 강력팀이랑 과수팀 올 때 돼서 입구 쪽에 나가 볼게."

현수경은 유 경사가 보내 준 목격자들의 인적 사항과 최초 진술을 확인했다. 머리를 무릎 사이에 파묻은 채 바닥에 앉아 있는 최초 발견자에 대한 주의를 놓지 않으며 근처에 서 있는 사람들에게 먼저 다가갔다.

"충격 많이 받으셨죠? 전 경찰청 이상범죄분석팀에서 피해자와 목격자 지원을 담당하는 케어팀 현수경 경장입니다. 1급 임상심리사 국가자격증을 보유한 상담 전문가이기도 해서 충격적인 사건 목격자나 피해자 심리상담 지원 업무를 담당하고 있습니다. 혹시 지금 어지럽거나 속이 메슥거리거나 가슴이 심하게 두근거리는 등 이상 증세가 있는 분 계신가요?"

"저기 바닥에 앉아 있는 분요. 너무 충격이 심한가 봐요."

"네, 혹시 증상이 있는 다른 분은 안 계십니까?"

"증상 없는 사람은 가면 안 됩니까?"

"맞아요, 우린 그냥 목격자고 이름이랑 주소, 주민번호 연락처 다 저 제복 입은 경찰한테 얘기했어요. 추워 죽겠는데 집에 가게 해 주세요."

"네, 많이 불편하시죠? 죄송합니다. 곧 강력팀과 과학수사팀이 도착해서 간단한 추가 조사와 채증 작업만 하면 귀가하실 수 있습니다. 조금만 더 기다려 주시면 감사하겠습니다."

여기저기서 투덜거리는 소리가 들리고 다른 한쪽에선 모범 시민답게 경찰 수사에 협조하자는 이야기도 나왔다. 어수선한 분위기 속에서 단 한 사람, 팔짱을 끼고 멀찍이 서서 이곳을 지켜보며 서 있는 사람이 현 경장의 눈길을 끌었다. 155센티미터 남짓 되는 작은 키에 마른 체격으로 볼 때 여자 같았다. 거리를 좁히며 다가가자 날씨에 비해 얇아 보이는 트레이닝복과 가죽점퍼, 운동화가 눈에 들어왔다. 아주 짧은 쇼트커트에 드러난 목덜미에는 춤추는 여성으로 보이는 문신이 있었다.

"뒤쪽 여자분은 아무 말이 없으신데, 괜찮으세요?"

"왜 꼭 여자라고 불러야 하죠? 아까 저 남자 경찰하고 얘기할 땐 남자라고 부르지 않더만."

"아, 네. 불쾌했다면 죄송합니다. 선생님은 괜찮으세요?"

"내가 무슨 선생님이에요? 참 나, 어이없어서. 난 괜찮으니 신경 끄세요."

몸이 부딪칠 듯 가까워진 상태에서 격하게 화를 내던 여성이 현 경장의 가슴께를 밀었다. 현수경이 손을 들어 올려 막으려고 했지만 상대가 한발 더 빨랐다. 현수경은 자신의 가슴을 밀치는 여성의 두 손을 마주 잡았다. 둘을 지켜보던 사람들은 현 경장이 상대방의 손을 꺾는 등 어떤 반격을 가할 것이라고 예상했지만 그런 상황은 벌어지지 않았다. 현 경장은 여자의 손을 가슴에서 떼어 낸 후 두 손을 바지 주머니에 넣고 여자를 날카롭게 노려봤다. 하지만 곧 케어 요원 특유의 부드러운 미소를 지으며 차분하게 응답했다.

"네, 알겠습니다. 언제든 증상 느끼면 알려 주세요."

그러곤 여성에게 등을 돌리고 돌아섰다. 이렇게 사소한 일로 시비를 거는 시민과는 가급적 대화를 빨리 끊는 게 원칙이다. 상대의 일방적인 주장을 굳이 바로잡거나 반대 논거를 제시할 필요가 없다. 케어 요원의 도움을 필요로 하는 목격자나 피해자에게 집중해야 한다. 현 경장은 훈련받은 대로, 그리고 현장 경험을 통해 몸에 익은 습관대로, 현장에 있는 모든 목격자를 점검한 뒤 바닥에 앉아 있는 최초 발견자에게 다가가 차분하고 따뜻하게 말을 건네며 라포를 형성해 나갔다.

그사이 순찰차와 정복 경찰들이 추가로 배치됐다. 이어서 용산경찰서 강력팀과 과학수사팀이 도착했다. 그리고 거의 동시에 십수 명의 기자들이 들이닥쳤다. '단독', '독점', '특종'을 내건 서울리안 인터넷 기사가 연달아 뜨

고 TV서울리안이 긴급 편성한 현장 생중계 뉴스 특집 방송이 나간 여파였
다. 인터넷과 SNS도 온통 카스트라토로 도배가 됐다.

2023년 12월 23일 토요일

　연말의 주말이었지만 김경아 경사와 이시은 경장, 두 명의 ACAT 프로파일러들은 세종문화회관 사건과 용산구 동자동 사건 관련 자료들을 모두 종합한 뒤 마일영 팀장과 진현수 박사가 만든 프로파일링 절차에 따른 분석 작업에 돌입했다. 분석이 끝나고 마 팀장에게 보고하자 마 팀장은 ACAT 전체 분석 회의를 소집했다. 분석 결과 발표는 김경아 선임 프로파일러가 맡았다.

　"주말에도 쉬지 못하고 회의에 참석해 주신 팀원들에게 위로의 말씀부터 드리고, 속칭 카스트라토 사건 분석 결과를 말씀드리겠습니다. 기본적인 사건 개요는 잘 알고들 계시니까 생략하고, 슬라이드로 두 사건 비교를 중심으로 말씀드릴 테니까 언제든 의견이나 질문 있으면 말씀해 주시기 바랍니다. 우선, 첫 사건 세종문화회관 사건의 경우 인왕경찰서 작성 분석 보고서가 프로파일링 기본 원칙에 맞게 잘 작성되었기에 상당 부분 그대로 활용했다는 점 미리 말씀드리겠습니다."

　마 팀장과 진 박사, 그리고 ACAT 팀원들은 아무 말 없이 간간이 노트를 하며 김경아 경사의 분석 결과 발표를 경청했다. 김 경사는 시각장애인인 서마리 주무관을 위해 사진 등 시각 자료가 슬라이드에 뜰 때마다 자세히 묘사했다. 피해자 분석, 사건 현장 분석, 범인이 남긴 행동 증거 분석, 용의자 일반 특성 분석, 용의자 문제 특성 분석까지 마친 후 김 경사가 마 팀장을 향해 고개를 돌렸다.

"팀장님, 시작한 지 한 시간 정도 지났으니 잠시 쉬고 연관성 분석으로 넘어갈까요?"

마 팀장은 진 박사를 쳐다봤고, 진 박사는 고개를 끄덕였다.

"자, 그럼 15분 휴식합시다. 화장실도 다녀오고 커피도 한 잔씩 마시고, 15분 후에 다시 모입시다."

팀원들은 긴장을 풀기 위해 기지개를 켜거나 목을 주무르면서 자리에서 일어나 개별적으로 혹은 두세 명이 함께 회의실 밖으로 나갔다. 각자의 방식대로 휴식을 취한 팀원들은 15분 후 다시 회의실에 모였다. 김경아 선임 프로파일러가 다시 발표대로 나왔다.

"자, 그럼 계속해서 연관성 분석을 이어 나가도록 하겠습니다. 앞서 말씀드린 각 부문별 분석은 프로파일링 훈련을 받지 않은 분들도 충분히 이해할 수 있으셨겠지만 지금부터 말씀드릴 연관성 분석, 즉 Linkage Analysis는 프로파일러를 제외한 팀원들에겐 생소할 수 있습니다. 충분히 설명을 드리겠지만 혹시 이해가 안 되는 부분이 있다면 꼭 말씀해 주시기 바랍니다. 우선 연관성 분석을 위해 앞서 말씀드린 분석 내용을 요약 정리한 표부터 보시겠습니다."

		#Case1 세종문화회관	#Case2 동자동	비고
		속칭 '카스트라토 사건' 프로파일링 – 부문별 분석 및 1차, 2차 비교		
1	피해자	불상의 남성	좌동	
2	피해 정도	신체 일부 절단 및 유기	좌동	#Case1 고환 #Case2 고환과 성기
3	범행 장소	여자화장실	좌동	#Case1 공연장(바닥), #Case2 상가 건물(세면대 위)
4	범행 시간	1차(납치/상해/살해): 미상 2차(유기): 금요일 밤 20:30–22:02	좌동	일주일 간격
5	범행 도구	예기(날카로운 흉기), 파란색 성경 케이스, 드라이아이스, 물	예기, 음료수 용기, 드라이아이스	
6	범행 동기	고의, 이익/감정, 사회적 욕구, 미지의 이익(?)	좌동	모방 범죄(?)
7	계획/주의 /경계 및 기술/경험 수준	높은 수준의 계획/주의/경계, 일반 이상의 기술/경험. 하지만 쪽지문을 남기고 성경 케이 스를 바닥에 내던진 성급함(?) 혹은 미숙함(?)	좌동. 단, 성급함 혹은 미숙함 없이 음료수 용 기를 세면대 위에 둠 (더 높은 완성도, 여유).	국과수 절단면 정밀 분석 필요 #Case1 쪽지문, 터치 DNA #Case2 라텍스 성분, 터치 DNA
8	행동 증거	효율적/경제적 행동(감정 분출 혹은 충동적 행동 흔적은 보이지 않음) 치밀한 계획/사전 답사 혹은 예행 연습 가능성	좌동. 단, 더 완숙하고 치밀.	학습효과로 인한 진화(?) 혹은 다른 공범의 행동(?) 모방 범죄(?)
9	용의자 일반특성	여성 혹은 여성이 포함된 2명 이상 공범일 가능성 대담/침착/계획적, 높은 상황적응력 경비/보안 및 경찰 수사에 대한 일 반인 이상 지식 경험 보유 가능성	좌동	
10	용의자 문제특성	가학성(?), 과시욕(?), 분노(?)	좌동	연쇄 살인(?)

김 경사가 미처 설명을 마치기도 전에 준법담당관 김태섭 경감이 손을 들었다.

"저 분석비교표만 보면 5번 범행 도구만 조금 다르고 열 개 중에 아홉 개 항목 모두 좌동, 그러니까 사건 1과 2가 똑같다는 거잖아요. 압도적 다수 항목이. 그러면 자동적으로 동일범에 의한 연쇄 살인이다, 이렇게 되는 겁니까?"

"그렇진 않습니다. 곧이어 말씀드릴 연관성 분석에서 자세히 설명드리겠지만, 프로파일링은 수학도 아니고 정치도 아닙니다. 다수결로 정해지는 것이 아니란 말씀이죠."

"왜 그렇죠?"

"두 가지 이유를 말씀드리겠습니다. 우선, 이 열 가지 항목은 우리가 현장 수사 등을 통해서 확보하거나 알 수 있는 증거와 정황을 근거로 추출한 것입니다. 나머지 우리가 알 수 없는 범인과 범죄 수법 그리고 피해자와 범인 간 상호작용 등은 미지수로 남아 있죠. 만약에 그 미지수의 크기를 100이라고 하고 모든 미지수 항목에서 사건 1과 2가 다르다고 가정한다면, 이 표의 의미는 90퍼센트 일치가 아니라 91퍼센트 불일치로 바뀌는 것이죠. 두 번째 이유는, 눈에 보이는 것이 전부는 아니다."

"겉과 속이 다른 표리부동, 이런 거?"

"비슷합니다. 예를 들어 항목 3 범행 장소의 경우 두 사건이 여자화장실로 동일한 것으로 보이지만, 비고 부분을 보시면 사건 1은 공연장 내 화장실 바닥, 사건 2는 상가 건물 내 화장실 세면대 위니까 다릅니다. 항목 1 피해자 역시 신체 일부를 잃은 남성이라는, 보이는 공통점 이외에 어떤 보이지 않는 차이점이 도사리고 있을지, 아니면 더 많은 공통점이 있는지 우린 아직 모릅니다."

"첫 번째 사건이 워낙에 사회적 이목을 집중시키다 보니 누군가 겉으로 보이는 특징들을 흉내 내서 모방 범죄를 저질렀을 가능성도 무시할 수 없겠네요."

"핵심을 잘 짚어 주셨네요. 그래서 연관성 분석을 통해 겉으로 보이는 외면적 유사성이 아니라 본질적 동질성 여부를 짚어 볼 필요가 있는 것입니다."

김태섭 경감은 수긍했다는 의미로 말없이 고개를 끄덕였다.

"그럼 연관성 분석 시작하겠습니다. 먼저 MO(Modus Operandi, 범죄 수법) 분석입니다. MO는 범인이 범행 성공 및 범죄 이익 최대화를 추구하면서도 검거 가능성을 최소화하기 위해 선택하는 방법이기 때문에 범인의 기술과 경험, 성격 및 범죄 경험 등 본질적 특성이 반영됩니다. 특히 각각의 수단과 방법을 선택한 이유가 중요합니다."

좌중을 한번 죽 훑어본 김 경사는 범인이 MO를 선택한 이유가 무엇인지는 프로파일러가 추정할 수밖에 없지만 개인의 주관적인 추정이 아닌 그동안 축적된 프로파일링 경험을 통해 형성된 직관이 작용하는 훈련된 추론이라고 덧붙였다.

"프로파일링을 할 때 범인이 각각의 MO를 선택한 원인을 네 가지 중하나로 추정합니다. 첫째 기회, 둘째 필요, 셋째 격정 혹은 흥분, 넷째 사회 기술 부족인데요. 이번 카스트라토 사건에 바로 적용해 보는 것이 이해가쉬울 것 같습니다. 여러분께 질문 하나를 드리겠습니다. 첫 번째 사건에서 범인이 세종문화회관 여자화장실에 신체 일부를 유기한 이유가 무엇일까요?"

휠체어에 앉아 진지하게 경청하던 지리정보 분석 GIS 전문가 윤의주 박사가 툭 내뱉듯 답을 던졌다.

"볼일 보러 화장실에 갔는데, 마침 사람이 아무도 없어서……."

"좋습니다, 윤 박사님. 만약 그렇다면 기회가 장소 선정 이유가 되겠죠. 혹시 다른 의견 있으십니까?"

"범인은 일부러 여자화장실을 골랐어요. 여성들이 발견한 뒤 놀라서 비명을 지르는 극적인 효과를 노린 거죠."

시각장애인인 소리음성 분석 담당 서마리 주무관이었다.

"좋습니다. 그 경우라면 필요가 이유겠죠. 범행 목적 달성을 위해 여자화장실 같은 장소가 필요했다는 말이죠."

"그럼 격정, 흥분은 어떤 경웁니까?"

행정지원팀 조유현 경위였다.

"네. 감정적, 정신적, 정서적 원인일 경우인데요. 예를 들어 여자화장실만 가면 성적 흥분을 느끼는 성도착이 있다든지 아니면 화장실이 특별히 중요한 장소라는 망상을 가진 정신질환자라든지……."

"그럼, 사회기술 부족은요?"

이번엔 전수미 검시관이 손을 들고 질문했다.

"사회기술이란 우리 일상생활과 관련된 일반적인 정보나 상식, 지식, 기술 등을 의미합니다. 대중교통 이용이나 대화, 휴대전화 혹은 인터넷 사용 같은 것들이 여기에 해당하죠."

"그렇다면 여자화장실을 선택한 이유가 앞서 이야기한 그런 이유들이 아니라, 일반인이라면 선택하지 않을 장소인데 사회기술이 부족하기 때문에 선택했다는 얘기가 됩니까?"

"그렇죠, 만약에 사회기술 부족이 이유라면."

"어떤 경우가 여기에 해당할까요?"

"예를 들어 원래 범인의 목표는 공연장 안까지 들어가 신체 일부를 유기해서 공연장을 찾은 더 많은 사람들을 놀라게 하는 것이었는데, 돈이 없거나 티켓 구입 방법을 몰라서 어쩔 수 없이 접근할 수 있는 화장실을 택했다."

"아……."

추가적인 질의응답이 이어지고 토론을 거쳐 MO 분석이 끝났다.

"자, 지금까지 함께 토론한 내용을 이시은 프로파일러가 보기 쉽게 표로 정리했습니다. 한번 보시죠. 보시다시피 표에서 우리가 지금 알 수 있는 각 MO 항목별 네 가지 이유를 가능성 순으로 정리를 했습니다. 초록색은 가장 가능성이 높은 이유, 하늘색은 중간 정도 가능성, 갈색은 낮은 가능성, 노란색은 불가능에 가까운 경우를 말합니다. 이미 말씀드린 것처럼, 현장 수사 등을 통해 확인된 사실과 정황의 한계 내에서 우리 프로파일러들과 각 분야 전문가인 여러분이 함께 집단지성을 통해 내린 결론이라는 점 참고해 주시기 바랍니다. 추후 수사팀의 탐문 수사와 국과수 법과학 분석 결과 등에 따라 분석 내용은 달라질 수 있다는 점, 역시 잊지 마시기 바랍니다. 이시은 경장!"

"네, 이시은입니다. 스크린 보시죠."

#Case1 세종문화회관 사건 MO 분석			
이유 /MO	시간 금요일 저녁	피해자 불상의 남성	장소 여자화장실
기회	· 관람객 · 인근 근무자 · 배달	· 취객 · 노숙인	· 귀갓길 · 도로 · 교통수단(?)
필요	· 카스트라토 이경도 공연 · 많은 관람객	· 면식범 · 치정 · 복수	· 불안 · 공포 조장 극적 효과
흥분 /감정	· 금요일 저녁 흥분 · 충동	· 테러리즘 · 남성 혐오 · 자기 성 정체성 부정/혐오	· 화장실 성도착
사회 기술 부족			· 입장료 없음 · 티켓 구매 방식 모름

	#Case1 세종문화회관 사건 MO 분석			
이유/MO	**방법** 신체 일부(고환) 절단, 공개 유기	**도구** 성경 케이스, 드라이아이스	**접근 및 이동** 미상	**특징** 흔적 없음, 목격자 없음
기회	· 의료시설 · 도축 관련업 종사자	· 종교 관련 · 냉동식품 관련 종사 혹은 구매	· 도보, 대중교통, 자가용(관람객) · 화물차/이륜차(배달 등 업무)	· 여성 · 우연
필요	· 성폭력 피해 복수	· 종교적 문제 · 갈등/공포 조장 극적 효과	· 근거지로부터 멀리 이동 · 주차장등 CCTV 회피	· 검거 회피를 위한 치밀한 계획 · 사전 답사 가능성
흥분/감정	· 성도착 · 거세 불안 투사	· 영화나 게임 등 가상 세계와 현실 구분 불가		
사회 기술 부족			· 인근 거주 · 먼 거리 이동 수단 부족	· 타인 시선 · 적발 위험을 인지 못 하는 지적 문제

"보시는 것처럼 일곱 개 항목 모두 기회 혹은 필요 쪽에 집중되어 있고 그중에서 가장 가능성이 높은 초록색은 필요 쪽에 집중되어 있습니다."

"그 말은 범인이 치밀하고 계획적인 놈이라는 거죠. 모든 범행 수단과 방법을 꼼꼼히 고르고 선택한?"

그동안 침묵하던 사이버수사 담당 심희용 경사였다.

"네, 일단 오늘 우리 분석 회의 결과는 그렇게 해석할 수 있습니다."

"그럼 이유가 흥분/감정이나 사회기술 부족일 가능성은 배제해도 되는 겁니까?"

영상 분석 전문가 한진규 경장이었다.

"현 단계, 그러니까 사건 1 세종문화회관 사건만 분석한 상태에서는 배제할 수 없습니다. 낮은 가능성이지만 열어 둬야 하고요. 피해자의 신원, 추가적인 증거나 정황이 확인되면 조정할 수 있겠죠. 예를 들어 피해자와 가해자가 동일인이라고 밝혀진다면 자기 성 정체성 부정/혐오라는 흥분/감정 이유가 초록색으로 변하겠죠. 연결돼서 장소 선택 이유도 사회기술 부족이 노란색에서 초록색으로 바뀔 수 있고요."

"현 단계라는 조건을 달았죠? 그럼 두 번째 사건을 추가하면 분석이 달라진다는 이야기인가요?"

전수미 검시관이 오랜 침묵을 깨고 질문을 했다.

"네, 그렇습니다. 그럼 이제 두 번째, 동자동 사건 MO 분석표를 보시죠. 보시다시피 두 번째 사건이 정확히 일주일 뒤 같은 금요일 저녁 시간에 발생하면서 1차 사건 분석에 포함되었던 불확실성이 상당히 해소되었습니다."

#Case2 동자동 사건 MO 분석			
이유 /MO	시간 금요일 저녁	피해자 불상의 남성	장소 여자화장실
기회	· 카페 이용객 · 3층 교회 관련자 · 인근 근무자 · 배달	· 취객 · 노숙인	· 귓갓길 · 도로 · 교통수단(?)
필요	· 모방 범죄 · 예배 시간	· 면식범 · 치정 · 복수	· 불안 · 공포 조장 극적 효과
흥분 /감정	· 금요일 저녁 흥분 · 충동	· 테러리즘 · 남성 혐오	· 화장실 성도착
사회 기술 부족			

#Case2 동자동 사건 MO 분석				
	방법 신체 일부(고환 및 성기) 절단, 공개 유기	**도구** 음료수 용기, 드라이아이스	**접근 및 이동** 미상	**특징** 흔적 없음, 목격자 없음
이유 /MO				
기회	· 의료시설 · 도축 관련업 종사자	· 카페 이용객 · 냉동식품 관련 종사 혹은 구매	· 도보, 대중교통, 자가용(이용객) · 화물차/이륜차(배달 등 업무)	· 여성 · 우연
필요	· 성폭력 피해 복수	· 특정 카페 매장 이미지 저하 · 갈등/공포 조장 극적 효과	· 근거지로부터 멀리 이동 · 주차장 등 CCTV 회피	· 검거 회피를 위한 치밀한 계획 · 사전 답사 가능성
흥분 /감정	· 성도착 · 거세 불안 투사			
사회 기술 부족		· 모방 · 성경 케이스 못 구함 · 인접 카페 물품 사용		· (?)

"잠깐만요. 두 사건 사이에 큰 차이가 있는데 절단해서 유기한 신체 부위가 세종문화회관 사건은 고환 부위이고 동자동 사건은 고환 부위만이 아니라 성기까지 붙어 있었어요."

사망 사건이 발생하면 현장에 나가서 시체에 대한 1차적인 검시와 조사를 행하는 검시관 전수미가 다시 의문을 제기했다.

"네, 아주 중요한 차이에 대한 중요한 지적입니다. 저희 프로파일링팀도 분석 회의를 할 때 이 차이의 의미에 대해 많은 토론을 했습니다. 과연 범인의 특성 차이에 따른 본질적인 차이인가, 아니면 시간과 범행 횟수 변화에 따른 학습과 진화의 결과인가. 혹은 1, 2차 사건 범행 당시에 발생한 피해자의 저항 또는 제3자의 목격이나 개입 등 예기치 않은 상황 요인인 X-factor의 영향인가, 그것도 아니면 모방 범죄인가."

"지금 2차 사건 범인이 1차 사건과 동일인이거나 1차 사건을 흉내 낸 모방범이거나, 어쨌든 1차 사건에 대해 잘 알고 있는 자가 2차 사건 범인이라는 가정을 하고 있는 것 같은데요. 제가 2차 현장에서 만난 목격자, 최초 발견자의 경우 뉴스나 인터넷을 전혀 안 보는 교회 집사라서 1차 사건에 대해 모르고 있었어요."

케어 요원 현수경 경장이었다.

"네, 현 경장님. 목격자 면담 기록 확인했습니다. 그 목격자처럼 범인도 사회와 완전히 차단된 외톨이로 1차 사건에 대해 전혀 알지 못하고 단지 우연의 일치로 유사한 MO를 사용했을 가능성도 완전히 배제는 못 하죠. 하지만 극단적으로 현실성이 낮기 때문에 표 우측 하단의 노란색 물음표로 여지를 남겨 뒀습니다. 추가 사건이 발생할 경우 더 확실해지겠죠."

"뭐라고요? 추가 사건? 경찰이 범인을 빨리 검거해서 추가 피해를 막을 생각은 안 하고 추가 사건이 발생하길 기다립니까? 이건 범죄 방조, 윤리 위반을 넘어 직무유기의 형사책임까지 물을 수 있는 심각한 문제예요.”

김태섭 준법담당관이 강하게 문제를 제기했다.

“김태섭 경감님, 아니 변호사님. 준법담당관 역할이 내부 비판자 레드팀, 악마의 변호인이란 거 모르는 거 아닙니다. 하지만 정도가 있고 지켜야 할 선이 있는 것 아닙니까? 이시은 프로파일러가 언제 추가 사건을 기다린다는 말을 했습니까? 프로파일링의 기본 절차에 따라 추가 사건 발생을 예측하고 가정한 거죠. 그래야 대비가 가능하고 검거 가능성을 높일 것 아닙니까?”

김경아 선임 프로파일러의 목소리는 절제된 분노와 흥분을 담은 강경하고 단호한 어조였다.

“화내지 마시고요. 말씀하신 것처럼 제 역할이 그런 거니까 양해 부탁드립니다. 앞으론 더 기분 나쁘고 불쾌한 말씀을 드리게 될 거예요. 오늘은 맛보기 정도. 마 팀장님, 제가 지나쳤습니까? 앞으로 말조심할까요?”

팔짱을 낀 채 듣고만 있던 마일영 팀장에게 불똥이 튀었다.

“그 대답은 준법담당관 도입을 제안한 진 박사께서 하셔야 할 것 같은데?”

고개를 숙인 채 연필로 뭔가를 메모하고 있던 진 박사가 마치 딴짓하다가 선생님에게 들킨 학생 같은 표정을 하며 마 팀장과 김태섭 경감, 김경아 프로파일러를 번갈아 쳐다보고 미소 지으며 입을 열었다.

“다 맞는 말이죠. 다양한 전문가들이 모여서 기탄없이 자기 이야기 하고 치열하게 토론해서 사건의 실체에 제대로 다가가는, 그러면서도 서로에 대한 존중을 잃지 않는, 그게 우리 ACAT이니까. 그렇죠, 팀장님?”

“자, 진 박사 말처럼 우린 각 분야 전문가들이 모인 특수 조직이라서 장점도 많지만 서로 다른 생각과 일하는 방식, 특성 때문에 오해나 갈등이 생기기도 쉽습니다. 오늘 첫 분석 회의가 좋은 예방주사가 됐다고 생각해요. 시간도 많이 지났고 사건의 주요 내용과 기본적인 분석 내용에 대한 공유는 충분히 된 것 같으니까 오늘은 여기서 마치죠. 시그니처 분석 등 남은 연관성 분석 결과는 문서로 공유하기로 합시다. 혹시 추가로 하고 싶은 말 있는 사람?"

"팀장님, 몇 가지 부탁드리고 싶은 게 있습니다."

"오케이, 김경아 선임 프로파일러."

"우선 오늘 저희 분석 결과 경청해 주시고 좋은 의견 주신 모든 팀원들께 감사드립니다. 그리고 김태섭 준법담당관님께서 당연하고 필요한 문제를 제기해 주셨는데 과민 반응 보인 점 사과드립니다."

김태섭은 괜찮다는 듯 손을 흔들면서 가볍게 고개를 끄덕였고 김경아는 말을 이어 나갔다.

"앞서 말씀드렸지만 오늘 분석한 내용은 최종 결론이 아닙니다. 사건에 대한 정보와 자료가 업데이트되는 대로 분석 내용 역시 조정되고 달라집니다. 그래서 저희가 분석을 제대로 하기 위해서는 각 팀원들의 전문성과 도움이 절실합니다. 저희도 계속 문의드리겠지만 여러분도 언제든 저희에게 아시는 내용과 생각을 기탄없이 전해 주시면 감사하겠습니다."

팀원들은 고개를 끄덕이거나 가볍게 손 경례를 하고 박수를 치는 등 각자의 방식으로 동의한다는 의사 표시를 했다. 마 팀장이 이어받았다.

"그동안 치열하게 프로파일링을 하고 오늘 그 분석 결과 발표를 훌륭하게 해 준 김경아, 이시은 두 프로파일러 수고 많았어요. 김경아 선임 프로파일러 말처럼 아직 추가 현장 수사 결과와 법과학 분석 내용 등 필요한 것도 많고 각 팀원들 전문 분야에서의 분석 의견들도 필요하니까 열심히 해 주기 바랍니다. 윤 박사는 두 사건 지리적 분석 계속해 주시고, 한 경장은 현장

CCTV 영상들 확보되는 대로 정밀 분석 해 주고, 서마리 주무관은,"

"네, 전 두 사건 112 신고 녹음 파일 전달받는 대로 신고자 음성과 배경 음향 정밀 분석 진행하겠습니다."

"전 회의 끝나고 바로 국과수 가서 발견된 신체 부위 절단면, 약물 분석 결과 등 법의관들과 세밀하게 살펴보겠습니다."

"케어팀은 현장 목격자들 진술 다시 한번 차분히 정밀 분석 진행하겠습니다."

"네, 전 지금 SNS와 인터넷 커뮤니티, 그리고 관련 기사 댓글 분석 중입니다. 워낙 분량이 많아서 진척은 좀 더딥니다."

서 주무관의 말을 전 검시관, 현 경장, 심 경사가 차례로 이어받았다.

"오케이, 다들 각자 임무 정확히 숙지하고 있으니 곧 최적의 시너지 효과가 나올 것으로 기대됩니다. 진 박사님 혹시 추가하실 말씀?"

진현수 박사는 말없이 고개를 저었다.

서울리안 대표실, 컵이 날아가 벽에 부딪치며 산산조각이 났다. 본능적으로 두 손을 올려 얼굴을 감싸며 고개를 숙였던 변태경 사회부장이 고개를 듦과 동시에 공기를 찢는 고함 소리가 터져 나왔다.

"야, 이 개새끼야, 너 뭐 하는 놈이야!"

"죄송합니다, 대표님. 그런데 무슨 일로……."

"진짜 몰라서 물어, 새끼야!"

"네…… 죄송합니다……."

"너 우리 신문 최대의 광고주가 누군지 알아?"

"그거야 JY그룹……."

"JY그룹에서 요즘 제일 광고 많이 하는 게 뭐야?"

"그게…… 스텔라드롭 커피 전문점 체인…… 아! 아, 죄송합니다. 죄송합니다. 제가 미처…….."

"이 개자식아, 내가 광고주 전화 받고 얼마나 당황했는지 알아? 내가 보이지도 않는데 무릎 꿇고 전화를 받았다, 쌍노무 새끼야. 무슨 말인지 알아, 엉?"

"네, 다시는 이런 일 없도록 제가 제대로 챙기겠습니다. 요새 하도 속보 경쟁이라 데스킹을 잘 못해서……."

"너 줄도 빽도 없이, 나이도 어린 놈을 누가 사회부장 시켜 줬어?"

"존경하는 박제순 대표님이십니다."

"주간이랑 국장이랑 다 반대했어, 알아?"

"네, 알고말고요. 그 은혜 꼭 보답하겠습니다, 대표님."

"나가, 이 새끼야. 가서 스텔라드롭 스 자도 안 나오게 기사 수정하고 사진 다 내려! 수정 안 되면 기사 자체를 삭제해. 알았어?"

"네, 알겠습니다. 저기 TV 쪽 영상은……?"

"그것도 내가 지시해 둘 테니까 니가 확실히 챙기고 결과 보고해!"

"네, 알겠습니다. 대표님."

변태경 사회부장은 디지털팀과 안순옥 기자를 급하게 호출했다.

"대표님한테 박살 나고 와서 기분이 좀 그러니까 긴 말 하지 않게 도와주라. 알다시피 우리 신문 최대 광고주 JY그룹이 최근에 가장 많이 광고하는 게 스텔라드롭이잖아. 그런데 동자동 카스트라토 사건 현장에서 발견된 용기, 그리고 화장실 옆 카페까지. 사건 본질과 관계없는 상호며 상표 노출된 것부터 큰 문제고 잘못이야. 지금부터 우리가 올린 기사 다 찾아서 수정해. 수정 안 되면 기사 자체를 아예 삭제하고. 알겠지?"

디지털팀은 못마땅한 표정을 감추지 못하면서도 수긍한다는 듯 고개를 끄덕였다. 하지만 안순옥은 달랐다.

"부장님, 아니 선배, 이건 우리 서울리안 창사 이래 최대의 단독 특종 아이템이에요. 앞으로도 계속 더 커질 이슈고. 그런데 사람들이 별로 신경도 쓰지 않을 광고주 상표 노출 때문에 기사를 수정하고 내린다뇨. 이게 말이 됩니까? 나 선배한테 그렇게 안 배웠는데요?"

변 부장의 얼굴이 일그러졌다. 머리를 쥐어뜯으며 한숨을 내쉰 변 부장이 디지털팀을 향해 말했다.

"디지털팀은 지금 바로 지시 이행하고 결과 보고해. 우리가 올린 영상도 챙겨. TV서울리안 쪽은 대표님이 직접 지시하신다고 했으니 진행 과정은 이따가 내가 챙겨 볼게. 수고해, 미안하고."

"네, 알겠습니다."

"아니, 기사 작성자는 난데 내 동의도 없이 디지털팀이 막 지울 수 있어요? 그래도 돼요?"

"디지털팀은 어서 가 봐. 안 기자는 나랑 얘기 좀 하고."

변 부장과 안 기자 사이에서 잠시 어쩔 줄 몰라 하던 디지털팀 팀원들은 팀장의 눈짓에 뒷머리를 긁적이며 자리를 떴다.

"선배, 선배 입장 이해 못 하는 거 아녜요. 나도 기잣밥 몇 년인데, 그리 순진한 년도 아니고. 아무리 그래도 이건 너무하잖아요. 앞으로 주의하고 안 나오게 하면 되지, 이미 나간 기사를 수정하고 내린다뇨? 독자들 네티즌들 다 알게 되고 경쟁사 기자들 하이에나 떼처럼 약점 잡고 물어뜯을 텐데…… 감당할 자신 있어요? 대표보다 더 무서운 게 여론이에요. 알잖아요."

"누가 몰라, 인마? 네티즌들이야 어쩔 수 없지만 경쟁사? 걔네들은 뭐 먹고 사는데? 우리 꺼 베껴서 어뷰징한 놈들 다 지금 불똥 떨어져서 우리보다 먼저 수정하고 기사 내리고 있는 중일 거다. 두고 봐."

"아, 씨발. 저널리즘은 씨가 마른 시대네, 이거."

"저널리즘 뜻 몰라? 적당히, 널널하게, 회사 이익을 먼저 생각해라, 쯤!"

"다 좋은데, 다음 사건 또 나고 만약에 또 스텔라드롭 화장실에서 스텔라드롭 음료컵에 담긴 남자 성기 발견되면 어떻게 할 거예요? 그때도 ㅅ 자도 못 쓰는 거예요?"

"당연하지! 그럴 리도 없지만 천만 억만에 하나 그런 일이 발생해도 그건 그저 우연의 일치지. 사건의 본질과 전혀 관련이 없는 거잖아. 괜히 선량한 기업에 피해를 끼치는 악덕 언론이 되면 안 되잖아. 안 그래?"

"그게 어떻게 사건 본질과 관계가 없어요. 스텔라드롭에 불만 있는 직원이거나 물품 공급하는 사람이거나,"

"그건 경찰이 수사할 사안이고. 너 계속 쓸데없는 고집 피우면 이 사건에서 빼 버릴 거야. 아예 지방 발령을 내 버리든지."

"알겠고, 선배를 존경한 적은 없지만 그래도 이해는 했었는데, 이제 그마저도 못하겠네요. 광고주 잘 빨면서 그 자리 잘 지키세요."

얼굴이 벌개진 채 뒤돌아 나가는 안순옥의 등 뒤에 대고 변태경이 소리쳤다.

"앞으로 니가 쓰는 기사는 내가 철저히 데스킹할 거야. 잘한다, 잘한다 했더니 아주 건방이 하늘을 찔러, 저 자식!"

홧김에 아무 계획도 없이 신문사를 나서는 안순옥의 휴대폰에서 진동이 느껴졌다.

[안순옥 기자님, 진현수입니다. 기억하시는지요? 잠시 만났으면 하는데 시간 내 줄 수 있어요?]

안 기자는 통화 버튼을 눌렀다. 안 기자의 얼굴은 언제 분노로 달아올랐었냐는 듯 호의 가득한 표정으로 바뀌었고 목소리에서도 친절이 묻어났다.

"안녕하세요, 진 박사님. 저한테 문자를 다 주시고, 황송합니다. 어쩐 일이세요?"

"아, 날 기억하는군요."

"사회부 거쳐 간 기자치고 박사님 모르면 간첩이죠. 사건만 나면 전화드려서 귀찮게 해 드리고……. 특히 전 언론재단에서 주최한 박사님 범죄 심리 강의 수강생이었잖아요."

"아, 그렇군요. 제가 가끔 기자님들에게 싫은 소리도 많이 해서 달가워하지 않으면 어떡하나 걱정하면서 문자드렸어요."

"무슨 말씀을요. 기자들 실수하고 잘못하면 혼내 주셔야죠. 그러면서 배우니까 걱정 마세요. 그런데 무슨 일로 절 찾으셨어요?"

"아, 그 사건……."

"카스트라토 사건이요?"

"아, 네. 잠깐 얘기 좀 할 수 있을까요?"

"저야 고맙죠. 어디로 갈까요? 지금 갈 수 있는데."

한 시간 후 진현수 박사와 안순옥 기자는 약속한 카페에 마주 앉았다.

"좀 긴장되는데요, 박사님 앞에 앉아 있으니. 그것도 인터뷰 입장이 아니라 취조받는 피의자 같은 느낌이라서……."

"미안해요. 혹시라도 그런 불편함 느낄까 봐 고민을 했는데……."

"농담이에요, 박사님. 부담 갖지 마시고 말씀하세요. 저한테 뭘 알려 주려 만나자 하셨나요, 아니면 제게서 듣고 싶은 이야기가 있으셔서……."

"네, 동자동 현장에 경찰보다 먼저 가셨다고 들어서…… 어떻게 알고 가셨는지 알 수 있을까요?"

"아, 그건……."

"어려운 부탁인 거 압니다. 비밀은 보장할게요. 사건 해결에 매우 중요한 열쇠가 될 수도 있을 것 같아서……."

안 기자는 진 박사의 얼굴을 뚫어져라 쳐다보며 생각을 정리했다. 조금 전 회사에서 변태경과의 격했던 대화와 앞으로 기사를 맘대로 쓸 수 없는 짜증나는 상황이 평소와 다른 반응을 불러일으켰는지도 모른다.

"네, 알겠습니다. 다른 사람이라면 당연히 그저 우연이었다고 둘러댔겠지만 박사님께는 그러면 안 되죠. 대신에 비밀 철저히 지켜 주시고 앞으로 사건 관련해서 저한테 종종 조언해 주셔야 해요."

"알겠습니다. 그렇게 하죠."

"사실은 세종문화회관 사건을 보도한 제 기사가 화제를 불러일으킨 후에 바이라인에 공개된 이메일로 엄청나게 많은 연락이 왔어요."

"당연히 그랬겠죠."

"들어온 이메일이 너무 많아서 다 읽어 볼 수도 없었지만 제목부터 읽을 필요가 없어 보이는 이메일이 대다수라 죽 스캔하듯이 이메일 창을 훑어 내려오는데 좀 특별한, 뭐랄까 눈을 확 잡아 끄는 아이디와 제목이 보이는 거예요."

"눈을 잡아 끄는 아이디?"

"네, 카스트레이터. 영어로 castrator."

"그거야 이번 사건 이름 자체가 카스트라토니까 누구든 그런 아이디 만들어서 쓸 수 있잖아요?"

"그렇죠. 그런데 사실 카스트라토는 정확하게 말하자면 여성 소프라노음을 낼 수 있는 거세된 남자 가수를 뜻하죠."

"파리넬리, 그리고 이경도."

"그렇죠. 다만 이경도 가수는 카스트라토라고 부르고 그렇게 마케팅을 하지만 현대 사회에선 카스트라토 가수가 있을 수 없죠. 그리고 카스트라토는 뒤에 알파벳 r이 붙지 않아요. castrato, 알파벳 o로 끝나죠."

"그런데?"

"그런데 이번 사건 범인처럼 동물이나 사람 남성의 생식기, 그러니까 고환을 절제하는 거세를 업으로 하는 기술자 혹은 그 도구를 뜻하는 말은 정확히는 카스트레이터, 뒤에 r이 붙는 castrator죠."

"그런데 그 수많은 이메일 중에 카스트레이터를 아이디로 쓰는 이메일이 눈에 확 들어왔다."

"네, 그리고 제목도 '카스트라토가 아니라 카스트레이터입니다'였고요."

"그래서 열어 봤겠군요."

"그랬더니 카스트라토와 카스트레이터의 차이, 역사와 의미, 사례 등 기사에 쓰기 좋은 정보들이 출처 표시와 함께 적혀 있었어요."

"그래서 출처 찾아서 팩트체크 해 봤더니 다 사실이고."

"그렇죠. 그래서 기사에 잘 활용했죠."

"그런데 자기 존재는 밝히지 말아 달라고 이메일 말미에 적혀 있었겠죠?"

안 기자가 눈을 동그랗게 뜨고 진 박사를 쳐다봤다.

"어떻게 아셨어요? 혹시 박사님이 카스트레이터?"

"무슨 그런 엉뚱한 상상을. 동자동 사건 현장에 어떻게 그렇게 빨리 갈 수 있었냐는 내 질문에 대한 답을 하던 중이었잖아요. 카스트라토에 대한 정보 제공으로 관심을 끌고 신뢰 얻은 뒤에 동자동 사건 현장으로 안 기자를 유인했다. 그러면 당연히 자신의 존재나 자기와 관련된 이야기를 철저히 비밀에 부쳐 달라고 처음부터 당부했겠죠."

"와, 대단하시네요. 역시 프로파일러."

"그래서 동자동 사건 현장은 어떤 방식으로 알려 주던가요?"

"사건 당일, 20일 오후 6시경, 그러니까 사건 네 시간 전쯤 왔던 이메일이었는데요. 자기가 신뢰할 만한 지인으로부터 들었는데 카스트레이터가 나타날 것 같다고…… 물론 잘못된 정보일 수 있으니 허탕칠 각오하고, 그래도 가 보고 싶으면 밤 10시 정도에 용산구 동자동 사거리 빨간 벽돌 건물 스텔라드롭 여자화장실로 가 보라고……."

"그 건물에 교회가 있는 것으로 알고 있는데, 교회 언급은 없던가요?"

"네, 없었어요. 동자동 사거리 빨간 벽돌 건물 스텔라드롭 여자화장실. 정확히 기억해요."

"혹시 그 이메일 보여 줄 수 있나요?"

"죄송합니다, 박사님. 저도 기자라 취재원 보호, 보도 기밀 때문에 이메일 자체를 보여 드릴 순 없습니다. 압수수색 영장을 받아 오시면 어쩔 수 없겠지만."

"아, 아니에요. 전 현직 떠난 지 오래됐고, 안 기자처럼 민간인입니다. 압수수색은 무슨. 스텔라드롭…… 그 담겨 있던 것도 스텔라드롭 음료수 용기였죠? 그런데 조금 전 원래 안 기자 기사에 있던 스텔라드롭 이름이 삭제되고 없던데……."

안 기자의 눈동자가 흔들렸다. 잠시 시선을 창밖으로 돌렸던 안 기자는 결심한 듯 입술을 꽉 깨물고 진 박사의 눈을 마주봤다.

"참 부끄러운 이야긴데요."

기자가 언론사 내부에서 벌어지는 부끄러운 속사정을 외부인에게 말하는 일은 극히 드물다. 혹시라도 말이 돌고 돌아 SNS에라도 올라가면 내부 기밀을 까발린 기자 사회의 배신자가 누군지 바로 드러날 것이기 때문이기도 하지만, 그보다 기자 스스로 부끄러워서 기자가 아닌 지인에게 절대 밝히지 않기 때문이다. 안 기자는 지금 그 금기를 깨고 있었다. 진 박사는 두 팔꿈치를 테이블에 붙이고 깍지 낀 손으로 얼굴을 받친 채 진지한 표정으로 안 기자의 이야기를 경청했다. 안 기자가 폭로하는 언론, 서울리안 내부 이 야기는 진 박사도 어느 정도는 짐작하고 있었지만 이렇게까지 노골적이고 지나칠 줄은 몰랐다.

"언론의 자유, 저널리즘, 시민을 대리한 감시자, 뭐 이런 표현은 책 속에 나 있는 건가요? 안타깝네요."

"부끄럽습니다. 그동안 클릭수 유도하는 자극적인 기사 많이 써서 기레기 소리도 꽤 많이 들었지만 이렇게까지 참담하진 않았거든요. 자극적인 기사도 결국은 독자들이 원하고, 욕하면서도 제일 많이 클릭해서 보고 읽으니까요. 그런데……."

"뭐 어디 언론만의 문제인가요. 어디나 돈과 권력에 줄 서고 양심 팔아먹고 시키는 대로 하면서들 살아가고 있잖아요. 그래도 양심 지키고 제 역할 해내는 분들이 계셔서 이 사회가 굴러가고 있는 거죠. 언론 문제는 안 기자와 언론인들이 해결하시리라 믿고요. 사건 얘기로 돌아가면……."

"아, 네. 죄송합니다. 제가 너무 제 사정만 말씀드려서…… 아무튼, 다른 언론사들도 사정이 거의 비슷한 것 같고요. 그래서 앞으로 당분간 카스트라토 사건 기사에서 스텔라드롭은 전혀 언급되지 않을 겁니다."

"사건과 관련이 없다면야 언급되든 말든 제가 알 바는 아니고……. 혹시 그 자칭 카스트레이터가 보낸 이메일 중에 또 스텔라드롭을 언급한 적이 있나요? 어떤 맥락에서건?"

"아니요. 혹시 몰라서 제가 다시 이메일을 죽 읽어 봤는데, 없었어요."

"안 기자는 그 이메일을 보내온 사람이 이번 사건과 관련이 있다고 생각해요?"

"솔직히…… 네. 범인인지는 모르겠지만 범인과 가깝고 잘 아는 사람은 분명한 것 같아요."

"그럼 앞으로 나랑 협력, 공조 수사 해 보겠어요?"

"네!"

안 기자는 카페 안에 있던 모든 사람이 깜짝 놀라서 쳐다볼 정도로 크게 외치고 말았다. 그러곤 바로 자리에서 일어나 부끄럽고 당황해서 빨갛게 상기된 얼굴로 사방을 향해 고개를 숙였다.

"죄송합니다, 죄송합니다."

2023년 12월 24일 일요일

용산경찰서는 국과수에서 보내온 동자동 여자화장실 신체 일부 발견 사건 유전자 감식 의뢰 회신을 받고 그야말로 발칵 뒤집혔다. 피해자의 신원이 밝혀진 것이다. 아동 성폭행 전과자 37세 주성배. 주성배의 거주지는 신체 부위 발견 장소인 상가 건물에서 채 100미터도 떨어지지 않은 뒷골목 주택가 낡은 단독주택이었다. 'DNA신원확인정보의 이용 및 보호에 관한 법률'에 따라 구축된 성범죄자 DNA 데이터베이스에 주성배가 등록되어 있었기 때문에 빠른 시간 안에 신원 확인이 가능했다.

용산경찰서는 바로 상부에 보고하면서 업무지시에 따라 경찰청 ACAT 과 성범죄자 전자 감시 주관 부서인 법무부 보호관찰소에도 통보하는 동시에 검찰에 주성배의 주거지에 대한 압수수색 영장을 신청했다. 그 과정 어디에서 샌 것인지 모르겠지만 주성배의 신상 정보를 담은 기사들이 '단독', '속보', '특종' 등의 머리말을 달고 인터넷에 도배되었다. 기사들은 카스트라토가 성범죄자를 응징하고 있다고 단정적으로 보도했다. 저명한 범죄 심리학자 이중도 교수의 말을 인용해 아직 신원이 밝혀지지 않은 세종문화회관 사건 피해자 역시 성범죄자일 것이라고 추정했다. 자연스럽게 두 사건의 범인은 동일인이고, 동일범 카스트라토에 의한 성범죄자 응징 연쇄 살인이라는 전대미문의 강력범죄가 벌어지고 있다는 주장이 기정사실로 굳어지고 있었다.

이중도 교수는 다시 TV서울리안 뉴스에 출연해서 범인이 과시욕에 가득 찬 사이코패스 연쇄 살인범이라고 했던 자신의 주장을 바꿔 "법원의 잇따른 성범죄자 대상 솜방망이 형량을 질타하는 'D.I.Y. 저스티스형 연쇄 살인 범죄"라고 목소리를 높였다.

"성탄 전야에 끔찍한 사건 관련 이야기 들려드리는 제작진 마음도 편치 않다는 말씀부터 드리겠습니다. 오늘 도움 말씀 주실 범죄 심리 전문가 이중도 교수 모셨습니다. 안녕하세요?"

"네, 안녕하십니까? 이중도입니다."

"소위 카스트라토 사건 두 번째 피해자 신원이 밝혀졌습니다."

"네, 그렇습니다. 전자 발찌 착용 및 신상 정보 공개 대상자인 주 모 씨로 밝혀졌습니다."

"신상 공개 대상잔데 실명을 밝히면 안 됩니까?"

"네, 미국은 성범죄자 등 강력범죄자 신상이 모두에게 공개가 되지만 우리나라는 인근에 사는 어린이 청소년의 부모에게만 공개됩니다. 그래서 방송이나 인터넷 등으로 공개하면 처벌을 받게 되어 있죠. 그리고 성범죄 전과자라 해도 지금 이 사건에서는 피해자 신분이죠. 피해자 신원을 공개해도 또 처벌받습니다."

"그렇군요. 어쨌든 피해자가 전자발찌 착용 대상인 성범죄자로 밝혀지면서 경찰 수사는 활력을 띠게 되겠죠?"

"그렇습니다. 첫 번째 세종문화회관 사건이 발생했을 때만 해도 워낙 다양한 가능성이 열려 있었기 때문에 제가 과시욕이 강한 사이코패스 연쇄 살인범이라고 말씀드렸지만, 이제 피해자 신원이 밝혀지면서 이번 사건 범행의 목적이 보다 명확해졌기 때문에,"

"'과시욕이 큰 사이코패스 연쇄 살인범'이라고 하셨던 말씀을 수정, 변경하시는?"

"수정, 변경이라는 표현보다 상황에 맞게 좀 더 구체화한다 뭐 이렇게……."

"구체화라면?"

"그러니까 미국 등 외국에선 이런 범죄가 좀 발생했었는데요. 자기가 정의다, 자기만이 정의다, 라고 주장하면서 세상이 썩어서 정부고 경찰이고 검찰이고 법원이고 다 못 믿겠다, 내가 직접 정의를 구현하겠다고 나서는 걸 'Do It Yourself Justice', 줄여서 'D.I.Y. 저스티스'라고 하거든요."

"D.I.Y.라면, 가구 부품 사서 스스로 조립하는 그런,"

"그렇죠. 그런 걸 D.I.Y., Do It Yourself라고 하죠. 공장에서 다 만들어진 기성 제품은 마음에 안 들고 비싸니까 자기가 원하는 걸 스스로 주문해서 만들면 값도 싸고 해서 한때 선풍적인 인기를 끌었죠."

"그럼 정의도 그런 식으로 자기가 원하는 방식으로 스스로 구현하겠다는?"

"그런 거죠. 경찰, 검찰, 법원이 절차대로 하는 사법 정의는 맘에 안 든다. 내가 원하는 대로 내 식대로 정의 구현하겠다."

"자기가 성범죄자 직접 응징하겠다, 이런."

"그렇죠. 그동안 법원 판결이 아동 대상 성범죄자들에게 솜방망이 처벌을 하지 않았습니까? 특히 최근 몇 차례 국민 법감정, 상식과 맞지 않는 판결들이 있었죠."

"그럼 그 D.I.Y. 저스티스는 비질란테(vigilante)와는 어떻게 다른 겁니까?"

"비질란테는 범죄나 사회악을 직접 처단하는 활동을 일컫고요. D.I.Y. 저스티스는 피해자나 그 가족 등 사건 관계자가 국가 사법 시스템에 맡기지 않고 직접 내 식대로 정의를 구현하겠다고 하는 것으로 두 개념이 일부 중첩되기도 합니다."

"그럼 직간접적으로 범죄 피해와 관련된 사람이 가해자를 응징하면 D.I.Y. 저스티스, 상관없는 사람이 사회악을 척결하겠다고 나서면 비질란테, 이렇게 이해하면 됩니까?"

"그렇죠. 역시 명앵커입니다. 아주 명확하게 정리해 주셨네요."

"그럼 사이코패스는 아닌 겁니까?"

"사이코패스냐 아니냐가 중요한 게 아니고, 또 그건 검거해서 심층 진단을 해 봐야 아는 거고."

"아, 네. 그럼 카스트라토는 자기 식의 정의를 구현하는 'D.I.Y.형 연쇄 살인' 이렇게 규정하시는 거죠?"

"네, 그렇습니다. 첫 사건에서는 피해자의 생사 여부가 불분명했지만, 이제 두 번째 사건이 발생했고 피해자 신원이 밝혀지면서 범인이 피해자들을 살려 두고 있지는 않을 것이기 때문에 연쇄 살인인 것은 맞고요."

"그렇다면 사건 초기부터 많은 네티즌들이 주장했던 성범죄 피해자의 복수, 만약에 범인이 성범죄 피해자나 그 가족이라면 더 동기가 분명하고 확실한 것 아닙니까?"

"그렇죠, 맞습니다. 이번에 신원이 밝혀진 피해자, 30대 아동 대상 성범죄자 주 씨가 과거에 성폭행했던 어린이의 가족이나 친지가 범인이 형량 마치고 나올 때까지 기다렸다가,"

"만약, 그러니까 가정을 말씀하시는 거죠, 지금? 혹시 시청자들께서 오해하실 수 있어서……."

"그럼요. 만약에, 만약에, 가정을 말씀드리는 거죠, 당연히."

"잠깐만요, 지금 속보가 들어오고 있답니다."

뉴스 앵커는 귀에 꽂힌 인이어로 들려오는 PD의 긴급 메시지를 들으면서 모니터에 뜨는 원고를 읽었다.

"속보를 말씀드리겠습니다. 경찰이 조금 전 카스트라토 사건 두 번째 피해자의 자택에서 압수수색 도중 지하실에서 피해자를 발견했다고 합니다. 결박 상태에 의식은 없지만 생명에는 지장이 없는 것으로 보이고, 발견 즉시 119 구급대에 의해 응급조치 후 병원으로 이송되었다고 합니다. 다시 한번 말씀드립니다. 카스트라토 사건 두 번째 피해자 30대 주 모 씨가 경찰에 의해 자택 지하실에서 발견되었습니다. 의식은 없지만 생명에는 지장이 없는 상태이고, 병원으로 후송되었습니다. 잠시 후 현장 연결되는 대로 더 자세한 현장 상황 전해 드리도록 하겠습니다. 이 교수님, 피해자가 살아 있는 채로 발견이 되었습니다. 그럼 연쇄 살인은 아닌 거죠?"

"아, 네. 그게 워낙 사상 초유의 사건이다 보니 범인이 살해를 시도했는데 피해자가 가까스로 목숨을 건졌을 수도 있고 해서 아직 연쇄 살인이 아니라고 단정하기는 좀 이른 것 같습니다."

"네, 알겠습니다. 전문가도 당황할 만큼 이번 사건은 그야말로 사상 초유 전대미문의 사건인 것은 분명해 보입니다. 추가되는 소식 정리해서 다시 찾아뵙겠습니다. 여기까지 하겠습니다. 이중도 교수님, 오늘 말씀 고맙습니다."

주성배와 관련한 자세한 사실은 서울리안 안순옥 기자의 단독 심층 보도로 알려졌다. 국과수 유전자 분석으로 동자동 사건 피해자의 신원이 밝혀진 후 경찰은 성범죄자 감시 감독 기관인 법무부 보호관찰소에 통보하면서 주성배의 이동 경로 확인을 의뢰했다. 보호관찰소에서는 주성배가 전자발찌 착용 준수 의무를 어기지 않았다는 사실, 즉 전자발찌가 몸에서 떨어지거나 거주지 및 근무지와 두 장소를 오가는 동선 등 허가된 지역에서 벗어난 적이 없다는 사실을 확인한 뒤 회신했다. 경찰과 보호관찰소는 바로 주성배에게 연락을 시도하면서 자택으로 출동했고 아무런 응답이 없자 압수수색 영장을 발부받아 주성배의 자택에 대한 내부 수색을 실시했다.

물론 기사에 포함되지 않은 사실도 꽤 많았다. 아무리 정보력과 취재력이 뛰어난 민완 기자라도 알 수 없는 내부 수사 기밀에 해당하는 내용들이었다. 사실 주성배의 집에 대한 초기 압수수색에서 경찰은 주성배도, 그 어떤 이상 징후도 발견하지 못했다. 하지만 현장 관리를 위해 출동했던 관할 지구대 유준 경사가 주성배의 성폭행 범죄 피해자 면담을 하던 경찰청 현수경 경장으로부터 연락을 받고 집 안으로 들어가 비밀 지하 출입구를 찾아냈다. 땅을 파서 만든 토굴 형태의 지하 골방 바닥에는 쓰레기 수준의 매트리스가 깔려 있었다. 그리고 그 위에 주성배가 팔에 수액 주사가 꽂힌 채 의식을 잃고 누워 있었다. 퀴퀴한 악취가 가득하고 희미한 전등 불빛으로 겨우 물체를 식별할 수 있는 토굴에서 유 경사가 육안으로 확인한 주성배의 하체 상처 부위에는 의료 전문가의 솜씨라고는 볼 수 없는 다소 엉성하고 허술한 응급 지혈과 봉합 조치가 이루어져 있었다.

매년 12월 24일 밤, 수많은 이들에게 즐거움과 축복의 시간인 크리스마스이브는 이맥에겐 가장 힘들고 슬픈 날이었다. 1987년 크리스마스이브, 동담시 성당 사제관 앞에 쌍둥이 형제 산과 함께 버려진 바로 그날이기 때문이다.

오후 6시, 이맥은 인왕경찰서 건너편 골목에 있는 태백서점에서 우울한 마음을 달래 줄 책을 고르고 있었다. 맥은 카운터에서 인자한 눈빛으로 자신을 바라보는 백발의 서점 주인과 눈이 마주치자 처음 태백서점을 찾아왔을 때가 떠올라 자기도 모르게 입가에 미소가 피었다. 서점 주인도 주름 가득한 얼굴에 미소를 머금었다.

"남들 다 데이트한다고 난린데 자네는 여기서 잉크 냄새 나는 책장이나 넘기고 있나?"

"어르신도 이 좋은 날 책 속에 파묻혀 계신 건 마찬가지네요 뭘."

"매년 크리스마스를 이 책방에서 나같이 따분한 노인과 보내니 자네도 참 딱하구먼."

"그런가요? 제가 매년 크리스마스에 태백서점에 왔었나요?"

책을 좋아하고 많이 읽는 맥은 어딜 가든 가까운 서점부터 찾았다. 처음 인왕경찰서에 부임했을 때도 마찬가지였다. 전입 인사를 마친 맥은 강력계에 자리를 배정받자마자 동료 직원들의 책상을 쭉 훑었다. 책꽂이에 최근 베스트셀러 몇 권이 꽂혀 있는 책상 주인에게 물어 알게 된 곳이 바로 태백서점이었다. 초행길에 복잡한 골목을 돌고 돌아 '태백서점'이라고 쓰인 낡은 간판을 겨우 발견한 맥은 창문에 붙은 "짭새 출입 금지"라는 경고문을 미처 발견하지 못했다. 맥이 책 몇 권을 고른 뒤 카운터에서 계산을 하려고 지갑을 열었을 때 지갑 속 경찰 신분증을 본 서점 주인이 버럭 소리를 질렀다.

"입구에 대문짝만 하게 붙여 둔 것 못 봤어? 나가!"

"네? 갑자기 왜 그러시는지……."

"짭새 출입 금지! 어디서 감히 여길 들어와! 너 정보과 형사지, 나 사찰하는 거지 지금!"

"아닙니다, 어르신. 일단 노여움 푸시고요. 전 오늘 인왕경찰서로 전입 온 강력계 이맥 경사입니다. 아무것도 모릅니다."

"나가, 일단 나가! 가서 물어봐, 이 나쁜놈아!"

"알겠습니다. 죄송합니다. 사연은 모르겠지만 경찰에 피해를 입으셨던 것 같은데 정중히 사과드리겠습니다. 가서 알아보고 다시 오겠습니다. 안녕히 계세요."

예상외로 정중하고 예의 바르게 인사하고 물러나는 이맥의 모습에 서점 주인도 다소 화낼 힘을 잃은 듯했다. 표현과 달리 목소리가 많이 누그러졌다.

"다시 오긴 뭘 다시 와. 오지 마! 다신 오지 말라고. 짭새 출입 금지야!"

경찰서로 되돌아간 이맥에게 조금 전 태백서점 위치를 알려 줬던 젊은 직원이 걱정스런 표정으로 다가왔다.

"봉변당하셨죠? 말씀드리려 했는데 너무 빨리 나가 버리셔서……."

"전 괜찮아요. 그런데 어떤 사연이 있죠, 태백서점?"

"사장님 아들 이름이 태백이었어요, 한태백. 사장님은 한덕수."

"아드님 이름을 딴 거군요, 태백서점."

"네, 그런데 그 한태백, 대학생이던 1987년에 바로 태백서점 자리에서 사고를 당해서 사망했어요."

"사고요? 교통사고?"

"아니요, 한창 반정부 시위가 심할 때였는데, 한태백도 운동권이었나 봐요. 시위 도중에 진압 경찰을 피해서 도망가다가 쓰러졌죠."

"혼자 넘어진 건가요?"

"저야 모르죠. 선배들 말로는 함께 도망치던 다른 학생들한테 밀리거나 걸려서 넘어지면서 주변 콘크리트에 머리가 부딪혀 사망했다는데……."

"부친은 경찰 조사 결과를 믿지 않았겠군요."

"네, 한태백 학생 아버지는 아들이 경찰이 휘두른 곤봉에 머리를 맞고 쓰러진 후에 군홧발에 짓밟혔다는 다른 학생들 말을 믿은 거죠."

"이제 이해가 되네요."

"아픈 역사죠. 그래서 우리 서 직원들은 태백서점 근처에도 안 가요. 간혹 극단 세력이 서점 앞으로 몰려가서 시위도 하고 모욕적인 발언도 하면서 영업을 방해하는데 신고를 안 하세요. 안타깝죠."

"다른 가족은요?"

"한태백 학생 모친은 사고 이후에 충격으로 쓰러져서 회복하지 못하고 돌아가셨다고 하네요. 외아들이라 다른 가족은 없고 부인이 사망한 뒤에 재산 모두 정리해서 아들이 쓰러진 자리에 서점을 냈다고 들었어요. 원래 강원도 정선에서 소문난 땅 부자 집안이었대요. 이제 태백서점 하나 남았고요."

"안타깝네요."

이후 이맥은 관할 지구대에 태백서점에 특이사항이 발생하면 알려 달라고 부탁했고 극단 세력이나 정치 유튜버들이 서점 앞에서 영업 방해 행위를 할 때마다 현장에 나가 이들을 해산시켰다. 음주나 흥분상태에서 폭력적인 반발을 하는 자들은 어김없이 이맥에게 팔이 꺾인 후 무릎을 꿇고 용서를 빌어야 했다. 모든 상황을 지켜본 서점 주인은 이맥에게 관심을 갖게 되었고 어느 날 서점 앞 상황이 정리된 후 그를 서점 안으로 불러들였다.

"자네는 왜 나한테 이렇게 집착하나?"

"불편하셨다면 사과드리겠습니다. 전 그저 경찰로서 반복되는 불법행위가 방치되는 게 싫었을 뿐입니다."

"참 특이한 친구구먼. 나에 대한 얘기 들었으면 진저리 치고 외면하는 게 자연스러울 텐데……."

"제가 1987년에 태어났습니다. 학교에서 1987년 당시에 희생하신 분들 덕에 지금 우리가 이렇게 민주주의를 누리고 있다고 배웠습니다. 경찰도 많이 반성하면서 발전했고요. 아드님도 그 희생자 중 한 분이시기에 깊이 감사드립니다."

이맥은 고개를 꾸벅 숙였고 서점 주인은 눈물을 흘리며 이맥을 끌어안았다. 한참을 그렇게 오열했다.

"이런, 내가 자네 옷을 다 적셨구먼. 미안해서 어쩌지?"

"괜찮습니다 어르신. 저희들이야 늘 현장에서 옷이 젖고 찢어지고 합니다. 신경 쓰지 마십시오."

"내 아들이 가고 자네가 태어났구먼. 이것도 하늘의 뜻이겠군. 사실 난 우리 아들이 데모하는지도 몰랐고, 알았다면 펄쩍 뛰면서 반대했을 거야. 우린 대대로 정선 지주 가문이거든. 6.25 때 빨갱이들한테 부모님 다 살해당하고 나만 서울 작은집에 다니러 왔다가 겨우 살았어. 빨갱이라면 이를 갈았지."

"그런데 아드님이 부친 몰래 학생운동을 하셨군요."

"알고 봤더니 학생운동을 한 것도 아니야. 그 녀석이 효자라서 아빠 말 듣는다고 데모 같은 거 안 하고 공부만 했거든. 그런데 데모하는 친구들 보기 미안하고 그래서 책, 금서 뭐 그런 거 있잖아, 읽고 토론하고 뭐 그런 정도였나 봐. 그러다가 87년에 아주 난리가 났잖아."

"네, 그랬다고 들었습니다. 학생들 시위가 대단했었다고……."

"애비 때문에 생전 데모도 안 나가고 그러던 놈이 그날 처음으로 시위 나왔다가 여기서 그만……."

"죄송합니다, 어르신."

118

"자네는 아무 잘못 없는데 왜 자네가 사과해. 괜찮아. 내가 못되게 굴어서 미안하네."

"이 서점 이름도 아드님과 관계가 있나요?"

"관계가 있지. 태백산맥은 저 북한 원산에서 부산까지 뻗어 있는 한반도의 척추거든. 내 고향 강원도 정선이 태백산맥 딱 중심이지. 그래서 우리 아들 이름도 태백이라고 지은 거고."

"아, 그렇군요. 아무튼 절 받아들여 주셔서 고맙습니다. 앞으로 자주 들르겠습니다, 어르신."

이맥이 돌아가고 나서 주인은 서점 창에 붙어 있던 경고문을 떼어 냈다. 그러자 극단 세력과 정치 유튜버들도 더 이상 서점 앞에 올 이유가 없어졌고 서점은 다시 책을 사랑하는 고객들로 붐비기 시작했다.

이맥은 서점에 들를 때마다 어르신의 아들을 희생자로 내몬 우리 사회 아픈 상처의 뿌리, 그동안 잘 알지 못했던 해방 전후와 한국전쟁 당시 극심한 이념 갈등, 그리고 군사 독재의 악행이 몰고 온 인류의 파괴와 참담한 비극에 대한 한 노인의 경험담을 듣고 그 시절과 사람들에 대에 더 깊이 이해할 수 있었다. 지금 우리 사회가 겪고 있는 극한 대립과 갈등의 뿌리 역시 역사에서 비롯된다는 것도 짐작할 수 있었다.

오래전 그렇게 시작된 두 사람의 관계는 시간이 갈수록 가까워졌다. 이제는 서점 문을 열고 들어서는 맥의 표정만 봐도 한 노인은 맥이 어떤 책을 고를지 짐작할 수 있을 정도가 되었다. 맥이 적당한 책을 고르지 못할 때면 한 노인이 슬그머니 맥의 손에 책을 쥐어 줬고, 표지와 서문을 읽은 맥은 여지없이 책 속으로 빠져들곤 했다. 오늘도 자신의 출생과 관련한 생각으로 우울해진 맥이 서가를 훑으며 책을 뺐다 넣었다 하고 있을 때 한 노인이 책 한 권을 슬그머니 내밀었다.

"파피용? 이거 죄수가 탈출하는 얘기 아니에요?"

"그건 더스틴 호프만이 주연한 옛날 영화 얘기고, 이건 요즘 젊은이들 사이에서 핫한 작가 베르나르 베르베르의 공상과학 소설이야. 사실 나온 지 10년도 넘었는데 자네가 좋아할 것 같아서."

"아, 베르베르 들어 봤어요. 개미, 신 뭐 이런 작품들…… 읽어 봐야지 생각은 했는데 아직 못 읽어 봤네요."

맥은 책장을 열자마자 빠져들었다. 요트 세계 챔피언 엘리자베트가 교통사고로 하반신 불구가 되는 상황부터 과연 어떻게 그 시련과 장애를 극복해 나갈지 관심이 생겼다.

"그 자리에 서서 다 읽을 거야? 가져가서 집에서 편하게 읽어!"

"아, 네. 너무 흥미진진하네요, 이야기가."

카운터로 간 맥이 지갑을 꺼내자 한 노인이 손으로 막았다.

"크리스마스 선물이야. 가서 재밌게 읽어."

"아이고, 장사도 잘 안되는 거 제가 뻔히 아는데 매번 이렇게 책을 공짜로 주시면 어떡해요. 안 됩니다. 책값 받으세요."

"경찰서에서 들었을 텐데, 내가 강원도 정선에서 제일가는 땅 부자라고."

"그 땅 다 파셨다면서요. 이 서점 자리 사느라고."

"아무리 서울 땅값이 비싸도 이 콧구멍만 한 가게 사느라 전 재산이 다 들어갔을까 봐? 걱정 마. 앞으로 10년 동안 책 한 권 못 팔아도 먹고사는 데 지장 없으니까."

"아니, 그래도……."

"그냥 받기 뭐하면 나한테 선물 하나 줄 텐가?"

"네, 그럼요. 뭐든지. 지금 가서 사 오겠습니다."

"이놈이 이제 사람 됐나 싶었더니 다시 짭새가 될라 그러네. 누가 돈으로 물건 사 달랬나?"

"그러면……."

"나한테 사장님, 어르신 이러지 말고 할아버지라고 불러 주게나."

"네? 아……."

"어색하면 지금 당장 말고, 나중에 그럴 맘이 들면. 어서 가. 가서 맛있는 거 사 먹고 책 읽고 푹 자."

"알겠습니다, 어르신. 아니 ……할아버지."

말끝에 미소를 머금은 맥을 보고 서점 주인 역시 흐뭇한 미소를 띤 채 맥을 보냈다.

"고맙네, 고마워. 할아버지…… 허허허."

한 노인은 멀어지는 맥의 등을 바라보며 들리지 않는 작은 소리로 중얼거렸다.

생활 잡동사니와 운동기구가 널브러진 맥의 원룸이 범죄자의 은신처와 다른 게 딱 세 가지 있었다. 한쪽 벽에 세워진 책장에 가득 꽂힌 책들, 반대쪽 벽면에 붙은 하얀 시트지 위에 그려진 복잡한 사건 분석 내용, 그리고 옷장 한쪽에 걸려 있는 경찰 정복이었다. 서점을 나온 뒤 집 근처 식당에서 설렁탕 한 그릇을 먹고 집으로 돌아와 짧고 강도 높은 운동을 마친 맥은 샤워 후 창가 책상에 앉아 『파피용』을 펴 들고 읽어 나갔다. 30여 년 전 성당에 버려졌던 아프고 슬픈 날의 감상을 책 속 흥미진진한 이야기로 덮어 버리겠다는 강한 의지의 표현이었다.

같은 시각, 명동에 위치한 특급 호텔 스위트룸에서 맥과 얼굴 윤곽이 무척 닮은, 하지만 운동 대신 공부나 일에 쏟은 시간이 많았던 흔적이 몸에 보이는 남자가 위스키 온더록스를 들고 창밖 서울 야경을 쳐다보고 있었다. 늦은 밤 시간에도 불구하고 짙은 선글라스를 쓰고 있는 남자의 얼굴은 구레나룻부터 이어진 풍성한 턱수염과 콧수염으로 뒤덮여 있었다. 텅 빈 공간을 가르듯 전화벨 소리가 울렸다.

"John speaking. Yes, Sir. I am at the hotel now. It's been nearly 30years. Thank you, I appreciate it Sir. ⋯⋯Consider it done, Sir."

2023년 12월 25일 월요일

주성배의 신원이 밝혀진 후 TV서울리안에서 이중도 교수가 '주성배의 성폭력 범죄 피해자 가족의 복수' 가능성을 언급한 뒤 온라인에서는 이를 거의 기정사실로 받아들이는 글과 영상들이 쏟아졌다. 언론사들도 이에 부응해 같은 취지의 기사들을 쏟아 냈다. 인왕경찰서 형사과장이 기회를 포착했다. 동자동 사건이 발생한 용산경찰서는 대통령실 경비와 경호, 시도 때도 없이 이어지는 집회 시위 관리 그리고 특별 마약 수사에 경력이 총동원되고 있었기 때문에 카스트라토처럼 실체가 불명확한 사건에 수사인력을 대거 투입할 수 있는 상황이 아니었다. 인왕서 형사과 전체 회의가 소집되었다.

"우리 인왕서 형사과 역사상 가장 중요한 순간이다. 강력팀은 물론이고 지능, 과수, 사이버, 관리팀까지 모든 인력은 하던 일 다 중단하고 지금부터 카스트라토 검거에 총력을 기울인다. 알았나?"

"……."

"왜 대답들이 없어, 항명하는 거야? 이 사건 확실하게 신상필벌, 지시에 잘 따르고 공을 세운 직원은 특진 아니면 심사 승진 보장한다. 하지만 말 안 듣고 엉뚱한 짓 하는 놈은 내가 책임지고 옷 벗길 거야. 알겠나?"

"네!"

"방향은 정해졌다. 성범죄 전과자 주성배의 과거 피해자, 그 가족, 친구, 지인…… 어떻게든 피해자와 연결된 자가 범인이다. 지금부터 사건 지휘는 내가 맡는다. 그리고 내 지시는 최경우 관리팀장이 전달할 테니까 최경우 말이 곧 내 말이라 생각하고 지시에 따라 일사불란하게 총력 수사에 임하도록. 알겠지?"

여기저기서 작은 목소리로 '네'라는 대답이 나왔지만 여전히 불만과 의심 가득한 눈초리로 쳐다만 보는 형사들도 있었다.

"지금부터 최경우 팀장이 각 팀별로 담당할 피해자와 그 가족 혹은 지인 명단을 배포할 테니까 각자 맡은 대상자들 출생부터 현재까지 모든 것 샅샅이 다 뒤져서 그중에 있는 범인을 반드시 찾는다. 실시!"

자신의 심복인 최경우에게 모든 것을 맡긴 형사과장은 점령군 대장 같은 득의 양양한 미소를 머금은 채 형사계 사무실을 나갔다.

"관리팀장님, 과장님을 좀 말리셨어야지 어떡하려고 이래요 대체? 세종 문화회관 사건이야 우리 거지만 이건 우리 사건도 아닌 용산 거고, 안 그래 도 상처 많고 예민한 피해자 가족들 들쑤셔서 문제 되면 뒷감당은 어떻게 하려고!"

"어허, 까라면 까야지 조직인이. 프리랜서야, 자영업자야 당신들? 그리 고 복수 동기 있는 대상자들 수사는 당연히 해야 하는 기본, 수사의 ABC 아 냐? 자, 자, 군소리 말고 우리 관리팀원들이 개고생해서 명단 만들었으니까 각 팀장님들은 팀원들 독려해서 총력 수사 하세요. 이 안에 카스트라토 범 인이 있다고 생각하세요. 복불복이에요, 어느 팀에 범인이 걸릴지 몰라요.

오늘부터 매일 20시까지 각 팀 수사 내용과 결과, 보고서로 제출하라고 과장님이 특명을 내리셨으니까 모두 시간 엄수하세요."

"매일? 젠장, 보고서 쓰느라 정작 수사는 제대로 못 하겠구먼."

"판사는 판결문으로 말하고 형사는 보고서로 말한다, 과장님이 하신 말씀입니다. 나도 써야 돼요. 나한테 불평하지 마세요. 난 갑니다."

강력5팀 김 형사와 박 형사가 이맥을 쳐다봤다.

"과장이 승진 때문에 몸이 단 것 같은데 걱정이네. 당연히 주성배 피해자들은 복수나 응징 동기가 있으니 유력 용의자고 살펴보기는 해야 하지만……."

"그래도 이렇게 형사들을 몰아붙여서 안 그래도 상처 입은 분들 불필요하게 괴롭히면 안 되잖습니까."

"그러니까요. 그러다 문제 생기면…… 걱정입니다."

"다들 피해자 대상 수사 민감한 거 다 알 텐데 조심스럽게 잘 하겠지. 김 형사, 박 형사는 과장 지시 신경 쓰지 말고 우리가 하던 수사 계속해 나가자고."

"우리한테 할당된 피해자들은요?"

"어차피 내가 다 만나 보려고 했어. 보고서도 내가 알아서 써 낼 테니까 걱정 말고."

"역시 우리 팀장님, 진정한 리더. 우리들의 영원한 주장, 경찰의 손흥민이라니까."

"손흥민 선수가 들으면 기분 나빠서 소송할지도 몰라, 그런 소리 말고 일이나 제대로 하자고. 파이팅!"

"넵, 캡틴!"

다음 날, 강력1팀의 움직임이 부산해졌다. 뭔가 건졌다는 분위기였다.

1계급 특진이 걸린 흔치 않은 기회를 다른 팀에게 뺏기지 않겠다는 의지로 가득 찬 강력1팀 형사들의 표정은 비장했고 단 한 마디도 실수로 흘리지 않겠다는 듯 입은 꾹 닫혀 있었다. 오른팔인 최경우와 함께 형사과장의 왼팔로 불리는 강력1팀장의 인내심 충만한 충성이 빛을 발할 순간이 다가온 듯했다.

주성배의 피해자 가족 중 용의자 리스트 가장 높은 곳에 자리 잡고 있던 대상자들을 할당받았던 강력1팀. 그중에서도 특히 제1순위 용의자 오중식에게 집중해 왔다. 수의사인 오중식은 7년 전 초등학교 1학년이던 딸이 주성배에게 그루밍 성범죄를 당했지만 당시에 아내와 갈등이 심해져 별거하던 중이라 전혀 알아채지 못했다. 그러다가 주성배가 다른 사건으로 징역 5년 형을 선고받고 수감된 후에야 딸로부터 피해 사실을 듣게 되었다. 뒤늦게 경찰에 신고했지만 증거 불충분으로 인정받지 못했다. 검찰에 고소장을 냈지만 결과는 마찬가지였다. 그 후 오중식은 고등검찰청 항고, 감사원 감사 청구, 국민권익위원회와 국가인권위원회 제소, 1인 시위, 언론사 제보, 인터넷과 SNS 게시 등을 이어 가며 경찰과 검찰의 소극적인 태도를 비난해 왔다. 주성배 출소를 앞둔 시점에는 공개 살인 예고를 해서 수사를 받았고 주성배가 법원에 접근금지 명령을 청구해서 인용되기도 했다.

그런 오중식이 세종문화회관 카스트라토 사건 발생 시점부터 행방불명 상태였다. 갑자기 휴대전화 전원을 끄고 동물병원 문을 닫은 뒤 사라진 것이다. 동자동 사건 피해자가 주성배라는 것이 밝혀진 직후 용산경찰서 형사들이 오중식 소재 파악에 나섰다가 행방불명 사실을 확인했다. 특히 주성배집 인근 CCTV 녹화 영상 조사에서 세종문화회관 사건 직후 오중식이 법원의 접근금지 명령을 어기고 주성배의 집 근처까지 와서 서성거린 사실도 확인되었다.

용산서에서는 오중식의 연고지와 지인들을 대상으로 적극적인 수사를 전개하고 싶었지만 과중한 업무와 만성적인 인력 부족으로 상황이 여의치 않았다. 그런 오중식 소재 수사에 나선 인왕서 강력1팀이 단서를 포착한 것이다. 강력1팀은 외부 아지트인 팀장의 오피스텔에 모였다.

"지금부터 정신 바짝 차려야 돼. 유력 용의자 오중식, 우리가 따야 돼. 알았지?"

"당연하죠, 팀장님. 그런데 그 정보 확실한 겁니까?"

"걔는 확실해, 나만 믿어. 벌써 10년 넘게 내가 관리하는 정보원이야. 걔 정보는 한 번도 빗나간 적이 없어."

"알겠습니다. 지금 어딨습니까? 어떻게 딸까요?"

"오중식이 지금 옛날 수의대 다닐 때 하숙하던 집 근처에 있다는 거야, 수원. 동생 명의로 휴대폰 개통하면서 주소를 거기로 기입했어."

"이야, 팀장님. 역시. 정보원이 휴대폰 업잔가 보네요."

"너무 많은 걸 알려 하지 마. 다쳐."

"알겠습니다. 일단 잠복부터 해야죠."

"당연하지. 지금부터 최 형사랑 동석이 그리고 유 형사랑 준호 이렇게 하숙집 앞에서 2조 맞교대 잠복 들어가고, 나랑 진규는 기동 대기. 알겠지?"

"알겠습니다. 위치가 여기네요, 3층 다세대 주택. 그런데 사전 체포 영장 발부받는 게 안전하지 않겠습니까?"

"야, 장사 한두 번 해? 오중식 나타났다, 그러면 다가가서 신분 밝히고 잠깐 얘기 좀 합시다. 켕기는 게 없으면 네 그럽시다. 그런데 켕기는 게 있으면?"

"냅다 튀겠죠."

"그치? 그러면 바로 중범죄 혐의, 증거 인멸 우려, 도주 우려, 긴급체포

요건 딱 떨어지잖아? 미리 영장 쳤다 기각되면? 그사이에 새 나가면?"

"예, 그래도 상당한 혐의 입증이 아직……."

"이 새끼, 몸 사리냐? 불안하면 빠져. 가서 사무실 지켜, 그럼."

"아, 아닙니다. 그냥 레드팀 역할 해 본 겁니다, 레드팀."

"니가 이맥이냐, 레드팀 타령하게? 다들 최근 오중식 사진 받았지?"

"네!"

"작전 개시!"

2023년 12월 27일 수요일

잠복 이틀째 자정이 가까운 시간, 의심받지 않기 위해 시동도 끈 채 차 안에서 추위에 떨며 맞교대하던 형사들 사이에 팀장의 정보원이 이번엔 헛다리 짚었나 하는 의구심과 함께 불만이 스멀스멀 기어오르고 있었다.

"야, 동석아. 지금이 쌍팔년도도 아니고 말이야, 21세기 경제대국 대한민국 경찰이, 엉? 수사비 바닥났다고 사비로 부담하라는 게 말이 돼? 어떻게 생각해?"

"제 말이요, 선배님. 지금 사흘째 밥값이랑 커피, 찜질방비, 이거 한 달 수당 다 잡아먹어요, 진짜. 수사권 독립해서 좋다 했던 건 단 며칠, 사건 늘어나고 처리시간 길어지고. 수사비 바닥났다고 우리 보고 알아서 하라니, 참."

"그렇다고 누구 하나 알아주긴 하나, 사건 해결 못 하면 말짱 도루묵인데…… 오중식이 범인 아니면 우린 한마디로 돈 쓰고 좆 되는 거야."

"근데 선배님. 정말 옛날 쌍팔년도엔 수사비 없어서 뇌물 받아서 쓰고 막 그랬어요?"

"내가 아냐? 근데 내가 너 같은 신참 때 선배들 술자리에서 하는 얘기 들으니까 그랬단다."

"그때 돈 주던 사람들을 애국자라고 불렀다면서요?"

"그래, 애국자. 나라를 사랑해서 국가치안 확립을 위해 예산도 없이 수사하는 경찰에게 대신 수사비를 내 주는 사람. 애국자."

"아무 대가 없이 그렇게 수사비 기부하면 진짜 애국자 아닌가요?"

"순진하기는…… 공짜 밥은 없다, 경찰 명언 모르냐?"

"세상에 공짜는 없죠……. 그럼 그 사람들은 낸 돈 이상으로 이득을 봤겠네요?"

"낸들 아냐, 상식적으로 따지면 그렇겠지. 겉으론 애국자, 뒤로는 민원 청탁 대가 뇌물 공여자, 사건 브로커. 뭐 이런 거겠지."

"사건 브로커, 이번에 저 아래 지방에서 터졌던데요? 전직 지방청장이 자살하고."

"야, 저거 가로등 아래, 오중식 아냐? 휴대폰에서 사진 확대해 봐."

"네, 사진하고 닮았는데요? 눈매, 코, 턱."

"팀장한테 보고하고 반대쪽으로 가서 길 막아. 집으로 들어가기 전에 내가 가서 말 걸 테니까, 튀면 자리 잡고 있다가 바로 잡으라고."

"네, 선배님."

최 형사가 다가가서 말을 걸자 남자는 대화를 하다가 갑자기 손에 들고 있던 비닐봉지를 최 형사 얼굴에 던지고 뒤돌아 뛰었다. 미리 길목을 지키고 있던 동석이 남자의 다리를 걸었다. 남자가 악 하는 비명 소리와 함께 앞으로 다이빙하듯이 엎어졌다. 동석은 남자 위로 몸을 날려 오른팔을 등 뒤로 꺾은 뒤 수갑을 채우면서 미란다 원칙을 고지했다. 잠시 후 연락받고 달려온 팀장과 강력1팀 모두가 현장에 도착했다. 작전 대성공이었다. 팀장은 휴대전화를 꺼내 단축번호 1번을 꾹 눌렀다.

"과장님, 접니다. 오중식 검거했습니다. 네, 수원, 네, 심야라 길이 안 막혀서 40분 정도면 서에 도착할 것 같습니다. 네, 가서 뵙겠습니다. 충성!"

강력1팀 차량이 경찰서 입구에 정차하자 대기하고 있던 기자들이 몰려들었다. 차에서 내리는 용의자를 향해 카메라 플래시가 쉴 새 없이 터지고 이어 질문이 쏟아졌다.

"카스트라토가 맞습니까?"

"단독 범행인가요?"

"공범은 몇 명인가요, 지금 어디에 있습니까?"

"이름이 오중식입니까?"

"주성배 성폭행 피해자 부친 맞죠?"

"범행 동기는 복수입니까, 성범죄자 응징입니까?"

"D.Y.I. 저스티스인가요?"

"국가사법체계에 대한 불신과 불만 때문에 저지른 범행입니까?"

카스트라토 사건 유력 용의자 검거 관련 기사들의 수명은 딱 24시간이었다. SNS에서 '오중식 아닌 동생 오인 검거 의혹', '카스트라토 용의자 병원 입원', '검거 과정 경찰의 폭행 주장' 등의 제목을 단 게시물들이 올라오기 시작하더니 언론에서 관련 의혹을 제기하는 인터넷 기사가 뜨기 시작했다. 급기야 '카스트라토 용의자로 오인받은 오중식, 긴급 라이브' 예고 글이 링크와 함께 온라인을 뒤덮었다.

"국민 여러분, 안녕하십니까? 저도 모르게 유명 인사가 되어 버린 오중식입니다. 먼저 영문도 모른 채 경찰에 무자비한 폭행을 당하고 불법 체포된 사람은 오중식이 아니라는 사실부터 밝히겠습니다."

'충격', '속보' 등의 머리글을 단 기사들이 쏟아지며 '오중식 라이브' 영상 조회수가 폭증했다.

"제가 오중식입니다. 카스트라토에게 거세당한 성범죄자 주성배로부터 성폭행을 당한 피해자의 아버지입니다. 경찰과 검찰, 법원이 피해를 인정하지 않아서 분노하고 삶이 망가진 건 사실입니다. 수의사로 동물 수술 경험이 있는 것도 맞습니다. 하지만 카스트라토는 아닙니다. 법원이 내린 주성배 접근금지 명령을 어기고 그의 집 부근을 찾아간 적도 있습니다. 하지만 그놈을 만나지 못했습니다. 오랫동안 일을 안 해서 폐인처럼 사는 바람에 요금 미납으로 휴대전화가 정지되어 경찰 연락을 못 받았습니다. 일정한 거처 없이 모텔을 전전하다 보니 찾을 수 없었을 겁니다. 그렇다고 제 동생을 찾아가서 두들겨 패고 불법 체포를 합니까? 경찰이 그래도 됩니까? 평범한 학교 선생님인 내 동생은 지금 팔이 부러지고 얼굴이 시멘트 바닥에 갈려서 완전히 망가졌습니다. 전치 12주 중상을 입었습니다. 주성배 같은 짐승보다 못한 성범죄자들은 보호하면서 피해자 가족은 이렇게 짓밟아도 됩니까? 이게 국가가, 경찰이, 국민에게 할 짓입니까?"

그동안 인왕경찰서는 형사과장의 지시로 주성배가 저질렀던 아동 성폭행 범죄 피해자들과 그들의 가족들을 참고인으로 조사했고 언론은 다시 경찰의 참고인 조사를 수사로 왜곡 과장 보도하며 복수 스토리를 증폭시켰다. 그 거품 가득한 태풍이 상처 입은 피해자 가족 오중식과 그의 동생을 덮친 것이다.

오중식은 물론이고 인왕서가 저인망 어업 방식으로 샅샅이 조사한 모든 피해자와 가족들의 알리바이가 입증됐고 현장에서 발견된 쪽지문이나 DNA와도 일치하지 않아 혐의가 없다는 사실이 밝혀졌다. 형사과장의 무리한 지시가 아프고 상처 입은 사람들의 고통만 가중시킨 결과를 야기한 것이다. 하지만 책임은 지시를 내린 과장이 아니라 과장의 지시를 충실히 따른 형사들이 모두 짊어졌다. 강력1팀 전체가 경찰서와 지방경찰청의 집중 감찰 조사를 받고 징계위원회에 회부당한 것은 물론, 오중식의 동생을 직접 체포한 막내 김동석 형사는 독직폭행과 중상해 혐의로 형사입건 돼서 검찰 수사를 받고 억대의 손해배상 청구 민사소송까지 당하는 처지가 됐다.

오중식의 동생, 평범한 중학교 교사 오민식은 경찰청 ACAT 소속 현수경 경장의 남자 친구였다. 충격적인 소식을 듣고 남자 친구 오민식의 병문안을 온 현 경장은 미안한 마음과 함께 부끄러운 감정에 사로잡혔다. 동료 경찰들이 입힌 피해였기 때문이다. 피해자 오민식은 형을 설득해 경찰 대상 소송을 취하하고 처벌불원 의사가 담긴 탄원서를 제출했다.

2023년 12월 28일 목요일

경찰 비난에 지친 언론은 새로운 시각으로 사건을 비추기 시작했다. 피해자 가족들의 인터뷰를 연이어 보도하기 시작한 것이다. 특히 인터뷰에 응한 가족들 중에서 '내가 하고 싶었던 일, 누군가 대신해 줘서 고마운 게 솔직한 심정'이라고 밝힌 피해자 아버지의 발언만 집중적이고 반복적으로 기사화됐다. 다른 가족들은 주성배를 용서할 수 없고, 그에게 내려진 처벌이 터무니없이 약하다고 생각하지만 카스트라토의 거세 공격 같은 눈에는 눈 방식의 사적인 처벌에는 동의할 수 없다는 견해를 밝혔다.

하지만 이런 내용은 일부 기사에 짤막하게 보도됐을 뿐 큰 주목을 끌지는 않았다. 유튜버들과 블로거, 인터넷 커뮤니티 및 개인 SNS 유저들은 경찰의 발표 내용과 상관없이 카스트라토를 의로운 복수자로 규정하고 지지와 응원, 심지어 찬양하는 글과 영상 등을 앞다퉈 올리기 시작했다. 카스트라토의 다음 범행을 예측하고 심지어 요구하기까지 하는 주장들도 봇물 터지듯 쏟아졌다. 어떤 기사나 게시물에도 스텔라드롭에 대한 언급은 없었다.

이번에도 여론의 흐름을 바꾼 것은 서울리안 안순옥 기자의 단독 보도였다. 그동안 일부 네티즌 사이에서만 회자되던 회원제 사이트 '딥소(Digital Prison for Sex Offenders, 성범죄자 디지털교도소)'에 주성배를 포함한 성범죄자들의 자세한 신상 정보가 공개되어 있었다는 기사였다. 익명 회원들의 제보 형식 기사였는데 사이트 캡처 화면과 함께 이곳에 공개된 성범죄자들에 대한 자세한 정보가 담겨 있었다. 수사 중이거나 유죄판결을 받은 성범죄자들 혹은 수사나 처벌은 받지 않았지만 피해자가 제시한 자료와 정보들을 근거로 딥소가 자체적으로 공개 대상으로 규정한 성범죄 혐의자의 숫자와 범죄 내용, 대략적인 나이와 특징 등 자세한 내용이 포함되어 있었다. 기사 말미에는 카스트라토 사건 범인이 딥소 사이트에서 범행 대상을 물색했을 수 있다는 이중도 교수의 주장이 포함되었다.

곧이어 다른 언론사들이 서울리안의 기사를 거의 그대로 베낀 어뷰징 기사들을 쏟아 냈고 온라인은 폭발했다. SNS에는 딥소 사이트 접속이 안 된다며 딥소가 처벌을 피하기 위해 스스로 사이트를 폐쇄했다는 주장과 정부 당국이 폐쇄한 것이라는 주장이 쏟아지면서 치열하게 논쟁과 반박이 이어졌다. 하지만 곧이어 서울리안 안순옥 기자가 익명의 딥소 관계자를 인터뷰한 기사를 보도했는데, 딥소 관계자는 '사이트를 폐쇄하거나 당국에 의해 폐쇄당한 것이 아니라 지나치게 많은 접속 시도로 인해 서버가 다운된 것'이라고 밝혔다. 아울러 그동안 딥소에서 공개한 성범죄자들과 혐의자들이 명예훼손 등으로 여러 차례 고소 혹은 고발을 했고, 당국에서 사이트 접속 차단 조치도 여러 차례 했지만 해외에 서버를 두고 다양한 우회 접속로를 확보하고 있는 딥소는 한 번도 스스로 사이트를 닫거나 차단당한 적이 없다는 공식 입장도 기사에 포함돼 있었다.

방송에서는 앞다퉈 딥소 관련 프로그램을 편성했다. 시사 토론 프로그램에서는 민간인의 자의적인 성범죄자 신상 공개에 대한 찬반 끝장 토론을 벌였고, 온라인상에서도 양쪽으로 갈린 네티즌 간의 치열한 공방이 오갔다. 각 정당과 국회 법제사법위원회, 행정안전위원회, 그리고 과학기술정보방송통신위원회 등에서는 긴급 회의 혹은 공청회를 열고 대책 마련을 위한 난상 토론을 벌였다. 특히 행정안전부 장관과 경찰청장이 출석한 행정안전위원회 특별회의에서는 여야를 막론하고 경찰이 카스트라토 사건 해결은커녕 딥소 운영자가 누군지 밝혀내지도 못하고, 사이트 차단조차 못 하는 무능한 존재라는 질타가 쏟아졌다. 일부 의원들은 혹시 경찰이 카스트라토를 못 잡는 게 아니라 안 잡는 것 아니냐, 딥소 운영자와 사이트에 대해서도 경찰 대신 성범죄자 관리 감독과 예방을 한다고 생각해서 방치하는 게 아니냐는 의혹을 제기하기도 했다.

그런 가운데 중도 개혁 성향을 표방하는 소수정당인 '착한 사람들이 잘사는 한국을 만드는 정당(착한당)' 소속 비례 초선의원 서예정이 차분하면서도 날카롭게 장관과 청장에게 번갈아 질문하며 몰아세우는 영상이 하루 만에 백만 이상의 조회수를 올리며 엄청난 화제의 대상으로 떠올랐다. 서의원은 일명 카스트라토 사건으로 불리는 두 개의 사건 간 유사점과 차이점, 그동안 확보된 증거, 경찰의 프로파일링 결과 추정되는 범인의 특성, 딥소 사이트와 사건 발생 간의 관계는 물론 그동안 성범죄 가해자에겐 미온적인 반면, 피해자에겐 무관심을 넘어 가혹하기까지 했던 우리 사회와 사법부가 이번 문제 발생의 근본적인 원인 중 하나 아니냐고 추궁했다. 높은 국민적 관심을 의식해 흥분해서 윽박지르며 소리만 질러 대는 다른 의원들과 달리 서 의원은 경찰이나 정부가 언론을 뒤쫓아 딥소 운영자 색출 등 흥미와 대중심리에 영합하는 모습을 보일 게 아니라, 사건의 본질에 집중해서 범인을 조기에 검거하고 성폭력 방지 대책 수립에 집중하라고 대안을 제시하며 논리적으로 촉구했다.

　경찰청장은 물론 함께 출석한 행정안전부 장관도 30대 젊은 여성인 서예정 의원의 날카로운 질의에 쩔쩔매며 '그건 아직 제가 잘 모르겠습니다' 또는 '의원님 말씀이 맞습니다'를 연이어 반복하는 모습은 시청자들의 눈과 귀를 사로잡았다. 무명의 서예정 의원은 카스트라토 질의 하나로 일약 스타 정치인으로 떠올랐고 각종 방송 뉴스와 토론, 대담 프로그램 섭외 1순위가 되었다. 그동안 나쁜놈들이 득세하고 착한 사람들이 손해 보던 세상을 완전히 바꾸겠다는 기치하에 전문직과 사회 각 계층을 대표하는 실력 있는 인사들이 모여 만든 신생 정당인 착한당 역시 인지도가 급상승했다. 무엇보다 서예정 의원이 정치 입문 전인 대학교수 시절 성폭력 피해자 지원과 가해자 처벌 강화 목소리를 꾸준히 내고 관련 활동도 적극적으로 해 왔다는 사실이 알려지면서 서 의원에 대한 여성과 청년층의 지지가 폭발적으로 증가했고 후원금도 밀려들어서 하루 만에 한도가 다 찼다.

　반면 편집된 영상에 담기지 않은 우리한국당 소속 4선 전상환 행안위원장의 편파적인 회의 진행 문제는 잘 알려지지 않았다. 전 위원장은 서예정 위원의 질의 중간에 불필요하게 개입하고, 자기 소속 정당인 우한당 의원들이 요구하는 의사진행 발언을 대부분 허용하면서 행정안전부 장관과 경찰청장을 보호하고 지원하는, 소위 '물타기 진행'을 했다. 전상환 위원장이 스텔라드롭 커피 전문점 체인을 계열사로 두고 있는 JY그룹의 창업자이자 전 회장이었다는 사실은 아는 사람은 다 아는 공공연한 비밀이었다. 국회의원이 된 이후에는 회장 자리를 부인 유정혜 현 회장에게 맡기고 경영 일선에서 손을 완전히 뗐다고 주장했지만 업계에선 그가 여전히 실질적인 JY그룹 경영자라고 알고 있었다. 그가 자신의 경력이나 전문성과는 전혀 관련이 없어 보이는 행안위원회를 고집하는 이유도 공직자윤리법에 정한 상임위 관련 주식 백지신탁 의무를 피하기 위한 것이라는 관측이 지배적이었다.

행안위 회의가 끝난 후 전상환은 세 자녀에게 본가로 모이라고 지시했다. 늦은 밤, 한남동 초호화 저택 만찬장에 전 씨 일가가 집결했다. 남편으로부터 JY그룹 경영권을 이양받은 부인 유정혜 회장, 식음료사업체 JY F&B 대표를 맡고 있는 장남 전우균, 홍보와 미디어 및 연예기획 기업 JY엔터테인먼트 대표 전희선, 그리고 JY건설 대표 전우민까지. 3남매 모두 아직 미혼이었다. 전 씨 일가와 JY그룹 식구에게 전상환의 지시는 결코 거역해서는 안 될 절대 명령이었다. 다만 그 절대 명령에 자주 딴지를 거는 한 사람이 있었다.

"아니, 아버지. 요즘 누가 모여서 얘기해요, 이 바쁜 세상에. 화상회의로 하면 되죠."

"너 이 자식 아직 술이 덜 깼냐? 얼굴은 벌게 가지고! 언제 정신 차릴래? 장남이라는 놈이. 매일 술독에 빠져서 계집질이나 하고!"

"그게 다 누구한테 배운 건데요."

"우균아, 아버지한테 무슨 말버릇이야. 잘못했다고 말씀드려."

좀처럼 자기 소리를 내지 않는 모친 유정혜 회장이 나섰다.

"네, 네. 어머니 말씀은 들어야죠. 잘못했습니다. 전 이제 입꾹닫 할게요."

"오랜만에 가족이 다 모였는데 당신도 좀 진정하시고, 본론으로 들어가시죠."

"저 자식이 저러고 다니니까 이런 걱정을 하게 되는 거 아냐! 암튼 너희들 우리 가족이 곧 JY그룹이고 JY그룹이 곧 대한민국이다. 단 한 순간도 결코 잊지 말아야 해!"

"당연하죠, 아빠. 우리 어릴 때부터 귀에 못이 박히도록 듣던 말인데, 어떻게 잊겠어요. 어떤 대가를 치르더라도 우리 가족과 회사를 지켜야 한다. 그게 결과적으로 대한민국을 지키는 거다. 그런데 오늘 회의를 소집하신 이유가……."

전희선이 전상환의 눈치를 보며 말했다.

"모두 요새 떠들썩한 카스트라토 사건 알지?"

"알죠. 어디 가나 다들 그 얘기뿐이던데……. 그런데 그게 우리랑 무슨 상관이 있어요, 아빠?"

"이렇게 긴급 가족회의까지 소집하신 것도 그 사건 때문이에요, 아버지?"

막내 전우민이 의아한 표정으로 물었다.

"내가 막아서 언론에서 쑥 들어갔는데 사건 현장이 우리 스텔라드롭 매장 화장실이고 우리 매장 음료수 용기가 사용됐다."

"그냥 우연일 수도 있잖아요, 아버지. 워낙 우리 매장이 많고 유명하니까."

"막내 말대로 그럴 수도 있지. 그런데 두 가지."

"하나는 저 때문일 테고…… 스텔라드롭은 제가 관리하는 사업장이니까. 그런데 다른 하나는 뭡니까?"

"오빠랑 관련이 없다 하더라도 전체적인 우리 사업에 끼칠 이미지 손상 문제, 리스크 관리가 필요하다, 이거 아닌가요?"

"역시 우리 희선이. 네가 장남이었어야 하는데."

"저도 장남하기 싫어요. 그냥 희선이 장남하라고 하세요. 그 카스트라토 든지 뭔지가 절 노리는 거라면 잘됐네요. 저 거세시켜서 여자로 만들고 희선 이한테 고추 달아 주면 되겠네. 딱이네, 뭐."

전상환이 던진 찻잔이 날아가 전우균의 머리를 스치고 유리 진열장을 부수며 굉음이 났다.

"나가, 이 후레자식아. 나가서 니 말대로 거세나 당해 이 새끼야!"

회의장에서 쫓겨나는 장남 전우균의 얼굴에는 모멸감과 분노뿐 아니라 해방감과 희열이 뒤섞인 듯한 괴이한 표정이 떠올랐다. 우균의 등 뒤에서 가족회의가 계속됐다.

"아빠, 혈압에 안 좋아요. 진정 좀 하세요."

"그래요, 아버지. 오늘 회의에서 하실 중요한 말씀도 더 있을 거고요."

"그래, 그나마 정상인 자식이 둘이라 다행이다. 너희들 작년에 우리 미국 법인에 문제 생겼을 때 기억나지?"

"아, 형이 인턴 여학생 건드려서 거액 배상금 물어낸 사건 말씀이죠?"

"배상금이 아니라 합의금. 여학생 쪽에서 소송 취하하고 소외 합의로 마무리됐잖아."

"그래, 희선이가 제대로 기억하고 있구나. 저놈의 후레자식 때문에 저 새끼 형사처벌은 물론이고 우리 법인도 벌금에 과태료에, 노동자 보호 규정 위반 조사받고 주가 폭락하고 완전히 파산할 뻔했지. 거기서 끝나기나 하면 다행이지. 우리 본사까지 말아먹을 뻔했어. 저 새끼 한 놈 때문에!"

"그래도 잘 끝났잖아요, 결과적으로. 남자가 한 번 실수할 수도 있지, 그렇다고 장남을 계속 무시하고 매번 저렇게 기 죽이고 그러면 어떡해요?"

"당신이 매번 싸고 도니까 저놈이 저 지경이 된 거 아냐? 믿을 구석이 있으니까 반성도 안 하고 지 잘못은 생각도 하지 않고!"

"아빠, 아들 위하는 엄마 마음은 이해해 주셔야죠. 그나저나 작년 미국 사건이 다시 문제가 되고 있나요?"

"그러면 큰 문제지. 다행히 그건 아니다. 그 사건이 잘 마무리되고 지금까지 조용한 이유가 있다."

"킹앤리(King&Lee) 말씀인가요?"

"그렇지. 우리 미국 법인 자문 로펌, 킹앤리. 개네 실력은 정말 세계 최고다. 돈은 엄청나게 많이 들지만 돈값 그 이상을 해, 언제나."

"그래서 이번에도 그쪽 도움을 받겠다는 말씀인가요, 아버지?"

"왜, 불만이냐? 막내는."

"아뇨, 불만이라기보다 아직 확실하게 우리 쪽 문제라는 단서도 없고, 우리 회사도 국내 최고의 문제 해결 역량을 갖추고 있다고 생각해서요. 아버지께서 정부랑 국회, 언론까지 나라 전체를 꽉 잡고 계시고."

"저도 같은 생각이에요, 아빠. 킹앤리 도움받으면 개네들 자문료로만 적어도 하루에 수천만 원씩 청구할 텐데. 조사비, 정보수집비, 출장비, 인건비…… 비용은 훨씬 더 많이 요구할 게 뻔하고요."

"그래, 아무리 우리가 돈이 많아도 불필요한 지출은 내 원칙에 어긋나지. 하지만 내 감이 아직은 틀린 적이 없다. 그리고 이제까지 킹앤리에 들어간 돈은 단 한 번도 예외 없이 그 수백 수천 배 이익을 가져다줬어. 아니면 큰 손실을 막아 줬고."

"아버지 느낌에 카스트라토 사건이 우리와 관련이 있거나, 관련이 없다 해도 결국 우리에게 불똥이 튈 사건이 될 거라는 거죠?"

"그래서 선제적 예방조치를 취하는 게 낫다?"

"그렇지. 그런데 내가 공직에 있어서 직접 할 수 없으니 당신하고 너희들이 인식을 같이 하고 동의해야 차질 없이 일을 진행할 수 있지."

"난 동의. 이제까지 아빠 판단, 감, 단 한 번도 틀린 적이 없어."

"저도요. 아버지 판단이 그러시다면 무조건 따르겠습니다."

"당신은?"

"난 잘 모르겠는데 우리 우균이 지킨다는 약속해 주면 찬성할게요."

"당연히 그 자식 지키려고 내가 나선거지. 아무리 미워도 내 아들이고 장남인데. 작년 미국 사건도 킹앤리 덕에 우리 회사뿐 아니라 그놈도 살렸잖아. 미국 법이 얼마나 무서운지 알잖아? 미성년자 강간은 종신형이야, 종신형. 우리야 한 3, 4년 썩으면 되고 돈 좀 쓰면 집행유예도 가능하지만."

"알았어요, 알았어. 나도 동의. 관련 비용 다 결재해 줄 테니까 아빠 말씀대로 해."

인터넷 홍보 대행 기업 대표인 45세 김만두는 오래전 약속했던 고등학교 동창들과의 가족 캠핑에 동참했다. 극심한 스트레스와 불안에 시달리는 상황이라 약속을 취소할까 생각도 해 봤지만 오히려 오랜만에 기분 전환을 하는 게 나을 것 같았기 때문이다. 한 겨울 날씨는 쌀쌀했지만 탁 트인 한강변 잔디밭에서 깔깔 웃고 뛰노는 아이들 모습을 보니 나오길 잘했다는 생각이 들었다. 모닥불 앞에서 겨울 밤 추위를 견디며 불멍을 하다가 배가 고파진 김만두는 숯불 바비큐 요리에 분주한 친구에게 다가갔다.

"아직 멀었냐? 뱃가죽이 등에 달라붙었다."

"거의 다 됐으니까 수저 들고 자리 잡으셔."

"냄새 죽이네. 태우지 마라, 나 탄 거 안 먹는 거 알지?"

"당연히 알지. 자, 이거부터 크게 한 입 깨물어 봐, 내가 먹기 좋게 잘라줄게."

"으악!"

친구가 바비큐 불판에서 큼지막한 소시지를 집게로 들어 올린 후 가위로 삭둑 자르는 순간, 김만두가 비명을 지르며 뒤로 나자빠졌다. 그 바람에 놀란 친구의 손에서 떠난 집게와 가위가 허공으로 날아올랐고 반으로 잘린 소시지 덩어리 두 개 중 하나가 넘어진 김만두의 얼굴에 떨어졌다가 튕겨 나갔다. 김만두는 더 크게, 목이 터져라 비명을 질러 댔다.

김만두는 3개월 전 유흥업소에서 여성 접객원을 성폭행했다가 고소당했다. 5천만 원을 주고 전직 부장검사를 변호사로 고용해 증거 불충분 무혐의 처분을 받았고, 피해자에겐 마담을 통해서 3천만 원의 합의금을 주고 입을 막았다. 하지만 최근 카스트라토 사건이 연이어 터지고 딥소 사이트에 온갖 성범죄자들 신상이 올라간다는 이야기를 듣고 극심한 공포와 두려움에 시달리고 있던 중이었다.

"더 이상 이렇게 두려워하며 살 수는 없어. 단 하루, 아니 한 시간, 아니 1분도."

힘겹게 몸을 일으킨 김만두는 의문에 빠진 일행을 남겨 둔 채 뛰었다. 뛰다가 텐트 줄에 걸려 넘어지고 다시 일어나서 뛰다가 돌부리에 걸려 넘어졌지만 아픔을 느낄 여유가 없었다. 난지 캠핑장을 벗어나 주차장을 지나 계속 뛰면서 두 팔을 머리 위로 올려 크게 휘저었다. 마침 지나던 택시가 섰고 김만두가 올라탔다.

"가까운 경찰서로 빨리 가 주세요!"

김만두만 그런 것이 아니었다. 여행이나 요리를 주제로 한 유튜브 방송에서 소시지 바비큐를 자르는 모습을 시청하던 성범죄자들 상당수에게서 유사한 반응이 나타났다. 버스에서, 지하철에서, 거리에서, 카페에서, 휴대폰을 보며 낄낄거리다가 갑자기 비명을 지르며 바닥에 나뒹구는 남자들. 벌떡 일어나 경찰서를 향해 내달리는 그들 주변에 있던 사람들은 의문에 휩싸일 수밖에 없었다. 뉴스와 SNS 등을 통해 그 현상의 이유와 내막을 알게 되기 전까지는. 카스트라토 사건이 전대미문의 성범죄자 집단 패닉 현상을 불러일으킨 것이었다.

김만두가 택시에서 내려 경찰서 앞에 다다르자 이미 입구에서부터 담벼락을 타고 여러 명의 남자들이 길게 줄을 서 있었다. 초조한 듯 두리번거리는 사람들로 이루어진 긴 줄은 경찰의 통제에 따라 앞쪽부터 입구 안으로 들어가고 있었다. 김만두는 줄 맨 뒤로 가서 섰다.

"댁도 그것 때문에 왔어요? 카스트라토?"

"당연하죠. 그거 아니면 이 추운 날 밤에 뭐 하러 경찰서 앞에서 진을 치고 있겠어요. 불안해 죽겠네 정말."

"아 씨발, 이 근처에 카스트라토가 있으면 어쩌려고. 짭새들은 빨리 다 들여보내지 뭐 하는 거야, 지금!"

"아니 근데, 정말 궁금해서 그러는데 잘리면 바로 죽나요?"

"바로 죽기야 하겠어요? 피를 많이 흘릴 테니까 과다 출혈로 서서히 죽게 되겠죠."

"아, 씨발! 그게 더 무서워. 차라리 바로 콱 죽으면 고통이나 덜하지."

"그럼, 혹시 잘린 다음에 바로 주워 들고 병원 가면 다시 붙여서 정상이 될 수 있나요?"

"내가 어떻게 알아요, 의사도 아닌데?"

"내가 유튜브에서 봤는데 손가락, 혀 이런 데 잘리면 찾아 들고 바로 병원 가면 원래대로 붙일 수 있대요. 꿰맨 흉터는 남지만. 그럼 이것도 마찬가지 아닐까요?"

"이건 다르죠. 손가락이나 혀는 가운데 구멍이 없잖아요. 액체가 지나가고 하는……"

"아, 그런가?"

"암튼, 안 잘리면 되잖아, 씨발. 그러니까 빨리 좀 들여보내 달라고!"

같은 시각, 경찰서에서 걸어서 5분 거리에 있는 이맥의 원룸. 충전기에 꽂혀 있는 휴대전화의 벨이 울렸다. 매트리스 위에서 손이 뻗어 나와 더듬거리다 휴대전화를 움켜쥐었다. 잠시 화면을 응시한 뒤 귀찮은 듯 스피커폰 버튼을 누른 이맥이 낮은 목소리로 응답했다.

"김 형사, 왜?"

"팀장님, 주무세요? 빨리 좀 와 주셔야겠습니다."

"왜? 또 사건 터졌어?"

"아니, 그게, 좀……."

"뭔데?"

"아니, 그 성범죄자들이 갑자기 자기 체포 좀 해 달라고 들이닥쳐서요."

"성범죄 피해자들이? 그건 여청계로 보내면 되잖아?"

"아니, 피해자들이 아니고 성범죄 혐의자들이요. 가해자. 그리고 여러 명이라서 여청계고 생활범죄수사팀이고 일손이 부족해서 강력팀도 다 하나씩 맡아서 처리하랍니다."

"그게 무슨 말이야. 불러도 잘 안 오고 오리발 내미는 놈들이 왜 갑자기 쳐들어와. 그것도 여러 명이?"

"단체로 미쳤나 보죠, 지금 난리도 아니에요. 계속 들어와요. 어, 또 왔네? 암튼 빨리 오세요."

"알았어, 갈게."

이맥은 두 손으로 머리카락을 거칠게 털며 잠을 쫓았다. 그러곤 어떤 상황에서도 빠트리지 않는 그만의 루틴인 근력훈련을 했다. 턱걸이, 물구나무 서서 팔굽혀펴기, 덤벨스쿼트, 샌드백 펀칭과 킥킹. 야간 근무가 많은 불규칙한 형사 생활 중 체력과 운동 능력을 유지하기 위해 양보할 수 없는 필수 일과였다. 근육이 수축과 팽창을 거듭할 때마다 그의 등과 어깨, 가슴과 배 부위에 있는 흉기에 찔리고 베인 상처들이 춤을 추는 것 같았다.

인왕서는 초조해 보이는 성인 남성들로 복도까지 가득 차 있었다. 대규모 불법 집회 때 말고는 볼 수 없는 드문 풍경이었다. 비단 인왕서만의 문제는 아니었다. 서울, 아니 전국 모든 경찰서마다 자신을 체포 혹은 구속해 달라며 밀려드는 성범죄 혐의자들 때문에 여성청소년과와 형사과 업무가 마비될 정도였다. 그중에 김만두 같은 자들도 많이 섞여 있었다. 두 번째 사건이 발생하고 딥소 논란에다가 서예정 의원이라는 정치권 스타 탄생까지 더해지면서 카스트라토 사건에 대한 언론과 여론의 관심은 그야말로 폭발했다. 누군지 모를 범인을 영웅시하고 칭송하며 다음 범행을 부추기는 온라인 게시물도 엄청나게 늘어났다. 그러자 그 누구도 예상치 못한 후폭풍이 분 것이다.

그동안 범행을 부인하며 '증거 가져와라', '합의로 관계해 놓고 말을 바꾼 꽃뱀이다'라고 주장하던 성범죄 혐의자들이 갑자기 줄지어 경찰서로 들이닥쳤다. 경찰서에 달려온 성범죄 혐의자들은 그간의 입장을 번복하고 피해자의 신고 혹은 고소 내용을 전부 인정할 테니 빨리 체포든 구속이든 해 달라고 억지를 부렸다. 이들 대부분은 딥소에 등록되어 있는 혐의자들이었지만 딥소 사이트에 올라가 있지 않고 경찰도 증거 불충분이나 피해자 주장의 신빙성 부족 등으로 입건을 망설이던 대상자들도 있었다. 성범죄로 처벌받고 사회적 낙인이 찍히는 것보다 몇 만 배 더 무서운 것이 카스트라토의 다음 범행 대상이 되어 성기와 고환이 잘려 나가는 끔찍한 고통이었다.

성범죄자들이 줄지어 경찰서로 자진 출두하는 진풍경에 여초 커뮤니티에선 격한 환영 댓글들과 함께 성범죄자들을 조롱하는 패러디들이 봇물 터지듯 쏟아졌다. 반면에 남초 커뮤니티 게시판들은 분노에 찬 글로 도배되었다. 특히 수많은 성범죄자들을 패닉에 빠트려 경찰서로 뛰어가게 만들었던 가위로 소시지를 자르는 장면이 포함된 영상들에 대한 비난과 공격이 거셌다. 그중에서도 가족 캠핑 중 숯불 바비큐를 하면서 가위로 소시지를 자르는 장면이 포함된 유명 아웃도어 의류업체의 상업 광고가 집중 표적이 되었다. 업체 본사와 대형 매장 앞에서는 시위대가 진을 치고 거센 항의 시위를 했다. 현수막과 팻말엔 '남성 혐오 조장하는 재벌 기업 각성하라', '남성 혐오 광고 제작 책임자 파면', '카스트라토 공범, 자폭하라' 등의 구호들이 적혀 있었다.

온라인에선 해당 광고 제작에 관여한 사람들에 대한 신상 털기가 맹렬하게 진행되었다. 남성 혐오, 카스트라토 공범 찾기 마녀사냥이 시작된 것이다. 곧 드러난 광고 제작 업체는 놀랍게도 JY엔터테인먼트였다. 그 누구보다 카스트라토 사건으로 큰 피해를 입고 있으며, 범인 찾기에 혈안이 되어 있는 JY그룹 계열사가 카스트라토의 공범으로 지목되는, 실로 코미디 프로그램 같은 아이러니한 상황이 벌어진 것이다.

전희선 대표는 화가 머리끝까지 치밀어 올라 견딜 수가 없었다. 안 그래도 지난 밤 가족회의가 철없는 오빠 때문에 난장판이 된 여파로 머리가 아픈 상황인데 엎친 데 덮친 격이었다. 분노를 추스르지 못한 전희선은 소리를 지르며 대표실 안에 있는 집기들을 집어 던졌다. 그러고도 분이 풀리지 않는 듯 책상을 발로 차고 머리로 들이받았다. 전 대표의 얼굴과 손은 피로 뒤덮였다. 대표를 보호하기 위해서 말리려던 비서진은 부상을 입고 물러날 수밖에 없었다. 공식 석상에서 보이던 부드러운 미소와 상냥한 말투는 온데 간 데 없었다. 마치 두 얼굴의 마녀 같았다.

"당장, 이 개 같은 것들 다 잡아 와!"

JY그룹 실질적 사주인 전상환 위원장의 절대적인 신임을 받고 있는 전희선 대표가 분노에 차 내지른 지시는 곧 실행에 옮겨졌다. 그동안 진행해 오던 JY F&B 및 스텔라드롭 전현직 직원과 민원을 제기한 고객에 대한 뒷조사에 박차가 가해진 것이다. '두더지 사냥'으로 이름 붙여진 강도 높은 사내 조사는 JY시큐리티 이경덕 대표가 총 지휘했다. 그동안 비밀리에 작성해 두었던 블랙리스트에 오른 전현직 직원과 아르바이트생은 그야말로 탈탈 털렸다. 일부는 거칠게 반발했다.

"당신들 경찰도 아니면서 이래도 되는 거야? 영장도 없이?"

"그래도 된다, 어쩔래?"

"이거 다 내가 고발할 거야. 경찰, 검찰, 노동부!"

"맘대로 하세요. 고발하는 즉시 당신 업무방해, 횡령, 절도, 영업비밀 유출 혐의 수사가 더 먼저 진행될 테니까!"

경찰청에도 날벼락이 떨어졌다. 피해자 아버지 오중식을 대상으로 무리한 수사를 하다가 터진 사고 후유증에다가 국회 행정안전위원회 회의에서 떠안은 숙제도 한가득이었지만, 들끓는 찬반 여론과 경찰서마다 들이닥친 성범죄 혐의자들의 행렬 역시 경찰 업무를 마비시킬 지경에 이르렀다. 더 이상 두 사건을 별개 사건으로 보고 관할서인 인왕경찰서와 용산경찰서에 따로따로 수사를 맡길 수 없었다.

국회에서 망신을 당한 경찰청장은 오중식 사건 책임을 물어 인왕경찰서 서장과 형사과장을 직위해제하고 징계위원회에 회부했다. 마지막 총경 승진 기회를 놓치지 않기 위해 무리수를 두고는 그 책임을 부하 직원들에게 떠넘기려던 인왕서 형사과장의 시도는 참담한 비극으로 귀결되었다. 수사에 전혀 진척을 보이지 못한 용산경찰서 서장과 형사과장 역시 치안정책연구소로 발령 내는 문책 인사가 단행되면서 서울경찰청에 카스트라토 사건 수사본부가 설치되었다. 경찰청장은 서울청 수사부장 노병조 경무관을 본부장으로 임명했다. 노병조 수사본부장은 ACAT과의 연락 및 소통 업무를 인왕경찰서에서 파견된 이맥 경사에게 맡겼다. ACAT 마일영 팀장은 수사본부와의 소통 및 회의 참석 임무를 준법담당관 김태섭 경감에게 맡겼다.

2023년 12월 29일 금요일

진경원은 자신의 아지트인 인왕경찰서 과학수사팀 사무실 구석 자리에서 지문 분석 작업에 몰두하고 있었다. 세종문화회관 사건 현장에서 수거한 성경책 커버에서 발견된 미세한 쪽지문과 현장에 있던 목격자들에게서 긴급히 채취한 지문들을 비교하는, 지루하고 고통스러운 작업이었다. 경찰청 지문자동검색시스템에서는 쪽지문의 크기가 너무 작아서 육안 대조 대상인 유사 지문들이 작업이 불가능할 정도로 많이 제시된다는 결괏값이 나왔다. 사람의 머리카락 끝 일부만 찍힌 사진으로 유사한 머리카락 색과 모양을 가진 대상자를 찾으면 수십만, 아니 수백만 명이 나오는 것과 같은 이치였다. 하지만 대조할 대상이 줄어든다면 이야기는 달라졌다.

진경원은 과학수사 감식용 전자현미경과 소프트웨어를 활용해 현장 채취 쪽지문의 미세 부분을 정밀 관찰하면서 뻗고 갈라지고, 휘고 굽어지고 만나는 모든 부분의 모양을 확인해 길이와 간격을 측정했다. 같은 방식으로 현장 목격자들의 열 손가락 지문 하나하나의 모든 부위를 관찰하고 측정했다. 쪽지문이 어떤 손가락 어느 부위인지만 알아도 작업량이 수십 분의 1

로 줄어들 수 있을 텐데, 결코 단정할 수 없었기 때문이다. 그나마 경원이 사비로 구입한 디지털지문채취기 덕분에 현장에 있던 목격자 열다섯 명의 열 손가락 지문을 신속하게 채취해서 확보할 수 있었다. 열다섯 명의 열 손가락, 모두 150개의 대조 지문을 상하좌우, 가운데 등 세부 부분으로 쪼개서 1~360도로 회전시키며 현장 채취 쪽지문과 동일한 대상을 찾아 가는 작업이었다. 끝이 없을 듯 고독한 작업에도 끝은 찾아왔다.

'찾았다.'

사건 현장에 있던 목격자 열다섯 명 중 한 명의 오른손 검지가 175도 각도로 살짝 스치며 묻은 것이다. 입력된 디지털 지문 로그에서 찾은 이름은 우지태, 1990년생. 손가락 크기는 매우 가늘고 작은 여성인데 이름은 남성이 많이 쓰는 이름이었다. 이상했다. 진경원은 목격자 대상 수사를 하고 있는 강력5팀 김 형사에게 전화했다.

"과수팀장님, 웬일이십니까?"

"김 형사님, 세종문화회관 사건 목격자 상대 수사하고 있죠?"

"네, 하고는 있죠. 그런데 가짜 인적 사항 적어 놓고 간 사람이 있어서 골탕 먹고 있습니다."

"가짜요? 그때 현장에서 확인 안 했나요?"

"현장 최초 출동했던 지구대 직원들한테 물어보니까 현장이 하도 혼란스럽고 기자들도 들이닥치고…… 오래 붙잡아 둘 수 없었다네요. 그래서 과장님이,"

"형사과장 말예요?"

"네, 그때 과수팀 와서 팀장님이 목격자들 지문 후루룩 따고 지구대 직원들한테 인적 사항 확인하라고 했다면서요?"

"그랬죠."

"그런데 그 뒤에 바로 과장님, 아 전 과장님이죠, 암튼 과장님이 현장에 도착했었거든요. 시위대들 동향 감시한다고 광화문 주변에 있다가."

"그래서 과장님이 다 보냈대요?"

"과수팀 한창 현장 감식하고 있을 때, 과장님이 목격자들 현장에 오래 있으면 안 된다고 인적 사항 받고 빨리 다 보내라고 지시해서 그렇게 했다 네요."

"그래서 조회도 안 해 보고 믿고 그냥 다 보냈다고요? 그런데 그중 일부가 허위 인적 사항을 댔다?"

"지금 조사하다 보니 그런 거죠. 맞지가 않아요. 이름하고 연락처, 주민 번호, 다 허위예요."

"몇 명이나 허위예요?"

"한 사람이요."

"우지태, 맞죠?"

"어, 어떻게 알았어요? 우리 팀장님 쫓아다니더니 닮아 가네, 진짜. 귀신 이네 귀신."

"알았어요. 내가 지문 따 논 게 있으니까 조회해 볼게요. 참, 동자동 현장 목격자들 신원 정보하고 지문도 확보했나요?"

"아니요, 그건 용산서 관할이라."

"알았어요."

진경원은 지문조회신청서를 작성해서 결재를 받은 후 경찰청에 보냈다. 얼마 후 경찰청 지문 조회 결과 회신이 왔다. 경찰청 데이터베이스에 존재하지 않는 지문, 즉 대한민국 주민등록 대상이 아니라는 내용이었다.

가능성은 세 가지다. 미성년자, 외국인, 그리고 주민등록을 하지 않은 대한민국에서 출생한 성인. 진경원이 직접 지문을 채취한 열다섯 명 중에 분명히 미성년자는 없었다. 신원 조회 과성에서 한국어에 서툰 사람도 없었다. 남은 가능성은 한국어에 능한 동북아 계열 외국인, 외국 국적 재외동포 혹은 미등록자, 즉 '유령 국민'. 몇년 전 발생한 변사사건 시신 역시 그런 사람이었다. 출생 후 부모가 출생신고를 안 해서 어떤 교육, 복지 혜택도 받지 못하고 공식 기록상엔 존재하지 않는 유령으로 살아온 사람. 그 사건 당시 확인한 놀라운 사실은 대한민국에서 한 해 평균 100명 정도의 유령 아동, 즉 출생 미등록 아동이 생긴다는 것이었다. 주민등록을 해야 할 나이까지 누적된 숫자는 약 2천 명. 이번 사건 범인 역시 이런 유령 국민일 가능성이 있다는 얘기였다.

진경원은 이맥에게 이 사실을 알렸다. 진경원으로부터 의외의 사실을 전달받은 이맥은 마음이 무거워졌다. 자신이 쫓는 흉악범의 정체가 유령 국민일 수 있다니. 사실 이맥 스스로도 태어나자 마자 부모에게서 버려진 유령 아기였다. 자신을 발견한 신부님과 맡아 키워 준 보육원이 아니었다면, 이름도 없이 세상 구경도 제대로 못 한 채 사라질 뻔했던 유령 아기.

상념에서 벗어난 이맥은 수사본부에 용의자 지문 확인 관련 수사 보고서를 작성해 제출하고 용산경찰서에서 확보한 동자동 사건 현장 목격자들의 신원과 지문 이미지들의 행방을 추적했다. 수사본부 증거 자료 목록이나 형사통합정보망 KICS(Korea Information System of Criminal Justice Services), 어디에도 없었다. 용산경찰서 강력계에 전화해서 문의했지만 마찬가지였다. 겨우 현장 최초 임장자인 관할 지구대 순찰팀장 유 경사의 연락처를 확보해 전화를 걸었다.

"유 경사님, 저 인왕경찰서 강력5팀장 이맥입니다."

"아, 전설의 이맥 형사."

"절 아십니까?"

"아, 나도 서울청 강력계 출신이에요. 우리 강력형사들이야 이맥 형사 활약상 다 알고 있죠. 그런데 어떻게 저한테 전화를 다 주셨습니까?"

"아, 네. 동자동 사건 때문에 전화드렸습니다."

"제가 현장 출동하고 관리한 건 맞는데 지구대 소속이라 수사에는 관여하지 않고 있는데요?"

"네, 알고 있습니다. 현장에 있던 목격자들 인적 사항하고 지문이 필요한데요. 용산서 강력계나 수사본부 어디에도 없어서요."

"어, 그거…… 저하고 김 순경이 분명히 확인하고, 그 에이, 뭐더라, 경찰청에 새로 생긴 그,"

"ACAT 말씀이신가요? A, C, A, T?"

"아, 맞아요, 그거. 거기서 나온 현수경 경장, 서울청 케어팀에 있을 때 알던 친군데, 그 친구 편에 그 ACAT에 보내 줬는데요?"

"아, 그렇군요. 제가 ACAT 현 경장에게 확인해 보겠습니다. 고맙습니다."

이맥은 경찰청 ACAT에 전화를 걸어 현수경 경장을 찾았다.

"네, 현수경 경장입니다."

"수고많으십니다. 인왕서 강력5팀장 이맥 경사라고 합니다."

"네, 무엇을 도와드릴까요?"

"신체 절단 사건 동자동 현장 목격자들 지문 파일 가지고 계시죠?"

"네? 네. 어떻게 아셨죠?"

"용산서 유 경사에게 문의했습니다."

"아, 유 경사."

"그런데 KICS에도 안 올라가 있고 용산 강력계, 수사본부, 어디에서도 모른다고 하던데요? 아직 시스템에 안 올리신 건가요?"

"아, 네. 제가 아니 우리 ACAT이 출범 초기라 정신이 좀 없어서요. 카스트라토 사건 분석할 것도 많고."

"그러시겠죠. 저희가 세종문화회관 현장에서 확보한 지문이 있어서 대조를 좀 하려고 하는데요. 공문 보내 드릴 테니까 동자동 목격자들 지문 파일 부탁드리겠습니다."

"네, 원본 말고 이미지 파일로 보내 드려도 되죠?"

"네, 그럼요. 고맙습니다."

비록 전화기 너머이긴 했지만, 맥은 현 경장의 불안 감정으로 인한 스트레스를 느꼈다. 그 이유가 무엇인지는 알 수 없었고 전대미문의 큰 사건 수사 중이라 이맥에게 동료 경찰의 불안 감정의 이유까지 살펴볼 여유는 없었다.

한편 이맥이 현 경장으로부터 전달받은 지문 이미지 파일은 바로 진경원에게 전달되었다. 동자동 사건 현장 목격자들의 인적 사항과 지문 분석 대조에는 오랜 시간이 소요되지 않았다. 같은 지문의 소유자가 있었다. 이번엔 그의 이름이 전수진으로 기재되어 있었다. 물론, 허위였다. 전수진은 세종문화회관 현장에 있었던 유령 국민 우지태와 열 손가락 지문이 모두 일치하는 동일인이었다. 범인은 경찰 코앞에 있었다. 사건 현장에, 목격자의 신분으로. 그것도 두 차례 모두. 만약에 첫 번째 세종문화회관 현장 목격자들의 신원 조회부터 철저히 했더라면, 그리고 두 번째 동자동 현장 목격자들에 대한 지문 조회를 그 자리에서 바로 실시했더라면, 사건은 벌써 해결되었을 테고 범인, 최소한 일당 중 한 명은 검거했을 것이다. 과연 세 번째 기회가 올지 장담할 수는 없었다. 이맥은 바로 수사본부에 보고했고 연락 담당으로서 ACAT에도 알렸다.

동자동 사건 피해자 주성배의 병실 앞을 지키던 경찰로부터 주성배가 의식을 되찾았다는 긴급 보고가 수사본부로 올라왔다. 노병조 본부장은 눈에 보이는 형사들에게 빨리 병실로 뛰어 가 주성배의 진술을 확보하라고 지시했고 그중에는 이맥 경사도 포함되어 있었다.

　　"지금 뭐 하시는 겁니까? 안 됩니다. 환자는 지금 절대 안정이 필요합니다."

　　주성배를 치료하는 의료진은 당분간 경찰의 조사가 불가능하다면서 형사들의 병실 출입을 막아섰다. 주성배가 받은 충격이 너무 커서 여전히 극도의 공포심에 휩싸여 있기 때문에 의료진을 포함해 사람의 인기척만 들리면 소리를 지르고 손에 잡히는 대로 집어 던져 병실 창문과 수액병이 깨지고 의사와 간호사가 파편에 맞아 다치는 등 정상적인 대화가 불가능한 상태라는 것이다.

　　"공포에 휩싸이긴요, 지금 저렇게 편안하게 누워 있는데."

　　"형사님들 눈에는 편안해 보이겠죠. 한참 난동을 부리다가 기력을 잃고 잠시 진정한 틈을 이용해 강력한 수면제를 투약해서 겨우 잠재운 상태입니다. 잘 보세요, 환자의 팔다리가 움직이지 못하게 묶여 있죠? 얼마나 심했으면 저런 극단적인 조치를 취했겠습니까?"

　　의사는 주성배의 상처 부위에 대한 여러 차례에 걸친 수술은 성공적으로 끝나 비록 성기능은 없어졌지만 소변 배출 등 생명과 생활에는 지장이 없는 건강 상태를 회복했다고 설명했다. 다른 형사들은 수사본부에 보고한 뒤 의료진 연락을 기다리기로 하고 돌아갔지만 이맥은 혼자 남아서 병실 밖에서 주성배를 관찰했다. 병실 보안 임무를 맡은 정복 경찰은 이맥 덕분에 화장실 등 볼일을 수시로 볼 수 있어 고마워했고 의료진 역시 차분한 이맥의 모습에 경계를 풀고 오며 가며 주성배의 상태와 치료 절차 등에 대한 대화도 나누기 시작했다.

그리 오래지 않아 이맥은 주성배가 유일하게 공포 및 거부 반응을 보이지 않는 대상이 50대 여성 간호부장이라는 사실을 간파했다. 거절하는 간호부장을 설득해 이맥과 통화 연결이 된 간호부장의 휴대폰을 가운 주머니에 넣은 채 주성배에게 지속적으로 대화를 시도하면서 자연스럽게 그날의 기억을 되살리도록 유도해 달라고 부탁했다. 무전기가 된 휴대전화를 통해 이맥이 듣고 있는 상태에서 드디어 주성배가 입을 열었다. 간호부장이 지나가듯 툭 뱉은 질문이 열쇠 역할을 한 것이다.

"아이고, 어쩌다 이런 험한 일을 당했을까?"

"난 아무 짓도 안 했다고, 씨발. 그냥 집에 가는 길이었고 골목길에 나 말고 아무도 없었어."

"아무도 없었는데요?"

"내가 현관문을 열 때까지는 분명히 골목길에 아무도 없었는데, 열쇠를 돌리자마자 뒤에서 누가 나타나서 내 명치를 냅다 갈긴 거야. 숨이 턱 막히고 너무 아파서 몸을 앞으로 숙였는데 갑자기 뒷목이 따끔한 거지. 그리고 좀 있다가 정신을 잃었지. 깨어나 보니까 손과 발은 묶이고 눈에는 수건 같은 게 덮어서 깜깜해, 아무것도 보이지 않았어."

"길바닥에요?"

"아니, 집 안. 거실 같았어. 장판 바닥."

"혼자요?"

"아니, 내 머리 위쪽에 누가 있었어. 내가 깨어나서 움직이니까 낮은 목소리, 일부러 낮게 내는 그런 소리 있잖아. 남녀 구분도 못 하게. 그 목소리가 비밀의 방이 어디냐고 묻는 거야."

"그래서요?"

"바로 대답을 안 하니까 내 얼굴에 베갠지 쿠션인지를 덮어. 그러더니 머리카락을 움켜쥐고 그냥 뽑아 버리는 거야. 죽을 정도로 아파서 소리를 막 질렀는데 입이 막혀서 밖으로 새 나가지 않았어. 완전 미친 새끼라니까."

"남자예요?"

"몰라, 남자든 여자든 미친새끼지. 완전 미친새끼."

"그다음엔요?"

"뭐야, 씨바. 뭔 간호사가 경찰처럼 물어?"

간호부장은 순간 움찔했지만 당황한 모습을 들키지 않기 위해서 온 힘을 다해 태연한 척했다. 전화기를 통해 듣고 있던 맥도 순간 긴장했다.

"경찰은 무슨, 우리 환자분 얘기에 푹 빠져 버렸구먼. 막 내가 당하는 것 같고."

"그치? 내가 간호사 아줌마는 어릴 때 죽은 엄마 느낌도 나고 그래서 편하게 막 대하니까 이해해 주쇼."

"나도 환자분이 왠지 조카 같고 그러네."

"근데 그것들 한 새끼가 아냐."

"여러 명이에요?"

"목소리는 한 새낀데, 또 머리 뽑을까 봐 지하실 입구 알려 주니까 한 새끼는 내 다리를 들고 다른 새끼는 어깨를 들어서 옮겼거든? 근데 내 어깨 든 새끼는 손이 솥뚜껑마냥 엄청 크고 힘이 완전 장사야."

"지하실로 내려가선 어떻게 됐어요?"

"매트리스 위에 날 내려놓더니 조명을 비추고 카메라를 들이대는 거야."

"그러고 나서요?"

"그러고 나서 내가 저지른 죄를 자세히 다 불라고……."

"그래서요?"

"다 불었지. 기억나는 대로 죄다 자세하게. 그러면 혹시 살려 줄 줄 알고."

"그다음엔요?"

"다 얘기했더니 자기들끼리 뭐라 뭐라 하더니 갑자기 '네 죄에 대한 심판이다'라던가 한마디 하곤 내 입안에 옷인지 양말인지를 막 쑤셔 넣었어. 소리를 못 내게 한 거지. 그리고는 누군가와 전화 통화를 하면서 무슨 지시를 받는 것 같더니 갑자기…… 으……!"

주성배는 두 손으로 머리를 쥐어뜯으며 몸을 잔뜩 웅크린 채 얼굴을 병상에 파묻고 짐승 같은 울음소리를 내기 시작했다. 당시 상황을 떠올리자 극심한 공포와 함께 패닉이 온 듯했다. 간호부장은 마치 악몽을 꾼 어린아이를 달래듯 주성배의 등을 토닥여 줬다.

이후에도 몇 번의 중단을 거듭하는 길고 힘든 과정을 거쳐 주성배의 진술 전체가 확보되었다. 주성배는 마취도 안 된 상태에서 날카로운 칼 같은 것으로 하체 부위를 베였는데 고통이 너무 심해서 발버둥 치다가 결국 기절했다고 말했다. 깨어 보니 팔에 수액 주사가 꽂혀 있었고 하체 부위가 심하게 욱신거리면서 고통스러웠지만 언젠가 치핵 수술을 받은 후 진통제 주사를 맞을 때처럼 견딜 만은 했다고 기억했다. 국과수에서 분석한 수액 성분에서도 진통제가 검출되었다. 주성배는 깨어난 이후 몸의 아픔과 고통보다 도대체 무슨 일이 일어난 것인지, 그들이 언제 다시 돌아올지, 이러다 죽는 것인지 등 답을 알 수 없는 질문들이 머리에 맴돌면서 불안하고 공포스러운 그 상황 자체가 견딜 수 없을 정도로 무서웠다고 했다.

이맥은 주성배의 진술을 통해 범인들이 최소한 두 명 이상이라는 것, 전화로 지시 내지는 지도를 하는 자까지 포함하면 세 명 이상의 조직적인 범죄라는 사실을 확인했다. 대단히 민첩하고 소리 없이 접근이 가능한 행동대원과 힘이 센 공범, 그리고 의학적 지식을 갖추고 의약품 접근권을 가진 자가 포함되어 있는 것이다. 더하여 거세를 하기 전에 성범죄에 대한 구체적이고 자세한 자백을 녹화했다. 그런데 연쇄 살인이라면 왜 주성배만 살려 준 것일까? 왜 녹화 영상을 공개하지 않는 것일까?

이맥은 주성배의 진술 내용과 심리 상태를 그대로 머리와 가슴에 담은 채 주성배의 집으로 향했다. 주성배의 집까지 이어진 골목길. 이맥은 낮은 담장의 낡은 주택들이 죽 이어져 있는, 30미터 가까이 직선으로 이어진 길을 따라 걸었다. 술에 취했거나 전화 통화에 집중하는 등 특별한 상황이 아니라면 현관문을 열 때까지 누가 뒤쫓아 오는지 모른다는 것은 거의 불가능해 보였다. 영화 속 배트맨이나 스파이더맨처럼 하늘을 날거나 지붕과 담벼락을 자유자재로 타 넘는 능력자가 아니라면.

특수부대 출신인 이맥 역시 이어진 주택 지붕과 담벼락 등을 통해 이동하는 것은 가능하겠지만 소리가 나고 집에 있는 사람들 눈에 띌 것이 분명했다. 하지만 만약에 유사한 유격 침투 능력을 갖췄는데 체구가 훨씬 작고 가벼운 사람이라면? 통행이 빈번한 큰길에서 상대방이 눈치채지 못할 일정 거리를 유지하며 미행하다가 인적이 없는 골목길로 접어든 순간 가로등 뒤에 은폐한다면 돌아봐도 발각되지 않을 것 같았다. 가로등 기둥 뒷면을 타고 올라가서 담벼락 위로 옮겨간 뒤 이어진 지붕과 벽, 그리고 전신주를 통해 이동한다면, 상대방이 보행 중에 잠시 고개를 돌려도 포착되지 않고 주성배의 집 앞에서 지상으로 착지가 가능해 보이기도 했다.

가상 이동 경로를 따라 가면서 표면을 정밀 관찰 해 보니, 시간이 경과해 흔적이 많이 사라지긴 했지만 사람의 무게가 내리 누르며 형성된 미세한 표면 손상과 먼지 눌림, 찢긴 거미줄 등의 접촉흔과 행동 증거를 확인할 수

있었다. 누구인지는 모르지만, 어떤 특성을 가진 자인지는 알 수 있게 된 중
요한 발견이었다. 이맥은 현장 거리와 자신이 확인한 흔적들을 모두 휴대폰
으로 세밀하게 촬영했다.

Case No.3

종로구 견지동 스텔라드롭

2023년 12월 29일 금요일

 카스트라토 사건이 또 터졌다. 이번엔 다시 종로구다. 12월 29일 금요일 밤 11시경, 한창 연말 분위기에 흥청거리던 종로구 견지동 소재 스텔라드롭 여자화장실. 역시 스텔라드롭 투명 음료수 용기 속에 고환과 성기가 담겨 있었다. 다만 드라이아이스는 넣지 않았다. 수사본부에서 앞서 발생한 두 범죄현장 인근에 있는 드라이아이스 구매가 가능한 업소 주변 CCTV를 샅샅이 뒤지고 있는 사실을 알고 있는 것일까? 수사본부의 사전 지시에 따라 현장 목격자 전원에 대한 지문 조회가 현장에서 바로 실시되었다. 하지만 이번엔 그 유령 국민 용의자가 없었다. 모두 스스로 적은 인적 사항과 지문 조회에서 확인된 신원 정보가 일치했다. 마치 사전에 정보를 확보하고 미리 피한 것 아니냐는 의심이 들 정도였다.
 이번 피해자는 주성배와 달리 성범죄자 DNA 데이터베이스에 포함되어 있지 않았다. 첫 번째 세종문화회관 사건처럼 피해자의 신원이 미궁에 빠지는 것일까? 만약에 그렇게 된다면 아동 성범죄자 주성배가 오히려 예외적인 피해자가 되고 사건 전체의 성격이 성범죄자 응징과는 관계없는 쪽

164

으로 완전히 달라지게 될 수도 있었다. 수사본부에는 용의자 대상 수사와 피해자 신원 확인에서 성과를 내야 한다는 불똥이 떨어졌고, ACAT 역시 세 번째 사건이라는 변수가 가져온 불확실성을 분석하고 계산해 내느라 골머리를 앓고 있었다.

피해자는 45세 연예기획사 대표 김종호로 밝혀졌다. 그는 열네 살 중학생 연예인 지망생을 성폭행한 혐의로 기소됐지만 서로 사랑한다는 내용의 문자를 여러 차례 주고받았다는 이유로 대법원에서 최종 무죄 판결을 받았다. 경찰이 수사 과정에서 유사한 피해를 입은 다른 여성 연예인과 연예인 지망생, 기획사 직원도 여러 명 있다는 제보를 받았지만, 당사자들이 모두 그런 일 없다고 부인하는 바람에 입건조차 하지 못했다는 경찰 관계자의 익명 인터뷰 내용도 보도되었다. 상당히 충격적인 이 사건 자체는 여러 차례 언론과 방송에 보도되었지만 언론과 방송사마다 명예훼손 소송 등을 우려해서 40대 기획사 대표 '김 씨', 'A', 'K' 등으로 익명 처리를 했기 때문에 그의 이름과 주소, 연락처 등을 일반인이 알아내는 것은 불가능했다. 경찰 수사 관계자, 검찰 기소 관계자, 해당 사건 취재기자 그리고 법원 관계자 및 피고인 측과 피해자 측 주변인 중 누군가로부터 정보를 입수해야 했다. 수사본부는 대상별로 팀을 짜서 형사들을 배치했다.

이맥은 김종호가 독립해서 기획사를 차리기 전에 근무했던 JY엔터테인먼트를 맡겠다고 자원했다. 악연이 있는 대상이라서 회피할까 생각도 했지만 누구보다 잘 아는 자신이 맡는 게 도리라는 판단이 들었기 때문이었다. 미리 JY엔터테인먼트 비서실과 홍보실에 연락해서 어렵게 전희선 대표 등 중요 관계자들과 면담 약속을 잡았다. 평소라면 영장이 없으면 곤란하다는 등, 일정이 너무 바빠서 도저히 시간이 안 난다는 등 의례적인 변명과 함께 거절당했겠지만 카스트라토 사건의 파장, 특히 같은 JY그룹 계열사인 스텔라드롭 관련 문제 등이 얽혀 있어 거절하지 못한 것으로 추정됐다.

이맥이 전희선 대표실에 들어설 때 대표실에서 나오던 짙은 선글라스를 쓴 남자와 부딪쳤다. 영어로 미안하다고 한 남자는 맥의 눈을 뚫어지게 쳐다보며 잠시 얼어붙었다. 맥은 한국말로 괜찮다고 응답하곤 대표실로 들어갔다. 맥을 등지고 돌아서는 존, 아니 이맥의 쌍둥이 형제 이산의 머릿속에선 맥과의 어린 시절 추억이 영화처럼 떠올랐다. 선글라스 아래로 눈가를 훔쳐 내는 것도 잠시, 존은 곧 걸음을 재촉했다.

이맥이 대표실로 들어서자 전희선 대표가 과장된 제스처와 함께 지나칠 정도로 반갑게 이맥을 맞았다.

"어서 와요, 이맥 형사님."

"안녕하세요, 대표님. 시간 내 주셔서 감사합니다."

"감사는 무슨, 국가를 위해 일하는 경찰에게 당연히 협조해 드려야죠. 우리 이맥 형사님. 내 동생 우민이 친구, 맞죠?"

"기억하시네요? 제가 동생분이랑 많이 싸웠죠."

"싸우기는, 그 녀석이 늘 일방적으로 얻어터졌지. 오죽했으면 어떻게 해야 우민이가 덜 맞게 될까 가족회의까지 했다니까? 하하하. 아직도 우리 가족을 그렇게 미워해요?"

"아, 아뇨, 전 미워한 적 없습니다. 단지 어린 시절에 분노가 많아서 부당하고 억울하다고 느낄 때 지나치게 공격적이고 폭력적이었을 뿐이죠. 우민이 만나면 정중하게 사과하겠습니다."

"사과는 무슨, 약육강식이 세상 이친데. 아, 참. 그때 회유책 뇌물책 다 안 통해서 우리 가족이 찾은 대안, 경덕이 기억해요? 이경덕."

"네, 기억합니다. 태권도 관장님 아들, 유단자였죠."

"그래요, 우민이 경호원이었던 그 이경덕이 지금 JY시큐리티 대표를 맡

166

고 있어요."

"아, 그렇군요."

"그런데 그때 누가 이겼었죠? 우리 이맥 형사가 이겼죠, 아마?"

"애들 싸움이었는데요, 뭐. 이기고 지고 문제는 아니었던 것 같습니다. 서로 대화로 풀고 친하게 잘 지냈어야 하는데, 제가 철이 없었죠."

"하하, 암튼 참 재밌네요. 그 인연이 이렇게 이어지다니. 지금 둘이 다시 붙으면 누가 이길까? 궁금하네요. 아, 농담이에요, 농담. 친구 누나로서. 이 참에 우리 언제 다 같이 식사 한번 해요. 이 누나가 근사하게 쏠게요. 우민이 랑 경덕이랑 다 같이."

"아, 예. 고맙습니다. 이번 사건 수사가 끝나면 시간 내 보겠습니다."

"아, 참. 회장님, 우리 아버지가 이맥 형사 칭찬 많이 하셨어요."

"네?"

"우민이가 가족 식사 때 이야기해 줘서 멋진 형사가 된 거 알게 됐죠. 아 버지께서 참 잘 자랐다고 칭찬 많이 하셨어요."

"다 회장님이 보스코의 집 후원해 주신 덕이죠."

"아, 우리가 후원을 끊어서 다 뿔뿔이 흩어졌죠, 보스코의 집?"

"꼭 그 이유만 있었겠습니까? 회장님도 사연이 있으셨겠죠. 아무튼 큰 기업에서 조그마한 보육원 후원 관련한 작은 일까지 기억해 주셔서 고맙습 니다."

"우리 이맥 형사님, 예의 바른 인사말 속에 날카로운 가시를 잘 감추시 네."

"사적인 말씀들은 다음 기회에 사적인 자리에서 더 나누도록 하겠습니 다, 대표님."

"아, 맞다. 사건 수사 때문에 왔다고 했죠? 그 뭐라더라, 카스텔라? 아니 카스트라토! 맞죠? 카스트라토.”

“아, 네. 이번에 발생한 피해자가 김종호라고, 연예기획사 대푠데 과거에 대표님 회사에서 근무한 적이 있습니다. 혹시 아십니까?”

“김종호, 김종호…… 아, 그 인간. 생각나요, 좀 지저분했죠. 그래서 잘렸고.”

전희선 대표는 김종호에 대해 아는 대로 다 말해 준 뒤 회사 임원들을 불러 인사과 징계기록 등 가능한 한 모든 정보를 공개하고 이맥에게 적극 협조하라고 지시했다. 이맥은 전 대표에게 감사 인사를 하고 대표실을 나와서 임직원들의 진술을 청취하고 관련 자료를 모두 열람한 뒤 돌아왔다.

사람의 인연이란 건 정말 질긴 것인가 보다. 전희선, 전우민. 그들과의 인연, 아니 악연이 시작된 것은 맥이 보육원 보스코의 집 원생으로 인근 동담초등학교에 다닐 때였다. 함께 강보에 싸인 채 버려져 보스코의 집에서 자란 쌍둥이 형제 산과 맥은 성격과 행동이 많이 달랐다. 초등학생이 된 이산은 천사의 집의 스타였다. 공부를 잘해 늘 우등상을 타 왔고 글짓기와 독서 상도 많이 타 왔다. 특히 방과후 교실에서 배운 영어 실력이 뛰어나 동담시에 주둔하는 미군 제2사단이 주최한 한미 우호 증진 영어 글짓기 대회와 말하기 대회에서 거의 매번 상을 타 왔다. 성격도 침착하고 명랑한 이산은 형, 누나 들과도 잘 어울리고 동생들에겐 든든한 의지가 되어 주었다. 산은 이영순 원장의 가장 큰 자랑거리였다.

반면에 이맥은 행동파였고 다혈질이었다. 공부보다는 노는 것에 열중했고 친구들과 작은 이견에도 싸움을 하기 일쑤였다. 단 하루도 말썽 없이 넘어간 적이 없었다. 이영순 원장은 맥이 저지른 사고를 수습하기 위해 고개를 숙이고 합의금을 물어주는 일이 부지기수였다. 누구라도 산을 건드리거나 놀리면 맥의 공격을 감수해야 했다. 두세 살 많은 동네 형들이 산에게 욕을 하다가 맥에게 얻어맞고 물어뜯긴 일도 여러 차례 발생했다.

전우민과 같은 반이 된 것은 산과 맥이 4학년 때였다. 전우민은 동담시 외곽에 위치한 만원광산은 물론, 시내에 있는 영화관과 술집 여러 개를 소유한 전상환 사장의 막내아들이었다. 전상환은 학부모 회장을 몇 년째 역임하면서 학교에 막강한 영향력을 미쳤다. 비싼 돈 들여 과외를 시키고 반장을 만들어 놨는데도 늘 2등만 하는 아들 걱정에 담임교사와 상담을 하던 유정혜는 근본도 모르는 보육원 아이 때문에 늘 1등을 뺏긴다는 사실에 격분했다. 더구나 전상환 사장은 보스코의 집 최대의 후원자였다. 보스코의 집 운영비의 상당 부분은 전 사장의 후원금에 의존하고 있던 상태였다. 우민보다 여덟 살 많은 전 사장의 장남 우균은 동담시 전체에서 소문난 망나니였고 다섯 살 위인 누나 희선 역시 그다지 두각을 나타내지는 않았기 때문에 그나마 공부를 잘하는 막내에 대한 전 사장 내외의 기대는 무척 컸다.

부모의 기대에 부응하지 못한다는 초조함을 느낀 우민이 이상행동을 하기 시작한 것은 어느 날 점심시간이었다. 짝과 앞뒤 자리 친구들이 모두 자리를 옮겨 혼자 외롭게 앉아 도시락을 먹고 있던 산에게 우민이 다가와 다짜고짜 도시락을 바닥에 팽개쳤다.

"이 더러운 고아 새끼가 어디서 더러운 도시락을 꺼내 먹어!"

"더러운 거 아냐. 엄마가 싸 주신 거야."

"엄마는 무슨, 고아 새끼가 엄마가 어딨어? 보육원 원장이 싸 준 거겠지. 애도 못 낳고 죄짓고 숨어 사는 더러운 원장 아줌마!"

"이 새끼!"

산은 맥과 달리, 그동안 누가 자신에게 어떤 욕을 해도 참아 왔다. 부모가 버린 더러운 고아도 틀린 말은 아니니까. 하지만 원장님 욕하는 건 절대로 참을 수 없었다. 죄짓고 숨어 사는 더러운 사람이라는 말은 새빨간 거짓말이었다. 소리를 지르며 벌떡 일어난 이산은 거짓말쟁이 우민의 얼굴에 주먹을 한 방 먹였다. 우민이 코를 움켜쥐고 뒤로 넘어졌다. 우민의 손 사이로 그의 거짓말처럼 새빨간 피가 주르륵 흘러내렸다.

마침 미리 도시락을 먹고 산의 반에 놀러 온 맥이 그 광경을 목격했다. 늘 우민 옆을 경호원처럼 지키던 녀석들이 산에게 덤벼들다가 달려오는 맥의 기세에 멈칫했다. 워낙 깡이 좋고 싸움을 잘해서 아이들에게 두려움의 대상이었던 맥이 산과 우민 무리 사이에 버티고 섰다. 우민은 울음을 터트렸다. 우민의 코피와 울음은 좀체 그칠 줄을 몰랐다. 우민을 졸졸 따르는 부하 하나가 쪼르르 달려가더니 담임선생님을 불러왔다.

"이게 무슨 일이야? 우민아! 괜찮아?"

우민이 울음을 멈추고 휴지로 틀어막은 코에서도 더 이상 피가 흐르지 않는 것을 확인한 선생님은 산과 맥의 뺨을 차례로 후려쳤다.

"이 나쁜 녀석들! 어디서 배워 먹은 못된 버릇이야! 부모 없는 고아라고 가엾게 여겼더니 이렇게 뒤통수를 쳐? 감히 누굴 건드려! 나쁜놈들!"

또 하나의 말썽과 또 하나의 매질로 여기고 아무렇지 않게 받아들이는 맥과 달리 이산은 얼얼한 뺨보다 선생님의 말 한마디 한마디가 더 쓰리고 아팠다. 자기가 정말 큰 잘못을 저질렀다는 생각과 함께 아무 가치 없는 더러운 존재라는 생각에 부끄러워 미칠 것 같았다. 무엇보다 혼자 몰래 엄마 같다고 생각했던 선생님이 자신을 벌레처럼 생각하고 있었다는 비밀을 알아낸 것이 감당할 수 없는 충격이었다. 발밑이 무너져 내리는 것 같았다.

"이 자식, 뭘 그렇게 빤히 쳐다봐! 니가 잘했단 말이니, 지금?"

산의 붉은 뺨을 향해 따귀가 한 대 더 날아왔다. 이산은 차라리 마구 맞아서 이 자리에서 그냥 죽어 버렸으면 좋겠다고 생각했다. 하지만 선생님의 관심은 다시 귀한 피해자인 우민에게로 옮겨갔다.

"우민이 빨리 양호실로 가자. 코뼈 다쳤으면 어떡하니? 어서 선생님이랑 같이 가자. 이맥, 넌 당장 내 교실에서 나가! 그리고 이산, 넌 칠판 앞에 가서 의자 들고 서 있어!"

이산은 늘 작고 가벼워서 불편하고 삐걱거리던 나무의자가 그렇게 무거운 것인 줄 그때 처음 알았다. 하지만 부끄러움과 억울함, 분노와 함께 어떤 알 수 없는 힘 같은 것이 솟아올라 남은 점심시간 내내 버틸 수 있었다. 팔에서 시작한 경련이 어깨를 거쳐 온몸을 바르르 떨게 만들고 손끝에 가까스로 걸려 있는 의자가 위태롭게 춤을 추고 있었지만 이산은 버텼다.

맥은 교실 밖에서 그런 산을 쳐다보며 주먹을 불끈 쥐고 눈물을 흘렸다. 자기가 혼나고 매 맞는 일이야 이골이 나서 아무렇지도 않은데, 모든 것을 다 잘해서 그저 바라보기만 해도 자랑스럽던 산이 억울하게 당하는 고통을 쳐다보기만 해야 하는 건 힘들었다. 할 수만 있다면 대신 의자를 들고 서 있고 싶었다. 복도 저 끝에서 말끔해진 우민과 함께 걸어오는 선생님의 모습이 보이자 맥은 슬그머니 창가를 벗어나 자기 교실로 돌아갔다.

교실로 돌아온 선생님은 온 힘을 다해 이를 악물고 버티고 있는 이산을 쳐다보며 '독한놈, 질린다'는 표정으로 고개를 가로 저었다.

"이산, 충분히 반성했으면 제자리로 돌아가! 다시 또 주먹 휘두르면 가만 안 둘 줄 알아!"

선생님의 말이 들리지 않는 듯 이산은 움직이지 않고 그대로 있었다.

"왜 안 들어가! 반항하는 거야?

"……충분히 반성했는지 잘 몰라서……."

"아주 쇼를 하네. 또 그럴 거야, 안 그럴 거야?"

"안 그러겠습니다."

"들어가, 그럼!"

그날 이후 고아라는 호칭은 '천벌을 받은 자'와 같은 뜻으로 사용되기 시작했다. 아이들은 하나둘 부모에게서 고아들이랑 놀지 말라는 주의를 듣기 시작했고 산과 맥을 포함한 보스코의 집 아이들을 멀리했다.

JY엔터테인먼트 전희선 대표를 만나고 아지트로 돌아온 존은 전상환 의원과 담판을 보겠다는 반협박성 압박을 통해 전희선 대표로부터 전우균을 상대로 한 조사에 대한 동의를 이끌어 냈다. 카스트라토 범행이 스텔라드롭을 겨냥하는 것에 이유가 있을 것이라는 분석 때문이었다. 전희선 대표의 요구 때문에 억지로 원치 않는 조사 자리에 불려 나온 우균은 존을 무시하며 시간만 때우려 했다.

"당신 뭐야? 한국말도 제대로 못하고 우리나라 사정도 잘 모르면서 뭘 조사하고 무슨 대책을 내놓는다는 거야?"

"내 도움 필요해서 회장님이 콜 했어. 중요한 건 이번 사건, 전우균 당신과 관계가 있느냐."

"당신? 이게 지금 한국말 못하는 척하면서 은근히 개기네. 암튼, 이 사건이 나랑 무슨 관계가 있다고, 도대체 왜 이러는 거야? 당신이나 아버지나 다들 제정신이 아니야. 지금 엉뚱한 데다 시간 낭비하고 있다고. 몰라? 이 사건 카스트라토, 세종문화회관 카스트라토 공연장에서 시작된 거?"

"그 이슈 충분히 어드레스, 그러니까 조치? 하고 있어."

"막 반말을 하네, 대놓고. 나랑 무슨 관련이 있다고, 우리 스텔라드롭 전 현직 직원들 알바생, 게다가 고객들까지 죄다 조사하고 훑었잖아. 그중엔 없다고, 범인이!"

"당신 건드린 여자들 말해 봐"

"건드리긴 뭘 건드려, 이 씨발놈이 진짜 보자 보자 하니까 막 나가네, 응?"

"오빠, 이 사람 미국 사람이야. 겨우겨우 한국말로 의사소통하고 있고. 영어로 하자고 할까?"

"알았어, 알았어. 내가 이해해야지. 대신에 나도 그냥 막 말할 테니까 뭐라 하지 마. 야, 이 미국놈아. 그동안 내 손을 거쳐 간 여자들이 얼마나 많은데 어떻게 하나하나 다 기억하냐, 응? 넌 지난 10년간 먹은 음식 메뉴 다 기억해? 기억하냐고, 이 건방진 양키놈아."

"사람과 음식, 달라. 그런데 당신도 사람하곤 다르니까. 이 이름은 생각나나? 김소은, 보스코의 집?"

"뭐? 뭐라고? 니가 어떻게……."

우균이 한동안 말을 잃고 충격에 빠진 듯 멍한 얼굴로 존을 바라봤다. 김소은이라는 이름은 어떤 공식 경찰 기록이나 사건 기록에도 나오지 않는, 오직 사건 당사자와 가까운 소수만 알고 있는 이름이었다. 그 이름을 입에 올리는 존의 정체에 의문을 보이는 우균에게 존은 킹앤리의 정보력을 과소평가하지 말라고 경고했다.

"우균, 지난번 미국에서 저지른 성범죄 우리가 해결한 거 몰라? 우린 당신이 상상할 수 없는 인텔리전스 네트워크 있어."

경고를 남기고 존이 나가자 우균은 이경덕 JY시큐리티 대표에게 전화해서 존에 대한 뒷조사를 지시했다.

존은 자신의 호텔방에서 휴대전화로 어디엔가 전화를 걸었다.

"Hello, who is it?"

"형, 해용 형."

"누구……?"

"나, 산이."

"하, 산이, 이산? 이산 너 맞아?"

"맞아요, 옛날 그 꼬맹이 쌍둥이 이산과 이맥. 그 이산."

"너, 어떻게…… 미국이야 지금?"

"한국 왔어요. 형 전화번호는…… 내 인텔리전스, 나 미국 로펌 변호사."

"맥은 만났어?"

"아니, 지금 못 만나요. 내가 지금 JY그룹 돕고 있어서. 맥은 이거 끝나고 나중에 만나야 해."

"뭐라고? 하, 산이 네가 왜 JY를 도와?"

"변호사가 의뢰인 위해 일하는 거 몰라요? 살인범, 강간범 다 변호해야 하는 게 우리 잡. 몰라요?"

"그건 아는데……."

"긴 말 못 하고요. 형이 지금 뭐 하는지 난 알고 있어. 다른 사람 모르고 나만 아니까 걱정 말고. 지금 우리 둘이 적, 에너미지만 맥은 같이 보호해야 해."

"그럼, 당연하지, of course. 그런데 왜 우리가 적이 돼야 하지, 산아?"

"형의 에너미가 우리 클라이언트니까. 해용 형이 나, 마이 로펌의 클라이언트가 되면 같은 편이고. 몰라서 그래? 그럼 또 연락할게요. 바이."

2023년 12월 30일 토요일

　세 번째 사건이 발생하고 이맥의 기지로 두 번째 피해자 주성배의 진술이 확보되면서 사건의 실체가 조금 더 명확해졌다. 범인들이 어떻게 피해 대상을 선정하고 접근하고 공격하는지에 대해 분석할 단서들 역시 꽤 많이 확보되었다. 마일영 ACAT 팀장은 프로파일링 회의를 소집했다.

　"여러분 모두 수고가 많습니다. 그동안 사건 수사에 진척이 꽤 있었는데, 우선 현장 수사에서 확보된 증거물들에 대한 국과수와 서울경찰청 다기능현장증거분석실의 분석 결과가 차례차례 나오기 시작했습니다. 먼저 법의학 감식 소견상 첫 번째와 세 번째 사건 신체 부위 절단면은 외과 수술을 한 듯 깔끔했지만 두 번째 주성배 사건의 경우는 거칠었는데…… 아마도 사건 1, 3은 피해자를 납치해서 범인들의 아지트에서 의료 기술이나 수술 경험이 있는 자가 절단을 했고, 사건 2의 경우 주성배의 집에서 수술 경험이 없거나 부족한 자가 전문가의 전화 지시를 받으면서 절단했기 때문으로 추정됩니다. 사건 1 범행 유기물에서는 범인의 것으로 추정되는 쪽지문과 터치 DNA가 발견되었고, 사건 2에서는 쪽지문이 발견되지 않은 대신 라텍스 장갑 성분과 사건 1 범인의 것과 동일한 터치 DNA가 검출되었죠. 하지만 사건 3에서는 아무것도 검출되지 않았습니다. 사건 1, 2 현장에 있던 의문의 유령 국민 용의자의 흔적이 사건 3부턴 나타나지 않고 있고요. 그리고 세 사건 유기물 신체 부위들과 주성배의 혈액 속에선 적정량의 벤조다이아제핀 성분이 검출되었습니다. 전수미 검시관, 벤조다이아제핀에 대해 설명 좀 해 주지."

"네, 팀장님. 벤조다이아제핀, BDZ는 주로 내시경 검사나 성형 등 가벼운 수술 시 수면마취를 위해 사용하는 약물입니다. 전신마취와 달리 인공호흡이 필요하지는 않지만 과다 투여될 경우 호흡을 유지하는 근육마저 마비시켜서 질식을 유발, 생명이 위험해질 수도 있습니다. 반면에 너무 적은 양이 투여될 경우 수면 유발 및 진통 효과가 감소되기 때문에 큰 고통으로 인한 쇼크 상태가 발생할 수 있습니다. 그래서 반드시 전문의가 환자의 체중과 나이, 병력 등에 따라 적정량을 투약해야 한다는 특징이 있는 약물입니다."

"고마워, 전 검시관. 다시 말해서 범인들에게는 어느 정도의 의학 지식과 기술, 경험 그리고 의약품에 대한 접근권이 있지만 전신마취와 인공호흡 등을 위한 고도의 장비와 의료진이 갖춰진 상황은 아니라고 추정할 수 있다는 거죠. 김경아 프로파일러?"

"이렇게 마취에 공을 들인 것으로만 판단하자면 범인들은 적어도 거세 전 혹은 거세하는 과정에서 피해자들을 살해할 의사는 없는 것으로 보입니다. 만약 연쇄 살인이라면 거세 이후에 마취가 풀린 뒤 찾아오는 극심한 고통과 자신의 남성성이 사라졌다는 심리적 충격을 충분히 겪게 한 후에 살해했을 것입니다."

"좋아. 만약 주성배의 경우가 예외가 아니고, 다른 피해자들 역시 살해되지 않았다면 도대체 그들은 어디에서 치료를 받고 있을까? 이렇게 온 나라가 카스트라토 사건 때문에 발칵 뒤집힌 상태에서 전혀 눈에 띄지 않고 이들을 몰래 입원 치료하는 것이 가능할까? 특히 앞으로 추가 사건이 발생한다면 그 어려움은 더욱 커질 텐데…… 이시은 프로파일러, 범행 동기 분석은?"

"네, 세 건 모두 동일범 소행이라고 간주했을 때 이들의 범행 동기는 특정 성범죄자에 대한 개인적인 원한, 복수 감정 그리고 응징만으로 봐선 안 될 듯합니다. 오히려 성범죄자 전체 혹은 성범죄에 미온적인 국가 사법체계에 대한 경고와 자의적인 정의 구현이 범인들이 공유하는 동기일 가능성이 매우 높습니다. 어쩌면 표면적으로 보이는 성범죄자 응징 이외에 별도의 특정 타깃을 향한 범죄에 대한 예측이나 대비를 못 하게 하려는 의도, 혹은 기독교나 스텔라드롭 같은 특정 종교나 기업에 대한 복수나 응징 등 여러 동기들이 복합적으로 작용하고 있을 가능성도 현 단계에서는 배제할 수 없습니다."

"보기보다 어렵고 복잡한 사건입니다. 게다가 의학적 전문성과 민첩한 행동력, 조직적인 협력체제까지 갖춘 범인들은 충분한 자금력과 아지트까지 확보하고 있는 것으로 보이고요. 그래도 대한민국 최고의 전문가들인 우리 ACAT 여러분의 노력으로 사건과 범인들의 실체 파악에 상당한 진척이 이루어졌습니다. 우선 윤의주 박사님?"

"네, 지리적 프로파일링 GIS 분석 결과, 사건 현장이 서울 시내 종로구와 용산구 남과 북을 차례로 오가면서 동쪽을 향해 나아가는 일정한 방향성을 나타내고 있다는 것이 파악되었습니다. 적절히 경찰력을 배치하면 어느 정도 검거와 예방 효과를 거둘 것으로 판단됩니다."

"고맙습니다. 그리고 한진규 경장?"

"네, 사건 현장 주변 CCTV를 정밀 분석 하던 중에 1차, 2차 및 3차 현장 모두에서 신체 부위 발견 시간 10~20분 전 유사한 오토바이, 비슷한 헬멧, 큰 차이 없는 체격, 닮은 복장을 한 배달 라이더가 택배 배달 상자 같은 걸 들고 들어갔다가 채 1분도 안 돼서 그대로 들고 나오는 장면을 찾아냈습니다."

"그건 적어도 두 명의 공범이 매우 유기적으로 역할을 분담해서 범행하고 있다는 정황으로 볼 수 있죠? 그리고 그 여성?"

"네, 1, 2차 사건 현장을 촬영한 인왕서와 용산서 과학수사팀의 채증 영상 속 목격자들 중에서 동일인으로 보이는 키가 아주 작은 여성의 모습을 발견했습니다. 짧은 커트 머리, 목에 문신이 있으며 운동복 복장을 한 30대 정도로 추정됩니다. 그 여성은 두 번째 동자동 현장에서 현수경 경장에게 시비조로 대응하던 여성으로 확인되었습니다. 그런데 두 곳 현장 경찰에게 밝힌 이름과 주소, 전화번호 등 인적 사항 모두 존재하지 않는 가짜로 드러났습니다. 지문도 주민등록시스템에 기록되어 있지 않았습니다. 아마도 외국인이거나 우리 국민인데 주민등록을 하지 않고 살아가는 소위 유령 국민이라고 추정됩니다."

"좋아, 수고했어. 용의자가 누구인지는 아직 모르지만 어떤 특성을 가진 자들인지는 윤곽이 드러나고 있습니다. 그리고 첫 사건을 제외하고 모두 스텔라드롭 체인점 여자화장실을 선택한 것이 우연인지 고의적인 메시지인지는 불명확하고요. 첫 사건에 담긴 종교적 의미는 아직 다시 나타나지 않고 있습니다. 자, 마지막으로 서마리 주무관이 아주 중요한 단서가 될 수도 있는 발견을 했다는데, 모두 서 주무관에게 집중!"

"자, 지금부터 제가 112 신고 녹음 내용을 틀어 드릴 겁니다. 모두 잘 들어 보세요. 신고자와 112 신고 접수 요원 간 대화 말고 그 배경에 있는 말소리."

"뭐야, 웅성거리는 소리밖에 안 들리는데?"

"시각에 장애가 없는 비장애인들은 정보 획득을 주로 시각에 의존하기 때문에 소리 정보에 둔감하죠. 게다가 그렇게 둔감해진 청각을 미리 주의를 기울인 대상자의 언어 내용과 의미에 집중하다 보니 그 외의 소리 정보에 대해서는 어리석을 정도로 무관심합니다."

"그래서 서마리 주무관이 ACAT에 필요한 것 아닙니까?"

"네, 그렇죠. 여러분을 위해서 신고자와 112 신고 접수 경찰의 음성을 삭제하고 다시 들려 드릴게요, 잘 들어 보세요."

"아, 들린다, 들려!"

심희용 경사가 마치 산삼을 발견한 심마니처럼 소리를 질렀다.

"안타깝네…… 아닌가요?"

"잘했어요, 심 경사님. 자 다시 들려 드릴 테니까 다른 분들은 어떤 말로 들리는지 잘 들어 보세요."

"들린다! 이거 여자 목소리 같은데? 안타깔게, 안타깔게!"

"아냐, 안타깝게!"

"아냐, 난 안테나 같은데? 안테나 높게!"

"자, 주변 소음 다 제거하고 여러분이 포착한 음성 부분만 증폭해서 다시 한번 들어 볼까요?

서미라 주무관이 능숙하게 앰프 콘솔을 조작했다.

"아테나로 갈게!"

모두가 한목소리로 합창을 했다. 마일영 팀장이 정리했다.

"자, 여러분도 서마리 주무관의 지도 덕에 시각 정보의 홍수 속에 가려져 있던 청각 정보를 포착했습니다. 물론 아직은 추정과 단서 단계이지만,

다들 놀라고 당황하는 가운데 긴박한 112 신고를 하는 상황에서 누군가 침착하게 어디로 간다는 이야기를, 아마도 전화 통화로 추정되는 걸 한다는 것. 통상적이진 않죠? 파악해 볼 필요가 있다고 생각하는데 모두 동의합니까?"

모두 고개를 끄덕였다. 이제 ACAT의 모든 역량은 아테나 찾기로 집중되었다. 인터넷과 SNS는 물론 경찰 기록과 행정 전산망 등 활용 가능한 모든 데이터베이스를 샅샅이 뒤져 아테나라는 명칭 혹은 아테나가 포함된 이름을 가진 모든 상업 시설과 공공기관, 건물 등을 찾았다. 그 후 관련성과 위치 등을 중심으로 우선 순위를 정해 하나씩 점검해 나가기 시작했다.

2023년 12월 31일 일요일

　다른 집이나 건물 등 사람의 흔적이 전혀 보이지 않는 한적한 외딴 산자락 아래. 외벽 페인트가 여기저기 떨어져 낡고 흉측해 보이는 흰색 5층 건물과 그보다 작은 부속 건물 몇 개가 자리 잡고 있었다. 세월의 흔적과 관리 부실의 결과인 듯 옥상과 건물 주변엔 부서진 의자 등 가구 쓰레기들이 널브러져 있었다. 넓은 부지는 우중충한 회색 담장으로 둘러쳐져 있어 흡사 교도소를 연상케 했다.

　녹슬었지만 여전히 굳게 외부인을 차단하고 있는 철문 우측 상단에 겨우 붙어 있는 작고 낡은 양철 문패에 '경기도 동담시 북산 산1번지'라는 주소가 적혀 있었다. 문틈을 통해 보이는 앞마당은 잡초로 뒤덮여 오랫동안 버려진 흉가 같은 모습이었고 5층짜리 본관 건물 현관은 쇠사슬로 칭칭 감겨 있었다. 현관 위쪽, 색이 바래고 군데군데 떨어져 나간 간판에 남은 글자 들이 이 건물의 옛 이름이 '동담요양병원'이었음을 알려 주고 있었다. 겉으로 봐선 쥐나 뱀 등 어디서도 환영받지 못하는 짐승이나 벌레가 집단 서식지로 삼고 있을 듯한 폐허로 보이는 이 시설의 뒤편은 사뭇 분위기가 달랐다.

　담벼락을 타고 돌아가는 좁은 비포장도로를 따라가면 나타나는 공터에는 업무용으로 쓰이는 듯한 낡은 트럭 한 대와 승합차 한 대, 그리고 승용차 한 대가 나란히 주차되어 있다. 트럭에 가려 보이지 않는 작은 철문이 회색 담벼락에 붙어 있고 철문 안 뒷마당은 매우 관리가 잘된 잔디밭과 정원이 있었다. 정원 너머엔 철봉과 다양한 장애물이 설치된, 흡사 군부대 연병장 같은 운동장이 있었다. 정원의 한쪽 끝은 본관 건물 뒤편에 위치한 3층짜리 부속건물 입구로 연결되었다. 현관문에는 CCTV 카메라와 디지털 도어록이 설치되어 있었고 우측 상단에 '아테나센터'라는 작은 문패가 달려 있었다. 건물 안에서 사람 목소리가 들렸다.

　"큰일 날 뻔했어. 미스터 C 연락받고 동자동 현장에서 바로 빠져나왔기에 망정이지."

　"어차피 꼬리가 길면 밟힌다고, 세 번째부턴 현장에 남아 있지 않으려 했어요."

　"계속 이야기 나누시고, 미안하지만 난 그만 돌아가 봐야겠어요. 진료예약 밀려 있고 너무 오래 자리 비우면 의심받아."

　마지막 목소리의 주인공은 약 한 시간 반 뒤 강남구 압구정동의 성형외과 밀집 거리에 위치한 한 건물 주차장에 차를 세웠다. 그러곤 엘리베이터에 올라 주은성형외과가 있는 7층 버튼을 눌렀다. 유리문이 열리자 화려한 입구 접수대에 앉아 있던 두 명의 여직원이 환한 미소로 응대했다.

　"원장님, 예약 환자분 대기하고 계십니다."

　"미안, 내가 좀 늦었죠? 늦으면 부원장한테 안내하라니까."

　"원장님한테만 진료받겠다고…… 아무리 늦어도 기다리겠다고 해서요."

"알았어요."

남성 권익 향상 단체들과 커뮤니티, 이들과 궤를 같이 하는 SNS 인플루언서 및 정치인들이 카스트라토와 그 배후 세력이라고 의심하는 강성 페미니스트 단체와 활동가들에 대한 비난 목소리를 높이기 시작했다. 가장 선두에 선 것은 신생 단체인 남성권리수호총연맹(남권총)이었다. 그러자 남권총에 대응해 급조된 것으로 보이는 여성권익쟁취전국투쟁본부(여전투)가 전면에 나섰다. 온라인은 남녀가 반으로 갈려 젠더 갈등, 아니 전쟁이 벌어졌다. 전쟁은 온라인에만 머물지 않았다. 짧은 머리와 화장기 없는 얼굴, 바지와 운동화 등 중성적인 용모와 복장이 여전투 성향 페미니스트의 특징이라는 남권총 소속 인플루언서들의 주장이 이어진 이후 마녀사냥식 여성 혐오 테러 사건이 줄을 이었다. 심야 시간 편의점에서 혼자 근무하던 짧은 머리 여성이 남자 손님에게 폭행을 당한 사건이 언론에 보도되고 나서 그 장면이 고스란히 담긴 CCTV 영상이 온라인에 유포된 사건이 대표적이었다.

방송국도 기회를 놓치지 않았다. TV 뉴스와 토론 프로그램은 온통 남녀의 목소리를 대표하는 논객들의 싸움장으로 변했다. 대부분의 정치인과 정당은 어느 한쪽의 표를 잃을까 두려워 출연 요청을 거부하고 평소 온갖 홍보 글과 게시물을 올려 대던 그들의 SNS 계정도 침묵을 지켰다. 다만 일부 남성 정치인들은 남권총을, 일부 여성 정치인들은 여전투를 지지하면서 각자의 지지 세력의 요구에 부응했다. 범죄 심리학자 이중도 교수 역시 남권총 편에 서서 카스트라토와 딥소 사이트를 맹비난했다. 양비론(兩非論) 혹은 양시론(兩是論)을 내세우면서 양측의 중재 내지 타협의 목소리를 내는 정치인들은 비겁한 회색분자로 낙인찍힌 채 양측 모두로부터 날아오는 비난의 화살을 맞고 가루가 되었다. 오직 서예정 의원만 빗발치는 비난에도 아랑곳하지 않고 방송 출연과 토론회 참석 및 SNS 활동 등을 계속하며 '불필요하고 소모적인 젠더 갈등에서 벗어나 사건 해결과 성범죄 대책 마련을 위해 힘을 모으자'고 줄기차게 목소리를 높였다. 서 의원의 발언 중에는 '사건마다 등장하는 스텔라드롭은 언론이나 방송 어디에서도 볼 수 없다, 재벌 권력 금권이 사건의 진실을 감추고 여론을 호도하는 것 아니냐'는 외침도 있었지만 별 호응 없이 지나갔다.

스텔라드롭 문제를 지적하는 서예정 의원의 주장에 언론과 여론은 무관심했지만 주목하는 이들이 있었다. 바로 스텔라드롭 운영사인 JY그룹이었다. 보유 주식을 모두 아내에게 양도하고 경영에도 일절 관여하지 않는다던 전상환이 주도하는 비밀회의가 JY그룹 소유의 별장에서 열렸다. 참석자는 전 의원과 전희선 JY엔터테인먼트 대표, 전우균 JY F&B 대표, 전우민 JY건설 대표, 이경덕 JY시큐리티 대표, 한국계 미국인 변호사 존 존스였다. 그리고 의외의 인물들도 있었다. 전 의원이 검사장, 경무관이라고 부르는 두 명의 중년 남성과 박제순 서울리안 대표, 고일민 목사, 이중도 교수였다. 참석자들은 모두 전상환에게 극진한 예를 갖춰 인사를 했고, 전상환은 각자에게 알은체를 하며 덕담을 건네고는 회의 진행을 전희선에게 맡기고 국회 일정을 내세우며 자리를 떴다. 전 대표는 참석자들에게 짧은 감사 인사를 하고 카스트라토 사건 해결을 위해 그룹 차원의 지원을 아끼지 않겠다고 말하며 수사팀이나 언론에서 결코 스텔라드롭이 언급되지 않도록 해 달라고 거듭 당부했다. 1차 회의가 끝나고 외부인들이 돌아간 뒤 전 씨 일가 3남매와 이경덕 JY시큐리티 대표, 그리고 존까지 다섯 명이 긴밀한 실무회의를 시작했다.

"아, 정말 자존심 상해서 이거 원. 야, 내가 장남이고 오빠인데 왜 희선이 니가 늘 대빵 역할을 하는 거야. 이거 하극상 아냐?"

"오빠, 몰라서 물어? 누군 하고 싶어서 이러냐? 상남이 상남답게 제대로 성실히 일했으면 회장님이 알아서 믿고 맡길 거 아냐? 어릴 때부터 사고만 치고, 늘 아버지나 내가 뒷수습 다 하고, 막내까지 피해 입히고."

"형, 누나, 맨날 똑같은 얘기 답도 없이 빙빙 돌게 뻔한데, 둘 다 그만하고. 우리 다 바쁜 사람들인데 본론만 빨리 짚고 일어섭시다. 예?"

"아이고, 이젠 막내까지 날 가르치려 하네. 그래 맘대로들 해라. 나야 희선이 니 말대로 이왕 찍힌 몸, 그대들이 기대하는 대로 놀고 즐기고 인생 만끽하련다."

"우민이 말이 맞네. 바로 본론으로 들어갑시다."

"아니, 근데 우리 카페 화장실에서 한두 번 사건이 생겼다고 이렇게 대책 회의까지 하는 거, 오버 아냐? 우리하곤 아무 상관 없는 일이라고."

"JY그룹 식음료 사업 대표 브랜드 스텔라드롭. 대표 전우균. 대한민국이 다 아는 망나니 재벌 2세. 누가 어떤 원한을 가지고 해코지할지 가늠조차 할 수 없는, 사방에 적을 깔아 두고 사는 캐릭터. 이래도 아무 상관 없는 일이라고 할 수 있어?"

"야야, 내가 그 정도는 아니지. 그리고 옛날에나 사고 좀 쳤지, 이제 나이도 들고 그럴 힘도 없다. 오버하지 말자."

"나, 회장님, 그리고 우리 모두 오빠 말 믿고 싶고, 우리완 전혀 상관없는 사건이길 바라지. 하지만 혹시 만에 하나라는 게 있으니까 대비를 하자는 거 아냐. 우리와 아무 상관 없어도 우리 가게 화장실에서, 우리 로고 박힌 음료수 용기가 사용됐다는 걸 괜히 걸고넘어지면서 가짜뉴스 만들어 유포할 가능성도 높고. 지금 미리 대처하지 않으면 나중에 고발하고 소송하고 해 봐야 이미 엎질러진 물이야. 알잖아?"

"자자, 형도 다 알고 있고 한번 그냥 짚어 본 걸 테니까, 더 이상 시간 끌지 말고 바로 본론으로 들어가자고. 여기 외부 전문가도 계시니까 집안 망신은 이제 그만하고. 존이라고 했죠? 이제부터 뭘 어떻게 해야 하나요?"

존은 카스트라토 사건 대책으로 양동작전을 제안했다. 우선 그룹 이익 보호를 위한 여론 관리 차원에서 지금 같은 소극적인 태도보다는 적극적이고 공격적으로 대응하길 주문했다. 특히 스텔라드롭을 사건과 연관 지어 말하고 다니는 서예정 의원을 공격해 밟아 버림으로써 본을 보이고, 첫 사건과 관련 있는 고일민 목사와 기독교가 카스트라토의 진정한 공격 대상인 것처럼 여론을 몰아가야 스텔라드롭이나 JY그룹의 이익이 철저히 보호된다는 계산이었다. 비록 오늘 회의에 참석한 고일민 목사가 전상환 회장이 오래전부터 발굴해 키워 온 각계 JY 장학생 중 한 명이고 대표적인 종교계 우호 세력이라서 버리기는 아까운 카드지만, 지금 이 상황에서 회사 이익을 지키기 위해서 필요한 희생이라고 강조했다. 킹앤리의 전략 전술 원칙에 입각한 결정이고 전 회장이 신뢰하고 선호하는 일 처리 방식이기도 하다는 설명을 덧붙였다. 희선은 고개를 끄덕였다.

존은 이어서 경찰 수사와 검찰의 영장 청구 관련 정보를 최대한 확보하고 우수한 작전팀을 꾸려서 한발 앞서 사건과 범인의 실체를 알아내야 혹시 모를 위험을 방지하거나 손실을 줄일 수 있다고 설명했다. 범인이 수사기관에 먼저 검거된 후 JY그룹에 대한 불만이나 원한이 동기라고 말하고 그 내용이 언론에 공개되면 그룹 이미지에 큰 타격이 불가피하기 때문이었다.

희선은 존의 세련되고 전문적이며 탁월한 전략적 사고에 감탄하면서 동의했다. 작전팀은 일단 JY시큐리티에서 준비하기로 하고, 추후 적의 특성과 능력 등이 확인된 뒤 만약 필요하다면 존이 추가로 외국 전문 용병들로 구성된 비밀 작전팀을 별도로 꾸려서 2원적인 운영을 하기로 했다. 막대한 비용이 소요될 것이 분명했지만 전희선 대표는 비용 걱정은 하지 말라고 장담했다. 아무리 많은 비용이 들더라도 카스트라토 사건의 불똥이 잘못 될 경우 발생할 손실에 비하면 턱없이 작은 규모일 것이라는 것이 JY그룹 경영진, 전 씨 일가의 판단이었다.

Case No.4

남산도서관

2023년 12월 31일 일요일

한겨울 찬바람이 매서운 세밑 자정 무렵. 간간히 나타나는 가로등의 희미한 불빛이 닿는 곳 말고는 깜깜하고 인적 하나 없는 길을 한 남성이 전화통화를 하며 걸어가고 있었다. 술에 취했는지 발걸음은 갈지자를 그리며 휘청거렸고 목소리는 크고 발음은 꼬였다.

"야, 이 새끼야. 너 지금 나 겁 주냐, 어? 그게 아님 새꺄, 지금 망년회 하면서 술 잘 처먹고 왜 그런 얘길 해, 인마. 딥손지 좆손지는 씨발, 개나 주라고 해. 그런 거 서울 같은 도시 얘기지 이 촌구석은 상관없어 개새끼야. 헛소리 그만하고 끊어!"

경기 북부에서 강원도로 넘어가는 곳에 위치한 스키장 마을 강활시에서 스키 렌털숍을 운영하며 무자격 스키 강사 일도 하는 27세 김두철은 성범죄자들은 물론 성범죄 혐의를 받는 사람들이 앞다퉈 경찰서로 달려가 죄를 자백하고 자신을 체포해 달라고 한다는 뉴스를 접하곤 코웃음을 쳤다. 배짱이 없는 놈들이라며 그들을 비웃었다. 두철은 이미 중학교 시절부터 동네 여자 아이들에게 성적인 장난을 치며 자랐고 고등학생이 되면서 성폭행까지 여러 차례 저질렀지만 문제가 불거지면 늘 돈 많은 지역 유지인 아버지가 해결해 줬다. 성범죄가 친고죄였던 그 시절에는 피해자 혹은 피해자 부모와 합의만 하면 수사도, 기소도, 재판도, 처벌도 받지 않았다. 두철 같은 인간들에겐 천국 같은 대한민국이었다.

성폭력특별법이 제정되고 더 이상 성범죄가 친고죄가 아니라는 뉴스가 쏟아져 나오고 두철의 부모가 이젠 정말 큰일 난다, 돈으로 해결 못 한다며 신신당부해서 전보다 조심하긴 했지만, 제 버릇 개 못 주듯 신고하지 않을 안전한 대상을 찾는 수고로움을 더할 뿐 두철의 성범죄 행각은 멈추지 않았다. 며칠 전에도 오랫동안 용돈을 주고 과자와 떡볶이를 사 주며 친분을 쌓은 동네 초등학생을 자신의 차량으로 유인해 성폭행했고 별문제 없이 넘어갔다고 생각하던 중이었다.

아이는 스키장 식당 주방에서 일하느라 손녀 돌볼 시간이 없는 할머니와 둘이 살고 있었다. 성폭행 당시 싫다고, 하지 말아 달라고 애원하긴 했지만 소리를 지르지도 않았고 큰 저항도 없었다. 헤어질 때 5만 원짜리 지폐 두 장을 쥐어 줬더니 고맙다며 인사를 꾸벅하기까지 했다. 그래도 하루 종일 카스트라토 관련 뉴스와 영상이 올라오고 친구놈들이 두철이 니가 다음 대상이 될 수 있다며 농담 반 진담 반의 글을 단톡방에 올리면서 낄낄거리자 신경이 쓰이기 시작했다. 친구들과 술을 마신 뒤 헤어져 어두운 밤길을 혼자 걸을 때, 차를 주차하고 내릴 때, 갑자기 새가 날거나 고양이가 지나갈 때 머리카락이 쭈뼛 서고 온몸에 소름이 쫙 돋는 기분 나쁜 상황들이 점점 더 잦아졌다.

오늘도 송구영신, 한 해를 그냥 보내면 안 된다며 모인 친구들과 이른 저녁부터 술을 퍼마시다가 자정이 다 된 시각, 귀가하는 길에 친구의 전화를 받았는데 딥소 사이트에 자신의 이름과 신상 정보, 며칠 전 초등학생을

성폭행한 혐의 사실이 올라왔다는 이야기를 듣자 기분이 나빠져서 괜히 겁
주지 말라며 욕을 퍼부었다. 전화를 끊은 두철의 눈에 길 건너편에 낡은 승
합차 한 대가 서 있는 게 보였다. 왠지 신경이 쓰였지만 불길한 기분으로부
터 벗어나기 위해 애써 무시하고 발걸음을 재촉했다. 그런데 갑자기 앞쪽에
서 긴 머리에 세련된 복장을 한 키 크고 날렵한 체격의 여자가 나타났다.

"아, 씨발 깜짝이야. 왜 갑자기 사람 앞에 나타나고 지랄이야. 계집애가
재수 없이, 씨발."

"김두철?"

"너, 누구야? 어떻게 내 이름을, 아악!"

말을 채 마치기도 전에 두철은 명치를 한 대 얻어맞고 허리가 앞으로 꺾
이며 고꾸라졌다. 곧이어 목 뒤쪽이 뾰족한 무엇에 찔린 듯 따끔했다. 숨이
막혀 죽을 듯한 고통을 견디려 애쓰다 정신을 잃고 쓰러지는 두철의 뒤로,
짧은 머리에 단단한 체격의 여성이 주사기를 든 채 서 있었다. 건너편에 있
던 승합차에서 내린 거구의 남성이 의식을 잃은 두철을 들쳐 매고 열린 승
합차 뒷문 안으로 던져 넣었다. 운전석에 있는 작은 체구의 중년 여성은 사
람들이 모두 타자마자 승합차를 출발시켰다. 오가는 사람도 없고 CCTV도
설치되지 않은 한적한 길에서 순식간에 벌어진 일이었다.

새해 첫날 아침, 두철의 부모는 지난 밤 귀가하지 않고 연락도 없는 아
들의 행방을 수소문했다. 함께 어울려 다니며 술을 마시고 온갖 나쁜 짓을
하고 다니던 단짝 친구들은 지난 밤 망년회가 끝나고 헤어졌다고 했다. 서
울에 일이 있어 술자리에 빠졌던 친구는 술자리가 파한 뒤 귀가 중이던 두
철과 전화 통화를 했지만 특별한 문제는 없었다고 했다. 분명히 두철은 집
에 가는 중이었고 거의 다 와 간다고 했다는 것이다. 두철의 부모는 아들의
안위가 걱정이 되었다. 그동안 숱하게 연락을 끊고 며칠 동안 유흥업소에

처박히거나 여자를 데리고 여행을 가는 등 문란한 생활을 해 온 아들이었지만, 이번만큼은 상황이 달랐다. 성범죄자들을 살해하는 카스트라토가 설치고 다닌다는 흉흉한 소문이 돌고 있기 때문이었다. 연락이 두절된 채 흔적 없이 사라진 두철을 찾아 헤매던 가족과 친구들은 혹시 몰라 경찰에 신고했다.

2024년 1월 2일 화요일

군데군데 보이는 거미줄과 곰팡이가 을씨년스러운 분위기를 한껏 풍기는 실내 공간 한쪽, 환자용 철제 침대 위에 한 남자가 누워 있었다. 그의 팔과 다리는 침대 난간에 묶여 있고 얼굴에는 포대가 덮여 있었다. 남자는 두려움과 불편함이 섞인 소극적인 몸부림을 쳐 봤지만 결박에서 벗어날 수는 없었다. 병상 주위에는 수액 걸이와 병원용 철제 트레이가 있었고 트레이에는 메스와 포셉, 클램프, 클립, 거즈와 라텍스 장갑, 약솜, 소독약 등 수술 도구들이 구비되어 있었다. 침대를 향해 밝은 조명이 비추고 있었고 비디오 카메라 등 촬영장비도 구비되어 있었다. 의료 현장인지 아니면 영화 촬영 현장인지 구분하기 어려운 모습이었다. 남자의 발 쪽에서 낮게 깐 목소리가 들렸다.

"김두철, 할 말 있나?"

"누, 누구세요? 왜 나를……."

"그런 말 말고 꼭 할 말 있으면 지금이 마지막 기회다."

"살려 주세요…… 제발 살려 주세요."

"왜 널 살려 줘야 하지?"

"잘못했습니다. 정말 잘못했습니다. 다신 안 그럴게요."

"뭘 잘못했는데?"

"제가 잘못한 게 워낙 많아서…… 그런데 누구세요? 혹시 장난치는 거아냐, 철수? 민재? 장난 그만 쳐, 진짜. 씨발."

목소리가 고갯짓을 했다. 그러자 조명 뒤에 있던 검은색 복면을 쓰고 온통 검은색 옷을 입은 사람이 앞으로 나와 두철의 얼굴에서 포대를 벗겼다.

"아, 눈부셔…… 누구세요, 진짜? 살려 주세요, 제발."

"네놈한테 짓밟힌 피해자들의 고통과 두려움을 조금이라도 실감하겠나?"

"아, 카스트…… 그분인가요? 제발 거세만은 하지 마세요. 제발, 제발, 살려 주세요. 다신 안 그럴게요. 다른 건 뭐든 시키는 거 다 할게요."

"지금 네 모습은 촬영되고 있다. 카메라 앞에서 네가 저지른 죄, 하나도 빠짐없이 있는 그대로 구체적으로 다 자백한다. 자, 시작."

"아, 뭐야, 씨발. 안 돼, 안 된다고. 제발, 거세만은 안 돼. 제발, 살려 주세요. 잘못했어요. 죄송합니다. 이제부터 착하게 살게요. 절대로 여자들한테 나쁜 짓 안 하고, 정말 반성합니다. 정말 진짜로 깊이 반성합니다. 다신 안 그럴게요. 엄마, 아빠, 아 제발, 나 좀 살려 주세요. 구해 줘요. 제발, 제발……."

아무런 반응이 없는 차갑고 무거운 방 안 분위기를 감지한 두철은 자신이 기억하는 모든 성범죄 행위에 대해 자세하게 진술했다. 김두철의 자백이 어느 정도 확보되었다고 생각했는지, 예의 목소리가 누군가를 향해 손짓했다. 그 손짓에 흰색 가운을 입고 흰색 복면을 쓴 세 사람이 조명 뒤에서 나와 두철이 누워 있는 침상으로 다가갔다. 수술용 라텍스 장갑을 착용하는 소리에 두철의 공포는 극에 달했고 목이 터져라 비명을 질렀지만 복면을 쓴 사람들은 전혀 개의치 않았다. 아무리 크게 비명을 질러 봐야 외부에서 듣고 달려오거나 신고할 사람이 없다는 것을 뜻했다. 흰 복면 중 하나가 들어 올린 메스에 조명 빛이 반사되어 번쩍였다.

2024년 1월 8일 월요일

1월 5일 금요일 밤 10시, 찢어질 듯한 비명 소리가 폐관 직전 남산도서관의 적막을 갈랐다. 여자화장실 세면대 위에 놓인 스텔라드롭 음료수 용기에 담긴 남성의 성기와 고환은 국과수 DNA 분석 결과 김두철의 것으로 확인되었다.

사흘 후 월요일, 국회 행안위는 다시 상임위원회를 열어 카스트라토 사건 질의를 하기로 했고 서예정 의원은 사건을 가장 잘 아는 수사 실무자를 참고인으로 출석하게 해 달라고 요청했다. 여야 간사가 동의하자 전상환 위원장도 받아들였다. 국회의 요구를 받은 노병조 수사본부장은 이맥에게 국회 출석을 지시했다. 비서가 들고 온 출석 참고인 명단을 확인한 서 의원은 묘한 미소를 지었다.

"의원님 미소가 심상치 않은데요? 혹시 아는 분이에요?"

"응, 이런 우연도 있네."

"누군데요, 옛 남자 친구?"

"그럼 얼마나 좋겠니? 남자고 친군데 남자 친구는 아니고."

"아, 남사친?"

"초등학교 동창. 아주 묘한 매력이 있던 친구. 친하고 좋아했는데 초등학교 졸업 후엔 못 만났어."

"그런데 이름만 보고 바로 아세요? 혹시 동명이인이면."

"이름이 특이하잖아, 이맥. 그리고 싸움을 엄청 잘하고 의협심도 남달랐던 친구야. 원래 고안데 경찰을 형이라고 부르면서 함께 살고 있었고 그 형을 존경해서 경찰이 꿈이라고 했었거든."

"와, 그렇게 자세하게 기억하고 계시다니. 의원님 이 형사분 엄청 좋아했었나 봐요."

"그런데 정말 동명이인이면 어떡하지, 양 비서? 그럼 엄청 실망하게 될 텐데."

"제가 한번 알아볼까요? 경찰청 인사과에 물어보면 어느 초등학교 출신인지 정도는 알아볼 수 있을 텐데요."

"아냐, 아냐. 그런 사적인 목적으로 공권력을 남용하면 안 되지. 알아보지 마. 그냥 둬, 알았지?"

"넵, 알겠습니다. 역시 우리 의원님은 철저하십니다. 최고!"

국회 행안위 회의가 열렸고 행안부 장관과 경찰청장은 물론 오늘 상정된 심의 대상 법률 소관 부처 장관 등 정부 요인들과 그들을 보좌하는 공무원들이 자리를 가득 메웠다. 전상환 위원장이 마이크를 잡았다.

"자, 이제 현안 질의를 시작하겠습니다. 현안 질의는 답변 시간까지 포함해서 각 의원별로 7분씩 주어집니다. 시간이 지나면 마이크가 자동으로 꺼지니까 의원님들께서는 가급적 시간을 지켜 주시기 바랍니다. 특히 오늘 회의는 국회방송으로 생중계되고 있고 수많은 언론 방송 매체에서 보도하고 있다는 점 다시 한번 상기시켜 드리겠습니다. 그럼 순서에 따라 우리한

국당 김숭일 의원부터 질의해 주세요."

김숭일 의원은 보좌진이 써 준 것으로 보이는 질의문을 들고 읽어 내려 갔다.

"네, 애국과 충절의 도시 강활시 출신 우리한국당 김숭일 의원입니다. 지금 정체모를 연쇄 살인마 카스트라토의 준동으로 우리 강활 시민들은 물론 전 국민이 불안해하고 있습니다. 성범죄에 대해서는 엄정한 처벌이 이루어져야 합니다. 하지만 그렇다고 해서 아무나 자기 멋대로 길 가는 시민 공격하고 거세하고, 살인하는 무법천지를 방치해선 안 됩니다. 행안부 장관에게 묻겠습니다. 책임자로서 국민께 사과할 의사 없습니까?"

"아, 네. 존경하는 의원님 지적 겸허히 받아들이고 국민 안전을 위해 더욱 열심히 노력하겠습니다. 다만 치안 문제는 경찰청장이 책임자니까 경찰청장에게……."

김숭일 의원이 기다렸다는 듯 소리를 질렀다

"행안부 장관, 그걸 지금 말이라고 합니까? 우리 국민, 특히 최근에 사건이 발생한 우리 지역구 강활시 유권자들이 보고 있습니다. 잘못했으니까 사과하라는데 사과는 안 하고 책임 전가만 합니까? 그럴 거면 사퇴하세요!"

"아니, 의원님, 그게 아니고,"

"그게 아니긴 뭐가 아니에요. 능력도 없고 책임도 안 질 거면 사퇴하라니까. 다른 소리 말고 사퇴하세요!"

궁지에 몰린 행안부 장관이 테이블 아래에서 옆자리 경찰청장의 옆구리를 쿡 찔렀다. 움찔하면서 행안부 장관을 쳐다봤던 경찰청장은 장관의 눈짓을 보고야 그 의미를 알아차리고 자기 자리 마이크의 버튼을 눌렀다. 마이크가 켜졌다는 신호로 빨간 불이 들어왔다.

"의원님, 경찰청장이 말씀드려도 되겠습니까?"

김 의원이 불같이 화를 냈다.

"어디서 감히 의원이 부르지도 않았는데 마이크를 켜고 말을 해, 경찰청장도 사퇴하세요! 지금 국민의 대표인 국회의원을 무시하는 겁니까? 그건 국민을 무시하는 거예요. 둘 다 당장 사퇴하세요!"

건너편에 앉아 있는 다른 당 의원들은 대놓고 웃음을 터트렸고 김 의원 옆에 앉아 있는 몇몇 우리한국당 동료 의원들은 웃음을 참기 위해 무진 애를 썼지만 다른 동료 의원들은 김 의원과 같은 마음인지 얼굴이 분노로 벌겋게 달아올랐다. 뒷자리에 있던 보좌진들과 배석 공무원들, 시민단체 의정 감시원들 그리고 기자들 역시 웃음을 보이지 않기 위해 고개를 숙이고 손으로 얼굴을 가리느라 고생하고 있었다. 김숭일 의원이 의장석을 향해 몸을 돌렸다.

"의장님, 왜 가만히 계십니까? 장관과 청장이 본 의원을 대놓고 무시하고 일부 의원과 보좌진, 배석 공무원들이 키득거리면서 본 의원의 질의를 방해하고 있습니다. 경고 좀 해 주세요!"

"모두 질의가 원활하게 진행될 수 있도록 협조해 주시기 바랍니다. 지금 회의 장면은 국회방송을 통해 생중계되고 있고 국민들께서 지켜보고 계십니다. 정숙을 유지해 주시고 현안 질의가 원활하게 이루어질 수 있도록 협조해 주시기 바랍니다. 김숭일 의원, 질의 계속하세요. 시간이 얼마 남지 않았습니다."

"알겠습니다. 경찰청장에게 묻겠습니다. 어떡할 거예요?"

"……."

"대답 안 해요? 지금 본 의원 무시하는 겁니까?"

"아닙니다, 의원님. 어떻게 답변해야 할지 몰라 생각하는 중이었습니다."

"아니, 경찰청장이, 온 국민을 불안에 떨게 하고 있는 카스트라토 사건 대책에 대해 미리 준비도 안 하고 지금 생각한다고요? 자격이 없어요. 당장 사퇴하세요!"

장내는 웃음을 참느라 전력을 다하는 사람들과 김 의원과 분노를 공유하는 동료 의원들, 궁지에 몰린 행안부 장관과 경찰청장 그리고 이후 후폭풍을 두려워하는 배석 공무원들 이렇게 세 가지 표정으로 극명하게 갈렸다. 곧이어 한 명이 웃음 참기에 실패해 울음소리인지 웃음소리인지 모를 괴성이 흘러나왔고 순식간에 전염병처럼 웃음이 퍼져 나갔다. 전상환 위원장이 방망이를 두들겨 댔다.

"질서, 질서, 장내 질서 유지하세요. 지금부터 웃는 사람 다 퇴장 조치 하겠습니다. 경위들, 지금부터 웃는 사람 다 퇴장시키세요!"

제복을 입은 국회 경위들이 천천히 앞으로 나서자 하나둘 눈물을 닦고 가슴을 쓰다듬으며 숨을 고르기 시작했고 곧이어 웃음이 멈추고 장내가 다시 조용해졌다. 위원장이 다음 질의 순서인 착한당 서예정 의원에게 질의권을 넘겼다.

"착한당 서예정 의원입니다. 먼저 이 회의를 보고 계실 국민 여러분, 그리고 일선 현장에서 우리 국민의 안전을 위해 불철주야 노고가 많은 경찰 여러분, 바쁜 와중에도 이 자리에 기관 증인 혹은 참고인이나 배석자로 나와 있는 공무원 여러분께 국회 행안위 위원의 한 사람으로서 국민 기대에 부합하지 않는 회의 모습에 대해 정중히 사과드리겠습니다. 그럼 질의 시작하겠습니다. 오늘 카스트라토 사건 현장 수사 경찰이 참고인으로 출석한 것으로 아는데 어디 계신가요?"

잠시 후 배석 공무원석 저 뒤쪽에서 누군가 손을 번쩍 들었다. 그를 발견한 서 의원이 말을 이었다.

"네, 원활한 진행을 위해 앞 단상으로 좀 나와 주시겠습니까?"

짧고 단호한 대답을 한 뒤 그가 단상으로 나와 마이크 앞에 섰다. 그를 바라보는 서예정 의원의 얼굴에는 호감이 가득 담겼다.

"한창 사건 수사를 해야 할 때일 텐데 국회에 불려 나와 오랜 시간 앉아만 있느라 고생 많았습니다. 본인 소개 먼저 해 주겠습니까?"

"네, 인왕경찰서 강력5팀장으로 현재는 경찰청 수사본부에 파견 나와 있는 경사 이맥입니다."

"이맥 경사. 증인이 아닌 참고인이니까 선서할 필요도 없고 원하지 않는 답변은 하지 않아도 됩니다. 편하게 말씀해 주세요."

"네, 알겠습니다."

"우선 이 사건의 내용과 본질에 대해 간략한 설명 부탁드릴게요."

"네, 언론에서 카스트라토 사건으로 부르고 있는 이 사건은 불상의 범죄자들이 주로 성범죄자들을 공격해서 납치한 뒤에 신체 일부를 절단한 후 절단된 신체 부위를 공중 여자화장실에 유기하는 행동을 반복하고 있는 연쇄 범죄로 파악하고 있습니다."

"범죄자들이라고 복수로 지칭하는 근거가 있나요?"

"수사에 관한 구체적인 사항은 밝힐 수 없는 점 양해 부탁드립니다. 다만 저희가 수사를 통해 확보한 근거와 정황 그리고 증거를 통해 단독 범행이 아닌 최소 3인 이상의 조직적인 집단 범행으로 파악하고 있습니다."

"네, 범인 검거가 우선이니까 수사 기밀을 공개할 순 없겠죠. 이해합니다. 그리고 연쇄 범죄라고 하셨는데 지금까지 발생한 네 건 모두 동일범들의 소행이라는 건가요?"

"일부 사건이 다른 사건들과 몇 가지 중요한 차이점을 보이고 있습니다. 하지만 큰 틀에서의 본질적 동질성은 유지되고 있습니다. 그래서 저희들은 현재 최소한 두 건 이상, 최대 네 건 모두 동일범 소행의 연쇄 범죄라고 추정하고 있습니다."

"언론에서는 연쇄 살인으로 부르고 있는데 이맥 경사는 살인이라는 표현을 사용하지 않고 있네요. 이유가 있습니까?"

"우선 의원님께서도 잘 아시다시피 두 번째 피해자가 생존한 채로 발견됐습니다. 나머지 세 명의 피해자 역시 살해됐다고 믿을 만한 증거는 아직 발견되지 않았습니다."

"하지만 전문가들조차 피해자들이 입은 상해는 의료 장비가 제대로 갖춰진 시설에서 의료진이 수술한 후 전문적인 치료를 하지 않는다면 사망에 이를 수밖에 없는 상태라고 하지 않습니까? 그들이 아직 살아 있다면 경찰에 발각되지 않을 수가 있나요?"

"가능성이 높지는 않지만 불가능하지도 않다고 파악하고 있습니다."

"예를 들면 어떤 경우죠?"

"예를 들면 외딴 곳에 위치한 폐쇄적인 장소에 기초적인 의료 장비 등이 갖춰진 범인들의 비밀 근거지가 마련되어 있는 경우입니다. 더 자세한 사항은 수사 기밀로 밝힐 수 없는 점 양해 부탁드립니다."

"좋습니다, 경찰청에서 제출한 자료를 보니 이맥 경사는 프로파일러 업무도 하고 있네요. 이 사건 범인들 분석 좀 해 주시겠어요?"

"네, 역시 수사 기밀상 자세한 내용은 말씀드릴 수 없는 점 미리 양해 부탁드리겠습니다. 그리고 지금 말씀드리는 내용은 제 개인적 분석 내용으로 수사본부나 경찰 공식 입장은 아니라는 점 미리 말씀드립니다. 우선 이 사건 범인들은 다른 조직 혹은 집단 범죄 공범들과 달리 범죄 수익 공유를 위한 이익 공동체는 아닌 것으로 분석하고 있습니다. 성범죄자 전반 혹은 특정 성범죄자들에 대한 분노, 복수, 혹은 응징이라는 감정적 동기를 공유하고 있을 가능성이 높고 오랜 기간에 걸친 철저한 계획과 준비하에 감행된 치밀한 범행으로, 준비 및 실행에 필요한 자금과 은신처 그리고 차량 및 의료 기기 등의 자원을 충분히 갖추고 있는 것으로 추정됩니다. 기타 자세한 부분은 수사 기밀상 말씀드릴 수 없다는 점 거듭 양해 부탁드립니다. 끝으로 저희 경찰은 최선을 다해 조기에 사건을 해결하고 범인들을 검거하겠다는 다짐을 드립니다."

서 의원이 박수를 쳤고 몇 명의 의원들이 함께 박수를 쳤다.

"이맥 경사, 명쾌한 답변 고맙습니다. 경찰청장님, 일선에서 열심히 수사하고 국회에 와서도 우리 의원들과 국민의 궁금증을 해소해 주고 경찰 수사에 대한 신뢰를 굳건하게 해 준 이맥 경사와 수사진에게 충분한 지원과 격려 부탁드립니다."

"네, 알겠습니다. 그렇게 하겠습니다, 의원님."

"제 질문 시간이 30초 남았는데, 이맥 경사에게 마지막으로 한 가지만 더 질문하겠습니다. 스텔라드롭과 이 사건은 어떤 관계가 있죠?"

"특정 상표를 거론하는 것이 부담스럽긴 하지만 첫 사건을 제외한 나머지 세 사건 모두 현장에서 발견된 피해자들의 절단된 신체 일부가 의원님께서 언급하신 커피 전문 체인점에서 사용하는, 해당 매장 로고가 새겨진 투명 음료수 용기에 담겨 있었습니다. 그리고 세 건 모두 신체 일부가 유기된 현장 혹은 인근에 해당 커피 전문 체인점 매장이 위치하고 있습니다. 우연의 일치일 가능성도 배제할 수 없습니다. 하지만 혹시 해당 업체와 관련된 불만의 표출 혹은 이미지 하락을 노리는 등 관련성 여부에 대해 수사 중이라는 점만 말씀드리겠습니다."

"이맥 경사, 수사 절차에 대해 잘 모르는 일반인으로서 한 가지 무척 궁금한 게 있는데요. 첫 사건 현장에서 발견된 성경 케이스, 드라이아이스 그리고 신체 부위 같은 정보들은 경찰이 공개한 것인가요?"

"아닙니다."

"그럼 공개돼도 괜찮은 것인가요? 수사에 지장이 초래되지는 않나요?"

"범죄 수사의 원칙 중 기밀성이라는 것이 있습니다. 경찰은 범죄 해결이나 추가 범행 예방을 위해 꼭 필요한 사실을 제외하고는 공개하지 않고 기밀성을 유지함으로써 수사에 혼선을 방지하고 유력 용의자가 특정될 경우 진범인지 여부를 판단하는 데 도움이 되도록 노력합니다."

"그럼 성경 케이스나 드라이아이스 같은 게 공개된 것은 바로 그 기밀성의 원칙에 반하는 것이겠네요?"

"그렇습니다."

"그런데 경찰이 공개하지 않으려고 노력했지만 언론 등에 의해서 공개가 되어 수사에 지장이 초래되었다."

"그렇게 볼 수 있습니다."

"그럼 스텔라드롭이라는 상호 역시 그 기밀성의 원칙에 의해서 공개되지 않은 것인가요?"

"그렇지 않습니다."

서 의원에게 배정된 7분의 시간이 경과되자 서 의원의 마이크가 자동으로 꺼졌다.

"마이크 다시 켜 주세요! 위원장님, 1분만 더 주십시오. 대신 추가 질문하지 않겠습니다."

"안 됩니다, 서 의원. 다른 의원들이 기다리고 있습니다. 시간 더 드릴 수 없습니다."

건너편 의원석에서 조롱이 날아왔다.

"서 의원, 여기가 노래방이에요? 시간 더 넣어 달라고 떼쓰게?"

좌중에서 웃음이 터졌지만 서 의원은 개의치 않고 육성으로 크게 소리를 지르듯 질문을 이어 갔다.

"왜죠? 답변하세요, 참고인, 이맥 형사!"

국회 상임위 음향 시스템은 의원의 질의 시간이 끝나면 자동으로 마이크가 꺼지지만 의원이 아닌 증인이나 참고인이 사용하는 마이크는 꺼지지 않았다. 잠시 망설이는 듯했던 이맥이 입을 열었고 그의 답변은 마이크를 통해 스피커로 송출되었다.

"범죄 발생 장소나 대상과 관련된 회사나 상표 등의 공개가 해당 회사나 상품 등의 이미지나 판매 등에 어떤 영향을 끼치는지 저희는 알지 못합니다. 다만, 범죄 수사와 예방의 원칙에 입각해서 말씀드리면 특정 대상 혹은 상호, 상표 등과 관련 있는 장소나 물품과 관계된 범죄가 연쇄적으로 발생할 경우, 우선 이미 대중이나 언론 혹은 SNS 등 온라인상에 노출되고 인지된 상태이기 때문에 경찰이 기밀을 유지할 실익 자체가 없고, 둘째 목격자나 관련자의 제보 등 수사 단서 확보 차원에서도 공개가 유익하고, 셋째 해당 장소나 매장 혹은 상품 이용자 등의 경계심을 높여 추가 피해 방지에 효과가 있을 수 있기 때문입니다."

"그 말씀은 카스트라토라는 전대미문의 충격적인 범죄 사건이 스텔라드롭 매장 여자화장실에서 연쇄적으로 발생하고 있고 범인이 유기한 피해자들의 절단된 신체 일부가 스텔라드롭 음료수 용기에 담겨 있다는 사실이 언론 기사에서 사라지고 어디에서도 볼 수 없게 된 것이 결코 경찰에 의한, 수사 기밀성 확보를 위한 조치가 아니라는 말씀이죠?"

"제가 아는 한 그렇습니다."

"그럼 누가 한 짓일까요?"

"전 모릅니다. 제 업무와 관련 없는 사안입니다."

"그야말로 스텔라드롭 실종사건이라 할 만한데요. 카스트라토 사건 수사 실무자이고 현장 프로파일러인 이맥 경사는 전혀 모르고, 경찰의 수사 목적에 부합하지도 않는 스텔라드롭 상호 상표명 비공개, 스텔라드롭을 운영하는 JY그룹의 영향력 때문인가요?"

이맥이 대답을 하기도 전에 우한당 의원들이 고성으로 항의했다.

"서예정 의원, 지금 뭐 하는 겁니까? 질의 시간이 지나 마이크가 꺼졌는데 계속 질의를 하면서 국회의원 면책특권 뒤에 숨어서 특정 기업 업무방해와 명예훼손 범죄를 저지르고 있어요!"

"서 의원, 국회의원 품위 지키세요! 지금 뭐 하는 겁니까?"

"위원장님, 긴급제청합니다. 위원회 명의로 서예정 의원 징계 요청안 의결합시다!"

전상환 위원장은 자신과 관련된 JY그룹이나 스텔라드롭이 언급되는 것 자체를 피하려는 듯 의사봉을 두드리며 장내를 정돈하고 서예정 의원의 질의 시간이 종료되었음을 상기시킨 뒤에 질의권을 다음 의원에게로 넘기며 회의를 속개시켰다.

서예정 의원과 이맥 경사 간 명쾌하고 핵심을 찌르는 질의응답은 국회방송 시청률을 급상승시켰다. 편집된 영상들이 온라인에 올라오자마자 폭발적인 반응이 일었다. 특히 모든 언론이 침묵하며 감추고 있는 스텔라드롭과 음료수 용기에 대한 질의응답 부분이 백미였다. 영상마다 올라온 지 몇 시간도 안 돼 수십만에서 수백만 조회수를 기록할 정도였다. 하지만 해당 질의응답이 이어질 때 묘하게 일그러진 전상환 위원장의 표정을 포착한 카메라는 없었다.

한편 서울중앙지검의 한 검사실에서 국회방송을 통해 서예정과 이맥 간 질의응답을 지켜보는 눈이 있다. 그의 책상 위엔 '검사 권훈찬'이라는 명

패가 놓여 있었다. 그의 휴대전화가 진동했다.

"네, 검사장님. 네, 저도 지금 보고 있습니다. 유념하겠습니다. 알겠습니다."

질의를 끝낸 서 의원은 다른 위원 질의 시간에 뒷자리에 배석한 양 비서를 불러서 메모를 건네며 귓속말을 했고 양 비서는 그대로 회의장 밖으로 빠져나갔다. 서 의원 이후 질의한 의원들은 보좌진이 써 준 질문서를 읽거나 쓸데없이 장관이나 청장을 향해 호통만 치는 등 맥 빠진 모습만 보였다. 이맥에게는 질의는커녕 눈길조차 주지 않았다. 질의가 한 바퀴 돌자 위원장이 위원들에게 물었다.

"의원님들 중에 혹시 오늘 참고인으로 출석한 현장 수사관에게 추가로 질의할 분 있습니까?"

잠시 침묵이 흐르고 어떤 의원도 반응하지 않았다. 좌중을 훑어본 전상환 위원장이 입을 열었다.

"추가로 질의할 의원님이 안 계시므로 참고인 이맥 경사는 근무지로 돌아가도 좋습니다. 돌아가서 수사 열심히 해서 조속히 범인 검거해 주기 바랍니다. 수고했어요, 이맥 경사."

이맥은 자리에서 일어나 위원장을 향해 인사를 하고 회의장을 벗어났다. 복도로 나온 이맥을 기다리던 양 비서는 간단한 이야기와 함께 메모를 전달했고 메모를 펴 본 이맥은 미소를 지었다. 이맥은 동담시에서 수원으로 전학 온 초등학교 시절 반장 서예정과의 추억을 떠올리며 차에 올랐다.

맥은 수원으로 전학 온 뒤 학교에서 최대한 말썽을 부리지 않고 얌전히 지내려고 노력했다. 해용에게 피해를 끼치고 싶지 않았기 때문이다. 무엇보다 자신이 말썽을 부리면 법원에서 판사가 자신을 해용에게서 떼어 내 다시 보육원으로 보낼까 봐 두려웠다. 수업시간에 선생님 말씀을 잘 듣고 공부도 최선을 다해 열심히 했다. 물론 아무리 열심히 해도 좋은 학원에 다니고 고액과외를 하는 아이들을 따라갈 수는 없었다. 사정을 아는 해용은 맥이 중간 정도 성적을 받아 와도 잘했다며 칭찬했다. 해용이 소개해 준 종합격투기 도장에도 열심히 나가면서 땀 흘려 수련했다. UFC 무대에서 3연속 KO승을 거두면서 큰 기대를 모았지만 불의의 부상을 당해 선수생활을 포기해야 했던 관장은 맥에게서 자신의 어린 시절 모습이 보인다면서 다른 어떤 수련생보다 더 정성을 들여 가르쳤다. 하지만 수원에서도 고아 이맥의 삶은 순탄하지 않았다.

동담시보다 훨씬 더 큰 대도시인 수원 아이들은 잘 먹어서 그런지 덩치들이 컸다. 맥이 전학 간 경수초등학교에는 동담시에서는 구경도 할 수 없었던 야구부도 있었다. 동담시 보육원에서 자란 맥은 또래 친구들 중에서도 덩치가 작은 편에 속했다. 6학년이 되어 어느 정도 새로운 동네와 학교생활에 적응하고 친구도 꽤 사귀게 되었을 때 반에서 짱으로 불리는 야구부 주장 창석이가 어떻게 알았는지 맥을 고아라고 놀리며 괴롭히기 시작했다. 창석의 어머니는 학부모 회장이었다. 맥은 참고 또 참았다. 놀려도 참고 때려도 참고, 창석이 자기 부하들을 시켜서 단체로 괴롭혀도 참아 넘겼다. 동담시에서 이미 우민과 그 가족의 치졸한 괴롭힘을 경험했을 뿐더러 사고를 치면 해용에게 피해가 갈 수 있다고 생각했기 때문이다. 무엇보다 덩치만 컸지 물러 터진 수원 녀석들의 주먹은 격투기 도장에서 수련할 때 견뎌야 하는 펀치에 비하면 참을 만했다.

선생님이 자리를 비우고 반장이 학급회의를 진행하던 어느 날이었다. 반장인 서예정은 공부 잘하고 예쁜 데다가 착하고 친절해서 모든 아이들이 좋아했다. 회의가 한창일 무렵, 창석의 무리 중 창석 옆자리에 앉아 못된 짓을 일삼던 변태경이 질문이 있다며 일어섰다. 그러곤 아기는 어떻게 만드는지 알려 달라, 여자는 왜 앉아서 오줌을 누냐 같은 말도 안 되는 엉뚱한 소리를 하며 반장을 괴롭혔다. 처음에는 아이들이 피식피식 웃기도 하고, 그만 하자 얘기하기도 했지만 창석을 든든한 뒷배로 두고 있는 태경이 '누가 불만이야? 불만 있으면 이리 나와' 하고 소리를 지르자 모두 아무 소리 못하고 조용해졌다. 그러자 더 자신만만해진 변태경은 짓궂은 말을 계속했다. 맥이 자신도 모르게 자리에서 일어섰다.

"그만 좀 하자. 같은 반 친구들끼리 서로 도와야지 왜 괴롭혀? 특히 반장은 우리 모두를 위해 열심히 일하는데 괴롭히면 안 되지."

맥의 말이 끝나기도 전에 변태경이 날듯이 맥에게 달려와 주먹을 휘둘렀다. 갑작스런 공격에 얼굴을 맞은 맥은 책상과 함께 바닥에 쓰러졌다.

"이 전학생 자식, 고아 새끼가 오냐오냐 하니까 내가 만만해 보이냐? 쪼끄만 자식이 힘도 없으면서 어디서 까불고 있어? 그동안 불쌍해서 봐줬는데 오늘 제대로 혼 좀 나야겠다."

변태경이 소리를 지르는 동안 정신을 차린 맥이 책상을 일으켜 세우고 자신도 일어섰다. 주먹을 움켜쥔 맥이 변태경을 노려보자 태경이 다시 주먹을 날렸다. 이번엔 맥이 가볍게 상체를 움직여 주먹을 피했다. 예상하지 못한 맥의 움직임에 태경이 몸의 중심을 잃고 휘청거렸다. 화가 치밀어 오른 태경은 욕을 하며 세 번째 주먹을 날렸다. 하지만 이번엔 짧게 헉 소리를 뱉고는 배를 움켜쥐고 앞으로 고꾸라졌다. 주위에 있던 몇몇 아이들은 마치 TV에서 보던 권투 선수나 격투기 선수 같은 맥의 유연한 더킹과 빠른 펀치에 감탄했다.

뒷자리에 있던 박창석도 두 눈으로 똑똑히 봤다. 야구와는 전혀 다른 방식의 움직임이지만 운동선수의 눈으로 봐도 결코 평범한 실력이 아니었다.

창석이 눈짓을 하자 부하 노릇을 하는 아이들이 바닥에 무릎 꿇고 엎드린 채 껄껄대며 숨을 몰아쉬는 변태경을 일으켜 세워 자리로 돌아갔다. 맥도 흐트러진 책상을 정리한 뒤 자리에 앉았다. 순식간에 벌어진 일이었다. 잠시 침묵이 흐른 뒤 반장이 침착하게 다시 학급회의를 이어 나갔다. 다른 아이들도 마치 아무 일도 없었던 것처럼 회의에 참여했다. 그 일이 있은 뒤 맥과 같은 격투기 도장에 다니는 형에게서 맥의 격투기 실력을 전해 들은 한 아이가 과장을 섞어 친구들에게 퍼트렸다. 그날 이후 맥을 직접 괴롭히는 아이들은 더 이상 나타나지 않았다.

무탈하던 학교생활도 잠시뿐이었다. 하루는 종례시간에 창석이가 손을 들고 다급하게 야구부에 낼 돈 10만 원이 없어졌다고 말했다. 담임선생님은 모두 눈을 감으라고 지시했다. 그러고는 혹시 실수로 창석이 돈을 가져간 사람은 손을 들라고 했다. 지금 손을 들면 용서해 줄 것이라는 말이 이어졌다. 교실은 쥐 죽은 듯 조용했다. 선생님만 책상 사이를 돌아다니면서 누구든 실수를 할 수 있고, 실수했을 때 바로 반성하면 착하고 좋은 사람이라고 설득했다. 한참이 지나도 손 드는 학생이 없자 선생님은 모두 책상 위로 올라가 눈을 감은 채 무릎을 꿇고 앉으라고 지시했다. 그러고는 한 명 한 명 가방과 책상 서랍 등을 뒤지기 시작했다. 맨 오른쪽 줄을 다 뒤진 선생님이 맥이 있는 두 번째 줄로 와서 한 명씩 뒤져 나갔다. 맥의 자리로 와서 가방을 뒤지던 선생님이 갑자기 동작을 멈췄다. 잠시 후 책상 위에 무방비 상태로 앉아 있던 맥의 뺨에 뜨거운 불길이 쏟아졌다. 선생님의 매서운 손바닥이 온 힘을 다해 부딪친 것이다. 맥은 자신도 모르게 눈을 뜨고 두 손으로 뺨을 감싼 채 선생님을 쳐다봤다. 선생님의 왼손에는 만 원짜리 지폐 뭉치가 들려 있었다. 맥의 뺨에 두 번째 가격이 가해졌다. 맥은 눈을 똑바로 뜨고 그대로 뺨을 맞았다. 선생님 뒤로 창석의 비웃는 얼굴이 보였다. 선생님은 시뻘개진 맥의 뺨을 보고도 분이 안 풀렸는지 독설을 뱉어 냈다.

"이 녀석 고아라고 불쌍하게 봐 줬더니 도둑질까지 해!"

"제가 안 훔쳤습니다."

"뭐야, 이제 거짓말까지 해, 뻔뻔하게. 이렇게 증거가 있는데!"

"제가 안 훔쳤습니다."

"그럼 이 돈이 왜 네 가방 안에 있어!"

"모릅니다."

"그게 말이 된다고 생각해!"

"제가 안 훔쳤습니다."

선생님은 화를 참지 못하고 가쁜 숨을 몰아쉬며 다시 맥의 뺨을 마구 때렸다. 맥의 코와 입에서 피가 흘렀고, 피가 흐르는 뺨에 다시 선생님의 손바닥이 세게 날아와 부딪치자 핏방울이 옆자리 다른 아이에게까지 날아가 튀었다. 몇몇 아이들이 자기도 모르게 짧은 비명을 질렀다. 그제야 선생님의 분노에 찬 매질이 멈췄다.

"모두 눈 뜨고 책상에서 내려와. 오늘 일에 대해서 다른 사람에게는 이야기하지 말고 정직과 바른 행동에 대해서 생각해 보기 바란다. 알겠지?"

아이들은 작은 목소리로 네, 라고 답했다.

"이맥은 내일 등교할 때 보호자 모시고 와. 박창석은 교무실로 오고. 오늘 종례 끝."

선생님이 교실에서 나가자 아이들은 주섬주섬 가방을 챙겨 하나둘 교실에서 나갔다. 일부는 나가면서 창석의 눈치를 봤고 일부는 맥을 힐끔힐끔 쳐다봤다. 맥은 자리에 가만히 앉아 있었다. 입과 코에서는 피가, 눈에선 눈물이 흘러내렸다. 창석은 주변으로 몰려든 부하들과 낄낄거리다 맥을 향해 비웃음을 날리고 교실을 나갔다. 잠시 후, 갑자기 무엇인가 맥의 얼굴에 닿

는가 싶더니 부드럽게 눈물과 핏물을 닦아 냈다. 아주 좋은 향기가 났다. 맥이 눈을 쳐들었다. 반장이었다. 서예정이 맥을 위해 끝까지 교실에 남아 있다가 자신의 손수건으로 맥의 눈물과 핏물을 닦아 주었다. 맥은 그 순간, 예정의 얼굴 위로 보스코의 집 이영순 원장과 아픈 산이를 찾아왔던 진아의 얼굴이 겹쳐 보였다.

"고마워, 반장. 그런데, 왜……?"

"왜는, 친구가 아픈데 그냥 지나칠 수 있나? 지난번에 날 도와준 것도 갚고. 안 그래?"

"친구…….."

"그리고 또 있어."

"또?"

"나 너 억울하다는 것 알아."

"어떻게?"

"창석이 쟤, 좀 그래. 원래 나쁜 애는 아닌데 외아들이라고 부모님이 너무 과보호해서 조금 비뚤어진 데가 있어. 자기가 최고가 아니란 게 드러나면 견디지 못하고 못된 짓을 하곤 해."

"창석이는 최고잖아. 야구부 주장에다가 공부도 잘하고 키 크고 친구들에게 인기도 많고, 용돈도 많아서 돈도 잘 쓰고……."

"그런데 갑자기 어디서 묘한 녀석이 나타났단 말이야."

"묘한 녀석…… 나 말이야?"

"그럼 누구겠어?"

"내가 왜 묘한데?"

"글쎄, 이유를 모르니까 묘한 거지. 왠지 이유를 모르겠는데, 여자애들이나 남자애들이나 모이면 네 이야기 많이 해. 맥이가 이랬대, 맥이가 저랬

대, 이맥 걔는 표정이 좀 묘해, 웃는 건지 아닌지, 좀 묘해. 뭐 이런 얘기."

"난 전혀 몰랐는데?"

"그러니까 더 묘한 거지."

"그럼 내가 묘하다고 창석이가 날 도둑으로 모는 그런 짓을 했단 말이야?"

"애들이 자기보다 너한테 더 관심을 갖는 것 같으니까 질투가 난 거지, 바보야. 아무리 때리고 괴롭혀도 끄떡도 않고. 그리고 사실 지난번에 나 괴롭히다가 너한테 맞은 변태경은 창석이 부하잖아. 그때도 아마 창석이가 시켜서 그랬을걸?"

맥은 예정이 하는 말을 도통 이해할 수 없었다. 맥은 꿈도 꾸지 못할 것을 다 갖춘 녀석이 그저 묘하다는 이유로 애들 관심 좀 받는다고 괴롭히고 때리는 것으로도 모자라 이렇게 엄청난 일을 꾸며서 도둑 누명을 씌우기까지 하다니.

"그럼, 내가 안 묘해지면 되나? 어떻게 해야 안 묘해지지?"

그 말에 예정이 웃음을 터트렸다.

"미안, 미안. 넌 이렇게 아프고 힘든데 내가 너무 철이 없다. 그치? 너무 미안해."

"아냐, 괜찮아. 미안한 건 나지. 이렇게 비싼 손수건을 다 망쳐 놨으니."

"손수건은 집에 많으니까 걱정 마. 그건 너 가져. 선물이야. 난 그럼 간다, 학원 갈 시간 다 돼서. 힘 내. 안녕!"

맥은 코피가 멈출 때까지 한참을 더 앉아 있었다. 아무도 없는, 혼자만 덩그러니 남아 있는 교실의 느낌은 참 묘했다. 예정이 주고 간 손수건의 향기, 그리고 예정이 서 있던 공간이 주는 특별한 느낌이 강하게 맥을 감쌌다. 왠지 혼자가 아닌 것 같은 묘한 느낌이었다.

피가 다 멎고 묵직한 통증만 남게 되자 맥은 자리에서 일어나 가방을 챙겨 들고 교실 밖으로 나왔다. 계단을 내려와 운동장으로 향하는 출구를 나서자 늦은 오후의 햇살이 맥에게 쏟아졌다. 따뜻했다. 벌겋게 부어 오른 뺨과 코, 부르튼 입술의 상처가 치유되는 느낌이었다.

국회 행안위 회의장을 나서던 이맥이 서예정의 비서에게서 받은 쪽지에는 서 의원의 전화번호와 함께 '반갑다, 묘한 아이야. 회의 끝나고 보자. 연락 꼭 줘'라고 적혀 있었다. 맥도 초등학교 시절 삼총사였던 예정을 만난 게 무척 반가웠다. 국회의원이라는 예정의 신분이 낯설고 부담스럽긴 했지만 반가움을 억누를 정도는 아니었다. '반갑습니다, 의원님'이라는 딱딱한 문자를 보내자 예정은 '왜 이래, 꼴통. 보자, 꼭 보자'라는 회신을 했다. 둘은 문자를 주고받은 끝에 늦은 저녁, 예정이 정한 성동구 성수동 소재 재즈바 아르테미스에서 만나기로 했다.

약속 시간보다 5분 먼저 도착한 재즈바 아르테미스에는 직원부터 손님까지 남자보다 여자가 훨씬 더 많았다. 맥에게는 조금 낯설고 부담스러운 분위기였다. 테이블마다 손님들이 꽉 차 있었다. 예약했냐는 직원의 물음에 맥은 예정의 이름을 댔고 직원은 구석에 예약석 표시가 놓인 빈 테이블로 맥을 안내했다. 예정은 약속 시간보다 10분 늦게 도착했다. 예정이 도착할 때까지 15분 동안 맥은 무대 위 재즈 밴드의 노래와 연주를 감상했다. 오랜만에 듣고 보는 라이브 연주이기도 했지만 밴드의 노래나 연주 실력이 수준급이었다. 맥도 무척 좋아하는 〈대니 보이〉, 〈데스페라도〉에 이어 〈베사메 무쵸〉가 거의 끝나갈 즈음에 누군가 맥의 어깨를 툭 쳤다.

"미안해, 맥. 내가 너무 늦었지. 국회가 그래. 직접 봤지만 별 중요한 일도 아닌데 여야 줄다리기하면서 시간만 질질 끌고. 예정보다 회의가 늦게 끝나는 바람에 늦었네. 오면서 얼마나 초조하고 설레었는지 상상도 못 할 거야. 맥 넌 어땠어? 나 만나는 거 기대되고 설레고 그랬어?"

"당연히 반갑지. 의원님 되셨는데 일개 경찰한테 이렇게 시간도 내 주셔서 고맙고."

"자꾸 의원님 의원님 그러면 나 그냥 간다. 나 니 친구 예정이라고, 서예정. 불러 봐, 예정아, 이렇게 예전처럼."

"그래도 되나? 누가 보면 어쩌려고."

"누가 보면 어때서? 나 퇴근했어. 지금 나는 국회의원 아니고 니 친구 예정이야. 편하게 대해 줘, 제발. 불러 봐, 예정아 하고."

잠시 아무 말 없이 예정의 얼굴을 뚫어져라 쳐다보던 맥이 미소를 지으며 입을 열었다.

"예정아, 내 친구 서예정."

"그래, 그거야. 쌈 잘하는 터프가이 이맥, 내 친구."

직원이 테이블로 왔고 예정이 와인과 안주를 주문했지만 맥은 운전을 해야 한다며 과일주스를 시켰다.

"오늘 같은 날 술 한잔해라. 나 혼자 취하면 이상하잖아."

"의원님같은 높은 분들이야 전용 운전기사가 있어서 한잔하셔도 되지만 우리 일선 경찰들은 안 돼요."

"대리 기사 부르면 되지. 내가 불러 줄게, 한잔하자."

"사건 터지면 언제든 현장에 가야 해서 안 돼. 오늘 밤에도 목배치 근무나가야 하고. 대리 기사가 범인도 대리로 잡아 주진 않잖아? 다음에 쉬는 날 한잔하자."

"알았습니다, 엄격한 경찰 나리. 그나저나 여기 여자들이 많아서 좀 당황했지? 혼자 기다릴 때."

"응, 조금."

"여기 이름이 아르테미스잖아. 그리스 신화에 나오는 순결과 처녀성을 상징하는 여신, 아르테미스. 여성 커뮤니티에서 여자들만의 아지트라는 의미로 사용하기도 해."

"그래서 여자들이 많구나. 그래도 남자 손님들도 있는 거 보니 금남의 집은 아닌가 봐."

"그럼, 그러니까 내 친구 맥을 이곳으로 오게 했지. 대부분 남자 손님들은 아르테미스가 무슨 뜻인 줄도 모르고 여길 찾아. 처음엔 여자들이 많아서 좋아하다가 몇 번 더 오면 남자가 소수고 여자가 다수라는 상황에 불편함을 느끼지. 남자들끼리 술 먹고 하는 껄렁한 농담 하기가 불편한 분위기 때문에 부담을 느끼게 되고, 대개는 차츰 발길을 끊어. 그래서 남자 단골손님은 소수. 대신 하나같이 다 젠틀한 남자들. 참, 훈찬이 알지? 권훈찬."

"그럼, 우리 셋이 삼총사였는데. 훈찬이 검사됐다는 얘기 들었어. 잘 지내지?"

"그럼, 언제 셋이 여기서 뭉치자. 훈찬이도 여기 좋아하니까. 어쨌든 내 친구 맥이랑 어디서 만날까 하다가 아무래도 내가 잘 알고 너한테도 편할 것 같아서 이곳에서 만나자고 했어. 불편하지 않았으면 좋겠네."

"난 괜찮아, 분위기도 근사하고 좋네. 이런 고급 재즈바는 처음 와 봐. 좋아, 걱정 마."

"그럼 다행이다. 내가 아무래도 젊은 여성 정치인이다 보니까 사람들 시선이 좀 신경 쓰이고 쓸데없이 작업이나 시비 거는 남자들 피하고 싶은데, 여기가 딱이거든. 여기서는 다른 테이블에 연예인이 있건 셀럽이 있건 정치인이 있건 눈길도 안 주고 신경도 안 쓰는 분위기야. 조명이 어두워서 잘 안 보이기 때문이기도 하고. 그래서 여의도를 피해서 편하게 누군가를 만날 때 여기 자주 와."

맥은 초등학교 졸업 이후 처음 만난 예정과 어린 시절 이야기를 나누며
정말 오랜만에 눈물까지 흘리며 웃었다. 한참 웃음 섞인 이야기 꽃을 피우
는데 누군가 다가와 서 의원에게 오랜만에 오셨다며 인사를 했다. 예정은
맥에게 아르테미스 사장이라고 소개했다. 사장은 맥에게 인사를 하다가 깜
짝 놀랐다.

"오빠…… 맥 오빠 아니에요?"

맥도 그녀를 알아봤다.

"희영이 아냐? 유희영."

"오빠, 진짜로 찾아왔네? 나 이렇게 잘 살잖아, 지금. 사장님 돼서."

너무 반가웠는지 몇 마디 말을 겨우 내뱉은 희영이 눈물을 쏟았다. 예정
은 어리둥절하고 당황스러웠지만 아무 말 없이 기다려 줬다. 눈물을 가까스
로 멈춘 희영은 서 의원에게 정중하게 사과했고 사적인 사연이 있어 그러니
이해해 달라고 양해를 구했다. 맥에겐 의원님과 같이 자주 오고 혼자라도
언제든 와서 편하게 먹고 마시라고 하곤 서둘러 자리를 떴다.

"세상 참 좁네, 유 사장이 맥이랑 잘 아는 사이일 줄은 상상도 못 했어."

"보육원 동생."

"아, 그렇구나."

예정은 이미 초등학교 때 범상치 않은 맥의 상황을 알았기 때문에 보육
원 동생이라는 한마디가 무척 깊은 의미를 담고 있다는 것을 미루어 짐작할
수 있었다. 무대에선 밴드가 연주를 계속하고 있었다. 재즈 음악을 그리 많
이 듣지 않는 맥이 들어도 훌륭한 연주였다.

"노래 참 좋다."

"아르테미스 앤 이아"

"뭐라고?"

"아르테미스 앤 이아, 저 밴드 이름."

"아…….."

"이 재즈바 이름이 아르테미스잖아. 이곳 전속 밴드라는 뜻의 아르테미스에다가 가수의 예명 '이아'를 붙인 거지. 평소에는 세 명의 연주자가 아르테미스라는 이름의 트리오 밴드로 연주만 하는데 금요일 저녁에만 이아가 합류해서 노래를 해. 오늘은 가끔 있는 특별 공연이고."

"노래를 아주 잘하는데?"

"정말 잘하지? 이아의 노래를 좋아하는 손님들이 많아. 금요일엔 예약하지 않은 손님들이 줄을 서서 빈 테이블이 나오길 기다리다가 지쳐서 그냥 돌아갈 정도야."

"방송 같은 데 데뷔해도 되겠다."

"그치? 실제로 기획사 대표 여러 명이 방송 데뷔 제안도 했는데 이아가 다 거절했대. 신비주의인가 봐. 유튜브랑 SNS 같은 데 보면 여기 손님들이 휴대폰으로 찍은 영상도 여러 개 올라가 있어. 반응도 좋고. 그런 유명한 라이브 공연이 있는 오늘 같은 날 테이블을 차지할 수 있었던 것은 단골손님인 내가 미리 예약을 했기 때문이지."

"덕분에 내가 횡재했네."

맥은 왠지 가수 이아의 목소리나 모습, 무엇보다 분위기가 익숙했다.

"다음 노래는 특별히 준비했습니다. 원래 오늘 레퍼토리엔 없는 곡인데요. 오랫동안 아주 많이 보고 싶던 친구가 객석에 있는 것 같아서, 어린 시절 그 친구에게 들려줬던 노래, 제가 제일 좋아하는 노래 들려드릴 게요. 거위의 꿈."

분위기 좋은 재즈바에서 멋진 노래를 들으며 오랜 친구 예정과 이야기하는 이 순간이 맥에게는 황홀할 정도로 좋았다. 하지만 카스트라토 사건으로 인해 서울 시내 골목마다 경찰들과 기동대원들이 순찰을 돌고 수사본부 형사들도 전원 비상대기하고 있는 상황이었다. 맥 역시 몸은 서예정과 함께 재즈바에 앉아 있었지만 마음은 남산을 기점으로 동북쪽 방향 어딘가에 있을 미지의 다음 사건 현장에 가 있었다.

〈거위의 꿈〉 노래를 끝으로 1부 공연이 끝나고 야간 형사 배치 시간이 다가오자 맥은 예정에게 양해를 구했다.

"예정아, 이야기 중에 미안한데, 그 카스트라토 사건 때문에 경찰은 매일 밤 비상근무거든. 나도 현장에 나가야 해서……."

"아 맞다, 그렇지. 미안해. 내가 너무 오래 붙잡고 있었지? 같이 나가자. 나도 법안 검토할 게 많아서 다시 국회에 들어가 봐야 해. 계산은 내가 할게. 안 그러면 김영란법에 걸리니까."

"그건 나도 마찬가진데, 경찰이라. 우리 각자 계산하자, 더치페이."

둘은 서로를 바라보고 씨익 웃으며 각자 지갑에서 카드를 꺼내 카운터로 향했다. 맥은 자신의 뒤통수에 따라붙는 눈길을 전혀 눈치채지 못했다. 예정은 수행비서에게 전화를 해서 차를 준비시켰다.

"오늘 너무 반갑고 고마웠다. 이 재즈바 알려 줘서 특히 고마워. 다음에 또 보자."

"그래, 연락할게. 다치지 않게 조심하고."

재즈바 아르테미스 입구에 서서 작별 인사를 나누는 사이 예정의 국회의원용 검은색 승합차가 도착했고 예정은 차에 타고 문을 닫으며 손을 흔들었다. 맥은 장난스런 거수경례로 답을 대신했다. 예정을 보내는 과정에서 맥은 뭔가 이상한 느낌을 받았다. 길 건너편에 주차되어 있는 차들 중 어딘가에서 시작된 강한 시선이 자신을 지켜보고 있다는 느낌. 그 시선의 출발

점을 향해 공격적인 발걸음을 옮기려는 순간, 아르테미스 입구에서 유희영이 나왔다.

"오빠!"

"그래, 희영아. 인사도 못 하고 갈 뻔했네. 너 잘 지내는 것 같아 다행이다. 보기 좋다. 근사해, 좋아."

희영은 눈물 가득 고인 눈으로 빙긋 웃었다.

"오빠 바쁜 것 같으니까 더 붙잡지 않을게. 자주 놀러 와, 오빠."

"이렇게 멋진 재즈바 사장님이 되었다니 정말 기쁘고 자랑스럽다, 희영아. 진심으로 축하해."

"앞으로 여기 자주 와야 돼. 친구나 동료랑 같이 와도 좋고, 오빠 바쁘면 누구든 보내. 술이랑 안주랑 내가 무한 제공할게. 오빠나 오빠 친구한텐 다 무료!"

"경찰한테 무료 음식 제공하면 뇌물공여죄로 처벌받아. 돈 안 받으면 나 안 온다."

"알았어, 꼬장꼬장 원칙주의자 이맥. 다른 손님보다 비싸게 받을 테니까 자주 오기나 해."

희영에게 작별 인사를 하고 몸을 돌렸을 때는 이미 시선이 남아 있지 않았다. 맥은 최근 카스트라토 사건 때문에 생긴 신경과민이라 여기고 주차장으로 가서 시동을 걸었다. 차를 빼 내 주차장 밖으로 나올 때까지 희영은 길가에 서 있었다.

2024년 1월 9일 화요일

　ACAT GIS 분석 담당 윤의주 박사는 세 번째 사건이 보인 변화에 주목했다. 첫 사건 피해자는 신원이 밝혀지지 않아 변수로 남지만 두 번째부터 네 번째 사건 모두 피해자의 주거지 인근에서 습격이 이루어졌다. 즉, 1차 현장은 피해자의 주거지 인근이라는 것이다. 그런데 두 번째 사건은 신체 부위 절단 행위도 주거지에서 이루어졌지만, 세 번째와 네 번째 사건은 어딘가로 이동했다. 즉, 2차 현장은 피해자마다 달랐다. 그리고 가장 중요하고 명확한 상징적 의미를 담은 절단된 신체 일부 유기 장소인 3차 현장은 모두 서울 시내 다중이 이용하는 시설 내 여자화장실이었다.

　그중 첫 번째 사건은 종교적 의미를 담고 있는 카스트라도 가수 이경도와, 두 번째부터 네 번째 사건은 스텔라드롭과 관련이 있었다. 처음 두 사건 현장 목격자 중에 인적 사항을 속인 동일인이 있었다. 주민등록도 되어 있지 않은 유령 국민이었다. 네 번째 사건은 범인들이 의도적이고 계획적으로 현장의 방향성을 서울 강북 지역에서 남과 북을 오가며 동쪽으로 이동하고 있다는 추정을 확인시켜 주었다. 최종 목적지는 어디이며 왜 굳이 이런 규칙적인 방향성을 택하고 있는지를 밝혀내야 했다.

네 번의 사건 모두 금요일 밤에 신체 일부가 유기됐다. 연쇄 범죄에 있어 규칙성을 유지하거나 습관을 드러낸다면 프로파일러 혹은 실력 있는 형사에게 읽히기 쉽고, 이는 곧 높은 검거 가능성으로 이어진다. 매우 높은 수준의 조직성과 계획성이 특징인 카스트라토 범인들이 이를 모를 리 없었다. 그런데도 이런 규칙성을 유지하는 데는 분명히 특별한 이유가 있을 것이었다.

한편 수사본부에서는 경찰 사이버수사 역량을 총동원해서 딥소 사이트 운영자의 정체와 소재 파악에 나섰다. 그리고 유력 용의자군을 설정해 알리바이와 혐의점을 철저히 확인해 나갔다. 피해자에게 원한이나 감정이 있는 사람들이 우선 수사 대상이었다. 동물 거세 시술을 많이 한 수의사들과 자격 없이 축산 농가 등에서 거세를 많이 해 본 사람들도 수사본부의 집요한 수사의 대상이 되었다. 전국 경찰관서에 용의 정보 협조 요청을 하달하자 특이한 성도착 증세를 가진 사람들에 대한 보고도 잇따라 올라왔다.

추리고 추려도 수천 명이 넘는 용의 대상자들에 대한 조사는 전국 경찰력이 총동원된 방대한 작업이었다. 일일이 연락해 소재를 확인하고, 약속을 잡아 만나고, 알리바이와 최근 행적 등에 대한 진술을 받은 뒤 주변 조사를 통해 크로스 체크 검증하는 힘들고 반복되는 일이었다. 하지만 단 한 사람의 경찰이 단 한 사람의 용의 대상자와 관련된 극히 일부분에 대한 것이라도 소홀하게 흘려 넘기면 나머지 모든 노력이 물거품이 될 수 있었다.

방대하고 철저한 조사 끝에 다섯 명의 용의자가 부각되었다. 전혀 연락이 닿지 않거나 소재가 불분명한 사람들이었다.

1. 박창익(32세)

– 여동생 박수진이 아동 성폭행 피해자.

– 대학에서 컴퓨터공학을 전공한 IT 전문가로 군 입대 후 국방부 사이버사령부 요원으로 선발되어 복무한 뒤 전역.

– 2023년 2월 정보보호대학원 졸업 직후 세계일주 여행을 한다면서 출국.

– 이후 입국 기록이 없고 행적이 확인되지 않고 있음.

2. 박수진(27세, 박창익의 여동생)

– 해리성 기억상실증, 히스테리성 성격장애 등 아동 성폭력 후유증으로 장기간 정신과 입원 및 통원 치료.

– 여러 차례 채팅앱 등을 통해 남자를 유인한 뒤 폭행하거나 흉기로 상해, 전과 5범.

– 사건을 처리한 경찰서, 수감됐던 교도소 관계자나 박수진을 아는 지인들은 그녀를 '사이코 꽃뱀'으로 부름.

– 2018년 5월 이후 소재 불명, 연락 전혀 안 됨. 출국 기록은 없음.

3. 김창수(54세)

– 과거 돼지 거세 전문 무자격 기술자.

– 덩치가 크고 힘이 센 장사.

– 10여 년 전 늦장가를 간 직후 외국인 아내가 지역에서 가장 큰 돼지 농장 주인에게 성폭행당한 뒤 자살.

– 그 뒤 술독에 빠져 살면서 폭행과 기물파손을 일삼는 등 마을의 골칫거리였다는 소문이 있음.

– 2019년 9월 어느 날 새벽, 농장 주인이 돼지우리에서 얼굴이 다 뭉개지고 온몸의 뼈 여러 개가 골절된 처참한 시신으로 발견된 후 혼자 살던 셋방에 짐을 그대로 둔

채 자취를 감춤.

– 경찰은 김창수를 유력한 용의자로 특정하고 소재 파악에 나섰지만 어디에서도 흔

　적을 찾을 수 없어 기소 중지 후 지명 수배 조치를 내림.

– 출국 기록은 없음.

4. 추진화(32세)

– 전직 특전사(중사) 출신

– 군 복무 시절 상관 및 남자 부대원들로부터 성추행 피해를 입었다고 지휘관에게 보

　고했으나 묵살당한 이후 술에 취해 난동을 부린 혐의로 불명예제대.

– 이후 가해 남자 중사를 미행해 술에 취한 채 부대로 복귀할 때를 기습, 폭행해 전치

　12주의 중상을 입히고 1년 징역형(청주 여자교도소 수감 기간 박수진과 겹침).

– 만기 출소 후 소재 불명, 가족 혹은 지인 누구와도 연락 전혀 안 됨.

– 출국 기록은 없음.

5. 이인학(29세)

– 전직 서커스 단원, 성중독증.

– 자가 거세 시도 후 응급실 치료 받은 경력.

– 소재 불명, 가족 혹은 지인 누구와도 연락 전혀 안 됨.

– 출국 기록은 없음.

———————

　수사본부에서는 다섯 명의 용의자의 연고지와 지인 등을 대상으로 집중적인 소재 파악 수사에 들어갔다. 우선 IT 전문가인 박창익은 수사본부 내 사이버수사 전문가들이 온라인상 그의 행적에 대한 추적을 맡았다. 그의 동생 박수진은 케어팀에서 차출된 피해자 심리 전문가들이 쉼터와 여성

단체 및 연고지 등을 대상으로 심층 조사에 들어갔다. 김창수에 대해서는 과거 수의사법 위반 사건 수사 경험이 있는 형사들이 팀을 이뤄 찾아 나섰다. 이맥은 특전사 출신 경찰특공대 선배인 곽 경위가 팀장을 맡은 추진화의 소재를 파악하는 팀에 포함되었다. 곽 팀장은 추진화의 가족, 친지, 지인, 군 선후배와 동료 및 교도소 동기 등 조사 대상 연고자와 연고지들을 각 팀원에게 할당했다. 꼴통으로 찍혀 수사본부에서 다소 겉도는 존재였던 맥은 가장 사건 관련성이 멀어 보이고 귀찮은 대상인 교도소 수감 시절 특이사항 및 교도소 동기 대상 조사 업무를 맡았다.

청주 여자교도소 교도관들은 이맥 형사를 반갑게 맞아 주었다. 과거 복역한 수형자 관련 자료도 찾아서 열람하게 해 주고 추진화를 담당했던 교도관과 면담도 주선해 주었다.

"이렇게 시간 내 주셔서 고맙습니다, 교도관님. 전 서울 인왕경찰서 강력5팀장 이맥 경사입니다. 제 명함 드리겠습니다."

"네, 안녕하세요? 이름이 박력 있고 좋네요. 이맥. 당연히 같은 국가기관 공무원끼리 도와야죠. 더구나 범죄 예방이라는 같은 목적을 위해 일하는 일종의 동료 아닙니까, 우리는."

"그렇죠, 동료죠. 비록 소속 부서는 다르지만."

"추진화 출소자에 대해서 물어볼 게 있으시다고요."

"네, 어떻게 지냈는지 혹시 특별히 가깝게 지낸 사람은 없었는지요."

"잘 알고 오셨겠지만 추진화 수감자는 좀 특별하죠. 수형 생활도 군 생활하듯 절도 있고 모범적으로 잘 했습니다. 그건 분명히 기억이 나네요. 다만……."

"다만?"

"성격이 좀…… 다혈질이었죠."

"자주 싸웠나요?"

"싸운다는 표현은 부적절하고요, 뭐랄까, 정의의 사도랄까……."

"아, 약자를 괴롭히는 수감자들을 혼내 주는."

"비슷합니다. 그런데 늘 그런 것도 아니고요. 누군가가 특정한 대상자를 괴롭히면 폭발하더라고요."

"혹시 성폭행 피해자를 보호하는?"

"네, 맞아요. 어떻게 아셨죠? 사실 범죄 저지르고 유죄 판결 받은 수감자들이란 건 같은데 때로 성폭행 피해자가 가해자나 다른 사람 대상으로 범죄를 저질러서 들어오는 경우가 있거든요, 이곳 청주는."

"박수진 수감자……였습니까?"

"알고 계시는군요. 맞습니다. 박수진 수감자는 감정 기복이 심하고 정서가 불안하고…… 정신과 환자라고 볼 수 있는데 다른 수감자들은 잘 이해하지 못했습니다. 그래서 오해 때문에 폭행하고 괴롭히고 이런 일들이 꽤 있었죠."

"그러면 추진화 씨가 구해 주고, 가해자들 혼내고……."

"처음부터 그런 건 아니었습니다. 추진화 수감자도 박수진 수감자의 상태를 잘 몰랐거든요. 그래서 그냥 외면하고 무시하고 그랬는데, 어느 날 박수진 수감자를 괴롭히던 동료 수감자들이 남자들한테 꼬리쳐 놓고 피해자라고 주장하는 년, 뭐 이런 식으로 비난하는 소릴 듣더니 확 폭발한 거죠."

"그 사건 이후로 두 사람이 가깝게 지냈습니까?"

"그런 것 같기도 하고 아닌 것 같기도 하고……. 여자교도소가 이곳 한 곳뿐이다 보니 여긴 늘 과밀 상태거든요. 교도관 수는 늘 부족하고. 뭐 그런 이유도 있지만 두 사람 다 좀 은둔형 외톨이 스타일이라서 말도 잘 안 하고 늘 혼자 있고 이래서 서로 가까웠는지 아닌지 딱히 기억날 정도는 아니었던 것 같습니다."

"그 말씀은 서로 아주 가깝게 지냈어도 겉으로 드러나진 않았을 수 있다는……."

"뭐 그럴 수도 있고 아닐 수도 있고 그렇다는 거죠. 교도소라는 곳이."

"그것 말고 혹시 추진화 씨에 대해서 더 기억나는 게 있으실까요, 아무거라도?"

"거기 기록 보시면 징벌받은 거랑 면회 기록 그리고 면담 내용이랑 이런 거 다 있을 거고요. 그 밖에 딱히 다른 건……."

"네, 고맙습니다. 혹시 나중에라도 무엇이든지 제게 알려 주고 싶은 게 기억나면 언제든 연락 주시면 감사하겠습니다."

"네, 이 명함에 있는 번호로 연락드리면 되죠?"

"네, 그렇습니다. 혹시 수사 중이라 전화를 못 받으면 문자 남겨 주시면 바로 회신 드리겠습니다."

같은 시간, 낡은 창고 안에서 서너 명의 사람들이 의약품 병 같은 것들을 정리하고 있었다. 깡마르고 허약해 보이는 젊은 여성이 액체가 든 병을 떨어뜨려 하얀 연기가 피어오르고 여기저기서 기침 소리가 들려왔다.

"수진아, 그러니까 약을 잘 챙겨 먹으라고 했잖아! 이러다 큰일 나겠네!"

"아 씨발 진화 언니, 잔소리 좀 그만해. 병 하나 떨어진 거 가지고 지랄이야."

"수진 씨, 너무 경우가 없네. 늘 자기 도와주고 챙겨주는 언니한테 쌍욕을 하고 말이야."

"서커스 아저씨, 선 넘지 말지? 나보다 더 정신병이 심각하면서 잘난 척

228

은."

　묵묵히 일만 하던 덩치 큰 중년 남성이 고개를 들고 싸늘한 눈빛으로 노려보자 모두 말을 멈추고 자신이 하던 일에 집중했다.

Case No.5

종로구 초동 카페

2024년 1월 12일 금요일

또 다시 금요일 저녁이 되자 경찰은 그야말로 초비상이 걸렸다. 지난주까지 4주 연속, 금요일 저녁마다 종로구와 용산구를 오가며 발생한 카스트라토 사건의 다섯 번째 사건 발생이 예측되기 때문이었다. ACAT 윤의주 박사의 지리적 프로파일링, GIS 분석이 다음 사건 1순위 예상지로 꼽은 곳은 다시 종로구였다. 남산보다 북동쪽이라는 방향성에 따라 서울경찰청에서 동원 가능한 모든 정복 순찰 경력이 집중 배치되어 경계 근무에 들어갔다. 지도상에서 첫 번째 현장인 세종문화회관, 그리고 세 번째 현장인 견지동과 일직선상에 있는 낙원동, 봉익동, 인의동, 화동, 재동, 안국동, 운니동 중 한 곳일 것이라는 2차 심층 예측에 따라 관할 인왕경찰서는 물론 서울 시내 전 경찰서에서 차출된 사복형사들이 모든 거점에 배치되었다. 그리고 3차 초심층 분석에 의해 범행 예상 지역으로 꼽힌 이 지역의 모든 스텔라드롭과 인근 골목에서는 수사본부 정예 요원들이 잠복근무에 들어갔다.

하지만 이번엔 종로구 초동이었다. 예상 지점보다 한참 남쪽으로 내려온 곳이었다. 게다가 스텔라드롭 체인점 중 한 곳일 거라는 예측도 빗나갔다. 유기 장소는 한 독립 카페에 인접한 여자화장실이었다. 하지만 여전히 스텔라드롭 로고가 선명한 투명 음료수 용기가 사용되었다. 비록 경찰력이 가장 많이 집중 배치된 곳이 좀 더 북쪽 지역이긴 했지만 초동을 포함한 종로구 일대 전체에 거의 빈틈이 없을 정도로 경찰들이 배치되어 있었다. 교차로와 사거리 등 유동 인구가 많은 곳에 눈에 띄는 제복 경찰들을 배치하고 순찰차가 다른 곳들을 이동하며 커버했다. 그 외 장소는 CCTV 종합상황실에서 철저히 모니터링했다. 게다가 이면 도로와 인적이 드문 곳에 사복 형사들이 행인이나 주민으로 위장한 채 눈에 불을 켜고 잠복근무를 하고 있었다. 종로구 전체가 카스트라토를 잡기 위한 거대한 덫이 된 것이다. 카스트라토는 그 치밀하고 촘촘한 덫을 피해 범행을 저지르고 유유히 사라졌다. 이번엔 사건 현장에서는 짧은 머리 여성이 보이지 않았다. 워낙 유동 인구가 많고 배달 라이더도 많은 곳이라 이전 사건 현장 인근 CCTV에 포착된 라이더와 동일인이 있는지 여부도 확인할 수 없었다.

이맥의 눈에는 키가 매우 작고 민첩하며 군 특수부대에 버금가는 훈련을 받았거나 운동능력이 매우 뛰어난 범인의 예상 이동 경로 몇 갈래가 보였다. 오토바이를 탄 공범으로부터 신체 절단 부위를 건네받은 뒤 사람들의 시선과 CCTV를 피해 최단거리로 이동해서 현장에 놔두고 바로 도주할 수 있는 경로. 결코 잡히거나 어떤 촬영 장치에도 포착되지 않겠다는 의지가 반영된 준비성과 계획성이 읽혔다. 일부러 좁은 골목, 가로등과 전신주, 담벼락과 주차된 차량들, 의류수거함과 쓰레기 분리수거 컨테이너 등 노상 적치물이 많아 은폐 엄폐 상태에서 이동이 용이한 구조, 일반인은 걸려 넘어지고 부딪혀 제대로 지나가기도 어려울 경로, 그래서 경찰 경계망에 포함되지 않는 구간과 장소를 선택했다.

발견된 신체 일부에 대한 DNA 검사 결과, 피해자는 의외의 인물이었다. 충북에 있는 한 검찰지청 총무계장 김영추. 회식 후 귀가하지 않고 며칠째 출근도 하지 않은 채 연락 두절인 그를 가족과 검찰에서 은밀하게 찾던 중이었다. 그의 신상 정보는 딥소에 올라와 있지 않았다. 하지만 ACAT 케어팀 우진희 경사의 눈에 재혼한 부인의 초등학생 딸의 반응이 포착됐다. 오랜 시간에 걸쳐 라포를 형성한 끝에 김 계장이 초등학생 의붓딸을 성폭행해 왔다는 진술을 확보했다. 의붓딸은 딥소 사이트에 있는 이메일 주소로 성폭행 피해 내용과 김영추의 신상 정보를 보냈고, 이메일 하단에 '새 아빠에게 카스트라토를 보내 주세요'라는 요청을 했다는 사실도 털어놨다. 카스트라토가 딥소에 공개된 성범죄 혐의자의 신상 정보를 보고 범행 타깃으로 삼는 것만이 아니라, 공개되지 않은 내용도 딥소와 카스트라토 사이에 공유되고 있다는 추정이 가능했다. 어쩌면 딥소 운영자가 카스트라토이거나 적어도 공범 관계일 가능성도 충분히 있었다.

다섯 번째 사건이 터지면서 세상은 또 다시 술렁였다. 금요일 밤과 종로구라는 예견된 범행을 예방하지 못하고, 범인 검거는커녕 흔적이나 꼬리조차 잡지 못한 경찰에 비난이 쏟아졌다. 이럴 바에는 수사권을 다시 검찰에 돌려주고 검찰의 지휘를 받게 해야 한다는 목소리도 강하게 흘러나왔다.

2024년 1월 13일 토요일

서울리안에 카스트라토 스타 서예정 의원과 이맥 간의 부적절한 관계를 폭로하는 기사가 떠 엄청난 화제를 불러일으켰다. 역시 카스트라토 사건으로 스타덤에 오른 안순옥 기자 명의의 이 기사에는 두 사람이 어두운 밤 같은 장소에 따로 들어갔다가 함께 나오는 사진이 실려 있었다. 상호를 모자이크 처리해서 가린 것이 오히려 퇴폐적인 상상을 부추겼다. 기사는 이맥 형사가 서예정 의원과의 부적절한 관계를 대가로 수사 기밀을 유출했고, 서 의원은 관심을 끌고 지지율을 높이기 위해 악의적으로 스텔라드롭을 카스트라토 사건과 연관 지었다는 의혹을 기정사실화하는 내용이었다. TV서울리안 등 여러 방송에 출연한 이중도 교수 역시 서예정과 이맥을 강도 높게 비난했다. 빠르게 높이 올라갈수록 추락의 충격은 그만큼 컸다. 서 의원은 한 순간에 스타 의원에서 더럽고 음흉한 정치조작꾼으로 추락했다.

이맥은 곧바로 수사본부 파견 종결과 직위해제 처분을 받고 수사에서 배제되었고, 또 다시 감찰 조사를 받게 되었다. 수사 기밀 유출, 정치적 중립의무 위반, 품위 손상 등의 혐의가 대상이었다. 그동안 수없는 감찰 조사를 받고 견책부터 파면까지 모든 종류의 징계를 당해 동료들로부터 '징계 그랜드슬램 달성자'라는 별명까지 얻었던 이맥이었다. 소청심사에 이어 행정소송까지 거쳐 파면이 감봉으로 바뀌면서 여전히 경찰 신분을 유지하고 있는 지금, 또 하나의 감찰 조사를 겁낼 이유는 없었다. 다만 자기 때문에 서예정이 비난을 받고 곤란한 상황에 처하게 된 것이 못내 미안하고 안타까웠다. 이맥은 카스트라토 사건 해결과 범인 검거에 몰두해야 할 상황에 감찰 조사나 받고 있는 자신이 한심했다. 노병조 수사본부장은 ACAT과의 연락 업무 담당자로 이맥 대신 최근 용산서에서 파견 발령이 난 유준 경사를 투입했다.

한편 안순옥은 자기가 쓴 적도 없고 취재한 적도 없는 기사가 자기 이름으로 보도되자 화가 머리끝까지 차올랐다. 맘속으로 응원하던 서 의원과 이맥 형사에게 너무 미안했다. 분을 참지 못한 안순옥은 벌개진 얼굴로 변태경을 찾아갔다.

"잠깐, 잠깐. 이번 건은 정말 내가 미안, 잘못했다. 정중하게 사과할 테니까 일단 진정하고 엎질러진 물은 주워 담을 수 없으니까 과거 말고 미래를 얘기하자고."

"미래는 니미. 뭐 데스킹 강화? 이게 데스킹이야? 내 이름 무단 도용해서 쓰레기 가짜뉴스 허위 기사 내보내고, 이거 데스킹이 아니라 범죄야. 출판물에 의한 명예훼손, 신문법 위반, 정통망법 위반 등등등! 무지하게 많은 법 위반으로 콩밥 먹을 범죄라는 거 알죠? 엄청난 액수의 손해배상도 각오하고. 정확한 진실 그리고 확실한 대책 내놓지 않으면 바로 112 신고합니다. 우선 사진부터. 도대체 그 사진 누가 어떻게 찍은 거예요?"

"제보받은 거야, 제보. 익명의 제보."

"익명의 제보는 무슨, JY그룹이에요? 아니면 국정원? 정치권? 누가 일

개 형사를 쫓아다녔을 리는 없고 서 의원 뒤를 미행한 놈이 도촬한 게 분명한데, 누구냐고 그게?"

"정말이야, 익명으로 들어왔대. 나도 몰라. 대표님이 직접 지시한 거야. 난 지시받은 대로 했을 뿐이고. 안 기자한테 미리 말 못 한 건 정말 미안해. 하지만 회사 그만둘 거 아니잖아. 그럼 위에서 시키는 건 해야지. 어차피 할 건데 살짝 내가 대신해 준 거, 도와준 거라고 생각해. 마음 편하게."

"마음 편하게? 지금 가까스로 취재원으로 확보되고 있는 서 의원, 그리고 이맥 형사한테 내가 완전히 개미친 사기꾼이 됐는데, 마음 편하게?"

"야, 나도 사실 서예정이랑 이맥이랑 동창이야. 초등학교 6학년 때 같은 반. 내가 했다는 거 알면 이맥이 날 죽일 거야. 그때 그냥 봐주고 넘어간 것까지 다 합쳐서…… 생각만 해도 겁난다."

"니가 기자냐, 씨발. 친일파 앞잡이 같은 놈. 돈과 권력의 노예, 아니 개지 개. 친구까지 팔아먹고. 앞으로 내 이름 절대 부르지 말고 내 앞에서 사람 말 하지 말고 왈왈, 왈왈 이렇게 짖어. 이제 선배라고 부르지도 않을 거고 존칭도 안 써. 인간 대접을 안 할 테니까 날 자르든지 지방에 보내든지 맘대로 해. 난 너 인간 명단에서 오늘부로 제외한다. 내 손에 총이 있었으면 이맥한테 처맞아 죽기 전에 나한테 먼저 총 맞아 죽었어. 개새끼야!"

변태경은 호기심에 가득 찬 표정으로 부장 자리만 쳐다보고 있는 사회부 기자들을 향해 각자 업무나 보라는 듯 손짓했다. 그리고 뒤돌아 나가는 안 기자의 등 뒤에 대고 투덜거렸다.

"아무리 내가 잘못했기로서니 한참 어린 후배놈이 반말에 욕설도 모자라서 개새끼 취급을 하네. 저걸 죽일 수도 없고 살릴 수도 없고. 이게 다 그놈의 민주주의 때문이야. 으이구, 두통이야."

안 기자는 연락을 회피하는 서 의원에게 다양한 인맥을 동원해 끈질기게 연락을 취했고, 결국은 아르테미스에서 서 의원을 만나 직접 해명했다. 서 의원은 전후 사정을 다 듣고 난 후 안 기자의 뺨을 한 대 세게 때렸다.

"안 기자도 속고 이용당했다니 딱하긴 한데, 그냥 용서해 주면 두고두고 안 기자도 나한테 미안한 마음 떨치기 어려울 테고, 나도 이 분한 마음을 어떻게든 해소해야 털고 다음으로 나갈 수 있고. 그래서 드라마에서 본 대로 한 대 때렸어요."

"때려 주셔서 고맙습니다. 절 때려서 조금이라도 분이 풀리신다면 더 때리셔도 돼요. 저도 시원하고 조금이라도 속죄가 되는 것 같아서 좋습니다."

"더 때리라뇨. 날 유치하고 폭력적인 인간 부류라고 생각하는 거예요? 우린 여기 아르테미스, 재즈 그리고 대화와 평화를 사랑하는 우월한 여자들이잖아요. 자, 지난 일은 이것으로 쿨하게 털어 버립시다."

"역시, 서 의원님. 존경합니다. 사랑합니다. 아니 존경하고 사랑합니다."

"이거 맨날 국회에서 듣던 말인데, 존경하고 사랑하는 국민 여러분, 존경하는 위원장님…… 진심 1도 없는 상투적인 표현."

"아니, 아니에요. 진심. 완전 진심."

"자, 그럼 존경, 사랑 이런 거 말고. 언니라고 불러 이제부터."

"네?"

"우리 말 몰라? 언니?"

"아, 일죠. 언니. 언니. 제가 외동딸이라 늘 언니가 갖고 싶었는데. 정말 고마워요, 언니."

두 사람은 서 의원과 이맥에 대한 음모의 배후에 스텔라드롭, 그리고 그 모기업인 JY그룹이 어떤 형태로든 관련되어 있을 것이라는 데에 동의했다. 국회의원과 기자 사이를 넘어 서로 긴밀하게 협력하기로 의기투합한 순간이었다.

2024년 1월 14일 일요일

초등학교 동창 서예정과 엉뚱한 스캔들에 휘말려 직위해제 상태에서 감찰 조사를 받게 된 이맥은 무거운 마음과 복잡한 머리를 달래기 위해 오랜만에 태백서점으로 발걸음을 옮겼다. 태백서점 앞에 작은 제사상 같은 게 차려져 있고 중년 남성 세 명이 서점 주인을 둘러싸고 있었다. 사라진 줄 알았던 극단적 정치 유튜버들이 다시 모인 것으로 짐작한 맥이 달려갔다.

"당신들 정말 너무한 것 아닙니까? 그렇게 알기 쉽게 설명 드렸고, 서점 앞에 짭새 출입금지 문구도 다 뗐는데 왜 또 이럽니까? 업무방해 혐의로 입건할까요?"

한 노인이 그런 맥을 보며 미소를 지었다.

"이 형사, 그런 거 아냐. 여기 내 아들 친구들. 인사해."

"아, 네. 죄송합니다. 제가 다른 분들인 줄 알고, 죄송합니다."

"맥아, 네가 여긴 웬일이냐?"

"어, 진 박사님. 박사님이야 말로 어떻게……?"

"아니 현수랑 이맥 형사 두 사람이 아는 사이야? 이것 참 세상 좁구먼."

"아, 네 아버님. 이 녀석 제 아들 같은 놈입니다. 어릴 때부터 제가 가르친 수제자랄까요, 하하하."

"역시 그랬구먼. 우리 태백이 떠난 해에 태어났다고 해서 내 손자 하자고 했는데, 내가 잘했구먼. 허허."

"맥아, 오늘이 우리 친구이자 아버님의 자랑스러운 외동아들, 한태백 기일이야. 그날 현장에 함께 있었던 친구들이 매년 모이고 있단다. 아버님께 인사도 드리고."

"아, 그러셨군요. 그런데……."

"경찰대 학생이었던 내가 어떻게 이 자리에 있냐고? 난 불량 학생이었거든."

"불량 학생이 아니라 완전히 경찰대학 운동권, 잘리지 않은 게 이상한 반항아였지, 하하. 참, 난 양성혁 교수라고 하네. 대학에서 문학을 가르치고 있지. 현수한테 아들 같은 존재면 조카라고 불러야 하나? 하하."

"아, 네, 안녕하십니까?"

"우리가 원래 여섯 명이었거든. 살아서 세상에 정의를 구현하자고 다짐한 생육신. 그런데 이렇게 세 명만 모이게 됐네……."

"한태백 님은……."

"그렇지, 태백이도 여기 있는 셈이니까 네 명이네. 나머지 한 명은 유진숙이라고 유일한 여성, 우리들의 디바였는데 그날 이후 사라졌어. 실종. 그리고 한 놈은 변절자 박제순. 그 친일파 을사오적 박제순 알지?"

"아뇨, 전 이완용밖에……."

"이완용만큼 나쁜놈이 박제순인데, 이름이 같고 하는 짓도 똑같아. 완전히 기레기 대장. 기자 하다가 신문사 사장 됐는데 이쪽이 권력 잡으면 이쪽에 아부하는 기사 왕창 쏟아 내고, 저쪽이 잡으면 저쪽 빨아 주는 기사로 도배하고. 그러면서 광고주 재벌은 맨날 빨아 주고, 연예인이나 유명인 루머, 카더라 헛소문 만들어서 아주 죽을 때까지 괴롭히고……. 이 새끼 그렇게 살지 말라 했더니 삐쳐서 아예 우리 모임에 나오질 않아. 연락도 없고. 내 말이 맞죠, 고결하신 우리 신부님?"

"왜 앞날이 창창한 청년 앞에서 알지도 못하는 친구 흉을 보냐, 교수란 놈이. 너도 덜 자랐어, 아직 출랑거리는 어린애야. 그래 가지고 어떻게 대학 교수를 하냐, 쯧쯧. 그런데 가만있어 보자, 그 당돌한 꼬마가 이렇게 컸구나. 우리 해용이랑 같이 살던 친구 맞죠? 우리 첫 만남은 꽤나 스펙터클했는데?"

두꺼운 겨울 외투 안으로 검은 사제복과 하얀 로만칼라가 보였다. 가톨릭 신부였다. 그리고 낯이 익었다.

"아, 베드로 신부님 맞죠? 와, 이렇게 다시 뵙네요. 안녕하셨어요, 신부님?"

"맞다 차 신부, 정용이 동생 해용이가 경찰이었지? 현수 제자였고. 이제 생각나네. 야, 그럼 나만 빼고 다 이 멋진 형사 청년하고 인연들이 있었네. 참 세상 좁다 좁아, 허허. 아니 근데 첫 만남이 스펙터클했다는 건 뭐야?"

"아, 아냐. 그냥 농담이지, 농담."

차정용 베드로 신부는 맥을 향해 짓궂은 윙크를 날렸다.

맥이 중학교 3학년 때였다. 학급을 쥐고 흔들던 두 망나니 배상주와 노상태가 새로 부임한 젊은 여자 영어 선생님에게 질문을 한답시고 '선생님 처녀예요?', '제가 검사해 봐도 되죠?'라고 성희롱을 하며 낄낄거렸다. 절대로 나서지 않겠다, 무조건 참고 견디겠다던 맥의 결심이 무너졌다.

"그만해라, 둘 다."

"뭐라고 했냐, 지금. 나한테 말한 거 맞냐?"

"그래, 이제 그만하고 수업하자."

"어쭈, 좆만 한 게 여선생한테 잘 보이고 싶어서 겁대가리를 상실했구나. 어리버리, 하도 하찮아서 니 이름도 모르겠다. 너 이리 좀 나와."

"수업 끝나고 보자, 일단 자리에 앉지."

맥의 말이 끝나기도 전에 불곰 같은 배상주의 육중한 몸이 맥 쪽으로 돌진했다. 맥은 자리에서 일어나 살짝 몸을 피했다. 상주는 맥의 책상과 함께 바닥으로 넘어졌다. 욕을 내뱉으며 몸을 일으킨 상주는 맥을 향해 주먹을 날렸다. 맥은 다시 한번 상주의 공격을 살짝 피했다. 그러자 뒤에서 누군가 맥의 몸을 붙잡았다. 상주의 세 번째 주먹이 맥의 가슴에 꽂혔다. 숨이 멎고 정신이 흐려지면서 극심한 통증이 느껴졌다. 맥이 머리를 뒤로 힘차게 젖혀 뒤에서 몸을 잡고 있던 녀석의 얼굴을 강타했다. 몸이 자유로워졌지만 그와 동시에 곰 같은 상주의 몸이 맥을 덮쳤다. 둘은 같이 바닥으로 쓰러졌다. 유도로 단련된 상주가 강한 팔로 맥의 목을 조르며 무거운 몸으로 누르기 자세를 취해 맥의 몸을 압박했다. 숨이 막혔다. 맥은 두 손가락으로 상주의 두 눈을 찔렀다. 짐승의 울부짖음 같은 비명을 지르며 상주가 떨어져 나갔다. 상주는 두 눈을 양손으로 감싸며 계속 비명을 질러 댔다. 두 걸음 옆에서는 노상태가 코피를 쏟으며 바닥을 뒹굴고 있었다. 누가 신고를 했는지, 아니면 큰 소리를 듣고 온 것인지 교감 선생님과 학생주임 선생님이 교실로 들어왔다. 상태와 상주는 병원으로 실려 갔고 맥은 학생주임에게 이끌려 교무실로 향했다.

맥은 분노한 학생주임으로부터 30여 대의 따귀를 맞고 50대 가까이 엉덩이에 몽둥이찜질을 당했다. 코피가 흐르고 입술이 터지고 입안 여기저기 살이 찢어졌다. 엉덩이와 허벅지에서도 피가 흘렀다. 그사이 고아 새끼, 근본도 없는 놈, 태어나지 말았어야 할 자식, 버러지 같은 놈 등 인간이 들을 수 있는 가장 심한 욕설을 들었다. 하지만 그건 모두 감당할 수 있었다. 견딜 수 있었다. 이미 초등학생 시절부터 듣고 겪던 익숙한 일이었다. 그러나 '내일 보호자 오시라고 해'라는 마지막 선언은 맥의 가슴을 철렁 내려앉게 했다.

"저, 선생님. 죄송하지만 더 때리시고 보호자는 안 부르는 것으로 하면 안 될까요?"

"이 새끼, 이거 진짜 미친 새끼 아냐? 너 처맞는 게 좋으냐? 그거 뭐야 뭐 그 마조히즘, 그런 이상한 정신병 걸렸냐?"

"그게 아니라 제 보호자가 경찰인데요, 사건 수사하느라 너무 바빠서……."

"개새끼야, 경찰만 바빠? 나는 안 바빠? 니가 줘 패서 병원 실려 간 애들 부모님은 안 바쁘시고? 걔네 부모님은 경찰 나부랭이보다 훨씬 더 중요한 나랏일 하시는 분들이야. 노상태 아버지가 여당 국회의원인 거 몰라? 미친 고아 새끼야."

분이 덜 풀렸는지 말이 끝나기도 전에 학생주임의 손이 맥의 뺨으로 날아들었다.

"잔말 말고 니 보호자 오라고 해. 널 퇴학시키든 소년원에 처넣든 보호자가 알고는 있어야 하니까. 알았어?"

맥은 아무 말 없이 학생주임의 눈을 노려봤다. 순간 학생주임이 크게 움찔했다.

"가, 이 새끼야. 가. 너랑 더 이상 말해 봐야 내 입만 더러워진다."

맥은 말없이 뒤돌아서 나왔다. 교실로 들어가긴 싫었다. 마음속에서 분노와 억울함, 서러움, 뭔지 설명할 수 없는 복잡한 감정들이 들끓었다. 그대로 교문 밖으로 걸어 나가 한없이 앞을 향해 걸었다. 벌겋게 부풀어 오른 양쪽 뺨, 코피가 말라붙은 인중, 터진 입술에 살기등등한 눈빛으로 어기적어기적 걷는 맥을 본 행인들은 마치 짐승을 대하듯 깜짝 놀라면서 서둘러 몸을 피했다. 맥은 누구든 몸이 닿거나 옷만 스쳐도 때려죽여 버리겠다고 생각하며 앞으로 무작정 걸어갔다. 그 순간만큼은 해용도, 법원 판사도 다 소용없었다.

'맘대로들 하라 그래, 세상 모든 인간들이 다 개새끼들이야. 다 죽여 버릴 거야. 그러고 나도 죽으면 그만이지. 어차피 근본도 없는 고아 새끼인데 더 살아서 뭐 해.'

앞쪽 버스 정류장 쓰레기 통 옆에서 3~40대 정도로 보이는 남자가 담배를 피우고 있었다. 맥은 다짜고짜 그 남자에게 시비를 걸었다.

"아저씨, 담배 내놔요!"

잠깐 맥을 바라보던 남자는 주머니에서 담뱃갑을 꺼내서 맥에게 건네주었다. 얼떨결에 담뱃갑을 받아 든 맥은 그대로 앞을 향해 걸어갔다. 그러자 그 남자가 따라와 말을 걸었다.

"학생, 불은 있어요?"

"없는데……요?"

"이리 와요. 무슨 일인지 모르겠지만 담배 한 대 같이 피워요."

둘은 가까운 골목 계단에 걸터앉았다. 맥은 담배를 입에 물었고, 남자가 라이터를 꺼내 불을 붙여 주었다. 학교 화장실과 쓰레기 처리장 등에서 친구들이 피우는 모습을 본 적이 있었던 맥은 그 모습을 떠올리며 담배를 한 모금 빨아들였다. 하지만 바로 숨이 막히는 고통과 함께 기침이 튀어나왔다. 그 바람에 멈췄던 코피가 다시 흐르고 입술과 입안에서도 피가 나왔다.

"허허, 담배를 피워 본 적도 없네. 아직 시작 안 했으면 아예 안 피우는 게 나아요. 담배는 건강만 해치지 백해무익이에요."

기침이 멎자 맥이 되물었다.

"그런데 아저씨는 왜 이 나쁜 담배를 피워요?"

"안 피워야지. 그런데 고등학생 때 친구들하고 호기심에 시작한 게 여기까지 왔네요."

"제가 어린 학생인 줄 알면서 왜 존댓말을 쓰세요? 제가 행패 부리는데도 혼내지도 않고?"

담배 연기를 뱉으며 맥을 물끄러미 쳐다보던 남자가 미소를 지었다.

"무슨 이유인지는 모르지만 무척 억울하고 화나는 일이 있었구나, 생각했죠. 나도 그런 적이 있었으니까. 내가 도움은 못 주지만 더 화나게 하지는 말자, 이렇게 생각했죠."

그 말을 듣자 맥은 갑자기 무척 부끄럽고 미안해졌다.

"죄송합니다. 아무 상관 없는 분께 행패 부리고 무례하게 굴어서."

"괜찮아요. 무슨 일인지 모르지만 학생 잘못이 아니고 누군가 학생을 억울하게 한 것 같은데, 다른 사람 때문에 소중한 자기 인생을 망치지는 마세요. 그 말만은 꼭 하고 싶네요."

학생주임의 엄청난 매질과 폭언에도 끄떡없던 맥의 감정이 흔들렸다. 갑자기 눈물이 쏟아졌다. 남자가 들썩이는 맥의 어깨에 팔을 둘렀다. 생전처음 보는 사람 품에 안겨 한참을 울었다. 눈물이 그치자 맥은 남자에게 너무 큰 실례를 범하고 있다는 것을 깨달았다. 남자의 옷이 맥의 피와 땀, 눈물때문에 더러워졌다.

"죄송합니다, 너무 죄송합니다. 저 때문에 옷이 다……."

"괜찮아요. 옷이야 빨면 되고. 이제 좀 진정이 됐으면 난 갈게요. 아주 착한 학생 같은데 너무 마음 상하지 말고, 힘내요."

"고맙습니다, 죄송합니다."

남자는 씨익 웃으며 멀어져 갔다. 갑자기 무엇인가를 깨달은 맥은 남자에게 뛰어갔다.

"저, 이 담배……."

담뱃갑을 받아 든 남자는 다시 한번 미소를 짓고는 가던 길을 갔다. 일요일에 해용과 함께 성당에 갔다가 그 남자를 다시 만났다. 그는 차해용의 친형 차정용이자 베드로 신부였다. 스펙터클한 첫 만남은 맥을 한없이 부끄럽게 만드는 흑역사였다.

2024년 1월 15일 월요일

현장 주변 CCTV 영상과 목격자들을 포함한 현장 내부를 촬영한 과학수사팀 채증 영상을 분석하던 ACAT 한진규 경장은 첫 두 사건 현장에 있었던 쇼트커트 머리 운동복 차림 여성의 목덜미 문신에 집중했다. 확대하면 모양이 깨져 알아볼 수 없게 되는 저화질 압축 영상과 씨름하며 욕과 한숨을 거듭 내뱉던 중에, 가까스로 깨짐 현상 없이 문신을 식별 가능한 정도로 확대하는 데 성공했다. 한 경장이 기쁨에 겨워 내지르는 소리에 깜짝 놀란 팀원들이 대형 모니터 앞으로 모여들고, 서로 문신 속 여인을 보고 떠오르는 생각을 이야기하기 시작했다. 팀원들이 하는 말을 가만히 듣고만 있던 서마리 주무관이 카스트라토 전성기였던 바로크 시대 여자들의 복장을 찾아서 비교해 보라고 하자 모두 감탄하면서 경쟁적으로 인터넷을 검색했다. 각자 왕비부터 하녀까지 다양한 신분의 여성들 그림을 찾아서 띄우는데 윤의주 박사가 갑자기 "유디트!" 하고 소리를 질렀다. 모두 무슨 말인지 몰라 어리둥절한 표정으로 윤 박사를 쳐다봤다.

"유디트 몰라요? 홀로페르네스의 목을 자르는 유디트. 내가 피렌체 우피치 미술관에서 저 그림 발견하고 꼼짝없이 몇 시간을 쳐다봤거든요. 결국 미술관 폐관 시간이 돼서 나왔는데 얼마나 아깝고 아쉬웠던지.”

모두가 윤 박사를 쳐다보며 그림 이야기를 듣고 있을 때 사이버수사 담당 심희용 경사가 유디트를 검색해 그림을 찾아냈다. 대형 스크린에 심 경사가 띄운 그림을 본 윤 박사가 소리쳤다.

“아니야, 그건 클림트의 유디트잖아. 그거 아냐! ……그건 미켈란젤로의 유디트고, 그건 카라바조의 유디트. 다 남자 화가들 작품이잖아. 그거 말고 여자 화가 아르테미시아의 유디트. 아르테미시아 젠틸레스키!”

심 경사가 스크린에 띄우는 그림마다 ‘아니야’를 외치던 윤 박사가 스크린을 손으로 가리켰다.

“그거, 그거라고. 인류사 최대의 걸작, Judith Beheading Holofernes,

홀로페르네스의 목을 자르는 유디트. 오, 실물로 다시 보고 싶다!"

"잔인하다…… 폭력적이다…… 사실적이다……."

심 경사가 웹 검색에서 찾은 감상평을 읽자 윤 박사가 뒤를 이었다.

"이탈리아 로마에서 화가 아버지를 둔 아르테미시아는 어릴 때부터 그림에 남다른 재능을 보였어요. 그러다가 17세에 아버지 친구인 아고스티노 탓시라는 화가 놈에게 강간을 당하죠. 그놈을 고소했지만 오히려 탓시가 아르테미시아를 상대로 역고소를 했어요. 여러 남자와 성관계한 행실이 나쁜 여자이고 먼저 유명 화가인 자신을 유혹했으면서도 돈을 뜯어내려고 허위 고소, 무고를 했다고 주장한 거죠. 그 바람에 오히려 피해자인 아르테미시아가 꽃뱀 범죄 혐의자가 돼서 혹독한 고문 수사를 당했어요. 당시 이탈리아 법이 그랬다니까요. 그래도 다행스럽게도 아르테미시아의 아버지가 끝까지 딸 편에 서 줬고, 탓시의 처제 등 다른 여성들이 자신들도 탓시에게 강간을 당했다면서 용기 있게 나서 준 덕에 아르테미시아는 누명을 벗고, 탓시는 강간 혐의가 인정됐죠. 법원에서 강간범 탓시에게 내린 벌이 뭔지 알아요?"

"거세, 카스트라토!"

그동안 말없이 주어진 일만 하던 행정반 서현용 순경이 자신도 모르게 소리쳤다.

"Nice try, 하지만 틀렸어요. 5년 노동형과 로마 밖으로의 추방 중에서 선택하라는 결정이었죠. 게으르고 교활한 강간범 탓시의 선택은?"

"추방."

"그렇죠. 그런데 문제는 그놈이 채 몇 달도 지나지 않아서 다시 로마로 기어들어 왔고 마치 아무 일도 없었다는 듯 화가로 잘 먹고 잘 삽니다."

"그럼 아르테미시아가 사적 복수를 했나요? 거세?"

"아니요, 그 고초를 겪고 유럽 최초의 여성 직업 화가가 된 아르테미시아는 루크레티아, 유디트 등 성경이나 역사 속 여성들이 남자를 죽이거나 목을 자르는 장면을 그리는 것으로 복수를 대신했습니다. 저 그림 속 목 잘리는 남자, 아시리아의 장군 홀로페르네스의 얼굴이 실제 탓시의 모습을 닮았다고 주장하는 평론가들도 있어요."

윤 박사의 설명이 이어지는 사이 한진규 경장이 확대에 성공한 사건 현장 영상 속 목덜미 문신 모양이 유디트 그림 옆에 나란히 자리했다. 팀원들의 탄성이 터져 나왔다. 문신 속 여인은 바로크 시대 여성 화가 아르테미시아의 작품 속 주인공 유디트였다. 다만 문신에는 유디트의 칼날에 머리가 잘리는 남자가 없었고, 유디트를 돕는 또 다른 여인도 없었다. 문신이 너무 작아서 유디트의 손에 쥐어진 칼 역시 모르고 보면 칼로 인식하기 어려웠다. 그래서 동자동 현장에서 커트 머리 여성을 직접 만난 현수경이 목덜미에 춤추는 여인 문신이 있었다고 기억했던 것이다.

모두가 유디트 그림과 문신 모양을 비교하느라 정신이 없을 때 서마리 주무관이 "아르테미시아……." 하고 중얼거렸다. 112 신고전화 음성의 배경에서 들렸던 '아테나로 갈게'가 어쩌면 아르테미시아를 줄이거나 빨리 발음한 것일 수도 있었다. 그런데 그렇다 해도 '아르테미시아로 갈게'라는 건 도대체 어떤 의미일까? '아르테미시아'라는 장소가 있나? 아르테미시아의 작품이 우리나라에서 전시되고 있나? 사이버수사 담당 심희용 경사가 지원팀 서현용 순경에게 도움을 청해 두 사람이 함께 집중 검색을 시작했다. 아르테, 아르테미시아 혹은 아르테로 시작하는 명칭을 가진 장소와 아르테미시아의 그림이 있는 장소 등을 순서대로 검색해 나갔다. 서울 시내에 카페, 술집, 전시관, 아파트 단지, 빌라 단지 등 모두 578군데가 검색되었다.

진현수 박사와 마일영 팀장은 함께 사건 전체를 다시 분석했다. 범죄 수법, MO가 지나칠 정도로 치밀하고 계획적이며 조직적임에도 불구하고 범행 실패의 가능성을 높이는 위험을 감수하면서까지 스텔라드롭이라는 특정 업체를 타깃으로 하는 독특한 부분에 주목했다.

"진 박사, 스텔라드롭 고집하는 거, 어떻게 생각해? 이거 MO야 시그니처야?"

"글쎄, 평소 스텔라드롭을 자주 이용하거나 그곳에서 근무하는 사람이라면 MO 기회 요인이겠고…… 일부러 스텔라드롭을 타깃팅해서 손해를 끼치거나 혹은 반사 이익을 얻으려 하는 것이라면 MO 필요 요인이겠지."

"그 경우라면 지금쯤 저인망식 수사망에 걸려들지 않았을까? 샅샅이 훑고 있을 텐데?"

"그러게. 경찰보다 회사 쪽에서 더 강도 높게 파는 것 같던데, 스텔라드롭 매장 이용자, 전현직 직원, 불만이나 민원을 제기한 납품업체나 고객들……. 그중엔 용의자가 나오지 않았단 말이지."

"그럼 뭐지? 특정 업체를 고집스럽게 택해서 자신이 발각되거나 단서를 남길 위험을 무릅쓸 이유……. 억누르지 못하는 감정과 욕구, 시그니처 행동인가? 이런 시그니처도 있었나?"

"미국 연쇄 폭탄테러범 유나바머의 경우엔 대학과 항공사들을 타깃으로 삼아서 연쇄 공격했지. 지구를 멸망으로 이끄는 산업기술 개발의 주범이라고."

"유나버머는 경고 편지도 보냈고, 메시지가 분명했잖아? 카스트라토는 오히려 성범죄자들이 메인 타깃이고 스텔라드롭은 단지 도구일 뿐인데? 얼마든지 다른 걸 써도 되는……."

"첫 사건에선 스텔라드롭이 없었단 말이야. 성경 케이스에, 장소도 스텔라드롭이 없는 세종문화회관 공연장 화장실이고."

"첫 사건을 별도로 분리해 내야 하나? 아니면 우연히 별 의도 없이 사용한 스텔라드롭 용기가 국회의원의 발언으로 관심의 대상이 되니까 일부러 계속 사용하게 된 것일까?"

"그렇게 보기엔 너무 모든 것이 미리 계획된 대로 이행되는 모습이야. 공격 대상자 선정과 신상 정보 파악도 그렇고."

"그래서 난 왠지 범인이 우릴 갖고 놀고 있다는 생각이 자꾸 들어."

"같은 생각이야. 가지고 노는 것까진 아니겠지만 우리가 분석하고 수사하는 방식을 다 알고 우리보다 한발 앞서 나가면서 우릴 어떤 방향으로 유도하는 것 같다는 느낌?"

"그럴 만한 사람, 딱 한 사람 떠오르는데? 진 박사가 아주 잘 아는 그 친구."

"아니길 바라지만, 나도 자꾸 차해용, 그 녀석의 흔적과 자취가 느껴지네. 그 정도의 수사와 분석 능력을 갖추고 경찰 내부 상황까지 잘 아는 또 다른 누군가가 있거나, 수사본부나 우리 ACAT 내부에 공범이 있는 게 아니라면 말이야."

"스텔라드롭 모기업, JY그룹에 대한 분노와 복수 감정까지. 경찰대학 출신의 진 박사 수제자, 뛰어난 수사 역량을 갖춘 프로파일러였던 엘리트 경찰 간부가 무리한 불법 수사하다가 결국 파면당했잖아?"

"그렇긴 한데, 성범죄자들 잡아다가 거세하는 건 당최 해용이랑 연결이 안 되는데? 이건 어떻게 풀어야 할까? 단서가 있나?"

"우리가 못 보는, 숨겨져 있는 어떤 연결고리가 있을 수도 있지. 같은 공격 목표를 공유하는 성범죄 피해자라든가."

"나도 그 점이 의심스럽긴 한데 만약 그 연결고리를 찾지 못한다면……. 우리가 경험의 함정에 빠져서 공연히 아무 관련도 없는, 우리가 아는 특정

252

인에게로 엉뚱한 의심의 화살을 집중하는 것일 수도 있으니…….”

“그런 위험이 있지. 그런데 만약에 차해용이 관련된 게 맞다면 그와 가까운 또 한 사람…….”

“이맥?”

“차해용과 함께 살았고 차해용의 알리바이를 입증해 줘서 형사책임을 면하게 해 줬던 게 이맥 아니었나? 당시 고등학생이었지, 아마?”

“맥이는 해용이와는 달라. 당시에 해용이가 간청해서 그 진술해 주고 나서 어린 마음에 무척 괴로워하다가 해용이 집을 나왔고 둘 사이는 완전히 끝났지. 맥은 대학도 포기하고 바로 군대에 입대했고, 해용이는 외국으로 나갔고.”

“이런 이런, 모든 사람과 상황을 의심하는 냉철한 프로파일러 진 박사가 이맥 한 사람한테만은 무조건 무한 신뢰구먼. 그 녀석이 그렇게 좋아?”

“내가 그랬나?”

“만약 둘 사이가 끝난 게 아니라면, 맥이 국회의원하고 짜고 스텔라드롭 계속 물고 늘어지다가 수사 배제 조치 당한 것도 연결이 돼지. 카스트라토가 우리 분석과 수사 내용을 알고 움직이는 것 같은 상황도 설명이 되고.”

“만약에 그렇다면 나한테 큰 책임이 있게 되네. 이거 참.”

분석실을 나온 진 박사는 안 기자에게 전화를 걸었다. 카스트레이터에게 이메일을 보내서 경찰 출신인지 질문을 던져 달라고 부탁했다. 안 기자는 그 이유가 무척 궁금했지만 답을 못 들을 것을 뻔히 알기 때문에 묻지 않은 채 그렇게 하겠다고 답했다. 안 기자가 이메일을 보내고 나서 몇 시간 뒤에 잘못된 질문이라는 회신이 왔다.

마 팀장은 경찰 기록과 법무부 출입국관리소 등 다양한 경로를 통해서 차해용에 대한 전면적인 조사를 실시했다. 차해용 당시 경위는 불법수사,

독직폭행, 복무규율 위반 등 다양한 사유로 징계위원회에 회부된 끝에 파면 처분을 받았다. 얼마 뒤 차해용은 그동안 교제하던 이맥의 중학교 시절 영어 선생인 이혜선과 결혼했고 부부는 한국에 있는 모든 재산을 정리한 뒤 필리핀으로 투자 이민을 떠났다. 필리핀 영사관과 한국 경찰청 파견 코리안 데스크에서 파악한 바로는 차해용은 보안업체, 이혜선은 한국인 조기유학생들을 위한 영어학원 사업을 하면서 큰 부를 축적했고 번 돈을 과감하게 비트코인에 투자해서 엄청난 부를 일궜다. 차해용과 이혜선은 필리핀 이민 이후 단 한 번도 한국에 입국한 기록이나 흔적이 없었다. 과연 외국에서 거부가 된 차해용이 정말로 자신의 부와 지위를 위태롭게 할 수 있는 범죄인 카스트라토 사건에 관여하고 있는 것일까? 만약 사실이라면 도대체 왜? 그리고 이맥은? 마 팀장은 아니라는 증거가 확보되고 전혀 관련이 없다는 결론이 내려질 때까지 끝까지 분석하고 파 보기로 했다.

모든 ACAT 팀원들이 대형 스크린에 올라오는 그림들을 보면서 문신의 실체를 밝히는 데 집중하는 동안 말없이 이들을 지켜보는 한 사람이 있었다. 그는 진 박사와 마 팀장이 따로 자리를 옮겨 이야기를 나눌 때에도 그 두 사람을 주의 깊게 지켜봤다. 케어팀 현수경 경장이었다. 누군가 그의 어깨를 툭 치자 현 경장은 마치 뜨거운 것에 데인 듯 소스라치게 놀랐다.

"현 경장, 무슨 죄 지었어요? 왜 이렇게 놀라? 내가 더 놀랐잖아요. 간 떨어질 뻔했네."

유디트의 실체가 밝혀진 뒤 뿌듯한 성취감에 젖어서 고개를 돌린 한진규 경장이 멍하니 먼 곳을 바라보는 듯 서 있는 현수경을 발견하고는 다가와 어깨를 건드린 것이었다.

"아, 아뇨. 제가 무슨…… 그냥 딴생각 좀 하느라고."

"그런데 내가 동자동 사건 현장 촬영 영상을 분석하다가 좀 물어보고 싶은 부분을 발견해서."

"저한테요?"

"그 유디트 문신한 여성하고 실랑이를 하다가 손을 잡고 뭔가를 뺏어서 주머니에 넣는 것처럼 보이거든요?"

"네? 뭘요?"

"뭔지는 당사자가 알 테고, 빠른 동작이고 작고 흐릿해서 식별이 잘 안 되거든요. 기억 안 나요?"

"네, 전혀."

"내 자리로 좀 와 보세요. 보여 드릴게."

"아, 아뇨. 제가 지금 병원에 남자 친구 문병을 가야 해서요. 다음에 볼게요. 제가 기억나지 않는 걸 보면 뭐 중요한 건 아닐 거예요. 그게 뭐든."

"아, 뭐, 네."

황급히 ACAT 사무실을 나서는 현 경장의 발걸음에서 조급함이 느껴졌다. 현수경의 마음은 복잡했다. 사실 늘 그랬다. 경찰로서의 직업윤리, 사명감과 억울하게 세상을 떠난 두 친구에게 했던 맹세 사이에서 흔들리는 양심. 갈등 속에 보낸 하루하루였다. 순경 임용식에서 오른손을 들어 올리고 선서하며 외쳤던 경찰 헌장의 문구들 하나하나가 매운 채찍 자국처럼 선명하게 떠올랐다.

"우리는 정의의 이름으로 진실을 추구하며, 어떠한 불의나 불법과도 타협하지 않는 의로운 경찰이다. 우리는 국민의 신뢰를 바탕으로 오직 양심에 따라 법을 집행하는 공정한 경찰이다."

현수경의 머릿속에서 선서 장면이 끝나기도 전에 더 오래전 기억 속 장면이 현실 같은 선명함으로 겹쳐졌다. 13년 전, 이제 막 초등학교를 졸업하고 어린애 티를 채 벗지 못한 중학교 1학년, 같은 반 친구였던 선애와 희진.

둘은 유서 같은 메모를 남기고 아파트 옥상에서 함께 뛰어내렸다. 두 친구의 죽음은 '엄마의 동거남에게 성폭행당한 여중생과 친구'라는 제목으로 신문 1면과 방송 뉴스를 장식하면서 세상을 떠들썩하게 했었다. 결국 그 짐승은 두 아이가 죽음으로 고발한 후 구속되어 법정에 섰고 징역 20년 형을 선고받았다.

수경은 두 친구를 돕지도 구하지도 못한 자신에 대한 자책감에 늘 시달렸다. 그리고 복수만이 자신의 잘못을 조금이나마 씻어 줄 수 있다고 생각했다. 다른 경찰들과 달리 어린 중학생 피해자들의 이야기를 잘 들어 줬던 차해용 경위. 검찰이 증거 불충분이라며 돌려보내도 세 번씩이나 구속 영장을 신청했던 그는 수경의 친구들이 자살을 선택했을 때 누구보다 슬퍼하고 분노했다. 수경이 경찰이 되겠다는 목표를 가지게 된 계기였다.

2024년 1월 16일 화요일

수사 업무에서 배제된 채 감찰 조사를 받느라 의기소침해 있던 이맥의 휴대전화가 울렸다. 인왕서 강력5팀 박 형사였다. 박 형사는 팀원들 버리고 가더니 10리도 못 가서 발병 날 줄 알았다며 실없는 농담을 던졌다. 옆에 있는 김 형사가 거들며 급하게 수사본부로 차출되느라 환송 회식도 못했는데 지금 일 없이 쉬는 김에 뒤늦은 회식이나 하자고 졸랐다. 이맥은 서장, 아니 경찰청장이 오라고 해도 회식이나 술자리엔 안 가는 것으로 유명했지만 자기 팀원들이 어린아이처럼 조르자 마지못해 응했다.

돼지껍데기 집에서 소주잔을 기울이며 진경원 뒷담화를 한참 하다가 갑자기 이맥과 김 형사가 입을 다물었다. 눈치 없는 박 형사는 자기 뒤에 진경원이 와 있는 것도 모르고 계속 인간미가 없느니 사람이 차갑느니 하며 말을 이었다. 진경원은 슬며시 박 형사 옆자리에 앉으며 남의 이야기인 양 맞장구를 쳤다. 넷의 대화는 자연스럽게 이맥의 징계 그랜드슬램 얘기로 넘어갔고, 김 형사와 박 형사는 술기운을 빌려 징계받고 상사들에게 미운털 박힌 자신들을 받아 준 이맥을 위해 끝까지 의리를 지키겠다고 다짐했다.

박 형사는 이맥을 위해 목숨까지 내놓겠다고 했다가 맥과 경원에게 타박을 받았다.

JY시큐리티 이경덕 대표는 카스트라토 사건 대응팀 비밀 아지트에서 부하들을 닦달하며 지시를 내리고 있었다. JY시큐리티는 공식적으로는 무인경비 시스템 설치와 경호, 시설경비 등을 수행하는 종합 시큐리티 업체였다. 총기를 휴대한 채 방위산업체나 발전소, 공항, 항만 등 국가보안시설을 지키는 특수경비 업무도 수행했다. 당연히 JY그룹 산하 모든 건물과 사무소 등에 대한 경비 업무도 도맡아 수행했다. 하지만 뒤에서는 JY그룹의 곤란한 문제를 처리하는 해결사 노릇을 하며 지저분한 짓을 마다하지 않았다. 강성 노조 탄압, 내부고발자 등 골치 아픈 임직원 정리, 경찰 검찰 등 관공서를 대상으로 한 금품 로비, JY그룹의 재개발 사업 현장에서 용역 깡패를 동원해 철거 대상자들을 강제로 쫓아내는 일 등 JY그룹을 위해서라면 온갖 불법적 혹은 탈법적 수단과 방법을 가리지 않았다.

그 중심에는 전 씨 집안의 충복 노릇을 하는 이경덕 JY시큐리티 대표가 있었다. 전 씨와 유 씨, 두 성 씨의 영문 머리글자를 따서 이름을 지은 족벌 기업인 JY그룹 계열사 중 유일하게 다른 성을 가진 대표라는 것만 봐도 이경덕의 위상을 알 수 있었다. 무술도장 관장의 아들로 어릴 때부터 무술을 익힌 이경덕은 전 씨 집안 막내 전우민의 친구로 초등학교 시절부터 우민의 경호원 역할을 해 왔다. 전우민이 고등학교 졸업 후 해외로 유학을 가자 이경덕은 군 특수부대에 자원입대했다. 전역한 후 폭력조직에 몸담았다가 조직 간 집단 난투극 장면이 CCTV에 찍혀 경찰에 검거되었는데 소식을 들은 우민이 전상환에게 연락해서 기소유예 처분을 받고 풀려났다. 그때부터 전 씨 집안과 JY그룹을 위해 충성을 다하고 있었다.

그런 이경덕에게 카스트라토 사건 대응 임무가 주어진 것이다. 임무의 특성상 카스트라토 대응팀은 결코 JY그룹과의 연결고리가 드러나면 안 되었다. 이경덕은 철저하게 JY그룹과 관련 없는 군대 시절 동기나 선후배, 조폭 생활 중 알게 된 행동대원, 그리고 용역 깡패 중 실력 있고 믿을 만한 놈들을 추려서 별도의 행동조직을 구성했다. 이들 중 누군가 폭행이나 살인 등의 범죄를 저지르게 될 경우 JY그룹과는 전혀 관계없는, 개인적인 범행으로 처리될 것이었다. 아지트 역시 회사와 떨어진 모처에 마련했다.

　대응팀은 전희선 대표가 경찰과 검찰, 주요 언론 기관의 핵심 인사가 된 JY장학생들로부터 확보한 정보를 바탕으로 지시하는 사항들을 처리했다. 서예정을 미행해서 이맥과 만나는 사진을 몰래 촬영한 것도 그중 하나였다. 하지만 대응팀을 주도하고 있는 이경덕에게도 한 가지 걸리는 것이 있었다. 바로 버터 냄새 풀풀 나는 변호사 존의 존재였다. 짙은 선글라스 속에 감춘 속내는 읽어 낼 수가 없었다. 대응팀이 제대로 된 성과를 거두지 못할 경우 그가 만들겠다는 외국 용병 대응팀도 경덕의 신경에 거슬렸다. 하지만 당장은 존에게서 JY그룹의 보호막이 벗겨질 후일을 기약하는 수밖에 없었다.

Case No.6

종로구 인의동 스텔라드롭

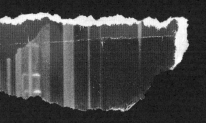

2024년 2월 2일 금요일

　1월 19일, 금요일이 또 찾아왔다. 체감온도 영하 20도에 육박하는 맹추위가 계속되어 화재와 동파, 교통사고 등이 이어진다는 뉴스가 들려오는 가운데 경찰은 하루 종일 추위 속에 발을 동동 굴려가며 3교대 비상경계 근무를 계속해야 했다. 하지만 2월의 첫날까지 조용한 하루하루가 이어졌다. 2주 내내 최고조의 긴장 상태를 유지한 채 밤낮없이 일해야 했던 수사본부와 ACAT도, 각 경찰서 형사들과 지구대 순찰경찰들, 기동대 대원들, 그리고 경찰을 돕기 위해 나선 시민 자율방범대원들도 모두 지쳐갔다. 하루 종일 도끼눈을 뜨고 추운 거리에서 벌벌 떨면서 수상해 보이는 사람들을 주시하는 긴장되고 피곤한 시간들이 이어졌지만 결국 아무 일도 일어나지 않았다. '이럴 줄 알았으면 차라리 푹 쉬고 재충전한 뒤 다시 작전을 개시했으면 좋았을 걸'이라는 푸념이 절로 흘러나왔다.

　언론 역시 사건이 일어나길 학수고대하며 사회부 기자들을 전원 대기시키고 현장에서 경찰을 따라다니며 뻗치기를 한 결과가 빈손이라 크게 실망했다. 하지만 언론은 사건이 발생하지 않는 것도 사건으로 만드는 재주가 있었다. 경찰 비난, 카스트라토와 관련된 온라인에 떠도는 각종 루머의 확대 재생산, 피해자 가족과 지인에 대한 집요한 인터뷰, 자칭 타칭 전문가들의 온갖 주장을 그럴싸하게 포장하기까지. 이중도 교수 등 일부 전문가들은 방송을 통해 카스트라토가 다른 범죄 혐의로 체포돼 수감되어 있거나 병이나 사고로 사망했거나 해외로 도피하는 등 피치 못할 범행 중단 사유가 있었을 것이라고 주장했다. 이들은 범행 예상 장소에 의미 없이 경찰 인력을 배치하기보다 최근 검거된 범죄자들과 사고나 질병 등으로 입원한 사람들 그리고 출국자들에 대한 전수 조사를 실시해야 한다고 목소리를 높였다.

카스트라토 범행 중단에 대한 세상의 온갖 주장과 소문을 비웃듯 사건은 또 발생했다. 2월 2일 금요일 밤 9시 30분, 종로구 인의동 스텔라드롭 여자화장실. 절단된 신체 일부는 역시 스텔라드롭 음료수 용기 속에 담겨 있었다. 피해자 신원도 곧 확인됐다. 일주일 전 자신의 건물 관리 상황을 점검한 뒤 귀가하지 않고 사라져서 함께 살던 모친이 경찰에 실종신고를 했던 30대 건물주 노상태였다. 그는 대학입시에 실패한 뒤 미국으로 도피성 유학을 다녀와서 무릎 십자인대 파열이라는 석연치 않은 건강상 이유로 병역을 면제받았다. 고급 외제차를 몰고 다니면서 직업도 없이 놀고먹던 현대판 오렌지족이었다.

친구들과 주변 지인들은 노상태를 카사노바라고 불렀다. 클럽에서 만난 여성들과 닥치는 대로 성관계를 하고 그 장면을 촬영한 사진과 영상을 친구들에게 보여 주며 자랑하고 다녔기 때문이다. 그의 주 수입원인 테헤란로 소재 12층 건물은 과거 다선 국회의원으로 실세 정치인이었던 부친이 사망 직전에 증여한 것이었다. 노상태는 그 건물에서 나오는 임대료 수입으로 호화 생활을 이어 갔다. 그런데 얼마 전 클럽에서 만난 여대생으로부터 성폭행으로 고소당하는 사건이 발생했다.

여대생은 클럽에서 친구들과 놀다가 웨이터의 집요한 강요에 못 이겨 노상태 일행과 합석했는데, 술 몇 모금을 마신 후 정신을 잃었고 깨어나 보니 낯선 집 침대에 알몸으로 누워 있는 상태였다고 진술했다. 당황한 마음에 급하게 옷을 챙겨 입고 집으로 돌아갔다가 몸 상태와 느낌이 아무래도 이상해서 성폭행 피해 신고를 했다는 것이었다. 신고를 접수한 경찰이 성폭행을 당했다면 왜 바로 신고하지 않고 사흘이나 지나서 경찰서를 찾아왔냐고 묻자, 여성은 성폭행 피해를 바로 인지하지 못한 채 기분 나쁜 느낌이 꿈인지 실제인지 혼란스러웠다고 말했다. 그렇게 사흘을 단편적인 기억으로 힘들게 보내다가 인터넷 검색을 통해 유사한 피해 경험을 확인한 후 경찰에 신고했다고 밝혔다.

피해자가 지목한 아파트는 노상태가 모친 몰래 구입한 뒤 비밀 환락 파티를 여는 아지트로 이용하던 곳이었다. 노상태는 여대생이 자신의 아파트에서 밤을 보낸 사실을 인정했다. 하지만 피해 여성이 스스로 원해서 따라왔고 서로 합의하에 성관계를 한 것이라면서 범행을 완강하게 부인했다. 그는 오히려 여대생이 최근 카스트라토 사건으로 생긴 사회 상황을 이용해서 자신으로부터 거액을 뜯어내려는 꽃뱀이라고 목소리를 높이며 변호사를 통해 여대생을 상대로 무고죄로 역고소했다. 서로 고소와 역고소가 이루어지는 상황에서 기초 조사를 마친 경찰이 간이 약물 검사를 진행했지만 여성의 소변에서 마약이나 향정신성의약품 성분은 검출되지 않았다.

이후 피해자가 정밀 검사를 요청했기 때문에 경찰은 여성의 혈액과 모발을 채취해 국과수로 보내 감정을 의뢰했다. 국과수에서 실시한 혈액과 모발 대상 정식 정밀 검사에서도 법정 마약 성분은 검출되지 않았다. 다만 감마하이드록시뷰티르산, 약칭 GHB 성분이 확인되었는데 와인이나 소고기 등을 섭취했을 경우 검출될 수 있는 정도의 미량이라 약물에 의한 것인지

단언하기 어렵다는 결과를 받았다. 결국 물적 증거도 없고 말 대 말, 진술 대 진술의 대치 상황이라는 특성상 누구 말이 신빙성이 높은지를 확인하기 위한 수사에 시간이 소요되고 있었다.

그사이 답답함과 억울함을 느낀 피해자는 추가 피해자가 있을 것으로 생각하고 딥소 사이트에 사연을 올렸고 여러 명의 익명 댓글이 달리면서 노상태에게 유사한 피해를 당했다는 피해자들이 나타났다. 그들 중 일부는 보복이나 신분 노출 등이 두렵지만 추가 피해를 막기 위해서 용기를 내 경찰에 고소를 하겠다는 각오를 밝히기도 했다. 그 노상태가 실종됐고 그의 성기와 고환이 유기된 채 발견된 것이다. 벌써 여섯 번째 카스트라토 사건이었다. 그중 첫 사건을 제외한 다섯 건 모두 딥소에 공개된 대상자들이 희생되었다. 노상태 사건이 꽃뱀에 의해 억울하게 성폭행범으로 몰려 피해를 당한 것이라는 의혹이 제기되면서, 카스트라토와 딥소 사이트에 대해 사회적 논란이 가열됐다.

2024년 2월 4일 일요일

여론의 흐름이 자신들에게 불리한 방향으로 흐르기 시작하자 더 이상 밀리면 안 된다는 듯, 카스트라토와 딥소 사이트가 반격에 나섰다. 딥소 사이트에 노상태의 집 내부를 찍은 동영상이 공개된 것이다. 영상이 시작되면서 뜬 소개 자막에는 "이 영상은 약물 이용 연쇄 성폭행범 노상태의 지인으로부터 전달받은 것으로 원본은 경찰에 제출되었음을 밝힙니다. 아울러, 이 영상에서 확인되는 몰래 카메라로 촬영한 불법 성착취 영상물 전체가 저장된 서버 두 대도 경찰에 제출되었습니다. 향후 경찰 수사를 지켜보겠습니다. 제보자의 안전을 위해 그 신원을 밝히지 못하는 점 양해 부탁드립니다."라고 적혀 있었다.

영상의 내용은 매우 리얼하고 충격적이었다. 술이나 약에 취한 듯 혀 꼬인 어투로 횡설수설하는 남자를 따라가며 촬영하는 누군가가 질문을 던지고 남자가 대답을 하는 식이었다.

"야, 상태야, 노상태. 지금 영상 찍고 있으니까 똑바로 좀 말해 봐. 뭔 말인지 잘 안 들려, 인마."

"야, 시발새끼야. 내 말이 말 같지가 않아? 안 들린다고? 귀먹었냐? 좆까고 있네. 귀 뚫고 들어 새꺄."

"야, 영상 찍고 있다니까. 욕하지 말고, 쫌."

"아, 영상? 알았어 알았어. 고운말 쓸게, 고운말."

"오케이. 그럼 지금부터 여기가 어딘지 어떤 특별한 게 있는지 소개 부탁합니다, 노상태 건물주님."

"네, 방금 소개받은 상태빌딩 건물주 노상탭니다, 씨발. 앗 미안, 욕은 취소. 근데 여긴 상태빌딩은 아닙니다. 위치는 비밀. 왜냐면 울 엄마가 알면 귀찮아지니까."

"여긴 뭐 하는 뎁니까?"

"여긴 내 비밀 아지트, 나만의 아방궁. 아니, 아주 친한 친구 몇 놈이 모여 함께 즐기니까 우리만의 아방궁. 크크크크, 아주 기깔난 곳이죠."

"그냥 평범한 아파트 같은데, 왜 아방궁입니까? 뭐가 기깔나죠?"

"평범한 아파트라니, 좆도 모르는 소리. 아, 또 미안. 또 욕했다. 히히히. 자, 뭐가 특별하냐? 이곳은 모든 것이 촬영되고 있는 비밀 촬영장이란 거."

"모든 것이 촬영되고 있다고요?"

"니가 지금 나 찍고 있지? 그 휴대폰으로, 근데 너도 찍히고 있어 빙신아. 크크크크."

"아무리 둘러봐도 카메라 같은 건 없는데? 찍는 사람도 없고."

"야, 이 새끼 알면서 모른 척하네? 야 XXX—편집과정에서 삐 소리 처리된 촬영자의 이름—이 새끼 연기 잘하네. 모른 척하는 연기."

"지금 촬영 중입니다. 사적인 발언과 욕설은 삼가 주시고요. 도대체 어디서 무엇이 어떻게 촬영하고 있다는 것인지 알려 주시죠?"

"너 씨발 지금 라이브냐? 공개하는 거냐? 그럼 안 알려 주지. 아니 못 알려 주지, 빙신아."

"야, 새꺄. 지금 니가 내 이름도 깠는데 내가 어떻게 공개하냐, 이걸? 미친 새끼. 약에 취해서 다 까먹었냐? 니가 찍어 달라며, 미친놈아. 그만 찍을까? 팔 아프고 재미도 없는데?"

"아냐, 미안 미안. 내가 씨발 왔다 갔다 하잖냐. 잘 알면서 그래. 잘할게. 어디까지 했지?"

"촬영, 어디서 어떻게 하고 있는지."

"오케 오케. 자 잘 따라오세요. 짜잔."

노상태가 손가락으로 가리키는 곳마다 초소형 고성능 몰래 카메라들이 설치되어 있었다. 선반, 인형, 화분, 책꽂이, TV, 의자, 옷걸이…… 노상태의 말 그대로 집 전체가 몰래 카메라로 둘러싸인 비밀 촬영장이었다.

"와, 정말 대단한데요. 이거 방송 관찰 예능 프로그램보다 더 많은 카메라들이 설치되어 있습니다. 그럼 이 카메라들로 뭘 찍는 겁니까?"

"씨발, 알면서…… 킥킥킥킥."

"또!"

"미안, 미안. 진지하게, 촬영 모드로. 정신 차리고. 히히. 그니까 한마디로 진짜 리얼 섹시 뽀르노를 찍는 거지, 크크크."

"그게 뭔데요?"

"뽀르노 몰라? 뽀르노? 실제 섹스하는 거 찍은 고품질 에로영화. 크크크. 여기서 찍은 게 특별한 건 말이야 모든 게 리얼 다큐, 가짜 연기 이런 거 하나 없는 진짜 리얼 다큐라는 거."

"자세히 설명해 주세요. 어떻게 찍는지."

"자 일단, 시작은 클럽이나 술집. 레이다 망 가동해, 웨이터한테 팁도 듬뿍 찔러주고, 사냥감 물색. 그담에 내가 돈이 많고 부티 나잖아, 짜샤. 그래서 딱 내가 찍은 여자 자리로 비싼 술이랑 안주 보내는 거야, 선물로. 그담에 부킹, 합석 제안해. 오케이 하면 걸려드는 거지."

"어떻게 걸려들어요?"

"사랑의 묘약. 딱 한 방울을 슬쩍 술잔에 넣으면 끝. 매너 좋게 한 30분 대화 나누고 술잔 기울이다 보면 그 여자가 꼴까닥. 술 취한 것처럼 헤롱헤롱…… 그러면 이제 내가 기사도 정신을 발휘해서 데려다주겠다고 부축해서 여기로 오는 거지."

"그 여자는 전혀 모르고 끌려오는 거네요?"

"끌려오다니, 무식하긴. 나랑 함께하겠다고 하는 순간부터 모든 것에 대한 동의, 합의가 이루어지는 거지, 빙신아. 상태빌딩 건물주 노상태의 세계, 아방궁으로 들어오는 거지, 빙신아."

"욕은 빼고."

"아, 또, 미안. 근데 니가 빙신은 빙신이잖아. 빙신 보고 빙신이라고 하는 건 욕이 아니지, 빙신아. 크크크."

"됐고, 그럼 그렇게 여자를 여기로 데려온 다음에는?"

"그다음에? 오, 씨발 생각만 해도 흥분된다. 근데 지금 내가 왜 저 빙신 새끼랑 이러고 있냐? 새로운 내 양귀비를 데려왔어야 하는데."

"데려왔다면 어떻게 할 건데?"

"그담부턴 완전 생리얼 뽀르노가 시작되는 거지. 360도로 다 촬영되고 내가 하고 싶은 대로 상상할 수 있는 모든 방법, 자세로 즐기는 거지. 아휴, 생각만 해도 뿅간다."

"그렇게 촬영한 건 어떻게 하나요?"

"내 보물이 되는 거지. 상태빌딩보다 더 소중한 내 보물. 내 개인 서버에 영구 보존!"

"개인 서버가 고장 나거나 지워지면 어떻게 하나요?"

"그래서 백업 서버가 또 있지. 내가 누구냐? 크크크."

"그 보물 보여 줄 수 있나요?"

"아 씨발, 너무 길게 찍었다. 약이 깨나 보다, 머리가 아프다 지금. 그 보물은 저기 내 방 안에 있는데 오늘은 그만 찍자. 머리 아프고 힘들다, 아이, 씨발!"

딥소에 올라온 영상은 여기서 끝났다. 하지만 영상 소개글에는 노상태가 사용한 약물이 GHB라는 점과 소량만으로도 섭취 10분 이내에 정신을 잃을 수 있으며, 24시간 내에 대부분 몸 밖으로 배출된다는 점 때문에 데이트 성폭행에 주로 사용된다는 설명이 상세히 적혀 있었다.

이런 딥소의 반격은 카스트라토와 딥소를 둘러싼 찬반 논쟁을 더 가열시켰다. 한쪽에선 신종 마약인 강간 약물, 물뽕에 대한 대처가 미흡하다고, 다른 한쪽에선 딥소 사이트 운영자의 정체도 밝히지 못하고 폐쇄 조치도 못한다며 경찰의 수사능력에 대해 비난하는 여론은 커져 가기만 했다. 노상태의 안위나 생사 여부에 대해 걱정하는 이들은 아무도 없었다, 그의 모친을 제외하곤. 노상태의 모친은 인왕경찰서로 달려와 이맥 형사를 찾았다.

모친은 최근 카스트라토 사건 국회 진술 때문에 뉴스에 나온 이맥을 보고 노상태가 동창이라고 언급한 걸 기억하고 있었다. 이맥은 상태와 얽힌 악연의 기억과 악질 성범죄자라는 그의 행각에 대한 평가는 잠시 인식 밖으로 밀어냈다. 상태의 모친에게 최선 다해 찾아볼 테니 일은 자신과 경찰에 맡기고 댁에 가서 기다리시라고 당부했다. 맥의 마음은 무겁고 착잡했다. 카스트라토의 꼬리조차 잡지 못하고 있는 자신의 무능과 무기력에 답답함과 분노가 치밀어 올랐다.

2024년 2월 7일 수요일

노병조 수사본부장의 자존심은 바닥을 모른 채 추락했고 분노는 뇌 전체를 장악했다. 경찰청장 등 상부에서의 압박과 질책보다 범죄자에게 농락당하는 자신의 무능을 받아들이는 것이 그를 더 힘들게 했다. 수사본부 전체 회의에서 그 분노를 폭발시켰다.

"야 이 밥버러지들아, 피 같은 국민 세금 처먹으면서 도대체 뭣들 하고 자빠져 있는 거야? 니들이 쓰고 있는 수사비가 도대체 얼마인지 알아? 니들 월급에서 나가는 거 아니라고 관심도 없지? 자존심도 없고! 그깟 범죄자한테 놀아나면서 밥이 넘어가고 잠이 오냐? 그러니까 밥버러지라는 소릴 듣는 거 아냐!"

아무도 어떤 말도 하지 않았다. 모두 고개를 숙인 채 이 폭풍이 지나가길 기다릴 뿐이었다.

"지금부터 딱 일주일 준다. 딥소 운영자 잡아. 그리고 사이트 폐쇄해. 지금 시간부로 모든 수사본부 인력들은 다른 수사 다 중단하고 전원 사이버팀 지원해. 경찰 내부는 물론이고 정통부, 법무부, 대형 포털사들, SNS 기업들…… 조금이라도 관련 있는 데는 전면적인 협조 이끌어 내고, 협조 안 하면 수사해서 건축법, 소방법, 김영란법, 뭐든지 걸어서 작살내! 기타 남는 인력들은 마우스 클릭, 자판 입력, 인쇄, 복사, 그것도 못 하면 사이버팀 어깨라도 주물러 주든지 물이라도 떠다 준다. 알겠나?"

"네, 알겠습니다!"

"뭣들 하고 있어, 실시!"

그야말로 올인, 집중 물량 투입 몰아붙이기 수사가 결실을 거두기 시작했다. 딥소 사이트 운영자 계정이 최근에 가장 많이 접속한 위치가 포착된 것이다. 하지만 경찰의 IP 추적을 피하기 위해 동유럽 소재 서버대여업체를 이용한 지능범이었기 때문에 실제 소재 파악이 쉽지 않았다. 끈질긴 추적 끝에 포착된 접속 장소는 놀랍게도 경상남도 합천 외곽 외딴 산 밑에 있는 허름한 비닐하우스 농막이었다. 수사본부는 혹시라도 기밀이 새어 나갈까 철저히 보안을 유지하면서 관할 합천경찰서나 경남지방경찰청에도 알리지 않은 채 수사본부 인력과 서울경찰청 소속 경찰특공대, 광수대 경력을 현지에 급파했다.

작전은 대성공이었다. 방심하고 있던 일당 일곱 명이 현장에서 모두 체포됐고, 서버급 컴퓨터와 모니터, 외장하드디스크, 노트북 등 다량의 전산 장비가 현장에서 압수되었다. 현금도 20억 원 가까이 발견되었다. 그런데 뭔가 느낌이, 분위기가 좀 이상했다. 기대했던 딥소, 카스트라토의 감과는 전혀 달랐다. 뭐랄까 돈에 미치고 돈만 좇는, 밑바닥 잡범 느낌이랄까.

혹시 몰라서 가까운 사회부 고참 기자들과 믿을 만한 수사본부 출입기자들을 대동해서 현장에 직접 나온 노병조 본부장이 세간의 이목을 확 끌 수 있는 충격적인 산골 농막을 배경으로 기자 회견장 마련을 지시했다. 현장 과학수사용 조명이 기자 회견을 위해 단상을 밝히고 야외용 스피커와 마이크가 설치되었다. 흥분을 억누른 노병조 본부장이 단상에 서서 연이어 터지는 사진기자들의 플래시 세례를 받으며 막 말문을 여는 순간, 수사본부 사이버팀장이 급하게 달려와 노병조의 귓가에 입을 가져다 댔다. 노병조의 얼굴이 일그러졌다.

"기자 여러분, 잠시만 기다려 주시기 바랍니다. 제가 확인을 좀 더 하고 바로 현장 기자 회견을 재개하겠습니다."

기자들이 술렁거렸다. 사이버수사팀이 농막 내 컴퓨터 서버 내용을 확인한 결과, 엄청난 수사 성과인 것은 맞지만 딥소 혹은 카스트라토와는 전혀 관련이 없는 불법 성매매 알선 사이트였다. 이들은 전국 수천 개의 성매매 업소와 불특정 다수 고객들을 연결해 주고 수수료를 받아 챙기는 온라인 포주였다. 이들이 운영하던 성매매 사이트에 가입한 회원수만 30만 명이 넘고 연간 최소 수익이 수십억 원에 달하는 기업형 불법 사이버 성매매 조직이었다. 하지만 원래 목표로 했던 딥소의 흔적은 전혀 발견되지 않았다. 노병조 본부장이 모니터를 확인하고 있는 순간 성매매 사이트 게시판에 딥소 운영자의 메시지가 올라왔다.

[이렇게 숟가락으로 떠먹여 줘야 성범죄자들 단속하는 경찰, 우리 딥소 쫓느라 허비하는 인력과 예산을 진짜 나쁜 범죄자들 잡는 데 쓰면 얼마나 좋을까요? 수고하세요.]

분노를 삭인 노병조는 마치 처음부터 불법 성매매 사이트 수사를 했던 것처럼 기자 회견을 진행했다. 눈치 없이 딥소 운영자에 대한 질문을 했던 기자는 노 본부장의 싸늘한 눈초리와 함께 '그건 곧 성과를 내서 알려 드리겠다'는 답변을 받고 추가 질문 없이 침묵을 지켜야 했다.

2024년 2월 11일 일요일

2024년 2월 9일 금요일, 설 연휴가 시작되는 날이었지만 모든 경찰 가용 인력들은 다시 서울 전역, 특히 용산 지역에 집중 배치됐다. 딥소 운영자와 카스트라토 범인이 검거되기는커녕 그 정체조차 밝혀지지 않았기 때문이다. 노병조 본부장은 정복 사복 근무자 및 CCTV 관제 모니터링 간 전략적 배치를 통한 촘촘하고 깊은 덫 놓기 작전을 펼쳤다. 하지만 아무 일 없이 조용히 지나갔다. 설맞이 귀성 인파와 휴가객들만 쏟아져 나올 뿐이었다. 카스트라토도 설 명절은 쉬는 모양이었다. 하지만 경찰은 비상근무를 계속해야 했다.

그사이 수사본부 사이버수사팀은 딥소 사이트 운영자 추적에 집중했다. 딥소 운영자나 카스트라토가 합천 농막의 진상을 공개하기 전에 이들을 검거해야 한다는 절박함이 노병조를 더 심한 광기에 사로잡히게 했고 수사본부 사이버수사팀의 긴장도를 극한대로 끌어올렸다. 효과가 있었다. 딥소 운영자가 자만에 빠져 합천 농막 단속 현장 기사에 조롱 댓글을 올린 것이 단초가 되었다. 경찰이 사이버 역량을 총집중해 전방위 추적을 한 결과,

딥소 사이트 메인 서버이자 최초 개설 서버가 러시아에 있다는 것을 알아냈다. 곧이어 인터폴에 협조를 요청해서 어렵게 러시아 사법당국의 협력을 이끌어냈다. 그렇게 서버 소유주 인적 사항과 이메일을 확인한 뒤 추적을 통해 운영자가 주로 접속하는 IP 주소를 파악해 냈다. 필리핀이었다.

수사본부는 이후 영장을 발부받아 국내 모든 온라인 서비스, 게시판, 포털, 커뮤니티, SNS 등을 대상으로 딥소 운영자가 사용하는 이메일 주소 및 그 주소와 유사한 아이디로 가입한 흔적을 추적했다. 그중에는 이미 서비스를 중단하거나 폐쇄한 곳도 포함되어 있었다. 주도면밀하고 철저하게 어떤 흔적도 남기지 않던 딥소 사이트 운영자도 오래전 청소년기에 가입했던 게임 사이트에서 덜미가 잡혔다.

박창익, 32세. 국내 유명 대학 정보보호대학원 휴학 상태로, 국방부 사이버사령부 요원으로 군 복무를 마친 화이트 해커 출신이다. 그의 여동생이 아동 성폭행 피해자였기 때문에 카스트라토 사건 초기부터 수사본부에서 집중 수사 대상 용의자 리스트에 올라가 있었던 인물이었다. 하지만 출입국 조회 결과 사건 발생 이전에 해외로 출국한 이후 귀국한 적이 없어 혐의가 없는 대상자로 분류되어 있었다.

수사본부는 경찰청 인터폴국제공조과를 통해 필리핀 마닐라 코리안데스크에 협조를 요청했다. 박창익의 소재를 파악해서 검거하고 한국으로 송환해 달라는 내용이었다. 동시에 외교부를 통해 박창익의 여권 무효화 조치를 내려 필리핀 내 그의 신분을 불법체류자로 만들었다. 우리 외교부와 주필리핀 한국대사관도 필리핀 외교부 및 경찰청에 적극적인 협조를 요청했다. 코리안데스크가 확보해 운영 중인 정보망과 필리핀 경찰의 조직과 인력이 총가동되어 박창익의 흔적을 쫓았다. 가까스로 딥소 운영기지로 사용하던 마닐라 시내 아지트를 파악해 냈다. 일반 아파트에서 중소기업 한 곳이 사용할 정도의 전력을 쓰고 있었던 것이 필리핀 경찰 사이버수사대의 추적 단서로 포착되었다.

2월 11일 일요일 새벽, 중무장한 필리핀 경찰특공대가 들이닥쳤고 박창익은 저항없이 검거되었다. 하지만 경찰이 문을 부수고 들이닥치자마자 마치 예상하고 있었다는 듯, 박창익이 책상 위 버튼을 누르자 모든 컴퓨터와 전자통신기기에서는 불꽃과 연기가 피어올랐다. 최첨단 디지털 포렌식 기술도 소용없게 만드는, 하드 디스크의 물리적 파괴 조치가 이뤄졌다. 박창익이 입을 열지 않는다면 공범 유무나 정체, 누구와 어떤 연락을 주고받았는지, 딥소 사이트에 사연과 자료를 보낸 사람들의 신원과 연락처, 딥소에 공개되지 않은 추가 성범죄 혐의자들의 인적 사항, 즉 다음 카스트라토 공격의 목표 등에 대한 어떤 정보도 확보할 수 없게 되었다. 딥소 사이트 폐쇄와 운영자 검거, 이 두 가지가 경찰 수사본부가 거둔 성과의 전부였다.

한국으로 강제 송환된 박창익은 버킷햇에 검은색 마스크를 쓴 차림이었다. 공항 입국장에 진을 치고 기다리던 사진기자들은 잠깐만 모자와 마스크 좀 벗겨 달라고 호송 경찰에게 소리를 질러 댔다. 경찰은 들은 체도 하지 않았다. 카메라와 마이크, 휴대폰 등을 들이밀며 한마디만 해 달라고 외치는 기자들의 애절한 호소 역시 메아리 없는 외침으로 산산이 부서져 버렸다. 박창익은 고개를 숙이지 않았다. 모자와 마스크 사이 그의 눈은 호기심인지 만족감인지 모를 반짝임을 머금은 채 기자들을 훑어보고 있었다. 박창익의 입에서 한마디 나올 것 같은 분위기에, 호송 경찰은 그의 팔을 잡아 끌며 재촉했다.

한편 ACAT에서는 한진규 경장이 확대에 성공한 유디트 문신에 대한 추적에 열을 올리고 있었다. 한 경장과 사이버수사 담당 심희용 경사, 그리고 IT에 밝은 운영지원팀 서현용 순경은 한 팀이 되어 모래사장에서 바늘을 찾듯, 드넓은 정보의 바다에서 일반인의 눈에 보이지 않는 정보를 찾는 데이터 마이닝 작업에 몰두했다. 미술과 역사, 그리고 유럽 문화에 조예가 깊은 윤의주 박사와 김경아 프로파일러, 우진희 케어 요원은 아르테미시아와 유디트에 대한 조사에 힘을 모았다. 그 결과, 데이터 마이닝에서 보석을 찾았다.

온라인 공간 깊숙이 숨어 있는 과격한 파쿠르 동호인들만의 회원제 커뮤니티에 올라온 짧은 영상 속에 목에 유디트 문신을 한 여성이 있었다. 파쿠르는 어떤 장비도 사용하지 않고 오직 신체능력만을 이용해서 특정 지점 사이를 가장 빠르고 효율적으로 이동하는 액티비티다. 경기 규칙을 정해 올림픽 종목으로 채택하자는 주장도 있지만, 일부 극단적인 파쿠르 동호인들은 자신들을 규제하려는 법과 사회에 저항하는 의미로 불법적인 파쿠르 활동을 펼치고 있었다. 당연히 신분이 노출될 경우 경찰의 수사 대상이 될 가능성이 크기 때문에 철저하게 비공개 원칙을 유지하고 있다. 그런데 ACAT의 데이터 마이닝에 걸린 것이다. 흔들거리는 저화질 영상 속 쇼트커트 머리 여성은 보는 사람이 아찔한 공포를 느낄 정도로 과감하고 위험한 퍼포먼스를 시연했고 주변 파쿠르 동호인들은 환호하며 소리를 질렀다. 워낙 많은 목소리가 뒤섞여 무슨 말을 하는지 전혀 알아들을 수 없었다.

한진규 경장은 서마리 주무관에게 음향 분석을 부탁했다. 서마리는 마일영 팀장과 진현수 박사가 사방팔방 뛰어다니며 겨우 끌어온 예산과 장비 등으로 마련한 간이 방음 소리 분석실에 들어가서 길고 고통스러운 분석 작업에 몰두했다. 결국 의미 없는 환호나 휘파람, 박수, 감탄사 등을 차례차례 소거해 내고 누군가 딱 한 번 무심결에 뱉은 듯한 '최고다, 유지수!' 한 문장을 건져 냈다. 남은 것은 유지수가 본명이냐, 예명이라 하더라도 다른 곳에서 흔적을 또 찾을 수 있느냐, 그래서 그녀의 정체를 밝히고 신병을 확보할 수 있느냐였다. 유지수 찾기는 계속되었다. 그 자리에는 수사본부에서 보낸 협력관 유준 경사가 있었다. 유 경사는 친분이 있는 현수경과 대화를 하면서 그동안 ACAT이 분석한 내용들을 자세히 파악했다.

2024년 2월 12일 월요일

설날 연휴 마지막 날 오전, 인왕경찰서는 오랜만에 한적했다. 조용한 경찰서 입구로 들어서는 이맥의 눈에 발을 동동 구르는 아이가 들어왔다. 어디서 본, 아는 듯한 얼굴이었다. 가까이 다가서니 아이도 맥의 얼굴이 낯익은 듯한 표정이었다.

"너 아저씨 알지? 그때 너희 아빠가 도로에서 경찰 아저씨랑 싸울 때."

"아, 네. 아저씨 기억나요. 그때 감사했습니다."

아이는 그때처럼 예의 바르게 배꼽인사를 했다.

"사실 아저씨도 경찰이야, 형사. 이 경찰서에서 일해. 니 이름이……."

"준서예요, 최준서."

"그래, 준서. 그런데 여기서 뭐 하고 있어?"

"아저씨, 우리 아빠 좀 찾아 주세요."

준서는 참고 참았던 울음을 터트렸다.

"아저씨, 한 번만 더 아빠를 도와주세요. 아빠 좀 찾아 주세요, 살려 주세요."

준서는 눈물 콧물을 쏟으며 컥컥 막히는 목에서 겨우겨우 말을 만들어 내며 맥에게 애원했다. 맥은 준서를 처음 만났을 때 '아빠가 괴롭히는 누나들 때문에 스트레스를 받아서 그런다'고 말했던 것이 떠올랐다.

"준서야, 일단 울음 좀 그치고 천천히 말해 줘야 아저씨가 도와주지. 물 한잔 마시고 아저씨 자리로 가서 자세히 얘기해 줄 수 있지?"

준서는 울음을 참느라 애쓰면서 고개를 끄덕였다. 맥은 가까운 정수기에서 종이컵을 뽑아 물을 받은 뒤 준서에게 건넸다. 맥을 따라 형사계 사무실로 간 준서는 맥에게 자초지종을 설명했고 맥은 준서에게 들은 이야기를 토대로 준서 아빠의 직장 등 몇 군데 전화를 걸어 추가 사실을 조회했다. 준서 아빠 최성의는 학원 강사인데 무뚝뚝하고 직설적인 성격으로 학생들에게도 독설을 자주 해서 민원의 대상이 되는 일이 많았다. 최근에는 두 명의 여학생이 각각 학원장에게 최성의 강사가 자신에게 성희롱 발언을 하고 성추행도 했다며 해고하라고 요구했지만 최 강사는 말도 안 되는 허위 주장이라며 극구 부인했다.

증거나 목격자가 없고 양측의 주장이 엇갈리는 상황에서 원장은 일단 최 강사의 강의를 모두 중단시키고 대체 강사를 투입한 뒤 사실 파악을 하던 중이었다. 그런데 두 여학생이 경찰에 고소장을 제출했고 딥소 사이트에도 최성의의 신상 정보와 피해자가 주장한 혐의 사실이 올라온 것이다. 고집이 센 최성의는 이에 아랑곳하지 않고 진실을 밝히겠다며 변호사를 만나 두 여학생을 무고와 명예훼손 혐의로 고소할 준비를 하고 있었다. 부인과 성격 차이로 이혼한 후 아들 준서와 둘이 살고 있던 최성의는 변호사 사무실에서 고소장 내용을 협의한 뒤 귀가하는 길에 준서에게 저녁으로 먹을 음식을 사서 빨리 가겠다고 전화를 했다. 하지만 그것이 최성의가 남긴 마지막 흔적이었다. 준서는 아무리 기다려도 집에 오지 않는 아빠에게 계속 전화를 걸었지만 받지 않았고 문자를 남겨도 답이 없었다. 준서가 울다 지쳐 잠이 들었다 깨어났지만 여전히 최성의는 돌아와 있지 않았다.

아침에 거리로 아빠를 찾아 나선 준서는 헤매고 헤매다 결국 경찰서를 찾아왔다. 이맥이 직접 최성의에게 전화를 걸었지만 전화기가 꺼져 있다는 녹음 메시지만 흘러나왔다. 기본적인 사실 확인은 됐으니, 이제 준서의 안전과 안정 확보가 급선무였다. 맥은 준서의 동의를 받고 최성의와 이혼한 뒤 따로 살고 있는 준서 엄마에게 연락했다. 바로 경찰서로 달려온 준서 엄마는 연락해 줘서 고맙다고 인사했다. 준서가 경찰서를 떠나기 전, 이맥은 혹시 모를 상황에 대비해 진경원을 불러 준서의 구강 상피세포를 채취했다.

2024년 2월 14일 수요일

고일민 목사에게 미국에서 전화가 걸려왔다. 미국에 있는 비인가 학위 장사 교육업체인 Pacific Christian University of South California를 운영하는 사촌 동생이었다. 전화를 받은 고일민은 짜증부터 냈다. 달라는 대로 돈을 다 줬는데 이번엔 또 무슨 일이냐는 그의 질책성 질문에 청천벽력 같은 답이 돌아왔다. 그가 데리고 지내던 고일민의 숨겨 둔 아들 마이클이 지난 연말에 사라진 후 아직 돌아오지 않고 있다는 것이었다. 그동안 여러 차례 이런 식으로 사라지면 한인타운 술집, 멀리 가 봐야 라스베이거스 카지노에서 찾아왔는데 이번엔 그가 가던 곳 어디에서도 발견되지 않았고 돈이 떨어질 때가 됐는데도 연락이 없어 걱정이라고 했다.

고일민의 짜증은 걱정과 불안으로 바뀌었다. 법무부 자문위원이라는 직위를 이용해 바로 전화를 했고 긴급 출입국 조회를 통해 마이클, 영문 이름 Michael Goh가 지난해 12월 30일에 한국에 입국한 뒤 출국하지 않았다는 것을 확인했다. 이렇게 긴 시간 돈 달라는 말 없이 연락이 끊겼던 적이 없는 마이클이었다. 숨겨 둔 자식이고 자기 뒤치다꺼리도 제대로 못 하는 모자란 아들이라 더 걱정됐다. 혹시 무슨 사고를 당한 것은 아닌지 온갖 불길한 상상에 시달리던 고일민 목사는 전지전능한 권력자인 전상환 의원에게 전화해서 아들을 찾을 수 있게 도와 달라고 읍소했다.

전 의원은 고일민 목사를 위로하며 노력해 보겠다고 한 뒤 전화를 끊었다. 전상환은 딸 희선에게 전화해서 상황을 설명한 후 존과 협의해 보라고 지시했다. 그 결과는 고일민의 기대나 희망과는 정반대 방향으로 나타났다. 존의 대응 전략 중 두 번째 단계인 '카스트라토 사건을 종교 문제로 몰아가기'를 본격적으로 가동하기 시작한 것이다.

이미 첫 번째 단계, '스텔라드롭을 언급하는 자 두들겨 패기'가 서예정과 이맥의 몰락으로 대성공을 거뒀기 때문에 JY 대응팀의 자신감은 최고조에 달했다. 그동안 공권력과 언론, 그리고 그룹 자체 정보망 등을 총동원해서 수집한 고일민 목사 관련 비리 혐의나 의혹, 떠도는 소문 등을 서울리안과 TV서울리안을 통해 차례로 터트리기 시작했다.

충격에 충격이 이어졌고, 급기야 독신으로 신앙과 사회활동에만 전념하는 성직자 이미지로 대표되던 고일민 목사에게 숨겨 둔 아들이 있었다는 사실에 기독교인들은 물론 세상이 경악했다. 게다가 그 숨겨 둔 아들이 영문 이름 Michael을 사용하며 미국의 유령 대학, 비인가 학위 장사 업체에 다니던 중 지난 연말에 유흥 목적으로 귀국했다가 실종됐다는 서울리안의 단독 보도에 세상은 또 한 번 뒤집어졌다. 범죄 심리학자 이중도 교수는 마이클 고가 카스트라토의 범행 대상이 되었을 가능성이 높다고 주장했고 카스트라토 범행의 동기와 목적이 고일민 목사와 관련이 있다는 의혹을 제기했다.

그런 가운데 인천공항과 김포공항을 통해 검은색 마스크를 쓴 건장한 청년들과 목과 손에 화려한 문신이 눈에 띄는 젊은이들이 대거 입국했다.

이들은 존이 미국 본사를 통해 소개받은 일본 협력업체가 섭외한 야쿠자 조직원들과 비공개 파쿠르 수련자들이었다. 이미 JY 대응팀과 존은 경찰 내부 협력자를 통해 유지수, 파쿠르, 문신, 아르테미시아, 유디트 등 ACAT이 분석한 내용들을 다 손에 쥐고 있었다.

Case No.7

국립극장

2024년 2월 16일 금요일

딥소 운영자가 검거되고 사이트가 폐쇄되면서 카스트라토 사건도 끝난 것 아니냐는 기대감이 일었다. 일각에서는 범인들이 더 이상 꼬리가 잡히지 않기 위해 범행을 중단하고 잠적했거나 지난 5차와 6차 사이처럼 모종의 이유로 냉각기가 발생한 것이라는 의견도 있었다.

기대는 빗나갔고 불안은 현실이 되었다. 다음 금요일 밤이 되자 어김없이 사건이 발생했다. 마치 체포된 딥소 운영자는 공범이 아니라는 증거를 카스트라토가 직접 보여 주기라도 하는 것 같았다. 설 명절 연휴가 끝난 2월 16일 금요일 남산 끄트머리에 위치한 국립극장 여자화장실, 경찰들이 믿기 싫어하면서 굳게 믿는 속설, '불길한 예감은 늘 현실이 된다'는 이번에도 들어맞고 말았다.

국과수의 DNA 검사 결과, 피해자가 며칠 전 경찰서에 찾아왔던 준서의 아빠 최성의라는 것이 확인되었다. 이맥은 수사 보고서를 작성해 형사사법정보시스템 KICS에 올리고 수사본부에 보고한 뒤 ACAT에도 통보했다.

피해자 최성의 주변 수사에 집중하던 수사본부 3팀장이 노병조 본부장에게 긴급 보고를 했다.

"뭔데 긴급 보고를 한다는 거야? 범인 윤곽 잡았어?"

"그게 아니라, 카스트라토 애네들이 이번에 크게 사고 친 것 같습니다."

"그것들 계속 사고 친 거지 이번에만 그런 게 아니잖아?"

"그게 아니고, 이번엔 잘못된 타깃에다가……."

"뭐야, 최성의가 성범죄자가 아니란 말이야?"

"그런 것 같습니다. 저희가 최성의 주변인들 파다 보니까 피해자라고 주장하는 애들 뒤에 허위 고소 사주하는 어른이 있었습니다."

"허위 고소 사주? 뭐 꽃뱀 같은 거야?"

"꽃뱀보다 더 하죠. 아예 아무 일이 없는데 성폭행 가해자로 몰아서."

"합의금 뜯어내나?"

"그건 아닙니다. 복수, 보복이 동기로 보입니다."

"복수? 보복? 누가, 왜 애들을 시켜서 그런 짓을 하나?"

"애들이 다니는 교회 장론데요. 놀라지 마십쇼. 그놈이 검찰 수사관입니다."

"검찰 수사관, 교회 장로?"

"네. 그 좀 이단기가 있는 교흰데 병 낫게 해 준다, 아프면 병원 가지 말고 교회 와서 헌금 내라…… 그런데 누가 이단이다 비판하고 다른 교인들한테 경고하고 그러면?"

"애들 시켜서 성폭행했다는 허위 고소하고."

"그렇습니다. 이미 다른 건 피해자 아니 가해자, 암튼 남자 신도가 변호사랑 상의한 뒤에 역으로 애네들 협박 공갈 무고죄로 고소를 해서 사건 진행 중입니다."

"그래도 최성의는 범행했을 수도 있잖아?"

"그래서 저희도 파고 파고 또 파 봤는데요. 학원 건물은 물론 주변 건물 CCTV 다 뒤져 봐도 여학생 둘이 피해당했다고 주장하는 상담실이든 어디든 비슷한 장면도 안 나옵니다. 다른 학생들이나 강사들 모두 다 그런 일이 일어날 수 없는 시간과 장소라고 하고요. 최성의에 대해서도 다들 성격 까칠하고 좀 재수 없긴 해도 성적인 농담조차 한 적이 없고 그런 쪽 하곤 거리가 멀다고……."

"최성의도 그 이단 교회 신도인가?"

"신도는 아닌데, 얘네들이 다른 아이들한테 전도하고 교회 오라고 하고 그러니까 최성의가 못 하게 하고 야단치고 그랬나 봅니다."

"아주 좋아."

"네?"

"아냐, 아냐, 수고했다고. 지난번 오중식 건도 있고 하니까 다시 한번 확실히 확인하고, 확실하면 언론 브리핑 준비해. 카스트라톤지 카스테란지 이것들 제대로 엿 좀 먹여 보자고."

"네, 알겠습니다."

다음 날 노병조 본부장의 브리핑과 공개 기자 회견 이후 언론과 방송, 온라인은 온통 '카스트라토, 엉뚱한 사람 거세했나?'라는 제목의 기사와 관련 게시물들로 뒤덮였다.

"그런데 최성의는 어떻게 할 거야? 여론이 많이 안 좋아질 것 같은데?"

박 소장이 심각한 표정으로 입을 열었다.

"우리가 언제 여론 신경 쓰고 했습니까? 어차피 세상이랑 싸우는 건데?"

"그렇게 쉽게 생각할 게 아니야, 지수 씨. 자칫 일을 더 어렵게 만들 수 있으니까. 그냥 자백 영상 까 버리면 어때?"

"그게…… 좀 문제가 있어요."

한쪽에서 가만히 지수와 수진의 이야기를 듣고 있던 여자가 난감한 표정으로 끼어들었다.

"어떤 문제?"

"최성의는 끝까지 자백을 안 했어요. 엉뚱한 사람 잡아 왔다고 소리 지르고 발악을 했어요."

"그래서 자백 영상이 없다고? 그럼 저 경찰 새끼들 말이 다 맞다는 거 아냐! 일을 어떻게 하는 거야? 씨팔!"

"수진 씨 오빠 잡히고 딥소 폐쇄된 뒤에 숨 좀 고르자고 했잖아. 왜 이렇게 성급하게……."

박 소장이 차마 말을 다 마치지 못하고 입술을 물었다.

"아, 씨팔 어차피 남자 새끼들 다 마찬가진데 뭐 대단한 잘못 했다고 그래요, 진짜."

"나도 지수 씨 편이야. 우리 오빠가 날 위해서 그동안 애쓴 거 알게 돼서 좋았는데 경찰 새끼들이 오빠 잡아갔잖아. 그럼 바로 복수해야지. 왜 자꾸 착한 척해, 씨발, 진짜."

"수진 씨 마음도 알고 지수 씨도 이해해. 하지만 우리 흥분하지 말자고. 특히 지수 씨, 우리끼리 생각이 다르더라도 결코 위험한 단독 행동 하지 말고 차분히 같이 협력하면서 하자고. 다시 이런 실수 발생하면 안 돼."

박 소장이 둘을 진정시키며 말했다.

"그래요 지수 씨. 우리가 지수 씨한테 많이 의지하고 늘 고마워하는 거 알죠? 하지만 모든 남자들을 적으로 돌리고 아무나 마구 공격하는 건 반대예요. 다른 생각도 존중해 줘야 우리 함께할 수 있어요. 알죠?"

"알았어요, 알았어. 이번엔 내가 잘못했어요. 상의도 없이 단독 행동 한 거. 수진 씨 오빠 잡히고 딥소 폭파돼서, 열받아서 그만⋯⋯."

"아직 갈 길 멀어요. 절대로 우리끼리 분열하면 안 됩니다. 최성의 문제 는 미스터 C 도움받아서 적절하게 처리할 테니까 나에게 맡겨 주세요. 그리 고 다음 거 계획한 대로 제대로 터트리면 바로 여론도 달라질 겁니다."

박 소장은 회의장을 벗어나 전화를 걸었다.

"차 대표님, 좀 도와주셔야겠어요⋯⋯."

다음 날, 한국군과 비행 협의를 마친 미군 닥터 헬기 한 대가 동담시 외 딴 야산에 위치한 군사 작전용 헬기 착륙장에 내렸고 환자 한 명이 수송되 었다. 최성의는 이후 싱가포르 소재 병원으로 긴급 후송되어 성기 및 고환 복원 수술을 받았다. 거세 전 원상태 회복은 불가능하지만 회복과 재활 치 료를 잘 한다면 생활과 기본 기능에는 큰 문제가 없을 것이라는 것이 의료 진의 수술 경과보고 내용이었다. 최성의는 싱가포르 병원에 장기간 입원하 여 회복을 위한 재활 치료를 받았다.

2024년 2월 19일 월요일

이맥이 직위해제 조치와 함께 수사 업무에서 배제되어 있는 동안 박 형사는 강두필을 추적했다. 공식 기록상 어떤 흔적도 보이지 않고 주민등록은 이미 거주불명을 이유로 말소된 상황인 강두필. 하지만 박 형사의 끈질긴 추적 끝에 꼬리가 잡혔다. 고일민이 운영하던 은총소년합창단 소속 아이들은 인근 중학교에 다녔고, 당시 동급생들을 한 명 한 명 끈질기게 찾아가 만나던 박 형사는 강두필을 전혀 모르고 연락한 적도 없다는 말을 할 때 눈빛이 흔들리던 청년에게 주목했다. 여러 차례 연락하고 찾아가던 끝에 중요한 얘기를 들을 수 있었다. 두필이 고일민의 교회 안에 있던 은총소년합창단 숙소에서 도망치고 몇 달이 지난 후, 유일한 친구였던 자신에게 연락이 왔고 아무에게도 말하지 말라면서 아테네인가 안테나인가 하는 센터에 있는데 다들 잘해 줘서 너무 행복하게 지내고 있으니 절대로 걱정하지 말라고 했다는 것이다. 그 후로 몇 차례 더 잘 지낸다는 연락이 오고는 소식이 끊겼다고 했다.

이후 박 형사는 아테네 혹은 안테나 센터를 찾는 기나긴 고난의 시간을 보냈다. 아무리 찾아도 찾을 수 없었다. 그러던 어느 날, 우연히 동담시에서 수배자 검거를 위해 서울로 출장 수사를 온 경찰학교 동기생을 만나 술 한 잔하다가 그 동네 폐쇄된 복지시설 부지에 성폭력 피해자들을 보호하고 교육하는 대안학교 아테나센터가 있다는 말을 듣게 된 것이다. 피해자 보호시설의 특성상 주소나 연락처 등 모든 것이 철저히 비공개로 보안이 유지되는 곳. 두필의 친구가 말한 흐릿한 기억 속 이름일 수도 있겠다 싶었다. 박 형사는 직접 그 아테나센터를 찾아갔다.

박 형사가 언론 보도와 국가행정정보전산망 등을 검색한 후 동담시 담당자들을 직접 만나는 등 철저한 사전 조사를 한 바에 따르면, 아테나센터 건물과 부지는 과거에 '동담요양병원'이었다. 동담요양병원은 한때 환자들로 가득 찬 곳이었다. 하지만 해고된 직원의 폭로로 치매와 정신질환을 앓고 있는 환자들을 감금, 폭행한 의혹이 시사고발 프로그램을 통해 방송되면서 몰락의 길을 걸었다. 방송에 이은 여론 악화는 경찰 수사로 이어졌고 압수수색 등 경찰 수사 결과, 방송에 보도된 불법 감금과 폭행뿐 아니라 중상해와 폭행치사 등의 중범죄 사실은 물론 거액의 횡령과 탈세 등 회계 부정과 정부 보조금 불법 수령, 건강보험금 부당 청구 등 다양한 범죄 혐의가 밝혀졌다. 결국 원장과 이사장 등 경영진과 핵심 간부, 의료진과 실무 직원들이 대거 형사처벌을 받고 요양병원은 폐쇄되었다.

JY그룹이 사회봉사 차원에서 설립, 운영하던 사회복지법인은 그룹 이미지 보호를 위해 동담요양병원에 대한 후원 계약을 철회하고 모든 관계를 단절했다. 그러자 동담요양병원 재단은 거액의 벌금과 과징금, 환수금, 채무 등을 납부나 변제하지 못하고 파산했다. 건물과 의료 장비, 시설 그리고 부지 등 병원 재산은 여러 건의 소송과 이에 따른 압류가 걸린 채 방치되다가 법원의 경매에 부쳐졌다. 사회복지 혹은 보건의료 관련 비영리법인만 매입 운영할 수 있다는 법정 요건과 나쁜 이미지, 교통이 좋지 않은 오지라는 약점에다가, 워낙 건물과 부지 규모가 커서 만만치 않은 입찰 가격이 형성되어 있었기 때문에 여러 차례 유찰에 유찰을 거듭했다. 그러다가 결국 성폭력 피해자 상담 및 치료 지원 시설인 아테나센터가 낙찰받았다. 일반적으로 재정 상황이 열악한 시민단체가 어떻게 거액의 입찰금을 마련했는지에 대해서는 어떤 기록이나 자료도 없었고 담당 공무원을 포함해 아는 사람이 없었다.

박 형사는 아테나센터를 방문해서 군대 내 성폭력 문제를 고발했다가 보복 징계를 당하고 불명예 퇴역한 특전사 출신 예비역 중령 박윤하 아테나센터 소장, 그리고 체육계 성폭력 문제를 제기했다가 매장당했던 체조 국가대표 출신 홍유라 부소장을 만나 많은 이야기를 나눴다. 대화 중에 지나가듯이 강두필에 대해 물어봤지만 센터 특성상 정보를 제공할 수 없다는 답변만 돌아왔고 어떤 정보도 얻을 수 없었다. 그 외 센터에 있거나 과거 센터를 거쳐 간 사람 등에 대해서도 질문했지만 압수수색 영장을 발부받아 오기 전까지는 어떤 정보도 제공하지 않는 것이 아테나센터의 원칙이라고 했다. 피해자 보호가 최우선인 보호시설 책임자다운 태도였다.

하지만 박 형사는 많은 중요한 정보를 얻고 돌아왔다. 우선 정보 제공을 하지 않겠다는 말 자체가 강두필이 그곳에 있었을 가능성을 남겨 둔 것이었다. 모두가 여성으로 숙식을 같이 하는 성폭력 피해자 보호시설 대안학교에 남자가 수용되어 있었는지를 묻는 질문에 '금남의 집'이라서 절대 그런 일은 없다고 대답하지 않았기 때문이다. 박 형사는 정문 안쪽으론 한 발짝도 들일 수 없었지만 낡은 옛 요양병원 건물 뒷마당 쪽에서 들려오는 함성과 기합 소리를 놓치지 않았다. 모종의 체력 단련 훈련이 진행되고 있음을 추정하기에 충분했다. 원장은 박 형사가 묻기도 전에 성폭행 피해 생존자들이 스스로를 보호할 수 있는 능력을 키우고 자신감을 향상시켜 주는 것이 아테나센터의 중요한 목표 중 하나라고 말했다.

박 형사가 인사를 하고 차에 타 출발하면서 룸미러를 보니 박 소장이 심각한 표정으로 휴대전화를 귀에 대고 누군가와 통화하고 있었다. 박 형사로서는 확실한 단서를 포착하진 못했지만 많은 소득이 있었던 방문이었다. 평소 같았으면 이맥을 찾아가 바로 수사 내용에 대해 보고했겠지만, 이맥의 편치 않을 심경이 걱정이었다. 박 형사는 이맥에게 자세한 보고 대신 아테나센터에 대해 확실한 단서가 포착되면 다시 보고하겠다는 문자를 보냈다.

한편 이맥은 진현수 박사에게서 걸려온 전화를 받았다. 왜 안부 전화도 없고 놀러 오지도 않냐, 경원의 모친이 무척 보고 싶어 한다 등 이맥의 가슴을 콕콕 찌르는 다정한 말들에 이어 ACAT 비공식 회의에 와 달라는 요청을 했다. 수사본부와 ACAT 간 연락 협력 임무에서 배제된 것을 알기에 공식적으로 참석 요청을 할 수 없지만 꼭 와 줬으면 좋겠다는 부탁이었다. 이맥도 원하던 고마운 제안이었다.

2024년 2월 20일 화요일

　까다로운 원칙주의자인 준법감시관 김태섭 경감이 수사본부 회의에 참석한 시간을 골라 외부인인 이맥을 참여시킨 ACAT 비공식 분석 회의가 열렸다. 마일영 팀장은 여전히 이맥-차해용-카스트라토 간 공범 내지 내통에 대한 의심을 지우지 못하고 있었기 때문에 회의 석상에서 이맥이 보일 태도와 언행에 주목하기로 했다. ACAT 팀원들은 그동안 알아내고 분석한 내용을 숨김없이 공개했다. 이맥 역시 자신과 진경원 과수팀장 그리고 인왕서 강력5팀이 수사와 분석을 통해 파악하고 추정한 모든 내용을 빠짐없이 ACAT과 공유했다. 이맥의 이야기가 아르테미스에 이르렀을 때 ACAT 팀원 모두 탄성과 한숨을 내뱉었다.

　반면에 이맥은 파쿠르 전문가 유지수 이야기를 듣자마자 동자동 피해자 주성배가 공격당한 상황에 대한 의문이 풀렸다. 진즉에 서로 정보를 공유하고 협력을 했으면 더 일찍 풀렸을 수 있는 연결고리들. 듣기만 하던 서마리 주무관이 재즈 밴드 '아르테미스'와 가수 이름 '이아'를 연결하면 '아르테미시아'가 된다는 이야기를 하자 모두 경악했다. 이어서 이맥이 서 의원과 만날 때 비록 먼 발치였고 흐릿한 조명 아래였기 때문에 명확하진 않지만 가수 이아의 목덜미에 문신인지 흉터인지 모를 얼룩 같은 것을 봤다는 말을 하자 한동안 충격과 의혹에 빠진 듯 침묵이 흘렀다.

하지만 이아와 유지수는 동일인일 수 없었다. 유지수는 채 155센티미터가 되지 않는 작은 키에 쇼트커트였지만 이아는 이맥의 눈대중으로 거의 170센티미터의 장신에 긴 머리의 소유자였다. 머리야 가발이나 특수분장 등의 방법을 쓸 수 있고 신체 사이즈 역시 먼 거리와 흐린 조명 속 이맥의 눈대중이 잘못되었거나 키 높이 구두 등으로 혼란을 야기할 수 있다 해도, 결정적으로 이아가 카스트라토가 아니라는 확고한 증거가 있었다. 모든 사건이 금요일 밤에 일어났고 이아는 매주 금요일 밤에 재즈바 아르테미스에서 정기 공연을 한다는 것이다. 모든 것이 똑같은 쌍둥이가 아닌 한 불가능하다는 누군가의 주장에 이맥은 잠시 자신을 버리고 의리 없이 혼자 미국으로 떠난, 생김새를 빼고는 모든 것이 자신과 다른 쌍둥이 형제 이산을 생각했다.

"공범인 두 사람이 목에 같은 유디트 문신을 하고 일부러 이아의 알리바이를 만들어 수사선상에서 제외시키기 위해 금요일 밤에 신체 일부를 유기하고 있을 수 있습니다. 그 외 범행의 계획과 실행 전반은 함께할 가능성도 배제할 수 없습니다."

이맥의 추정에 ACAT의 어느 누구도 반론을 제기하지 못했다. 일단 이맥은 아르테미스를 찾아 가수 이아와 주변 인물에 대한 수사를 하기로 했다. ACAT은 이맥의 수사에 분석지원을 하기로 했다. 회의 내내 무거운 얼굴로 듣기만 하던 유준 경사는 회의가 끝날 때쯤 휴대전화 화면을 보고 뭔가를 확인하더니 슬그머니 밖으로 나갔다. 진현수 박사의 두 눈만 그의 뒤를 좇았다. 옥상으로 올라간 유준 경사가 휴대폰 액정에 뜬 부재중 전화번호를 꾹 눌렀다.

　"네, 본부장님. 회의 방금 끝났습니다. 우선 아르테미스…… 네, 성수동 재즈바입니다. 네, 그리고 가수 이름이 이아, 아뇨, 이, 아, 그래서 합치면 아르테미시아. 지난번 말씀드린 그 화가…… 유디트, 알겠습니다. 네, 계속 보고하겠습니다. 충성!"

2024년 2월 21일 수요일

다음 날 저녁, 이맥은 재즈바 아르테미스를 방문해서 우선 유희영 사장을 찾았다. 호들갑스러울 정도로 이맥을 반갑게 맞이한 희영은 맥의 입에서 이아의 이름이 나오자 잠시 후 이아와 아르테미스의 특별 공연이 있다고 말했다. 희영은 맥에게 "그렇게 보고 싶었어? 아직도 많이 좋아하는구나."라는 이해할 수 없는 말을 남기고 카운터로 향했다.

공연이 시작되고 이아의 노래를 집중해서 듣던 이맥은 왠지 지난번보다 더욱 익숙함을 느꼈다. 그사이 누군가 뒤에서 자신을 쳐다보는 느낌에 자꾸 뒤돌아보았지만 테이블마다 가득 찬 손님들은 공연에 심취해 있거나 술잔을 기울이며 대화에 열중해 있었다. 어두운 한구석에서 이맥을 지켜보던 유지수는 원래부터 그 자리에 없었던 것처럼 금세 사라졌다. 이아가 이제 마지막 두 곡이 남았다는 멘트를 하는 순간, 희영이 맥의 앞에 와서 앉았다.

"오빠, 진아 언니 한눈에 알아봤어? 어린 시절 그 얼굴이 남아 있지, 그치?"

"어? 뭐라고? 이아가 진아? 민진아라고?"

"어머, 몰랐던 거야? 누군지도 모르고 그냥 막 예뻐서 그렇게 쳐다본 거야? 우리 맥 오빠 영 여자한테 관심 없는 목석인 줄 알았는데 알고 보니 음흉하네. 호호호."

"야, 음흉하긴 무슨. 그게 아니고……."

"아이고, 얼굴까지 빨개지고, 어린애처럼."

"아니 근데 진아가 왜 여기서 노래를 불러? 둘이 언제 어떻게 만난 거야?"

"어, 몰랐구나. 15년 전에 손우빈 그놈한테 속아서 술집에 팔려갔다가 도망쳤거든. 정신없이 막 기차, 버스 갈아타고 가다가 내린 곳이 동담시더라고. 참, 어이가 없어서."

"회귀본능이 작동했구나."

"그러니까. 보스코의 집 시절에 오빠가 얘기해 줬던가? 개장수가 차에 실어서 멀리 큰 도시로 잡아간 동네 친구네 개가 도망쳐서 열흘 넘게 달려서 다시 돌아왔다는 얘기. 그게 나더라고, 참."

"그래서, 그다음엔?"

"아무리 고향이라도 보스코의 집은 없어진 지 오래지, 아는 사람은 없지…… 그래서 두리번거리고 있는데 버스터미널 벽에 성폭력 피해 여성 상담전화 뭐 이런 게 붙어 있는 거야. 그래서 전화를 걸었지."

"혹시…… 아테나센터?"

이맥은 며칠 전에 받은 박 형사의 문자를 떠올렸다.

"야, 역시 형사네 맥 오빠. 맞아, 아테나센터. 거기 가니까 진아 언니가 있더라고. 얼마나 반갑던지. 끌어안고 한참을 울었잖아."

이맥이 진아가 왜 그곳에 가게 됐는지를 물어보려던 순간, 공연을 마친 이아, 아니 진아가 이맥의 자리로 와서 앉았다. 희영은 카운터에 가 본다며 자리에서 일어났다. 두 사람 사이에 밀린 얘기를 맘껏 하라는 배려였다.

"안녕, 맥? 오랜만이다. 그동안 잘 지냈어?"

초등학교 때 헤어진 이후 단 한 순간도 잊은 적 없던, 첫사랑 진아. 진아의 평범하고 일상적인 인사 한마디가 맥의 마음을 마구 흔들어 놓았다. 밝은 미소와 표정으로 가볍게 인사를 건넨 진아였지만 이맥은 어린 시절 밝고 명랑하고 구김 없던 그 모습과는 사뭇 달라진 그녀가 왠지 무거운 분위기를 풍긴다고 느꼈다. 어쩌면 맥의 직업병이 만들어 낸 선입견일 수도 있었다.

진아의 인사 한마디에 흔들리던 마음을 가까스로 진정시키고 아르테미스를 찾은 이유를 떠올린 맥이 진아에게 화답했다.

"난 잘 지냈지. 사건 수사하느라 정신없이 살고 있고……."

"참, 그런데 산이는 어떻게 지내? 산이도 경찰 됐나?"

"모르고 있었구나. 네가 아무 말도 없이 서울로 전학간 뒤에 산이도 미국으로 입양 갔어. 그 뒤론 아무 소식 못 들었고."

"아, 그랬구나. 난 너희 둘은 영원히 함께일 줄 알았지. 쌍둥이잖아. 그리고 산이는 맥 너 없으면 나쁜놈들한테 맨날 얻어맞고, 못 견딜 거라 생각했는데……."

"어릴 때, 철없을 때 얘기지."

어린 시절 추억으로 돌아가면 걷잡을 수 없을 것 같았다. 진아와의 대화도, 맥 자신의 감정도. 맥은 바로 본론으로 들어갔다.

"그런데 혹시, 유지수……라는 사람 알아?"

"어? 어…… 왜, 걔가 무슨 사고 쳤어? 그것 때문에 여기 온 거야?"

"꼭 그것 때문만은 아니지만…… 유지수랑 어떤 사이야? 혹시 아테나센터?"

"뭔가 심각한 사건인가 보네. 아테나센터는 아무나 알 수 없는 곳인데, 피해자 신원 보호 때문에."

"아, 너도 뉴스 봐서 알 텐데, 성폭행범들이 연이어 납치돼서 신체 일부가 잘리는 사건 수사하고 있어. 아직 확실한 건 아닌데 수사하는 중에 유지수, 아테나센터 얘기가 나오게 됐고. 아는 대로 좀 말해 주면 고맙겠다, 진아야."

납치, 그리고 신체 일부가 잘린 사건이라는 말에 진아의 표정이 점차 굳어졌다.

"아, 그 사건인지 몰랐어. 찢어 죽여도 시원치 않은 성폭행범 새끼들이 당하니까 후련하긴 한데, 너무 엽기적이고 끔찍하더라."

그때 맥의 휴대전화에서 진동음이 울렸다. 외투 주머니에서 살짝 꺼내 테이블 밑으로 화면을 내려다보니 박 형사였다. 진아가 유지수에 대해 계속 이야기하고 있는 상황이었기 때문에 맥은 박 형사의 전화를 받지 않았다. 다행히 진아는 재즈바의 소음 때문에 테이블 건너편 맥의 주머니 속에 있는 휴대전화 진동음을 듣지 못한 듯했다. 진아는 아테나센터에 있을 때 그 이름을 쓰는 친구가 있었는데, 유지수가 아마 본명이 아닌 것으로 기억한다고 했다. 유지수와 나이도 비슷하고 오래 센터에서 같이 지내서 아는 사이인데 센터를 나온 이후에는 서로 연락도 뜸하고 각자 하루하루 먹고살기 바빠 소원해졌다며 딱히 특별할 것 없다는 듯 얘기했다.

이야기를 하는 동안 맥의 눈길이 자신의 목덜미 쪽에 머무는 것을 눈치챈 진아는 긴 머리카락을 넘겨 목을 드러내 보이며 목덜미에 있는 문신을 보여 주었다.

"이 타투…… 이거 유디트라는 유명한 그림이야. 화가 이름이 아르테미시아. 아테나센터에서 생활할 때 소장님한테서 성폭행 피해를 딛고 일어선

화가 아르테미시아와 그녀의 그림 유디트 이야기를 여러 번 들었거든. 그때 센터에서 같이 생활하던 타투 아티스트 언니가 있었는데 그 여자 화가 이야기랑 그림에 매료된 아이들이 그 언니에게 부탁해서 문신을 새겼지. 나도 그중 한 명이고."

"그럼 유지수도?"

"걔도 그중 한 명이었지, 아마?"

"아 참, 처음에 진아가 아니라 이아라고 해서 몰라봤어. 왜 이아라고 부르는 거야?"

"정말 몰라서 묻는 거야 아님 확인하고 싶은 거야?"

"어?"

"이런 데서 본명 쓰는 가수는 없거든. 다 예명을 쓰지. 어떤 이름으로 할까 고민하다가 내 첫사랑이자 영원한 친구 이맥과 이산의 '이', 그리고 내 이름 진아의 '아'를 합친 '이아'로 하기로 했지."

말을 잠시 멈춘 진아의 입가에 엷은 미소가 스쳐 지나갔다.

"혹시…… '아르테미스'에다가 '이아'를 합치면 '아르테미시아' 이거 아냐?"

정색을 하고 묻는 맥의 질문에 눈이 휘둥그레진 진아는 잠시 멈칫거린 후 다시 미소를 되찾았다. 짧은 순간에 나타난 표정의 변화가 매우 극적이었다.

"야, 그거 좋은 생각인데, 왜 진즉에 그 생각을 못했는지 모르겠네."

두 사람 사이에 아주 짧은 순간이긴 했지만 팽팽한 긴장감이 흘렀다. 먼저 긴장을 깬 것은 이맥이었다.

"그런데 이 질문…… 해도 되나 모르겠다. 싫으면 답 안 해도 되고."

"내가 어떻게 성폭행 피해자 대안학교인 아테나센터에 갔냐고? 그게 궁금해?"

"궁금한 게 아니라……."

"답 안 해도 된다고 했지? 안 할게. 너라도, 아니 이맥 너니까 더 말 못 하겠다. 안 할래."

진아는 정말 그 질문에 맘이 상한 것인지 아니면 곤란한 상황을 벗어날 탈출구를 만나 효과적으로 활용한 것인지 모르겠지만 갑자기 어두운 표정이 되었다. 대화를 이어 나가기 어려운 상황이 된 것이다. 이맥은 더 이상 어색한 상황을 견디지 못하고 사건 수사 핑계를 대며 또 온다는 인사를 남기곤 서둘러 자리를 떴다. 형사 이맥으로서는 진아와 유지수 사이에 아테나센터와 유디트, 그리고 아르테미시아라는 연결고리가 있다는 수확을 얻었고, 인간 이맥은 가슴에 사무친 그리움으로 자리 잡고 있던 진아를 전혀 의외의 장소에서 만나 충격을 떠안게 된 방문이었다. 그 충격으로 인해 이맥의 평정심이 한동안 뒤흔들렸고 박 형사의 전화마저 까맣게 잊었다.

이맥이 열한 살 때였다. 산이 몸살에 걸려 며칠 동안 학교도 결석하고 앓아 누워 있던 그날.

"산아, 친구가 문병 왔네? 아주 예쁜 공주님인데 들어오라고 할게."

산이 뭐라 대꾸도 하기 전에 뒤로 돌아선 원장선생님은 문병 온 친구에게 들어오라고 했다. 진아였다. 같은 반 여학생 중에서 가장 예쁘고 적극적인, 그래서 산이 혼자 몰래 좋아하던 친구였다. 언젠가 학교 합창단원인 진아가 전교생이 모인 가운데 앞에 나와서 노래를 부를 때는 정말 저 아이는 사람이 아니라 천사일 것이라고 생각했다.

"산아. 괜찮아?"

"응, 다 나았어. 뭐 하러 왔어, 여기까지."

"친구가 아픈데, 당연히 와 봐야지. 선생님이랑 친구들이 많이 걱정해."

"미안하다, 괜히 나 때문에……."

진아는 문병의 목적을 충실히 이행하려는 듯 학교에서 일어난 재밌는 일들을 계속 이야기해 주었다. 진아가 들려주는 이야기에 웃고 떠들던 산이 진아에게 어렵게 부탁을 했다.

"저, 진아야. 부탁이 하나 있는데, 싫으면 안 들어줘도 되고"

"뭔데? 말해 봐."

"그게, 저, 있잖아……."

"아유, 답답해. 말해 봐, 뭔데? 남자답게."

"알았어. 저…… 노래 하나만 해 주라."

"응, 노래…… 내가 원래 무대가 아니면 노래를 안 하거든? 하지만 오늘 은 특별히 봐준다. 문병 왔으니까."

진아는 아이들 사이에 가장 인기 있던 노래 중 하나인 카니발의 〈거위 의 꿈〉을 불렀다. 산의 귀에는 천사의 음성처럼 들렸다. 천사가 부르는 노래 를, 그것도 방 안에서 단독으로 혼자 들었으니 정말 어느 책에선가 읽은 것 처럼 이대로 죽어도 아쉬울 게 없을 것 같았다. 산이 넋을 놓고 있으니 진아 가 부끄러워했다.

"야, 왜 그래, 바보같이. 나, 노래 못 불렀구나?"

"아냐, 아냐. 너무 잘 불렀어. 어떻게 하면 너처럼 노래를 잘 부를까 생각 했어."

"일부러 그렇게 칭찬할 필요는 없어. 늦었다. 나 그만 갈게. 월요일은 학 교 나올 수 있지?"

"응, 근데 벌써 가려고?"

"벌써 5시가 넘었어. 내가 세 시간이나 간호해 줬으니 담에 꼭 갚아야 한다.”

“그래, 꼭 갚을게. 잘 가.”

문밖에는 맥이 마당에 쪼그리고 앉아 나뭇가지로 흙바닥에 뭔가를 썼다 지웠다 하며 놀고 있었다. 언제부터 앉아 있었는지 모르겠지만 진아의 노래를 들었는지 바닥에 반쯤 지워진 노래 제목이 적혀 있었다. 산은 맥에게 진아를 배웅해 달라고 부탁했다.

“맥아, 곧 어두워질 텐데 진아 좀 바래다주라.”

“이맥, 안녕? 나 진아야. 민진아. 산이 보러 우리 반 놀러 왔을 때 몇 번 봤지?”

맥은 말없이 고개만 끄덕이고 진아에게 알은체를 하는 듯 마는 듯 하곤 앞장섰다. 맥은 진아를 데려다주는 내내 짐짓 화난 듯 퉁명스럽게 굴었다. 제 귀에 심장 뛰는 소리가 들릴 정도로 좋았지만 왠지 좋아하는 티를 내면 바보 같다는 놀림을 받을 것 같았기 때문이다.

“이제 다 왔어. 우리 집은 조 앞이야.”

“그래, 그럼 나 이만 갈게.”

“잠깐만!”

“왜?”

맥의 질문이 끝나기도 전에 진아가 맥의 빰에 뽀뽀를 했다. 맥은 예기치 못한 진아의 행동에 아무런 방어도 반응도 하지 못한 채 그냥 그 자리에 얼어붙어 버렸다.

“잘 가, 바보야.”

뛰어가는 진아의 뒷모습이 멀어져 가며 점점 작아지다가 어떤 집 앞에서 멈췄다. 진아는 아직 그 자리에 서 있는 맥을 향해 힘차게 손을 흔들고는 그대로 대문 안으로 쏙 들어갔다. 맥은 지금 벌어진 일이 도대체 어떤 일인지 이해하지 못했다. 아니 이해하려는 시도조차 하지 못했다. 머릿속에 벌이 몇 마리 들어온 듯 웽웽거리고 몸은 공중에 붕 뜬 듯한 느낌이었다. 한참을 그렇게 서 있던 맥은 어느 정도 정신이 돌아오자 뒤돌아서 뛰었다. 힘차게 뛰어서인지 아니면 진아의 뽀뽀 때문인지 심장이 너무 쿵쾅거렸다. 보스코의 집으로 돌아온 맥은 산의 얼굴을 똑바로 쳐다보지 못했다. 산이 말을 걸어도 짧게 대답하고 자리를 피했다. 왠지 산에게서 무엇인가를 몰래 훔친 느낌이었고 미안했기 때문이다.

문제는 예상치 못한 곳에서 시작되었다. 진아를 좋아하고 있던 우민은 진아와 산, 맥 형제를 갈라놓기 위해 진아에게 둘에 대한 험담을 해 댔다. 하지만 진아의 마음이 전혀 움직이지 않자 우민은 다른 방법을 사용하기 시작했다. 수업이 끝난 뒤, 반에서 키가 제일 작아 땅꼬마라고 놀림을 받던 재현이 산에게 할 말이 있다며 옥상으로 데려갔다. 옥상에는 우민과 그를 따라다니는 패거리가 기다리고 있었다. 그중에는 아버지가 태권도 도장 관장인 경덕도 있었다.

"야, 더러운 고아 새끼야!"

"왜 그래, 우민아."

"왜 그래, 우민아? 얘들아, 이 새끼가 저 더러운 입으로 내 이름을 부른다. 어떻게 해야 되냐?"

"죽여! 죽여!"

"야, 내가 이런 더러운 놈 더러운 피를 꼭 내 손에 묻혀야 되겠냐? 야, 경호실장!"

우민은 경덕을 불렀다. 소문에 의하면 경덕이 아버지 도장이 있는 건물이 우민이 아버지 것이어서 경덕은 우민이 시키는 일이라면 무엇이든 한다고 했다. 우민은 경덕을 늘 데리고 다니며 위력을 과시했고, 경덕을 자신의 경호실장이라고 불렀다. 태권도로 단련된 경덕은 주먹질과 발차기로 산의 온몸을 마음껏 유린했다. 산은 아픔을 느끼다 못해 처음으로 죽음에 대한 공포를 느꼈다.

"이제 그만해라. 이 정도면 정신 차렸겠지. 너 이 새끼, 더러운 고아 새끼가 부모가 있는 깨끗한 여자아이 꼬시면 어떻게 되는지 이제 알겠지?"

우민이 속마음을 드러냈다. 마침 계단에서 망을 보고 있던 아이가 헐레벌떡 뛰어와서 "우민아, 맥 온다!" 하고 소리쳤다. 우민은 한번만 더 진아랑 친하게 지내면 죽여 버린다는 으름장을 놓고는 패거리와 함께 반대쪽 출구 계단으로 사라졌다. 맥이 헐레벌떡 뛰어왔다.

"산아, 누구야, 어떤 새끼야?"

자초지종을 이야기하면 맥은 우민 패거리를 흠씬 두들겨 패 줄 것이었다. 하지만 산은 그 너머에 있는 우민의 부모님과 선생님이 산과 맥 형제에게 가할 응징이 무서웠다. 그리고 무엇보다 진아에게까지 피해가 갈까 봐 두려웠다. 생각 끝에 산은 맥에게 아무 말도 하지 않기로 결정했다.

"아무것도 아니야. 그냥 내가 어떤 놈과 시비가 붙어서 싸웠고 이제 화해했어. 끝났어."

"이렇게 코피 나고 옷 다 찢어지고, 엄청 다쳤는데?"

"그 자식은 나보다 더 많이 다쳤어. 니가 봤으면 아마 그놈 편들었을 걸?"

"말도 안 돼. 난 언제나 니 편이야. 무슨 일이 있어도."

"알아, 나도 그래. 농담이지."

그 일이 있고 며칠 후부터 진아에 대한 이상한 소문이 돌기 시작했다. 미친 무당 딸이라는 이야기와 함께 화장실 벽에 고아와 무당 딸이 연애한다는 글 밑에 산과 진아의 이름이 씌어졌다. 진아는 책상에 엎드려 하루 종일 울기만 했다. 이산이 거짓말이라며 옹호하고 나섰지만 우민이 기세등등하게 진아에게 직접 물어보라며 들이대는 바람에 물러설 수밖에 없었다. 또 우민의 부모가 선생님을 통해 진아 부모에 대해 알아낸 모양이었다. 악의적 험담에 이은 폭력으로도 진아의 마음을 이산에게서 돌려놓지 못한 우민이 선택한 것은 목표물 훼손하기였다. 키가 작은 여우가 높이 달린 포도를 따 먹지 못하자 어차피 저 포도는 신 포도일 거라고 투덜거린 이솝우화처럼, 우민이 꼭 그 모양새였다.

이산은 수업이 끝나가도록 책상에 엎드려 있는 진아 옆에 가서 앉았다. 맥도 곧 와서 함께했다. 아이들이 다 가고 셋만 남게 되자 진아는 고개를 들었다.

"나 괜찮아, 걱정하지 마. 그리고 사실이야. 우리 엄마 무당이야. 근데 미친 건 절대 아니고 시장님이나 국회의원, 경찰서장도 와서 점도 보고 굿도 해 달라고 하는 무속인이야. 아빠는 선원인데 돈 번다고 멀리 외국으로 나갔대. 난 사실 아빠를 본 적도 없어. 그래서 애들이 너희를 고아라고 놀릴 때마다 걔네들 다 때려 주고 싶었어. 이제 애들이 다 알아 버렸으니 오히려 후련해. 너희 둘한테 먼저 말하려 했는데 미리 얘기 안 해서 미안해."

"미안하긴 뭐가 미안해. 너 놀리는 놈들 내가 혼내 줄게, 걱정하지 마."

"아니야, 싸우지 마. 그냥 둬. 너희 둘만 내 옆에 있으면 난 아무 걱정 없어. 바보 같은 애들 때문에 너희들이 다치고 혼나는 거 나 싫어. ……산, 맥 너희 둘은 내 평생 친구야. 알았지?"

"그럼, 당연하지."

"그걸 말이라고 해? 우리 셋은 삼총사야."

"둘 다 눈 감아 봐. 꼭 감아야 돼."

진아는 눈을 꼭 감은 산과 맥의 입술에 번갈아 뽀뽀를 했다. 산은 생전

처음 경험한 일이라 너무 놀랍고 당황스러운 한편 그 부드러운 감촉이 너무 좋아서 도저히 눈을 뜰 수가 없었다. 눈을 뜨면 다 사라지고 없어져 버릴 것만 같았다. 맥은 지난번 뺨에 이어 두 번째였지만, 입술은 뺨과 많이 달랐다. 온몸에 찌르르 전기가 통하는 듯 떨리면서 힘이 쭉 빠졌다. 머리는 빙빙 돌았다. 행복했다. 이 좋은 느낌이 최대한 오래 남길 바라면서 눈을 계속 꼭 감고 있었다.

"이제 눈 떠, 바보들아. 눈 안 뜨면 나 혼자 간다. 잘 있어!"

진아는 가방을 둘러메곤 자리에서 일어나 걸어갔다. 그제서야 눈을 뜬 산과 맥도 부랴부랴 가방을 둘러메고 진아에게로 뛰어갔다.

아테나센터를 다녀온 후 강두필이 그곳 출신이라는 의심을 더욱 굳히게 된 박 형사는 고일민 목사와 이경도를 만나 강두필에 대한 자세한 이야기를 묻기 위해 IMG기획을 찾아갔다. 입구 근처에 도착한 박 형사는 차를 세우고 이맥에게 전화를 걸었다. 그동안 강두필 상대 수사 경과를 보고하고 향후 조치에 대해 상의하기 위해서였다. 이경도와 고일민에 대해 잘 아는 이맥이 자신과 합류할 수 있다면 좋을 것 같은데 이맥이 전화를 받지 않았다. 워낙 프로파일링 분석 등 일에 집중할 땐 전화를 받지 않는 이맥이었다. 박 형사는 시간될 때 전화 달라는 문자를 보내곤 주변을 살펴봤다. 그 순간 수상한 모습이 눈에 띄었다. 배달 라이더 복장을 한 사람이 오토바이에 탄 채 IMG기획 건물 안쪽을 뚫어져라 쳐다보고 있었다.

1차 세종문화회관과 2차 동자동 현장 인근 CCTV에 포착된 용의자 모습과 유사했다. 박 형사가 차에서 내려 다가가자 오토바이는 바로 출발해 버렸고 박 형사는 급하게 차로 돌아와 추격을 시작했다. 앞서 달아나는 오토바이에 온 신경을 집중시킨 박 형사는 뒤에서 자신을 따라오는 차량의 존재에 대해서는 알아채지 못했다. 오토바이는 골목길을 빠른 속도로 달려 고산자로에 진입한 후 중앙선을 가로질러 반대편 차로로 넘어가 행당로8길로 들어섰다. 박 형사 역시 반대편에서 오는 차량들과의 충돌 위험을 감수하며 중앙선을 넘어 급격하게 회전해 오토바이 뒤를 쫓았다. 그 뒤를 따르는 검은색 SUV 차량은 조금 더 여유 있게 뒤를 따라왔다. 다시 좁은 이면도로로 좌회전해 들어간 오토바이는 반대편 골목에서 나오던 낡은 소형 트럭을 피하지 못하고 부딪쳐 넘어졌다. 박 형사가 차에서 내려 뛰어갔고 쓰러졌던 도주자는 다시 일어나 자신의 오토바이와 부딪쳤던 차량을 타 넘어 달아났다.

뒤를 쫓던 박 형사가 도주자를 붙잡으려는 순간, 갑자기 목덜미가 불에 타는 듯한 고통에 그 자리에 주저앉았다. 목에서는 피가 분수처럼 솟구쳤고 그대로 정신을 잃었다. 박 형사 뒤에서 따라오던 차에서 내린 검은색 야전점퍼 차림의 남자가 던진 군용 단검이 박 형사의 오른쪽 경동맥을 찢었다. 도주자는 그대로 뒤도 돌아보지 않은 채 달아났고 괴한은 검은색 SUV에 다시 올라탔다. SUV는 그가 올라타자 마자 빠른 속도로 달려 현장을 벗어났다.

오토바이와 부딪친 충격으로 핸들에 머리를 강하게 부딪힌 운전자는 흐르는 피가 눈으로 들어가는 것을 닦으며 간신히 차에서 내렸다. 겨우 정신을 차린 트럭 운전자의 눈앞에는 박 형사가 미동도 않고 쓰러져 있었다. 도대체 어떻게 된 일인지, 분명히 오토바이와 부딪힌 교통사고가 발생했는데 왜 목이 심하게 베인 사람이 엄청나게 많은 피를 흘리며 바닥에 누워 있는지 혼란스럽기만 했다.

사고를 목격한 누군가가 신고했는지 119 구급차와 경찰 순찰차가 거의 동시에 현장에 도착했다. 현장에 출동한 구급차에서 내린 소방 구조대원들이 쓰러진 남자가 이미 사망했음을 확인한 뒤 소방서 상황실에 보고하고 경찰들에게 알렸다. 경찰들은 경찰서 상황실에 보고한 이후 폴리스 라인을 치고 현장 보존 조치를 했다.

얼마 후 도착한 과학수사팀이 시신 검안과 기본 감식을 실시한 후 신분증과 지문 조회를 통해 변사자의 신원이 인왕경찰서 형사과 강력5팀 소속 박 형사임을 확인하고 긴급 보고를 했다. 시신으로부터 3미터 정도 떨어진 곳에서 피 묻은 흉기도 발견했다. 식도나 과도보다 많이 크고 무거운, 군용 단검처럼 보였다. 시신은 곧 국과수로 이송되었고 현장에 대한 정밀 감식이 진행되었다. 박 형사의 경동맥을 자른 것으로 추정되는 단검에 대한 정밀 법과학 감정 결과 손잡이에서 터치 DNA가 발견되었다. 범인이 맨손으로 단검 손잡이를 쥔 채 가까운 거리에서 강하게 베거나, 일정 거리가 떨어진 곳에서 던진 것으로 추정되었다. 범인은 국가 DNA 데이터베이스에 올라가 있는 범죄자는 아니었다. 하지만 DNA가 확보된 만큼 용의자가 특정되기만 한다면 1:1 대조를 통해 범인 여부를 확인할 수 있게 된 것이다.

소식을 들은 이맥은 우선 자신에게 분노했다. 자신이 내린 수사 지시를 집요하고 철저하게 파고들던 박 형사가 어떤 위험을 향해 얼마나 깊이 들어가고 있었는지 제대로 파악조차 하지 않고 있던 스스로의 무신경과 무책임에 분노하고 좌절했다. 특히 박 형사가 사망하기 직전에 이맥에게 걸었던 전화를 받지 않고 전화 달라는 문자도 무시했다. 그래서 박 형사가 사망한 것 같았다. 자신이 전화를 받기만 했더라면, 진아와 이야기를 마친 이후에라도 바로 박 형사에게 전화를 했더라면, 자신이 갈 때까지 안전하게 기다리고 있으라고 말만 했어도 박 형사는 살았을 것이라고 이맥은 생각했다, 아니 확신했다. 늘 죽고 싶어했던 건 이맥 자신이었고, 누군가 희생해야 한다면 죽어도 슬퍼해 줄 가족 하나 없는 자신이어야 한다고 믿고 있었기에 더욱 화가 나고 아팠다.

병원 바닥에 주저앉은 박 형사의 아내와 어린 자녀의 모습을 보는 것은 감당하기 어려운 고통이었다. 게다가 박 형사는 카스트라토 사건 수사본부 소속이 아니었다. 경찰청도 서울경찰청도 인왕경찰서도 박 형사가 공식 범죄 수사 업무, 공무 수행 중이라는 인정을 해 주지 않았다. 범인 체포라는 경찰 업무를 수행하다가 사망한 위험직무순직이 아니라, 퇴근 이후 사적인 활동 중에 발생한 단순 사망으로 규정한 것이다. 둘 사이에는 고인의 명예와 유가족이 받게 될 연금 및 예우 등에 있어 하늘과 땅 같은 차이가 있었다. 범죄 수사를 하다가 불의의 공격을 받고 사망한 것도 억울하고 안타까운데, 그 사망마저도 제대로 인정받지 못 한다니, 이맥은 피가 거꾸로 솟는 느낌이었다.

카스트라토 사건 수사를 위한 팀장의 수사 지휘를 이행하는 공무 수행 중이었다는 이맥의 주장은 묵살되었다. 수사본부 파견 이후 이맥은 더 이상 인왕경찰서 강력5팀장이 아니었고 박 형사에 대한 공식적인 지휘권이 없었다. 때문에 박 형사가 이맥의 지시를 이행하고 있었다면 오히려 사적인 관계에서 비롯된 사적인 부탁 혹은 청탁을 퇴근 이후 자유 시간에 사적인 개인 신분으로 행한 사적 활동의 확실한 증거가 된다는 것이 경찰청의 공식 판단이었다.

현장에서 쓰러진 채 발견된 오토바이의 외관과 세부 특징이 여러 카스트라토 사건 현장 인근 CCTV에 공통적으로 포착된 것과 유사하다는 것 역시 단순한 정황일 뿐, 경찰청의 결정 과정에 전혀 영향을 끼치지 못했다. 진경원과 김 형사는 이맥에게 박 형사 유가족과 협의해서 변호사를 선임하고 공무원연금공단 순직 인정 청구, 행정소송 제기까지 해서 반드시 순직 인정을 받아 낼 테니 자신들에게 맡겨 두라 했지만, 그건 나중 문제였다. 일단은 박 형사를 살해한 범인부터 잡아야 한다. 그래야 박 형사가 사적인 업무가 아니라 카스트라토 사건 범인 검거를 위한 위험한 직무 수행 중에 공격을 당해 사망한 것이라는 사망 원인이 규명될 것이다.

새벽녘 싸늘한 원룸으로 돌아온 이맥은 바닥에 주저앉아 휴대폰 주소록 속 생명의 전화 연락처를 한참을 들여다봤다. 차마 누르지 못한 것은 박 형사에게 진 빚을 갚기 전엔 자신의 죽음을 생각할 여유가 없었기 때문이었다. 이맥은 그렇게 어둠 속에 몸과 마음을 숨긴 채 바닥에 주저앉아 분노와 살기에 가득 찬 안광만 뿜어내며 꼬박 밤을 샜다.

다음 날, 방송과 온라인은 온통 4월 국회의원 총선거를 앞둔 여야 공방 그리고 우후죽순 생겨난 신생 정당과 위성 정당 이야기로 뒤덮였다. 시민의 안전과 법집행을 위해 최선을 다하다가 목숨을 잃은 박 형사에 대해서는 몇 줄, 몇 마디 하고 넘어가는 게 전부였다. 분노와 자책감에 사로잡힌 채 경찰서로 출근한 이맥은 박 형사가 남긴 휴대폰과 형사 수첩을 파고들었다. 누가, 왜, 어떻게, 박 형사의 뒷목에 칼을 던졌는지 답을 찾아가는 과정은 카스트라토 사건, 그리고 강두필로 연결되었다.

박 형사의 수첩에는 IMG기획을 찾아갈 계획이 적혀 있었다. 이맥에게 아직 보고하지 않은, 강두필로부터 아테나센터 그리고 IMG기획까지 이어지는 연결고리. 그것이 박 형사가 남긴 마지막 기록이었다. 그리고 행당동 좁은 이면도로에서 시신으로 발견되었다. 목격자인 트럭 운전자의 진술은 현장 상황과 부합했고 도로교통법 위반 등 경미한 법 위반 사항 몇 개 외엔 전과도 없고 신원도 확실해 신빙성이 높았다.

오토바이를 타고 도주하던 자가 강두필이라고 가정한다면 트럭과 부딪쳐 바닥에 쓰러졌다가 갑자기 단검을 던진다는 것도 비현실적이지만, 무엇보다 박 형사가 칼에 맞은 신체 부위가 후경부 오른쪽이었다. 다른 놈이 있는 것이다. 강두필과 공범, 즉 카스트라토의 일원일 수도 있고 아닐 수도 있다. 사용한 흉기가 군용 단검이기도 했지만 뛰면서 강두필을 쫓아가던 박 형사가 뒷목에 칼을 맞았고 반항흔이나 주저흔도 전혀 없으며 칼날이 파고든 깊이, 칼이 현장에 그대로 방치된 점, 무엇보다 아무리 충격에 빠졌다곤하지만 목격자인 트럭 운전자가 제3의 공격자를 전혀 보지 못했다는 점 등을 종합하면 범인은 가까운 거리에서 박 형사와 격투를 하면서 칼을 휘두른것이 아니라 일정 거리가 떨어진 곳에서 단검 던지기 방식으로 공격을 했고이는 그가 군 특수훈련을 받은 자라는 것을 의미했다.

동자동 사건에서 경찰에 자세한 목격 진술을 할 것을 뻔히 알면서도 최선을 다해 아동 성폭행범 주성배를 살려 둔 카스트라토가 박 형사를 살해했다는 것도 앞뒤가 맞지 않았다. 이맥의 머릿속에서는 표면에 보이는 카스트라토 사건, 그리고 눈에 보이지 않는 그 이면의 한쪽에 고일민과 다른 한쪽에 스텔라드롭과 JY그룹, 그 사이에 군 특수부대 출신 등 전문 해결사들과언론, 아테나센터와 아르테미스, 강두필과 유지수 등이 얽히고설킨 복잡한관계도가 그려졌다 지워졌다를 반복했다. 민진아는 흐릿한 형체로 아르테미스 한쪽 구석에 나타났다가 사라졌다.

상왕십리 꼬마빌딩

2024년 2월 23일 금요일

종로구 인의동 사건 발생 일주일 후 금요일. 이번엔 성동구 상왕십리에 있는 한 꼬마빌딩 여자화장실로, 피해자는 유명 가수 정승인이었다. 건물에는 교회도 카페도 없었다. 다만 작은 식당과 안경점 등이 있을 뿐이었다. 예고된 것이나 다름없는 금요일 밤, 지난번 사건 현장인 국립극장에서 동쪽 방향에 위치한 다중이용건물 여자화장실에서 또 사건이 발생했지만 경찰은 막지도, 범인을 검거하지도 못했다. 배달 라이더 복장의 용의자가 접근하는 교회나 카페가 있는 건물에 집중했기 때문이다. 언론과 방송 매체들은 준비해 뒀던 경찰 비난 기사를 쏟아 냈다. 이중도 교수 역시 신나게 경찰의 무능을 질타했다. 특히 사건 현장 반경 100미터 이내에 교회의 숫자를 언급하며 고일민 목사의 어두운 과거에서 비롯된 기독교에 대한 공격 가능성을 짚기도 했다. 하지만 누구도 스텔라드롭은 언급하지 않았다.

정승인은 다른 남자 연예인들과 술이나 마약에 취한 여성들을 대상으로 성적인 행위를 하는 동영상을 찍고 공유한 사실이 폭로되어 수사를 받고 있던 중이었다. 그의 신원은 사실 신체 일부가 발견되기 전에 이미 알려져 있었다. 하루 전 목요일, 기획사의 철저한 관리를 받는 유명 가수가 심야 술자리에서 화장실을 다녀온다고 한 뒤로 사라졌기 때문이다. 그 기획사가 바로 JY엔터테인먼트였다. 인기 관리를 위해 실종 사실을 철저히 비밀에 붙이고 내부 인력을 동원해 정승인을 찾고 있었다. 하지만 스텔라드롭 음료수 용기에 함께 담긴 고가의 목걸이 펜던트는 국내에 단 하나 밖에 없는, 정승인의 트레이드 마크 같은 소품이었기 때문에 더 이상 비밀 유지가 불가능했다. 며칠 후 나온 국과수 DNA 검사 결과 역시 최종적으로 정승인의 신원을 확인해 주었다.

전희선 대표는 정승인 등 소속사 연예인들의 보호 업무를 담당하는 JY 시큐리티 이경덕 대표에게 불같이 화를 냈다. 무능하고 쓸모없는 놈이라는 모욕을 퍼부었다. 이맥을 대하던 여유 있고 품격 있는 CEO의 모습과는 정반대의 모습이었다. 전희선의 분노 밑엔 불안과 두려움이 짙게 깔려 있었다. 누군지 모르는 자들이 전혀 알지 못하는 이유로 JY그룹을 공격하고 있었다. 처음 스텔라드롭이 타깃이었을 때만 해도 언론을 틀어막아서 이미지 손상만 방어하면 된다고 생각했다. 망나니 전우균이 저지른 잘못의 후유증이겠거니, 언제나 그랬듯 비용은 좀 들겠지만 곧 해결될 것이라고 여겼다. 하지만 이젠 자신이 운영하는 JY엔터테인먼트까지 겨냥하고 있다. 정체 모를 적은 어떤 증거도 남기지 않을 정도로 실력이 뛰어나고 조직력과 장비, 시스템도 수준급이었다. 다음엔 어떤 대상을 공격할지 감도 잡히지 않았다.

하지만 존의 용병들과 JY 대응팀의 역량 역시 만만치 않았다. 경찰과 검찰, 언론을 비롯해 JY그룹이 심어 놓은 장학생들과 그들의 뇌물이나 접대를 받는 고위직들이 협력을 아끼지 않는 것은 물론, 정보력과 분석 능력에 있어 세계 최고 수준을 자랑하는 국제적 기관과 연결되어 있는 미국 로펌 킹 앤리의 지원까지 더해진 이들은 경찰청 수사본부나 ACAT보다 더 유리한 고지에 있었다. 복잡한 규정이나 절차, 보고 및 결재 체계를 거치지 않아도 되니 대응 속도 역시 더 빨랐다. 이들은 벌써 지하 파쿠르 세계에 알려진 실력자 유지수의 기술적 특성과 행동 습관 분석까지 마쳤다.

최첨단 JY시큐리티 상황실에서는 존이 경찰 배치 현황과 실시간 공공관리 CCTV 촬영 화면 및 경찰 무전 통신 내용을 모두 파악하고 모니터링하고 있었다. 존은 빠지고 빈 곳 중심으로 자신들의 인력을 배치했다. 그의 판단이 맞았다. 상왕십리 허름한 상가 건물 뒤편, CCTV도 경찰 인력도 없는 골목에서 담을 타 넘는 유지수의 모습이 포착된 것이다. 존의 용병 부대 중 일본 언더그라운드 파쿠르 실력자들이 뒤를 쫓았다. 숨 막히는 추격전은 도로로 이어졌고 야쿠자 차량 추적팀이 토끼몰이에 합류했다.

유지수의 귀에 꽂힌 이어피스에서는 따라붙은 사람들의 정보와 도주로의 방향 등이 끊임없이 흘러나오고 있었다. 필리핀 케손시티 중심에 위치한 사설 보안업체, 그 안에 마련된 최첨단 보안관제센터의 대형 모니터 앞에 한 남자가 서 있었다. 남자는 유지수 몸에 부착된 GPS 송신기가 보내는 신호의 위치가 표시되는 디지털 지도와 위성사진, 서울경찰청 종합상황실 및 각 구청 종합 CCTV 관제센터 모니터 영상을 주시하고 있었다. 최고의 정보력과 최첨단 기술, 그리고 파쿠르 실력으로 무장한 양 측 간의 쫓고 쫓기는 치열한 싸움이었다. 생업과 일상에 바쁜 서울 시민과 엉뚱한 곳에서 고생하고 있는 대부분의 경찰은 전혀 모르고 있는 가운데 벌어지고 있는 은밀한 전쟁이었다. 이맥은 그 대부분에 속하지 않았다.

이맥은 박 형사의 죽음에 대한 책임감과 분노를 원료 삼아 자신의 프로파일링 능력을 최대한으로 끌어올렸다. 어딘지 모를 현장을 특정하기보다는 용의 지역을 넓게 잡고 유지수의 행동 분석 결과를 반영했다. 파쿠르 기술을 이용해 현장에서 도주할 유지수, 그리고 그를 보호하는지 쫓는지 모를 박 형사 살해범의 모습을 포착하기 위해서는 3단계 경찰 경계선 밖에서 대기해야 한다는 결론에 이르렀다. 서울시경 교통관제 무전망으로 신호 위반 과속 차량이 성동지하차도 방향으로 가고 있고 카메라에 단속되었으니 추가 위험 운전 상황 발생 시까지 관제 모니터링 한다는 내용이 전파되자 이맥은 급히 성동지하차도 방향으로 차를 몰았다. 곧 유조차 뒤를 검은색 SUV 차량 두 대가 뒤쫓고 있는 모습이 포착되었다. 자세히 보니 유조차 기름탱크 위에서 세 명의 사람이 떨어지지 않으려 애쓰며 상대를 공격하는 격투를 벌이고 있었다.

이맥은 차 지붕에 경광등을 올려 사이렌을 울리며 상향등을 켠 채로 두 번째 SUV 뒤를 바짝 따라붙었다. SUV 차량 내부에서 동요가 느껴졌고 달리는 유조차 탱크 위에서 싸우던 자들도 이맥의 차를 쳐다봤다. 이 틈을 이용한 것은 쫓기던 유지수였다. 재빨리 조수석 쪽으로 내려가 창문을 부순 후 조수석에 들어가 앉았다. 그러곤 운전자를 위협해 급가속과 급정거를 몇 차례 반복했다. 유조탱크 위에 있던 두 명의 파쿠르 추격자들은 도로 위로 떨어졌고 유조차를 바짝 뒤쫓던 SUV 차량이 급정거하면서 그 뒤에 바짝 붙어 있던 SUV가 앞 차를 들이받았다. 이맥의 차 역시 급정거를 했지만 추돌을 피할 수 없었다. 뒤 범퍼만 파손된 앞쪽 SUV는 엔진에는 이상이 없는지 바로 다시 추격을 재개했다. 하지만 뒤쪽 SUV는 엔진룸이 파손되면서 터진 라디에이터에서 수증기가 솟아오르고 있었다. 이맥의 상황 역시 마찬가지였다. 차에서 내린 이맥은 삼단봉을 빼든 채 앞 차로 달려갔고 운전석 앞뒤에서 손에 칼을 들고 내리는 두 녀석의 무릎과 정강이를 사정없이 후려쳤다. 비명을 지르며 쓰러진 것은 둘만이 아니었다.

이맥 역시 허벅지에 칼이 꽂힌 채 주저앉았다. 차 반대쪽에서 내린 녀석이 던진 단검이었다. 야전점퍼에 군복 바지 차림의 짧은 머리 남자가 손가락으로 이맥의 허벅지에 꽂힌 단검을 가리킨 후 자신의 뒷목을 짚곤 두 손으로 X자를 그렸다. 마치 박 형사의 목에 칼을 던진 건 고의가 아니라는 의미인 듯했다. 이맥은 총을 소지하지 않는 자신의 고집을 처음으로 후회했다. 녀석은 몸을 돌려 유조차가 달아난 성동지하차도 방향으로 뛰어갔다.

이맥은 칼이 박힌 오른쪽 다리를 끌며 쓰러진 두 녀석에게 다가가 케이블 타이로 손과 발을 결박하면서 빠르게 미란다 원칙을 읊어 줬다. 알아들었는지 못 알아들었는지 돌아오는 대답은 짧은 일본어 몇 마디뿐이었다. 피가 흐르는 다리를 끌며 더 앞으로 나가 유조차 위에서 떨어진 것으로 보이는 두 녀석의 손과 발 역시 케이블 타이로 결박했다. 그리고 112와 119에 전화해 위치와 상황을 알렸다.

성동지하차도에 진입한 유조차가 갑자기 펑 소리와 함께 바퀴가 찢어지면서 왼쪽으로 급격히 꺾였다. 누군가 미리 깔아 둔 로드 스파이크 때문이었다. 유조탱크는 관성에 의해 앞으로 쏠렸고 트럭은 옆으로 쓰러지면서 바닥을 쓸고 밀려 나가다가 멈춰 섰다. 유조탱크 주유구가 뜯겨 나가 마치 터진 수도관에서 분출하는 물처럼 휘발유가 쏟아져 나와 터널 안 도로를 타고 흘렀다. 터널 앞쪽은 새로 나타난 네 대의 SUV 차량이 막고 있었고 뒤쪽은 뒤쫓아 온 SUV 차량이 막아섰다. 유지수는 충격으로 정신을 잃은 트럭 운전사의 뺨을 세차게 때려 깨운 뒤 운전석 뒤편 공간에서 찾은 흰 수건을 쥐어 주고는 수건을 흔들면서 터널 밖으로 나가 최대한 멀리 벗어나라고 했다.

SUV에서 내린 자들이 손에 칼, 도끼, 쇠파이프 등 무기를 든 채 유조차를 향해 천천히 거리를 좁혀왔다. 앞뒤에서 유지수를 포위해 오던 자들이 곧 손에 닿을 거리에 도착한 순간, 반짝하는 불꽃이 튀더니 순식간에 바닥에 흥건한 휘발유를 따라 춤추듯 불길이 일었다. 곧이어 엄청난 굉음과 함

320

께 유조탱크가 폭발했다. 화염의 빨간 끝자락을 아슬아슬하게 뒤에 달고 지하차도 벽을 타고 환기구를 통해 지붕으로 올라가려는 유지수 쪽으로 거대한 2차 화염이 들이닥쳤다.

10여 분이 지난 후 신고를 받고 출동한 119 소방차들이 현장에 도착했다. 터널 화재 진압용 특수화학차가 쏟아 내는 진화 물질도 가연성이 높은 휘발유와 그 유증기로 가득 찬 터널 안의 엄청난 화염 앞에서는 그저 빨려들어가 사라질 뿐이었다. 출동한 경찰은 도로 바닥에 주저앉아 온몸을 떨고 있는 유조차 기사를 발견하고 구조용 담요로 감싸 준 후 119 구급대에게 응급조치를 요청했다. 터널 입구와 출구를 막아서고 있던 SUV 차량들도 화염에 휩싸여 있어서 다른 목격자는 발견할 수 없었다. 이맥의 허벅지에 칼을 던졌던 검은색 야전점퍼를 입은 남자가 경찰 바리케이드 밖 사람들 사이에서 불길에 휩싸인 터널을 바라보며 누군가와 통화를 하고 있었다.

허벅지에 칼이 꽂히는 부상을 입으면서도 흉기를 든 네 명의 폭력배들을 검거한 이맥의 활약은 터널 유조차 폭발사고로 인해 사회면 단신으로 처리됐다. 국과수와 경찰청, 국방과학수사연구소의 합동 분석 결과, 이맥의 허벅지에 박힌 단검과 박 형사의 오른쪽 경동맥을 끊은 단검이 같은 것으로 확인됐다. 제원과 규격이 우리 군에서 사용하는 군용 단검과는 다르고 국내에서는 제작이나 판매되지 않는 제품이라는 사실 역시 밝혀졌으나 수사본부 밖으로는 나가지 않았다.

2024년 2월 24일 토요일

왕십리 사건의 피해자가 유명 가수 정승인으로 밝혀지고 유조차 폭발 사건까지 발생하자 언론은 온통 카스트라토 사건으로 뒤덮였다. 온라인상에서는 해외에 서버를 둔 새로운 회원제 SNS인 FOE(Fire On Enemy, 적에게 불벼락을)의 가입자가 기하급수적으로 늘면서 큰 인기와 함께 논란의 대상으로 떠오르고 있었다. 이메일과 휴대폰 인증을 거쳐야 하고, 누가 자신의 주적인지 기입해야 가입할 수 있는 새롭고 독특한 FOE를 알리고 폭풍 가입을 이끌어 낸 것은 사건 다음 날인 주말, 전격적으로 시작된 카스트레이터의 공개 활동이었다.

자신을 거세집행자의 대변인이라고 주장한 카스트레이터는, 여론에서 카스트라토로 칭하고 있는 이 사건의 거세집행자는 카스트레이터라고 불러야 정확하며 거세된 대상자들이 카스트라토라고 지적했다. 질문에 대한 대답이나 토론 참여는 없을 것이며 오직 거세집행자의 메시지 전달만 하는 역할로, 지금 벌어지고 있는 소위 카스트라토 사건 관련자와 소통하면서 그들의 이야기를 전할 것이라고 언급했다. 소통의 창구는 FOE만 이용할 것이기 때문에 FOE가 아닌 다른 매체나 공간에서 카스트라토 혹은 카스트레이터의 명의로 나오는 이야기는 모두 허위와 조작이라고 주장했다.

카스트레이터는 우선 이 사건의 실행자들, 거세집행자는 법을 어겼을지는 몰라도 범죄자들이 아니며 오히려 나름의 방식으로 성범죄자들에게 합당한 처벌을 내리는 정의로운 시민들이라고 주장했다. 아울러 겉으로 보이는 거세 집행 사건의 뒤에는 더 무겁고 중요한 문제가 도사리고 있는데 공권력과 언론이 덮고 감춰서 보이지 않는다고 했다. 하지만 진실은 결국 드러나게 될 것이며 어둠은 결코 빛을 이길 수 없다고 주장했다. 이어 박 형사의 죽음에 대해 언급하며 의도적으로 묻힌 그의 죽음 역시 카스트라토 사건과 관련이 있음을 폭로했다. 박 형사를 살해한 것은 거세집행자가 아닌, 거세집행자를 공격하는 거대한 어둠의 세력이라는 것이 그의 요지였다. 거세집행자들은 결코 살인자가 아니며 살인을 한 적이 없다는 말을 덧붙였다.

카스트레이터가 제기한 가장 충격적인 의혹은 박 형사를 살해한 집단이 성동지하차도 유조차 화재 참사를 일으켰다는 주장이었다. 이런 카스트레이터의 주장에 대해 찬반 양론의 입장을 가진 FOE 유저들이 격론을 벌였고 소문이 확산하면서 신규 가입자가 폭증했다. FOE 가입자들이 자신의 프로필에 공개하는 주적란에는 각자의 다양한 적들이 표기되었는데, 여야 정당 그리고 유력 정치인들에 이어 성범죄자라고 적은 사람들과 카스트라토라고 적은 사람들의 숫자가 급속도로 증가하는 경향을 보였다. 안순옥 기자는 자신과의 1:1 비밀 대화를 중단하고 공개 SNS 활동으로 전환한 카스트레이터의 주장을 검증한 뒤 기사화했고, 서예정 의원은 안 기자가 보내 준 보도하지 않은 내용까지 포함해 국회 행안위에서 날카로운 질의를 이어 갔다. 안 기자의 보도와 서 의원의 국회 질의는 박 형사 피살 사건을 카스트라토 사건과 연결 지으며 대한민국에서 가장 뜨거운 이슈로 떠오르게 했다.

2024년 2월 26일 월요일

경찰병원에 입원해 허벅지에 박힌 단검 제거 및 봉합 수술을 받은 이맥은 문병 온 진경원에게 몸조심하지 않고 위험을 자초한다는 구박을 받았다. 이맥은 작은 상처고 다 나았다면서 침대에서 일어나 절뚝거리며 걸어 보이기까지 해서 경원을 경악하게 했다.

입원한 지 나흘째 되던 월요일. 이맥은 회진을 온 의사에게 언제 퇴원할 수 있냐고 물었다. 의사는 황당하다는 표정을 지으면서 체포된 상태가 아니니 붙잡아 둘 수는 없지만 최소 일주일 이상은 더 입원해서 치료받는 게 좋다고 답했다.

"그럼 지금 퇴원해도 된다는 말씀이시죠?"

"아니, 그게 아니라 일주일 이상 입원해야 한다는 말씀입니다. 상처가 낫기 전에 무리하게 움직이면 자칫 생명이 위험할 수도 있어요."

맥은 씨익 웃으며 그동안 감사했다고 인사를 한 뒤 환자복 상의를 벗기 시작했다. 황당해하던 의사가 돌아가고 옷을 다 갈아입은 이맥은 김 형사가 새로운 무기라며 사다 준 티타늄 재질 목발을 짚고 절뚝이며 병실을 나섰다. 이맥의 상태를 확인하기 위해 다시 병원을 찾았던 경원은 병실을 나서는 맥을 말리려다 포기하고 의사에게 꼭 필요한 주의사항과 응급조치 방법 등을 묻고는 맥을 따라갔다. 병원 주차장에 주차된 경원의 차 조수석 문 옆에서 기다리던 이맥은 경원이 차 문을 열자 조수석으로 올라탔다.

"정말 왜 그래, 이번엔 진짜로 죽으려고? 하늘에 있는 박 형사도 오빠가 건강하게, 제대로 사건 해결하고 범인 잡길 바라지 이렇게 자해하길 바라진 않아. 알잖아?"

잔소리를 퍼붓는 경원에게 아무 대꾸도 하지 않던 맥은 ACAT 본부로 데려가 달라는 말뿐이었다. 경원은 화를 억누르고 한숨을 쉬면서 차의 시동을 걸었다.

잠시 후 경원의 부축을 받으며 맥이 ACAT 본부에 들어서자 요원들이 몰려와 걱정의 말을 건넸다.

"안녕하셨어요? 이 친구는 인왕경찰서 과학수사팀장 진경원 경위입니다."

맥이 팀원들에게 경원을 소개하자 모두 경원과 반가운 인사를 나눴다. 다만, 준법담당관 김태섭 경감만 예외였다.

"이맥 형사, 부상 입은 건 안타깝지만 여기 오면 안 되는 거 아닙니까? 수사본부 ACAT 연락 담당 업무에서 배제됐잖아요?"

주위의 싸늘한 반응에 위축된 김 경감이 응원군을 구하는 눈빛으로 바로 옆에 서 있는 유준 경사를 쳐다봤다. 하지만 유 경사는 딴 곳을 쳐다보며 모른 체했다. 머쓱해진 김 경감은 더 강하게 문제제기를 했다.

"아니 여기가 동호회도 아니고 말이죠. ACAT 소속이 아닌 외부인이 승인도 없이 마구 출입하고 분석 과정에 참여해도 되냐는 원칙 문제를 짚어보자는 겁니다. 그게 제 일이니까."

"김 경감, 내가 팀장 권한으로 이맥 경사 출입 승인했어. 그리고 이 경사 분석 참여 요청도 정식으로 결재 났고."

마일영 팀장이 말을 마치면서 행정지원팀 조유현 경위를 쳐다봤다.

"네, 수사본부 파견 인왕서 이맥 경사 ACAT 분석 참여 요청 공문, 오늘 11시 30분 청장님 전자결재 완료됐습니다."

공격이 무위로 돌아간 김태섭 경감이 새 목표물을 쳐다봤다.

"내 딸이네, 진경원 경위. 하지만 지금 내 딸로서가 아니라 이 사건 첫 분석 회의 때 참고한 인왕서 최초 프로파일링 보고서를 작성한 담당자 자격으로 이맥 경사와 함께 온 것으로 아네. 그래도 내 딸이라는 특수관계가 문제가 된다면 돌아가도록 조치하지."

뒤쪽에 서 있던 진 박사가 김태섭이 경원에 대한 문제제기를 하기 전에 선수를 쳤다.

"전 진경원 경위의 ACAT 분석 참가에 찬성합니다."

"저도, 찬성에 한 표요."

"저도!"

요원들이 차례로 경원의 합류를 동의하고 환영한다는 의사를 밝힌 뒤 마지막 남은 한 사람, 김태섭 경감을 쳐다보자 김 경감도 어쩔 수 없다는 듯한 표정으로 고개를 끄덕였다. 경원은 '뭐 이런 인간이 다 있나' 하는 표정으로 김태섭을 쏘아봤다.

곧이어 긴급 분석 회의가 열렸다. 맥이 아르테미스에서 파악한 사실과 강두필과 유지수를 쫓는 또 다른 무리들의 존재, 그들과의 조우 및 격투, 박 형사를 살해한 것으로 추정되는 남자, 그들이 성동지하차도 유조차 화재 참사와 관련되었다는 사실까지 브리핑했다. 그리고 나서 어찌된 영문인지 카스트라토와 그들을 쫓는 미지의 무리들도 ACAT 분석 결과는 물론 경찰의 배치와 작전 내용까지 다 알고 있는 듯하다는 추정을 제시하자 모두 의혹과 의심이 가득한 눈빛으로 서로를 쳐다보며 한동안 아무 말도 하지 못했다. 특히 김태섭을 향한 팀원들의 눈길에 짙은 의혹의 그림자가 깔려 있었다. 김태섭은 현수경 경장을 가리켰다.

"ACAT 내부 스파이는 이 사람이에요, 현수경 경장!"

"무슨 근거로 그런 모함을 하죠? 명예훼손이에요, 이건!"

"한진규 경장, 말해 봐요. 동자동 현장 영상 이야기."

"아, 아니, 그건…… 김 경감님 믿고 그냥 제 의심을 말한 것뿐이고 명확한 증거는 없어요."

마 팀장의 지시로 한 경장이 대형 스크린에 그 장면을 띄웠다. 현수경이 유지수와 몸싸움을 하면서 두 사람의 손이 스쳐 지나갔다. 김태섭의 비명에 가까운 요구로 영상은 정지 화면 상태에서 확대에 확대를 거듭했다. 두 사람의 손 사이에 희미하게 보이는, 피부색 같기도 하고 병원이나 경찰 현장 수사에 사용되는 라텍스 장갑 색 같기도 한 미세한 부분에 대해 의견이 분분했다.

"저거 라텍스 장갑이라니까요. 첫 사건, 세종문화회관 현장에서 쪽지문 발견된 사실 외부에 공개되지 않은 비밀인데 카스트라토가 알고 동자동에선 지문 남기지 않으려고 라텍스 장갑을 끼었어요. 현 경장은 마치 그곳에서 사건이 발생할 것을 알았다는 듯이 근처에 있다가 누구보다 빨리 현장에 도착했어요. 그리고 현장에서 목격자들 동의받고 몸수색했는데 유지수에게서 아무것도 안 나왔죠. 바로 직전 저 장면에서 현수경이 넘겨받았으니까. 증거 인멸, 범죄 조력!"

"증거 제출 못 하면 심각한 모함, 명예훼손인 거 알죠, 변호사니까? 난 오히려 김태섭 당신이 의심스러워요. JY그룹 쪽 스파이 아니에요? 우리 정보 줄줄 저쪽에 흘러 들어가던데?"

"와, 이거야 말로 근거 없는 음해, 명예훼손입니다. 나 그냥 못 넘어가요."

팀원들이 두 사람 간 날 선 언쟁을 말려도 흥분을 가라앉히지 못하던 두 사람은 마 팀장이 나서자 누그러졌다.

"자, 자, 두 사람 다 진정하고. 아직 누구도 내부 기밀을 유출했다는 증거가 발견되진 않았습니다. 그렇다고 아무 일 없었다는 듯 유야무야 넘어갈 상황은 아니에요. 서로에 대한 합리적인 의심 제기는 건강한 현상이고요. 다만 그 방법에 있어 서로에 대한 동료로서의 존중은 결코 잊어선 안 돼죠. 특히 지금 현 경장 남자 친구가 경찰 잘못으로 큰 부상을 입고 입원 중이잖아요. 안 그래도 심란할 텐데…… 김 경감, 현 경장을 동료로서 존중하자는 내 의견에 동의합니까?"

"네, 제가 경솔했습니다. 현수경 경장에게 정중하게 진심으로 사과하겠습니다."

"아닙니다, 제가 잘못했습니다. 저보다 계급도 한참 높은 상관이신데 제가 도 넘는 무례를 범했습니다. 죄송했습니다. 진심으로 사과드리고 용서를 구합니다."

내부 분열과 갈등 소동을 겪으면서 마 팀장이 이맥에 대해 품었던 의심이 모두 가신 듯했다. 마 팀장이 이맥을 바라보는 눈길에 더 이상 경계와 의심으로 인해 긴장한 징후가 담겨 있지 않았다. 이후 진 박사 주도하에 분석회의가 열렸다. 각자 그동안 정보와 자료를 수집하고 분석한 내용들을 공유하며 사건 전체의 윤곽과 용의자들의 특성 및 향후 행동에 대한 예측까지 개연성 순으로 정리했다. 그 결과는 유 경사를 통해 수사본부에 전해질 것이고 현장 수사에 반영될 것이다.

그런데 유 경사의 표정이 어두웠다. 같은 수사본부 소속 형사로 문제의식을 공감한 이맥이 유 경사를 향해 이해한다는 듯 고개를 끄덕였다. 회의 후 두 사람은 별도로 만나 수사본부 내에서 외부 세력에게로 정보가 흘러나가는 정황에 대한 우려를 공유했다. 이맥은 유 경사에게 ACAT 분석 결과를 수사본부 주요 간부들에게 차등 제공하는 정보 통제 배달 기법으로 유출자를 가려내자고 제안했다. 유 경사가 갑자기 고개를 숙이고 한숨을 크게 내쉬었다.

"미안해요, 이 형사."

"네? 무슨……."

"사실 내가 유출범인 것 같아요, 내부 기밀."

"네? 그게 무슨……."

유준은 이맥에게 노병조 본부장이 자신에게 향후 인사에 도움을 줄 것처럼 말하면서 ACAT에서 벌어지는 모든 일들, 사소한 분석 내용까지 다 보고하라고 지시했다는 사실을 털어놨다. 그리고 그 이후부터 JY쪽 사람들로 의심되는 무리가 경찰보다 한발 앞서 행동하는 일들이 벌어진 것이다. 유 경사는 노병조 본부장이 JY쪽에 기밀 정보를 유출한다는 의심이 강하게 든다며 스스로를 자책했다.

"유 경사님은 상관의 지시를 따랐을 뿐이죠. 자책하지 마세요. 괜히 본부장 의심을 사면 유 경사님만 피해 입을 테니까 지금처럼 티 나지 않게 하시는 게 좋을 듯합니다. 다만 조금씩 보고 내용을 조절하시고요."

현수경 경장은 사무실을 나서면서 급하게 메신저를 통해 누군가에게 문자를 보내곤 메신저 어플을 삭제해 버렸다.

[미안해요, 의심받고 있어요. 제 도움은 여기까지. 성공 기원할게요. 파이팅.]

2024년 2월 27일 화요일

JY그룹에선 전희선 대표가 주재하는 비밀 대책 회의가 열렸다. 원래 멤버에서 전상환 의원과 고일민 목사만 빼고 모두 참석했다. 분위기는 심각하고 무거웠다. 온갖 노력을 다해 겨우 카스트라토 사건 보도에서 스텔라드롭을 사라지게 만드는 데는 성공했지만, 그사이 범인들의 정체와 의도, 특히 왜 JY그룹을 타깃으로 하고 있는지를 알아내고 이들을 붙잡거나 처단하는 작업에는 전혀 진척이 없었기 때문이다. 진척은커녕, 이미 네 명의 일본 야쿠자와 언더그라운드 파쿠르 용병들이 이맥에게 체포됐고, 이들의 입을 막고 석방시키기 위해 천문학적인 자금이 투입되었다. 그뿐인가, 성동지하차도 유조차 폭발 사고로 존의 PY-Team—파쿠르(Parkour)와 야쿠자(Yakuza)의 머리글자를 합친 명칭— 용병 네 명, JY 대응팀 여섯 명, 도합 열 명이 잿더미로 변해 버렸다. 이들에 대한 거액의 목숨값도 미리 지정된 계좌로 입금해야 했다.

사실 JY그룹 전 씨 일가에게 금전적 손실은 그다지 큰 문제가 아니었다. 권력을 배경 삼아 국가 기밀도 미리 알아낼 수 있고 막대한 관급 계약을 마음대로 따낼 수 있는 화수분 같은 돈줄을 쥐고 있었기 때문이다. 진짜 문제는 계속되는 카스트라토 사건에, 박 형사의 피살, 그리고 유조차 폭발 참사까지 발생하고 FOE라는 새로운 SNS가 등장하면서 사회적 논란이 가중되고 있다는 점이었다. 게다가 안순옥 기자와 서예정 의원까지 가세해 골치 아픈 폭로와 의혹 제기를 이어 가는, 전혀 통제가 이루어지지 않는 상황이었다. 자신들이 쫓던 강두필은 박 형사 때문에 놓쳤고, 유지수는 잿더미 속에 포함되어 있는지 미꾸라지처럼 빠져나갔는지조차 알 수 없었다. 존과 이경덕 대표는 경찰과 검찰의 무능을 질타했다.

노병조 경무관과 검사장은 JY그룹이 동원한 국내외 깡패들이 설쳐 대는 통에 사건이 더 복잡하고 해결하기 어려워졌다며 반격했다. 특히 노병조 수사본부장은 형사를 해친 것은 결코 용납할 수 없다며 탁자를 내리쳤고, 존은 이경덕을 노려봤다. 이경덕은 마치 자신과는 상관이 없다는 듯 짐짓 모른 체하다가 새로운 타깃을 향해 공세를 전환했다. 눈치만 보던 이중도 교수와 박제순 서울리안 대표에게로 불똥이 옮겨 간 것이다. 언론과 방송, 전문가들이 여론을 제대로 이끌어 가지 못하고 있다는 질타였다.

전희선 대표가 지금은 서로 손가락질하며 책임 추궁할 때가 아니다, 머리를 맞대고 함께 전략과 대책을 수립할 때라고 냉정하게 조율했다. 존이 전략적인 제안을 했다. 일단 카스트라토 사건 전체를 고일민 목사를 향한 복수극으로 보이도록 여론을 조성하고 경찰의 수사 역시 고일민 목사에게 원한이 있는 대상자들에게 집중하자는 것이었다. 검찰 역시 용의자들의 자택이나 직장, 차량 등에 대한 압수수색 영장 발부에 적극 협력해서 언론과 방송을 통해 긴박한 현장 모습이 생생하게 보이게 하자고 제안했다. 세상의 관심이 고일민 쪽으로 집중된 틈을 타 유지수와 강두필, 그리고 이들을 연결하는 아르테미스 재즈바에 대한 집중 추적과 공격을 가하자는 전략이었다. 전희선이 고개를 끄덕였고 모두가 동의했다. 일단 목전에 있는 급박한 공동의 목표를 위해 서로 간의 갈등과 이견은 묻어 두기로 합의했다.

회의 후 존은 자신이 지휘하는 PY-Team 용병들에게 한국 경찰, 특히 이맥 형사 만은 결코 해치지 말라는 특별지시를 하달했다. 미국 본사의 엄정한 방침이고 계약 조건 중 하나이므로 반드시 지켜야 하고, 혹시라도 어길 경우 이미 지급된 선금 이외에 약속된 나머지 보수 지급에 문제가 발생할 수 있다는 점을 강조했다. 이경덕 JY시큐리티 대표에게도 같은 요청을 전달했다.

2024년 2월 28일 수요일

　　서울리안과 TV서울리안에 고일민 목사와 그의 숨겨 둔 아들 마이클 고를 둘러싼 비리 의혹들이 보도되었고, 다른 언론 방송들도 이어받아 기사를 쏟아 냈다. 익명의 제보자를 인용한 관련 보도들은 고일민 목사가 20여 년 전 남자 고아 아이들을 모아 은총소년합창단을 만들어 운영하면서 일부 아이에게 거세 시술을 해 보이 소프라노로 키웠다는 충격적인 내용이었다. 심지어 합창단 아동들을 상대로 한 고일민 목사의 성폭행 의혹도 있었다.

　　연이은 보도는 고 목사가 여성 신도들도 성폭행을 했고 그중 한 피해자가 낳은 아이가 마이클이라는 의혹을 제기했다. 모두 사실 여부를 확인할 수 없는 '카더라'식 의혹 제기였지만, 워낙 많은 언론과 방송사들이 일제히 보도하고 이중도 교수 같은 전문가들이 그럴듯한 분석을 보태면서 대중은 이미 모든 의혹이 사실이라고 받아들이고 있었다. 고일민 목사는 어디서부터 어떻게 해명하고 반박해야 할지 전혀 갈피를 잡을 수 없었다. 워낙 거대한 쓰나미처럼 몰려드는 언론의 파상공세 앞에서 무기력하기도 했지만, 실종된 아들 걱정이 고 목사를 사로잡고 있었다.

고일민은 이경도를 통해 이맥에게 도움을 청했다. 이맥은 택시를 타고 이동하겠다고 고집을 부렸지만 경원을 이길 수는 없었다. 박 형사도 없고 김 형사는 별도의 수사 업무를 수행해야 하는 상황에서 다리를 다쳐 운전을 하지 못하는 이맥을 위해 경원이 기사로 나서 준 것이다. 이맥은 경원과 함께 IMG기획을 찾아 고일민을 대상으로 항간에 제기된 소문들을 포함해서 많은 질문을 했다. 하지만 고일민은 마이클 고의 출입국 일시와 도박 및 유흥 습관, 지인 연락처 등 아들을 찾는 데 필요하다고 생각되는 것 외에는 솔직한 답변을 해 주지 않았다.

"목사님, 사정이 있으시겠지만 이렇게 말을 아끼고 구체적인 사실을 털어놓지 않으시면 제가 도와드릴 수 있는 게 별로 없습니다. 다만, 저희들이 분석한 바에 따르면 범인들이 피해자들을 살해하지는 않는 것으로 보이고, 어딘가 의료시설이 갖추어진 장소에 피해자들을 감금하고 있을 가능성이 높습니다. 혹시 아드님이 이 사건과 관련해서 납치당한 것이라면 아직 절망할 필요는 없다는 겁니다."

"그래요? 그나마 다행스런 소식이네요. 그래도 다치면 안 되는데…… 외아들이라……. 변을 당하기 전에 좀 빨리 찾아줄 수 없을까요? 내 아들이라도 먼저……."

"경찰 자문위원이시니까 너무 잘 아시겠지만 경찰은 사립 탐정이 아니잖습니까? 특정 피해자만 빨리 찾거나 그럴 수 없습니다. 사건 전체의 진실이 밝혀져야 범인들의 정체도 드러나고, 피해자들이 감금된 위치도 알 수 있게 될 것이고. 그래야 아드님 마이클 씨도 찾을 수 있습니다.

"물론, 그렇겠죠……. 내가 아들 걱정에 그만 해선 안 될 부탁을 했네요. 미안합니다."

"저는 바로 돌아가서 계속 수사를 하겠습니다. 혹시라도 범인들의 의도와 목적을 짐작할 수 있는 사실이 있다면 꼭 알려 주시기 바랍니다. 그래야 아드님 빨리 찾습니다."

IMG기획을 나서는 맥을 배웅하던 경도는 맥에게 뭔가 말을 하고 싶은 듯한 표정이었다.

"경도야, 나한테 뭐 할 얘기 있니?"

"어? 그게…… 아니, 아냐. 아무것도 아냐, 신경 쓰지 마."

"아무것도 아닌 게 아닌 것 같은데? 어떤 얘기든 괜찮으니까 형한테 해 봐."

"아니야, 형. 그냥 마이클 좀 빨리 찾아봐 달라는 부탁. 그런데 그러면 안 되잖아. 사건 전체 절차대로 수사해야지."

"그래, 형이 최선 다할게. 너무 걱정하지 마, 경도야."

Case No.9

동대문디자인플라자(DDP)

2024년 3월 1일 금요일

지난 사건 발생 일주일 후 금요일 저녁 7시 45분, 삼일절 공휴일을 맞아 많은 인파가 몰렸던 동대문디자인플라자 여자화장실에서 한꺼번에 다섯 명의 신체 부위들이 발견되었다. 계속된 카스트라토 사건으로 인해 많은 시민들이 면역이 생긴 상태였지만, 흉측하게 잘린 남성 성기가 담긴 음료수 용기 다섯 개가 나란히 세면대 위에 놓여 있는 모양은 차마 지켜보기 힘든 광경이었다.

피해자들의 신원 파악은 쉽게 이루어졌다. 연락도 없이 출근하지 않았다는 공장 경비소장의 전화를 받은 경비원의 가족이 경찰에 실종신고를 한 상태였다. 그 경비원은 몇 년 전 지적장애가 있는 여학생을 상습 성폭행한 혐의로 유죄 판결을 받은 마을 어른 다섯 명 중 하나였다. 공범들도 모두 실종된 사실을 확인한 경찰은 대조할 DNA 샘플을 확보해 국과수에 보냈고, 곧 일치한다는 통보를 받았다.

한때 세상을 충격에 빠트렸지만 솜방망이 처벌만 받고 잊혔던 그들의 범행이 카스트라토로 인해 재조명됐다. 딥소에 남겨진 익명의 제보에만 의

존해 엉뚱한 피해자를 거세했다는 사실이 드러났던 학원강사 최성의 사건을 계기로 카스트라토에 대한 비난 여론이 거세지고, 허위 미투 등 근거 없고 무리한 성폭력 피해 주장에 대한 무고죄 처벌을 강화해야 한다는 주장에 힘이 실리던 상황이었다.

그런데 딥소 운영자 체포와 사이트 폐쇄 이후에도 카스트라토 범행이 이어지고, 대상자들이 국민적 비난을 받던 성범죄자들이었다는 것이 밝혀지자 여론 지형이 다시 변하고 있었다. 비열한 아동 성범죄자들에 대한 비난 여론과 함께 '그래도 사적인 처벌은 범죄다'라는 카스트라토 비난 여론이 팽팽히 맞서는 상황이 전개되었다.

한편 존은 전희선 대표에게 아무래도 이번 범행이 스텔라드롭을 공격 목표로 삼고 있을 가능성이 있기 때문에 전우균 JY F&B 대표의 안위가 걱정되니 경호를 강화할 필요가 있다고 제안했다. 희선도 동의했고, 사사건건 존에게 불만을 표시하던 이경덕도 이 사안에 대해서는 전적으로 동의했다. 하지만 전우균 본인이 이 제안을 절대로 받아들이지 않았다.

우균은 동담시에서 중고등학교를 다닐 때부터 자신의 손과 발 그리고 주먹 역할을 하던 보스코의 집 출신 손우빈과 그가 운영하는 유흥업소 가드들에게 모든 경호를 맡기고 있었다. 가족보다 손우빈을 더 신뢰하는 우균은 존이든 이경덕이든 어느 누구도 자신의 사생활에 개입하지 말라고 강하게 경고했다. 희선은 이경덕에게 우균이 알아채지 못하도록 일정한 거리를 두고 JY시큐리티 경호팀을 배치해서 만일의 상황에 대비하라고 지시했다.

실종된 아들의 안위가 걱정되어 전상환 의원에게 도움을 청했다가 오히려 JY그룹 측의 언론 플레이에 이용당한 고일민은 분노했다. 참고 견딘다고 해서 JY그룹 측에서 자신의 아들을 구하기 위해 노력하지 않을 것임을 확신했다. 오히려 참고 견딜수록 자신을 향해 제기된 모든 더럽고 끔찍한 혐의들이 기정사실로 굳어져 아들을 구해 내는 것은 더 어렵게 될 것이라고 생각했다. 고일민은 이맥 형사를 통해 경찰의 관심과 노력을 촉구하고 IMG 기획 보안 관리를 담당하는 다섯 명의 직원을 시켜 은밀하게 마이클의 행적을 추적하는 한편, 비장의 무기를 사용해 전상환 의원과 JY그룹을 향해 반격을 가하기로 했다.

고일민의 비장의 무기는 휴대전화 녹음이었다. 오래전부터 다양한 음해성 신고와 고소, 고발 등에 시달려 온 고일민 목사의 자기 방어를 위한 습관이었다. 그중엔 JY그룹 대책 회의 내용도 담겨 있었다. JY그룹이 광고주의 힘으로 통제하는 언론과 방송을 믿지 못하는 고일민은 '적의 적은 동지' 원리에 입각해 직원을 통해 FOE 사이트에 가입하고 그곳에 녹음 파일을 올리며 충격적인 폭로를 했다. 참석자의 이름은 무음 처리를 해서 알 수 없게 조치했지만 대화의 내용이나 서로를 지칭하는 호칭을 통해 이들이 JY그룹 고위 경영진, 검사장, 경찰 경무관, 언론사 대표, 목사, 그리고 방송에 자주 출연하는 유명한 교수라는 사실이 명확해 보였다.

공개된 내용은 전상환 의원이 자리를 뜬 이후부터였다. 고일민이 던진 메시지는 명확했다. 여기서 자신을 향한 배신 행위를 중단하고 명예 회복 및 아들을 찾기 위해 필요한 조치를 취하지 않으면 추가 폭로를 통해 전상환 의원이 연루된 사실과 참석자들의 신원을 모두 밝히겠다는 협박이었다. 효과는 바로 나타났다.

전상환 의원으로부터 만나자는 연락이 왔다. 녹음을 방지하기 위해 옷을 다 벗고 사우나에서 만나 이야기를 나눈 후 FOE에 올라간 녹음 파일이 삭제됐다. 인터넷 커뮤니티나 SNS 등에서 녹음 파일과 JY그룹 등을 언급한 사람에게는 빠짐없이 고소장이 날아갔고 관련 포스팅과 게시물 및 댓글 등은 빛의 속도로 삭제되었다. 고일민 목사를 둘러싼 의혹 제기 기사 역시 눈에 띄게 줄어든 반면 가짜뉴스의 해악을 지적하는 기사가 급증했다. 고일민 목사 비난 여론 형성에 크게 기여했던 이중도 교수 역시 여러 방송에 출연해 고일민 목사를 둘러싼 의혹 중에 근거나 증거가 제시된 것이 하나도 없고 마녀사냥식 가짜뉴스가 대부분이라고 지적했다. 그러면서 자신은 처음부터 카스트라토가 사이코패스 연쇄 살인범이라고 주장했다는 점을 강조하면서 범인 검거에 모두가 합심해야 한다고 촉구했다.

2024년 3월 3일 일요일

    경찰청 수사본부에서 전격적으로 강두필과 유지수를 카스트라토 사건 용의자로 공개 수배하기로 결정했다. 흔히 현상금으로 불리는 신고보상금도 5천만 원이나 내걸었다. 강두필은 폭행, 절도, 협박 등 전과 11범이라는 사실, 그리고 고아 출신으로 어린 시절 보육원에서 자랐고 고일민 목사가 운영하는 은총소년합창단에 몸담은 적 있다는 내용과 함께 마지막으로 경찰에 체포되었을 당시 촬영된 사진이 공개되었다. 실제 이름과 인적 사항이 밝혀지지 않은 일명 유지수 역시 사건 현장에서 촬영된 목에 문신 모양이 선명한 사진과 함께 2~30대 여성으로 키 150~155센티미터, 파쿠르 수행자라는 사실이 공개되었다.

    수사본부에는 제보전화가 쏟아져 들어오기 시작했다. 대부분 거리나 지하철, 혹은 식당 등에서 지나가는 모습을 봤다는 등 수사에 전혀 도움이 되지 않는 막연한 목격담이나 허위 제보였다. 공개 수배의 부작용이 이번에도 그대로 나타났다. 수사본부 인력 상당수가 제보전화를 받고 기록하면서 진위 여부와 수사 유용성을 판단하는 업무에 매달렸다. 형사들을 가장 힘들게 하는 것은 긴 시간 전화통을 붙들고 자기만의 추리를 장황하게 늘어놓는 방구석 탐정들이었다. 언론 보도와 여론 반응에 극도로 민감한 노병조 수사본부장이 혹시라도 불친절 대응 문제가 불거지면 안 된다면서 모든 제보전화에 최대한 친절하게 응대할 것과 절대로 먼저 끊지 말 것을 강력하게 지시했기 때문에 형사들은 극한의 인내심 시험을 치러야 했다.

의미 있는 제보도 있었다. 주로 강두필을 감독 관리하던 교도관들과 강두필과 같은 교도소에서 복역했다는 전과자들, 그리고 파쿠르 경연장에서 유지수를 봤다는 파쿠르 수행자들의 전화였다. 하지만 경찰이 알고 싶어 하는 두 가지, 현재 강두필이 있는 곳과 유지수의 정체에 대한 제보는 없었다. 유준 경사는 ACAT의 요청에 따라 노병조 본부장의 승인을 받은 후 제보 접수 내용들을 전달했다.

프로파일링은 '누구'를 찾는 작업이 아니다. 피해자의 특성과 범행 현장에 남겨진 범인의 행동 증거 등을 종합 분석해서 '어떤 특성'을 가진 사람이 '왜', '어떻게' 범행을 한 것인지를 추정해 내는 고도로 전문적인 영역이다. 그런데 용의자가 특정되고, 그 용의자의 특성이 프로파일러에게 제공되면 매우 민감한 문제가 발생한다. 프로파일러도 인간이기 때문에 의식적 혹은 무의식적으로 '정답'일 수도 있는 용의자의 특성에 맞게 증거와 정황, 현장 및 행동 분석 내용을 짜맞추게 될 가능성을 배제할 수 없는 것이다. 그래서 한 명의 프로파일러가 전적으로 책임지는 방식보다는 복수의 프로파일러가 함께 근무하면서 상호 검증하는 운용 시스템이 필요하다. 강두필이라는 유력 용의자가 특정되고 공개 수배까지 이루어진 상황에서 ACAT 프로파일링팀에 사건 현장마다 배달 라이더 복장으로 나타난 범인 C의 특성과 강두필의 특성이 일치하는지 분석해야 하는 숙제가 던져졌다.

CCTV 속 범인 C는 마치 군인을 연상케 하는 단단한 체격에 절도 있는 몸동작이 특징이었다. 반면에 경찰과 교도소에서 보유 중인 영상 속 강두필은 절도 등 전과가 수두룩한 잡범의 모습으로, 어깨가 처지고 늘 고개를 숙이고 다니며 주위를 두리번거리는 습관이 몸에 배어 있었다. 몸집 또한 왜소한 편이었다. C는 마치 작전을 수행하듯 필요한 행동만 간결하게 하곤 사라진 반면 강두필의 평소 습관은 주변을 두리번거리고 해찰질을 해 대며 주변에 형사가 있는지 탐색을 하고 범행이나 도주 기회를 엿보았다. 강두필이 다중인격자 혹은 두 얼굴의 사나이가 아닌 이상 C와 동일인이라고 추정하긴 어려웠다. 하지만 강두필이 고일민과 오랜 기간 갈등 관계였고 위협과 협박을 해 온 사실도 확인됐으며 카스트라토 사건 발생 이후 소재 파악이 안 된다는 혐의점도 분명히 존재했다. 유지수의 용의점과 연루 가능성은 확실하지만 그 정체는 물론 강두필과의 연결고리나 범행 동기 등에 대해서는 전혀 확인되지 않았다.

2024년 3월 5일 화요일

경찰의 공개 수배 결정이 이루어진 후 국회 행안위 회의가 열렸다. 법안 상정 및 심의를 위한 정례 회의였지만 마침 경찰청 소관 법률안이 포함되어 있어서 경찰청장이 출석했다. 우리한국당 간사가 이맥을 증인으로 신청했고 더나은미래당 간사는 가벼운 반대 의견을 표명했지만 법안 하나를 추가 상정해 준다는 거래 조건을 받고는 반대를 철회했다. 의원 숫자가 스무 명이 안 되는 착한당은 국회법상 교섭단체 자격이 없기 때문에 상임위원회에 간사를 둘 수 없었다. 누가 봐도 서예정 의원 망신 주기용 증인이었지만 착한당은 미리 알 수도, 반대 의견을 표명할 수도 없었다.

보좌관으로부터 보고를 받은 서 의원은 자신이 당할 망신보다 자기 때문에 이맥이 겪어야 할 고통과 아픔이 더 걱정됐다. 뒤늦게 거대 양당 간사와 위원장에게 증인 철회 요청을 했지만 받아들여지지 않았다. 예정은 국회 행안위 터줏대감 전상환 의원과 그의 기업 JY그룹을 건드린 대가라고 생각했다. 이맥에게 간단한 설명과 함께 미안하다는 문자를 보내자 자기 걱정은 말라는 답이 돌아왔다.

행안위 회의가 시작되자 의원들은 정작 중요한 법안에 대해서는 기본적인 설명에 따른 간단한 질의응답 후 별다른 이견 없이 상정 처리를 했다. 그들에게 중요한 건 따로 있었다. 행정안전부 장관과 경찰청장을 대상으로 한 카스트라토 사건 현안 질의 순서에 화력이 집중됐다. 의원들은 방송 카메라 너머에 있을 수많은 유권자들의 시선을 의식하는 듯 발언을 할 때마다 '국민'을 입에 올렸다. 우선 여야 없이 공개 수배된 강두필과 유지수에 대한 궁금증을 쏟아 냈다. 정치인 출신 행안부 장관은 자신은 수사에 대해 전혀 관여하지도 않고 알지도 못한다며 죄송하다는 말만 반복했다. 경찰청장은 구체적인 수사 내용은 기밀사항이라 공개할 수 없으니 양해해 달라면서 수사본부의 저인망식 용의자 대상 수사와 ACAT의 프로파일링 분석 결과 두 사람의 혐의점이 확인되었고 현재 소재 파악이 되지 않기 때문에 공개 수배했다는 말만 반복했다. 참모들이 준비해 준 판에 박힌 답변만 하는 경찰청장에게서 원하는 성과를 올리지 못한 의원들은 정무감각이 없기 때문에 실언이나 솔직한 답변을 할 가능성이 높은 일선 형사인 이맥을 증언대로 불렀다.

하지만 형사소송법과 범죄 수사 규칙 규정 및 프로파일링 이론을 바탕으로 원칙에 입각한 모범 답변을 계속하는 이맥 앞에서 권위적이고 참을성 없는 의원들이 먼저 흔들렸다. 소리를 지르고 삿대질을 하고 '어디서 감히', '국민의 대표 앞에서' 등을 남발하면서 경사라는 이맥의 낮은 계급을 들먹이며 모욕을 하기도 했다. 하지만 이맥은 전혀 흔들리지 않았다. 결국 의원들은 자신들이 잘 이해하지 못하는 프로파링일과 범죄 수사 관련 질문을 포기하고 인신 공격 모드로 전환했다. 같은 위원회 소속 동료 의원인 서예정과의 스캔들을 끄집어낸 것이다.

질 낮은 의원들의 공격성 질문 때문에 차분하고 진실한 이맥의 답변이 더욱 빛났다. 초등학교 동창인 두 사람, 삼총사라고 불릴 정도로 친했지만 서로 다른 중학교로 진학한 이후 연락도 못 하다가 지난번 국회 행안위 회의에서 처음 다시 만났고 반가운 마음에 회의가 끝나고 재즈바에서 만나 그동안 살아온 얘기 등을 나눈 후 사건이 발생해 바로 현장으로 갔다는 설명을 했다. 그런데 어떻게 알고 쫓아왔는지 모르지만 기자가 사진을 찍어 보도한 이후 직위해제 조치를 당했고 강도 높은 감찰 조사를 받았고 수사 기밀 유출이나 정치적 중립 의무 위반 등에 대한 혐의가 없어 징계 없이 복직했다고 밝혔다.

국회방송과 언론사 유튜브 채널 등을 통해 이를 지켜본 시청자 대부분은 이맥과 서예정을 지지했다. 서예정 의원은 한술 더 떴다. 자신은 비혼주의자이고 이맥 형사는 미혼인 청춘 남녀인 데다가 초등학교 때 절친인데 사적인 만남을 하면 안 되냐고 전상환 위원장과 의원들에게 차례로 질문했다. 예상외의 역공에 주로 5~60대 남성인 의원들은 당황했다. 온라인으로 시청하던 2~30대 청년층은 당당한 서예정의 모습에 열광했다. 이맥과 둘이 잘되길 바란다는 댓글도 많이 올라왔다.

행안위 회의가 끝나고 이맥은 수사본부로 돌아가 국회 행안위 회의 증인 참석 결과보고서를 작성해서 결재를 위해 경찰 행정업무 전산처리시스템에 올리고 당직 형사로부터 수사 진행 상황 등을 들은 뒤 새벽 1시가 조금 지나서야 퇴근했다. 그런데 아무도 없어야 할 이맥의 오피스텔 현관문 앞에 누군가 무릎 사이에 얼굴을 묻고 앉아 있는 게 보였다. 서예정이었다. 맥이 올 때까지 국회의원이 차디찬 복도 바닥에 앉아 무작정 기다리고 있었던 것이다. 맥은 도저히 손님을 맞을 상태가 아닌 자신의 집으로 예정을 들일 수밖에 없었다. 맥이 그동안 철저히 지켜 온 외부인 출입금지의 금기를 깼다.

"돼지우리에 온 것을 환영한다. 너무 지저분해서 절대 남을 들이지 않는데, 이 추운 날 복도에서 오들오들 떨고 있는 국회의원님이라 어쩔 수 없네."

"우와, 내가 이맥의 비밀 아지트 제1호 손님인 거네, 그럼?"

"제1호 불청객이지, 말을 바로 하자면."

"야, 너무 그렇게 차갑게 대하지 마라. 몇십 년 만에 만난 절친인데. 우와, 여긴 마치 영화에서 나오는 무슨……."

"범죄자 소굴 같지?"

"응, 그렇기도 하고 격투기 선수 훈련장, 아니 전쟁 때 그, 참호라고 하나? 벙커? 뭐 그런, 싸늘한 살기도 느껴져."

"냉기야, 추워서 그래. 내가 보일러를 안 켜고 살거든. 여기 중앙난방식이라 이거 누르면 보일러 들어올 거야. 고장 나지 않았으면…… 들어왔다, 전원. 온도를 22도로 설정하면,"

"내 친구 맥은 여전히 삶이 전투구나. 마음이 아프다."

"뭐 그렇게 동정받을 정도 아니고 군대 시절부터 이렇게 살았더니 편해서 그냥……. 여기 의자에 앉아. 의자 같지도 않긴 하지만."

예정은 하나뿐인 간이 스툴에 앉고 맥은 아일랜드 식탁 위에 걸터앉은 채 맥이 끓인 걸레 빤 물 같은 맛이 나는 보리차를 마시며 밤새 이야기꽃을 피웠다. 초등학교 시절 추억부터 서로 다른 삶을 살아온 그간의 경과, 삼총사 중 또 한 명인 훈찬에 대한 이야기, 그리고 최근 카스트라토 사건과 서울리안의 악의적인 왜곡 보도에 안순옥 기자가 속고 이용당했다는 이야기까지 나왔을 때였다. 예정이 아주 재밌는 이야기를 해 주겠다며 눈을 반짝였다.

"안순옥 기자 속이고 이용한 서울리안 사회부장이 누군지 알아?"

"내가 어떻게 알아, 신문사 사회부장이 누군지. 난 기자들하고 사이도 안 좋고 명함도 주고받지 않는데?"

"니가, 아니 우리가 아는 사람. 흐흐흐."

"내가, 아니 우리가 아는 사람? 그런 사람이 있나? 우리가 만난 지도 얼마 안 됐는데?"

"변. 태. 경."

"변태경? 그 변태경? 창석이 부하?"

"그래. 그때 니 가방에 몰래 창석이 돈 넣어 두고 선생님한테 너 도둑으로 몰려서 피 터지도록 맞게 한 놈!"

"진짜? 야, 사람 안 변한다더니 그 치사한 모사꾼, 아부꾼이 커서도 그렇게 사는구나. 이 새끼 그때처럼 좀 패 줄까?"

"내가 혼내 줄게. 니가 패면 그 새끼 또 쪼르르 이를 거고. 이젠 선생님이 아니라 검찰한테 달려갈걸? 너 혼내 주라고?"

"그것도 거짓말, 조작, 과장 막 보태서. 그때처럼 허위 증거도 심고."

"잠깐, 저거 눈에 많이 익은데?"

예정이 맥이 걸터앉아 있는 아일랜드 식탁 뒤편 벽 선반에 마치 전시하듯 곱게 삼각형으로 접혀 놓여 있는 손수건을 가리켰다. 예정의 영문 약자인 Y.J.가 수 놓아져 있었다. 생각지 못했던 예정의 발견에 맥은 속마음을 들킨 듯 뺨과 귓불이 빨갛게 달아올랐다.

"어머, 어머, 강철 같은 사나이 이맥 얼굴이 빨개졌네. 저 귓불 봐 우와, 화상 입겠다. 하하하, 늘 이맥 마음속엔 내가 있었구나. 그럼 그렇지. 나 혼자 설레는 짝사랑이 아니었어. 반갑다, 내 첫사랑."

"아, 아니, 그게, 그……."

"우리 맥이 놀려 먹는 게 이렇게 즐거울 줄이야. 우와, 서예정 탄생 이후 최고로 즐거운 날이다, 오늘. 하하하하!"

창피하고 어색한 상황에서 벗어나기 위해 쥐구멍이라도 필요했던 맥에게 하늘에서 구원의 빛이 내려왔다. 일출, 아침이 밝아 오면서 창문을 뚫고 들어온 햇살이 예정의 얼굴에 쏟아졌다. 그와 동시에 예정의 전화벨이 울렸다.

"어, 김 비서. 알았어. 지금 바로 내려갈게."

"우리 의원님, 호출이구나."

"아, 이럴 땐 이 직업이 진짜 싫어. 한창 재밌는 클라이맥스였는데, 이맥이 날 그리워했던 증거를 딱 발견하고 말이야."

"어서 가라. 또 지난번처럼 파파라치한테 걸려서 생난리 치르지 말고."

"그러라지. 그럼 우리 관계를 아예 공식화하지 뭐. 뭐가 겁나?"

맥은 예정의 핸드백을 집어 건네고 등을 떠다밀듯이 재촉했다.

"너 때문에 집 나간 내 정신 되찾으려면 한참 걸리겠다. 빨리 가라. 국가가 부르면 바로 달려가야지. 국회의원도 공무원인데."

이제 막 아침이 밝아오기 시작한 아침 7시 30분이 조금 넘은 시각, 진경원의 차가 이맥의 오피스텔 주차장에 들어섰다. 전화도 받지 않고 문자도 읽지 않는 맥이 걱정돼서 직접 찾아온 것이었다. 차를 주차한 뒤 올라갈까 말까 망설이던 경원의 눈에 출입구 앞에서 정차하고 있는 검은색 승합차가 들어왔다. 잠시 후 엘리베이터실 자동문이 열리자 정장 차림의 여성이 나왔고 차량 뒤쪽에서 대기하고 있었는지 시야 밖에 있던 검은 양복 차림 젊은 남성이 나타나 승합차 뒷문을 열어 주었다. 고개를 까딱하곤 승합차에 올라타는 사람은 뉴스에서 본 적이 있는 서예정 의원이었다. 경원은 다양한 감정이 복잡하게 뒤섞여 치밀어 오른 탓에 불타오르는 눈빛으로 승합차가 시야에서 완전히 사라질 때까지 노려봤다. 경원은 차 스피커에 연결된 휴대전화의 통화 버튼을 눌렀다.

"경원아, 아침부터 웬일이야?"

"오빠야말로 웬일로 내 전화를 바로 받아? 뭐 찔리는 거 있어?"

"어허, 우리 냉철한 과수팀 에이스께서 이렇게 까칠하고 공격적으로 나오시는 이유가 뭘까?"

"누구랑 같이 있었어?"

"어? 그, 그, 그게 무슨 말이야?"

"왜 말을 더듬지? 여자랑 같이 밤을 보냈나?"

"야, 장난치지 말고, 진짜 무슨 일인데 그래?"

"아, 몰라, 됐고, 오늘 괜히 돌아다니지 말고 집에 있어. 혹시 갈 데 있으면 나한테 말하고. 내가 데려다줄 테니까. 알았어?"

"어, 어…… 뭐…… 그래. 그런데…… 뭐야, 끊었네?"

화를 참기가 힘들고 속마음을 들키기도 싫어서 전화를 끊어 버린 경원은 경찰서로 향하는 동안 엑셀과 브레이크를 거칠게 밟아 댔다. 과학수사 팀장이 분노에 찬 모습으로 매우 이른 출근을 하자 정문 경비 대원과 당직 형사들의 눈이 의문으로 휘둥그레졌다. 이후 이맥은 이유도 모른 채 오랫동안 진경원의 까칠한 타박에 시달려야 했다.

Case No.10

계림호텔

2024년 3월 6일 수요일

9차까지 범행이 이어지도록 범인이 검거되거나 중단될 기미가 보이지 않자, 언론과 온라인 인플루언서들이 다음 타깃으로 예상되는 인물 명단을 제시하기 시작했다. 대부분 성별이나 나이, 직업군 등 특징으로 제시되었지만, 유독 실명이 많이 거론되는 인물이 있었다. 김천성. 60대 목사로 그동안 방송 시사고발 프로그램을 통해 여러 명의 여성 신도들에 대한 가스라이팅 성폭행 의혹이 보도되어 널리 알려진 사람이었다.

이단 시비에 휘말려 있긴 하지만 돈과 영향력이 큰 대형 교회 소유주이자 담임 목사인 그는 국내 최고 로펌 전관 변호사들을 대거 동원해서 피해를 주장하는 여성들을 무고죄와 명예훼손죄 등으로 형사고발하고 거액의 손해배상을 청구하는 민사소송을 제기하는 등 법적 대응을 해 왔다. 그리고 언론 플레이를 통해 자신을 쫓아내고 교회 재산을 차지하려는 반대파가 꾸민 거짓 음모라는 주장을 강하게 제기하고 있던 중이라 수사가 지지부진하던 상황이었다.

그런 가운데 최근 한 시사고발 프로그램에서 피해자들과 목격자들의 적나라한 진술과 그 진술에 부합하는 정황과 문자 메시지, 녹음 및 CCTV 영상 등이 공개되자 김 목사와 그를 비호하는 세력은 물론 소극적인 태도를 보이던 경찰과 검찰에 대한 비난이 쏟아지기 시작했다. 당연히 김 목사는 카스트라토의 제1의 타깃으로 떠올랐고 경찰과 교회 청년회의 집중적인 보호 대상이 되었다.

건장한 청년 신도들과 경찰로부터 24시간 보호를 받고 있는 김천성 목사가 가장 안전하다고 할 수 있는 자신의 교회 대예배당에서 설교를 하던 중이었다.

"아무 잘못 없는 주님의 대리인을 음해하고 공격하는 사악한 사탄의 무리들 모두 천벌을 받을 것이야. 천벌보다 더 무서운 내가 내리는 벌을 받아 사지가 썩고 온몸 구멍에서 피를 토하며 죽을 거야!"

쨍그랑! 유리 깨지는 소리가 김 목사의 '죽을 거야'라는 고함소리와 동시에 예배당에 울려 퍼졌다. 처음엔 김 목사가 즐겨 사용하는 음향 효과인 줄 알았다. 하지만 와장창 깨져 버린 커다란 스테인드글라스 사이로 바라클라바(스키마스크) 뒤집어쓴 세 명의 괴한들이 연이어 날아 들어오자 예배당에 있던 신도 수백 명과 온라인으로 지켜보던 수천 명의 시청자들이 경악에 빠졌다. 세 명의 괴한은 유유히 김 목사를 납치해 제대 왼쪽 목사용 출입문으로 사라졌다. 신도들이 출입하는 예배당 정문과 교회 입구 주변은 경찰과 교회 청년들이 3중, 4중 철통 경비망을 구축하고 있었다. 높은 담장이 가로막고 있는 예배당 앞쪽 창문으로 침입하리라고는 누구도 예상하지 못했다. 아니, 그곳은 침입할 수 없는 곳이었고 경비인력을 배치할 공간도 없었다. 하지만 최고 수준의 파쿠르 수련자들에겐 가능한 침입 경로라는 걸 그들은 모르고 있었다.

김 목사가 여신도를 성폭행하기 위해서 다른 누구도 접근하지 못하게 했던 목사용 출입문 안 통로. 그 안쪽으로 김 목사를 끌고 사라진 세 명의 괴한이 안에서 문을 잠그자 뒤늦게 뛰어온 청년 신도들은 문 앞에서 쩔쩔매기만 했다. 사무장이 열쇠를 들고 달려왔을 땐 이미 괴한들은 내실에 있는 비밀 출구를 통해 흔적도 없이 사라져 버린 뒤였다. 김 목사가 성범죄를 저지르려고 만든 비밀 공간이 카스트라토에게 역이용된 것이다. 피해자 중 누군가가 자세한 정보를 제공해 준 듯했다.

온라인 예배 시청을 하던 사람들이 카스트라토의 예배당 난입과 납치 장면을 찍은 영상을 인터넷에 올리자 삽시간에 퍼져 나갔다. 김 목사의 비밀 통로와 은밀한 내실에 대한 익명의 피해자들의 증언도 뒤따랐다. 사람들은 영화 속에서만 보았던 모습에 열광했다. 이후 여론은 카스트라토에 대한 응원과 동조 목소리가 커지기 시작했다. 반대로 남권총을 중심으로 카스트라토는 물론 카스트라토 앞에서 한없이 무기력한 경찰을 비난하는 목소리도 불거져 나왔다.

2024년 3월 7일 목요일

ACAT 윤의주 박사가 그동안 카스트라토 사건 현장 데이터를 바탕으로 분석한 지리적 프로파일링 결과를 팀원들에게 설명하는 자리가 마련되었다. 대형 스크린에는 윤 박사가 조작하는 디지털 지도 운영 프로그램이 떠 있었다.

"지금 여러분이 보시는 화면은 지리정보시스템의 일종인 Q-GIS입니다. 저를 비롯한 전 세계의 GIS 전문가들이 모여서 누구나 사용할 수 있도록 만든 무료 프로그램이죠. 하여튼, 그동안 이 프로그램으로 무엇을 했냐, 간단히 설명드리겠습니다. 우선 바탕에는 서울시 기초 행정지도를 깔았습니다. 1차 레이어죠. 그리고 사건 관련 장소 위치 데이터들을 위에 포갰죠. 2차 레이어. 그리고 해당 지역의 인구사회학적 분포, 교통망, 주요 주거시설, 상업시설, 지구단위 계획 등등 하여간 관련 있다고 판단되는 모든 데이터들을 그 위에 올렸습니다. 3차 레이어. 그다음엔 범죄 관련 장소들을 중심으로 각각 의미 있는 지점과의 거릿값, 그 평균값 등을 계산하는 복잡한 과정을 거쳤고요. 여기에 물리적 경계선, 심리적 경계선, 컴포트존, 버퍼존,"

"아, 지금 우리가 학회 하는 게 아니잖아요, 박사님. 김 목사 납치되고 대응이 시급한 상황에서 문송한 저 같은 사람은 무슨 말인지 도대체 모르겠네요."

김태섭 경감이 불만을 터트렸다. 그러자 서마리 주무관이 반박을 했다.

"문송하다는 게 문과라서 죄송하다, 뭐 이런 말이죠? 미안하지만 저도 문과 출신인데요, 국토지리, 사회지리, 이런 거 문과 과목 아닌가요? 김 변호사 경감님처럼 공부를 많이 한 사람도 아니지만 집중해서 들으니까 대강 무슨 뜻인지는 알 것 같은데요? 그러니까 우리가 요리할 때 이런저런 식재료를 적절한 분량으로 섞어서 가열하면 맛있는 음식이 되는 것처럼 범죄사건 발생 장소 관련 데이터를 이것저것 잘 섞고 분석하면 의미 있는 결과가 나온다. 뭐 이런 얘기 아닌가요, 윤 박사님?"

"정확합니다, 마리 씨. 제가 중구난방 복잡하게 설명한 걸 아주 쉬우면서도 깔끔하게 정리해 주셨네요. 여러 지리정보 데이터를 요리하면서 우리가 가장 중요하게 생각하고 집중하는 몇 가지가 있어요. 우선, 연쇄 범죄로 추정되는 여러 사건 관련 장소들이 일정한 지리적 범위 내에 모이느냐. 이것을 '클러스터 형성'이라고 하죠. 둘째 그 클러스터에서 아주 멀리 벗어나는 일부 사건 관련 장소가 있느냐, 이것을 '아웃라이어'라고 합니다. 그리고 그 아웃라이어가 형성된 이유가 무엇이냐? 의도냐, 우연이냐, 예기치 못할 변수 즉 X-factor가 발생했기 때문이냐 등. 셋째, 범죄 관련 장소들이 시간과 범행 횟수에 따라 특정 지점을 향해 나아가는 방향성이 보이느냐. 만약에 그렇다면 그 결정적인 영향 요인은 무엇이냐?"

인내심이 부족한 김태섭 경감이 몸을 들썩이긴 했지만 서마리 주무관에게 맞은 예방주사 효과 때문인지 윤 박사의 설명에 더 이상 딴지를 걸지는 않았다.

윤 박사의 지리적 프로파일링이 발견한 가장 중요한 부분은 범인들이 사건 현장을 나름대로의 이유와 목적성을 가지고 의도적으로 동쪽을 향해 남북을 오가며 선택하는 규칙성이 보인다는 점이었다. 다만, 5차 종로구 초동 사건이 남북 간 거리 규칙에서 완전히 벗어난 예외, 아웃라이어였다. 그 예외, 혹은 아웃라이어가 예상 지역에 대한 경찰의 집중 인력 배치를 피하기 위한 일회성인지, 아니면 계획된 변화인지, 혹은 계획이 틀어지게 된 어떤 예기치 못한 변수 즉 X-factor가 작용한 것인지는 알기 어려웠다. 프로파일러들을 포함한 다른 ACAT 요원들도 자신 없는 추정들만 내놨을 뿐이었다.

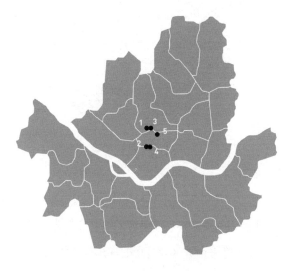

▲ 1차~5차 범행 장소

그러다 6차, 7차, 8차 사건까지는 다시 예의 동쪽을 향한 남북 등거리 왕복 규칙이 회복됐다. 그런데 직전 9차 DDP 사건에서 다시 그 규칙이 깨졌다. 5차에서 깨졌던 남북 등거리 왕복 규칙뿐 아니라 줄곧 일관되게 유지해 오던 동진 규칙마저 깨져 버린 것이다. 원래부터 규칙 따위 없었던 것인지, 경찰 수사를 농락하기 위한 치밀한 계획의 일환인지, 아니면 여전히 풀지 못한 카스트라토의 은밀한 계획의 예정된 이행인지, ACAT 팀원 어느 누구도 자신 있는 답을 내놓지 못했다.

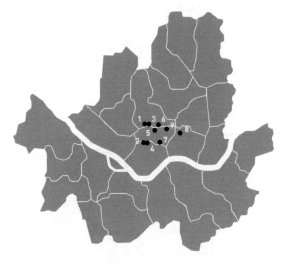

▲ 1차~9차 범행 장소

다만 윤의주 박사가 영국 UCL 박사학위 논문 작성을 하며 새롭게 개발했던 '지리통계 및 사회과학 복합 데이터 사이언스 분석 모형'으로 돌려 보니 다음 10차 사건 발생 예상 지역이 9차 사건 현장인 DDP로부터 서남쪽 방향 반경 3킬로미터 이내 공중 여자화장실이 있는 상업용 건물이라는 추정값이 도출되었다.

2024년 3월 8일 금요일

금요일 저녁, 여지없이 남성의 신체 일부가 발견되었다. 장소는 남산 자락에 자리 잡은, 대한민국에서 가장 호화로운 곳 중 하나인 계림호텔이었다. 로비 여자화장실에서 발견된 신체 일부는 이미 예상됐던 대로 교회 예배당에서 납치됐던 김천성 목사의 것으로 밝혀졌다. 계림호텔은 윤 박사가 제시한 예상 지역 내에 위치한 공중 여자화장실이 있는 상업용 건물이었다. 하지만 이번에도 경찰 경계망은 보란 듯이 뚫렸다.

JY 대응팀은 ACAT의 분석을 포함한 경찰 수사 내용과 경찰의 경력 배치 현황은 물론, 경찰은 전혀 접근조차 못하는 JY그룹 내부 자료와 미국 킹 앤리 본사에서 위촉한 전직 FBI 프로파일러의 분석 의견까지 손에 쥐고 있었다. JY 대응팀은 윤의주 박사가 추정한 예상 지역 내 수많은 상업건물 중 계림호텔을 주목했다.

최근 JY홀딩스에서 계림호텔 주식을 매집했고 이 사실이 비록 언론에 크게 보도되진 않았지만 주식에 관심 있는 사람들은 주목할 만한 소식이었다. JY 대응팀은 아직 강두필과 유지수의 공범과 배후 조종자 등 카스트라토 범인들이 누구고 이유가 무엇인진 모르지만 스텔라드롭 등 JY그룹을 공격 대상으로 삼고 있다는 강한 추정을 하고 있었다.

대응팀의 최종 작전 결정권을 쥐고 있는 존은 대응팀 전체 회의에서 강두필은 오토바이 교통사고로 부상을 입었고, 유지수는 성동지하차도에서 사망했을 가능성이 매우 높지만 카스트라토 조직의 범행 방법은 다른 공범에 의해 그대로 유지될 것이라는 분석을 자신 있게 내세웠다. 누구도 반대 논리를 제시하지 못했다. 존은 이경덕 대표의 불만과 반발 심리를 파악해서 JY 대응팀의 인력 배치 위치를 계림호텔을 제외한 지점으로 유도했다. 그리고 자신의 지휘하에 있는 국제 용병팀을 계림호텔에서 오토바이 혹은 도보, 파쿠르를 이용해서 도주하기 용이한 경로에 배치했다.

존의 예상은 정확하게 맞아떨어졌다. 용병팀 감시자의 눈에 계림호텔을 벗어나 빠르게 남산 방향으로 이동하던 그림자가 포착된 것이다. 그 그림자는 날씨에 비해 가벼운 옷차림에 작고 날렵한 몸매의 소유자였다. 성동지하차도에서 불에 타서 흔적도 없이 녹아 버렸을 유지수, 그리고 김 목사 납치 과정에서 영상에 찍힌 세 명 중 한 사람과 거의 같은 체형이었다. 존의 용병팀 전원이 이어피스에서 들리는 지시에 따라 급하게 움직였다. 계림호텔을 벗어나다가 의외의 복병을 만난 도주자와 그 못지않은 기량을 뽐내는 일본 언더그라운드 파쿠르 실력자들이 숨 막히는 경주를 벌였다.

도주자의 머리카락이 조금 더 길었다면 추격자의 손에 잡혔을 만큼 서로의 거리가 가까웠다. 그 뒤를 흉기를 손에 든 야쿠자 추격대가 허겁지겁 뒤따르고 있었다. 호텔 주차장과 골목에 정차하고 있던 차량들은 아직 도착하지 않은 듯했다. 벽을 타고 나무를 오르고 도로와 인도 사이 난간을 타 넘으며 체조하듯 무용하듯 혹은 곡예를 하듯, 쫓고 쫓기는 그들의 모습은 멀리서 보면 감탄과 탄성을 자아내는 아름다운 행위 예술로 보였다. 파쿠르 수행자 무리가 도주자를 따라 한남대교에 올라섰다. 도주자로서는 계획된 도주 경로를 벗어난, 결코 택해서는 안 되는 개활지였다. CCTV와 위성화면을 보며 효과적인 도주로를 제시해 주던 이어피스 속 목소리를 따를 여유조차 없었다. 그저 목뒤에서 느껴지는 손길에서 벗어나기에도 급급했다. 그래도 저들보다 주력에서 앞선다는 자신감이 있기에 한남대교만 건넌다면 승산이 있다고 판단했다.

하지만 불길한 소리가 연이어 들려왔다. 가속페달을 부술 듯 밟아 대는 과격한 행동 때문에 고통받는 자동차 엔진이 내는 굉음, 이어지는 브레이크 소음. 추격대의 차량들이 도착한 것이다. 힐끗 뒤를 돌아본 도망자의 귀에 숨넘어갈 듯 다급한 자전거 차임벨 소리가 들렸다. 반사적으로 난간 위로 뛰어 올라선 그 순간, 도망자의 전신이 가로등 불빛에 그대로 드러났다. 짧은 머리 아래 조명을 받아 하얗게 빛나는 목덜미에는 아르테미시아의 유디트 문신이 새겨져 있다. 유지수였다.

가로등 불빛에 반사되어 빛나는 것은 유지수의 목덜미만은 아니었다. 어디선가 금속성 물질이 불빛을 반사하며 빠르게 날아와 유지수의 어깨에 꽂혔다. 빨간 액체가 불꽃처럼 비산하면서 짧은 비명이 터졌다. 중심을 잃은 것인지 정신을 잃은 것인지, 어깨에 칼을 맞은 유지수의 몸은 플라스틱 마네킹처럼 한강 수면을 향해 수직 낙하했다. 이른 봄 얼음장처럼 차가운 검은 물속으로 사라진 유지수의 몸은 하얀 포말만을 남긴 채 다시는 떠오르지 않았다.

칼을 던진 자는 추격하던 차량에서 내린 검은색 야전점퍼 차림의 남자였다. 박 형사의 목숨을 빼앗고 이맥의 허벅지에 단검을 박아 넣은 그 남자가 이곳에 또 나타났다. 카스트라토를 쫓아온 SUV 차량들 뒤에는 그 차들을 쫓아온 승용차가 있었다. 운전대를 잡은 진경원 옆으로 허벅지에 붕대를 감은 이맥이 앉아 있었다. 유지수가 칼을 맞고 한남대교 아래로 떨어지는 광경을 보자마자 이맥은 조수석 문을 열었고 경원이 급정거를 하자 티타늄 목발을 움켜쥔 채 차 밖으로 몸을 날렸다. 바닥을 구르며 이맥이 휘두른 목발에 복숭아 뼈를 맞은 두 명이 쓰러졌고 그들의 머리에 두 번째 목발 가격이 사정없이 이어졌다. 소란에 뒤돌아선 야전점퍼의 손에는 또 하나의 단검이 들려 있었다. 채 10미터도 안 되는 거리, 가로등 불빛을 받아 날을 빛내며 날아든 단검이 맥이 치켜든 목발에 맞아 허공으로 튕겨져 나갔다. 야전점퍼가 다시 품 안에서 오른손으로 단검을 빼어 들던 순간, 얼굴을 찡그리며 왼손을 귀에 가져다 댔다.

가상의 불꽃을 튀기며 서로를 노려보던 두 남자, 그리고 주변에 포진한 괴한들. 순간의 정적이 흐르고 괴한들이 이어피스를 통해 뭔가 지시를 받은 듯, 잔뜩 못마땅한 표정으로 서로 눈짓을 주고받으며 차에 올라타 도주했다. 특히 손에 단검을 든 야전점퍼는 이맥을 잡아먹을 듯 노려보다가 주변의 재촉을 받고 가장 늦게 차에 올랐다.

경원의 지원 요청을 받은 순찰차들이 잠시 후 현장에 도착했다. 이맥은 또 두 명의 일본 국적 폭력배들을 검거했다. 하지만 전과 마찬가지로 이들과 카스트라토 사건과의 연관성은 공식적으로 인정받지도, 매체에 공개되지도 않았다. 한남대교 CCTV와 지나던 차량 탑승자들 휴대전화에 촬영된 유지수의 추락, 그리고 격투 장면은 계림호텔 10차 카스트라토 사건 발생이라는 초대형 화젯거리와 맞물려 대중의 관심을 폭발시켰다. '카스트라토, 한남대교 격투 끝에 추락'이라는 제목을 단 영상 조회수가 몇 시간 만에 수백만 회를 돌파할 정도였다.

한편 119수난구조대와 한강경찰대가 총동원되어 수색에 나섰지만 유지수의 시신은 발견되지 않았다. 면적이 넓고 급격한 유속 변화가 일어나는

364

한강에서 실종자를 찾는 일은 언제나 어려웠다. 한강 다리에서 투신하는 경우 시신이 며칠, 몇 주 혹은 몇 달 뒤에 양천이나 강서 심지어 김포나 강화 지역에서 발견되기도 했다.

유지수가 추락한 직후, 필리핀 케손시티 K-Tower 44층에 위치한 초대형 최첨단 상황실 내부가 술렁였다. 별도의 파티션이 마련된 C-Unit에서 스크린을 보며 콘솔을 조작하는 직원들 뒤로 한 남자가 다가왔다.

"추락했다고?"

"네, 한남대교 난간에서 어깨에 칼을 맞고 떨어졌습니다. 강물 속으로."

"영상부터 좀 보자."

대형 스크린에 유지수가 어깨에 단검을 맞고 추락하는 장면이 여러 각도와 앵글로 나타났다. 한남대교에 설치된 교량 관리 및 자살 방지 목적 CCTV와 서울경찰청 교통관제센터에서 관리하는 카메라 화면은 물론 드론과 인공위성에서 촬영한 사진과 영상까지 포함되어 있었다.

"입수 장면 그리고 입수 이후 수면 확대해 봐!"

각 영상들이 이동 및 확대되면서 어둡고 흐리긴 하지만 유지수가 한강에 입수할 당시의 자세와 입수 이후 수면 모습이 식별 가능할 정도로 보였다. 두 팔은 머리를 감싸고 무릎을 굽혀 고공낙하 입수의 충격으로부터 뇌와 장기를 보호하는, 유지수가 박 소장으로부터 훈련받은 자세였다.

"됐어. 의식이 있네. 떨어진 게 아니라 뛰어내린 거야. 하류 쪽으로 수면을 정밀 탐색해 봐!"

CCTV 화각 밖으로 나가자 인공위성 촬영 사진과 영상만 남았다. 어두운 수면을 극단적으로 확대해야 했기 때문에 흐릿했다. 물결인지 물체인지 분간도 어려웠다.

"잠깐, 거기…… 그래 저 그림자. 강물 흐르는 수직 방향이 아니라 강변

쪽 수평 방향으로 움직이잖아. 쫓아가 봐."

곧 또 다른 다리 구조물 아래 사각지대로 사라진 그림자, 해용은 그가 유지수라고 확신하고 있었다.

"위치가 어디지?"

"반포대교, 잠수교 남단입니다."

"침수 때문에 통신은 두절됐을 테고, 부상 입은 몸으로 추적에 대비하느라 거리로 나오지 못하고 강변에 숨어 있을 거야. 지금 바로 지원조 투입해. 빨리!"

"네, 알겠습니다!"

"저 친구, 남자를 극도로 불신하고 혐오하니까 가급적 여성대원들 보내라고 지시하고."

"네!"

상황실 내부에는 누군가에게 연락하는 통신용 손놀림과 자판 두드리는 소리만 들렸다.

"반포 영업점 긴급대응반 투입됐습니다!"

"여성대원들인가?"

"네, 반포 영업점은 네일숍으로 위장 영업 중입니다. 전원 여성입니다."

"오케이."

10여 분의 시간이 흘렀다. 해용은 입술을 깨물고 손에 가득한 땀을 닦으며 초조하게 기다렸다.

"찾았답니다. 긴급대응반 음성 연결됐습니다."

"스피커로!"

"스피커 온!"

"반포, 들리나?"

"네, 대표님. 들립니다. 타깃 발견했습니다. 의식은 있는데 말을 할 수 있을 정도는 아닙니다."

"몸 상태는?"

"호흡, 맥박 정상입니다. 탈진 상태고요. 우측 상완근 자상도 다행히 혈관 피했고 신경도 외관상으론 일단 괜찮아 보입니다. 다만 세균 많은 강물 속에 오래 있었기 때문에 감염이 우려되고요."

"빨리 옮겨. 의료진 수배됐나?"

"네, 지금 출발합니다. 다행히 5분 거리 S4-4가 현재 인력 장비 풀 컨디션 스탠바이입니다."

"오케이, 경과보고 하고. 수고!"

숨죽여 듣고 있던 상황실 요원들이 누가 먼저랄 것도 없이 환호를 지르고 박수를 쳤다.

"모두 수고한 덕분이야. 고마워. 여러분 모두에게 박수!"

모두 만면에 환한 웃음을 띠고 온 힘을 다해 박수를 치고 환호성을 질러 댔다.

2024년 3월 9일 토요일

　필리핀 수도 메트로 마닐라를 이루고 있는 도시 중 인구 3천만 명에 육박하는 최대 도시로 관공서와 금융기관 및 기업 본사는 물론 중요 대학교들이 밀집해 있는 경제와 산업 그리고 교육의 중심 케손시티. 그 케손시티의 스카이라인을 이루고 있는 고층 빌딩 중 하나가 차해용이 소유하고 있는 K-Tower였다. 총 45층 중에서 아래 15층까지는 식당과 카페, 극장, 전시관, 쇼핑몰 등 일반 대중이 이용하는 시설이지만 일반인은 접근조차 하지 못하는 별도 엘리베이터로만 올라갈 수 있는 16층 이상은 차해용이 소유한 보안업체의 사무 공간과 시설들이 들어서 있었다.

　특히 40층부터는 삼엄한 보안을 거쳐야 올라갈 수 있으며 일부 게스트를 제외하고는 차해용과 극소수의 측근들만 출입이 가능했다. 차해용은 44층으로 직행했다. 44층은 전체가 최첨단 상황실이었다. 버튼 하나로 사방의 유리창이 완벽한 차광막으로 변해 암실이 되기도 했다. 마치 미항공우주국 NASA 혹은 한 국가의 안보 상황실이나 대규모 경찰청의 관제실 같은 느낌이었다. 해용은 어젯밤 극적인 구조작업을 이끌었던 C-Unit으로 향했다.

직원들에게 다시 한번 어젯밤 성공을 칭찬하던 해용의 전화벨이 울렸다. 액정을 쳐다본 해용이 손가락을 입에 가져가 모두를 조용히 시키고 전화를 받았다.

"Mr. President, Sir!"

"Good Morning Mr. Cha! 미스터 차 지원 덕분에 IS 추종 반군놈들 깨끗이 소탕했어요. 우두머리도 검거하고. 너무 고마워서 감사 인사 하려고 전화했어요."

"황송합니다. 그저 필리핀을 사랑하는 필리핀 주민으로서 할 일을 했을 뿐인데요. 다 대통령 각하의 강력한 리더십 덕분입니다. 축하드립니다."

"이래서 내가 미스터 차를 좋아, 아니 사랑한다니까. 하하하."

"말 나온 김에 이제 미스터 차도 필리핀 주민이 아니라 시민이 돼야죠. 시민권 신청하세요. 그래야 내가 장관도 시키고 해 줄 게 많은데."

"고맙습니다, 대통령님. 하지만 아시다시피 대한민국은 제 부모님 나라라서 버리기가 쉽지 않습니다. 대한민국은 이중국적을 허용하지 않고 있고요."

"아, 그렇지. 부모님 복수를 해야 한다고 했죠, 미스터 차? 언제든지 무엇이든지 내가 도울 수 있는 게 있으면 말해요. 필리핀 주권 내에선 뭐든지 다 해 줄 테니까."

"말씀만으로도 든든합니다, 각하. 아직은 괜찮습니다. 언제든 급한 일 생기면 꼭 부탁드리겠습니다."

"그래요, 꼭. 참, 아름다운 혜선 씨도 잘 지내죠? 아내가 혜선 씨 무척 보고 싶어 하는데."

"네, 잘 지냅니다. 제 아내도 영부인 말씀 매일 합니다. 빨리 또 뵙고 싶다고 하네요."

"그럼 조만간 대통령궁 들어와요. 맛있는 만찬 대접할 테니. 대통령 초청을 대놓고 수도 없이 거절하는 사람, 미스터 차밖에 없는 거 알죠?"

"죄송합니다, 각하. 다음엔 꼭 찾아뵙겠습니다."

"그래요, 꼭. 또 연락합시다."

전화를 끊은 해용은 지난 번 딥소 사이트 운영 업무를 맡고 있던 박창익이 체포되던 상황이 떠올랐다. 만약 자신의 말이라면 무엇이든 들어주는 필리핀 대통령에게 한마디만 했다면 박창익의 소재는 밝혀지지 않았을 테고 한국으로 송환되지도 않았을 것이다. 하지만 박창익 스스로 잡히길, 드러나길 원했다. 성폭력 피해로 고통받고 있는 동생에게 조금이라도 위로와 힘이 되어 줄 수만 있다면, 그리고 지금 이 거대하고 성스러운 전쟁을 승리로 이끌 수만 있다면 작은 전투에서 패배하고 희생하는 병사가 되겠다고 자청했었다. 그 희생 덕에 박창익에게서 꼬리가 잘렸고 그 뒤에 있는 본진은 철저히 감춰진 은닉 상태를 유지할 수 있었다.

2024년 3월 10일 일요일

노병조 경무관은 전상환 국회 행안위원장과 긴 통화를 마친 후에 수사본부 회의를 소집하고 특별지시를 하달했다.

"용의자의 사망으로 공식적으로 카스트라토 사건은 종결되었다. 하지만 수사는 계속된다."

노병조 본부장은 매우 민감한 시기, 민감한 사안이니만큼 관련해서 언론 인터뷰 등 대외 발언은 반드시 수사본부장과 본부장이 지정한 자 이외에는 결코 해선 안 된다고 못을 박았다. 한마디라도 흘러 나간다면 반드시 발설자를 색출해서 가혹하게 응징할 것이라는 경고도 덧붙였다. 그가 내세운 논리는 이랬다. 안 그래도 세상이 시끄러운데 흉측한 거세 사건으로 국민을 더 불안하게 할 필요는 없다, 어차피 유력 용의자가 도주하다가 부상을 입고 한강으로 추락했으니 사망했다고 보는 게 타당하고 그럼 사건 종결을 선언해도 된다는 것이었다. 혹시 이후에 유사 사건이 발생하면 공식적으로는 모방 범죄가 될 것이라고 부연했다. 그럼에도 불구하고 수사가 계속되어야 할 이유 역시 분명하다고 강조했다. 사망한 용의자가 진범인지, 정체가 무엇인지, 그리고 동기와 공범 등 수사를 통해 밝혀야 할 사안이 많이 남아 있기 때문이었다. 특히 피해자들의 생사 여부와 위치 확인도 반드시 해내야 할 과제였다.

언론도 수사본부의 공식 발표와 보도자료의 결을 따랐다. 안순옥 기자 역시 서예정 의원, 그리고 진현수 박사와 협력하면서 일단 회사의 방침대로 따르기로 했다. 수사본부가 공식적인 사건 관할 기관이기 때문에 자문부서인 ACAT 역시 수사본부의 공식 입장과 기조를 따라야 했다. 하지만 어차피 달라질 것은 없었다. 수사는 계속될 것이기 때문이었다.

한편 경찰의 공식 사건 종결 결정으로 JY 대응팀은 오히려 더 공격적으로 카스트라토 추격에 나설 수 있게 되었다. 본격적인 추적에 앞서 내부 정리라는 과제가 놓여 있었다. 현장 활동에서 가장 주도적으로 나선 인물, 박 형사를 살해하고 이맥의 허벅지에 칼을 꽂고 유지수를 저격한 남자는 존이 미국 킹앤리의 지원으로 꾸린 외국 용병팀의 외로운 늑대, 카샤였다. 말없이 맡은 임무만 수행해서 같은 일본인 야쿠자나 언더그라운드 파쿠르 실력 자들 사이에서 '히토리(외토리)'로 불리는 대상이었다. 아무도 정확한 정체를 모르는 카샤는 일본 도쿄에 위치한 대형 로펌 미쓰비시-기무라의 비밀 용역 업무를 수행하고 거액의 수수료를 받는 프리랜서라고만 알려져 있었다. 미쓰비시-기무라는 미국 로펌 킹앤리의 일본 파트너이다. 카샤는 자신과 결이 다른 존의 지시를 받는 것 자체가 마음에 들지 않는 눈치였다.

특히 사사건건 방해하는 한국 경찰, 특히 이맥을 해치지 말라는 그의 지시에는 강하게 반발하기까지 했다. 자신이 책임질 테니 존의 지시를 무시하고 맘껏 사냥하라는 이경덕의 지시도 그를 기분 나쁘게 만들긴 마찬가지였다. 용의자 강두필의 정체와 위치를 파악한 이경덕의 긴급 요청을 받고 지체없이 출동했는데 통제 추적이라는 명분으로 붙잡지 못하게 한 것이나, 그

지시를 이행하기 위해 박 형사에게 단검을 던졌다가 의도와 달리 박 형사가 사망하자 존이 자신에게 불같이 화를 낸 것도 참기 힘들었다. 가장 결정적으로 이번 한남대교 결투 상황에서 눈엣가시 같은 이맥을 확실하게 처리하고 야쿠자 대원들을 구출해 올 수 있었는데 존의 막무가내 철수 지시 때문에 무기력한 패배자 꼴이 된 것은 도저히 용서할 수 없었다.

카샤는 임무 수행 중에 좀처럼 의뢰인에게 연락하지 않았다. 하지만 이번엔 예외였다. 미쓰비시-기무라 소속 변호사로 자신과의 연락을 담당하는 야마모토에게 연락해 존의 납득하기 힘든 지시로 인해 임무 수행이 어렵고 위험이 커지고 있다는 문제를 제기했다. 야마모토는 파트너 변호사에게 보고했고 미쓰비시-기무라와 킹앤리 간에 연락이 오갔다. 그리고 미국에서 전상환 의원에게 전화가 걸려왔다. 늘 그렇듯이 통역을 통한 통화였다.

"킹 변호사, 그동안 소통에 문제가 좀 있었나 보네. 여기 한국은 미국과 달라요. 한국에선 경찰 한 명 죽는다고 해서 큰일이 일어나지 않거든. 경찰이 임무 수행 중에 사망해도 순직 처리도 잘 안 해 주기 때문에 순직 처리만 잘 해 주고 위로금 좀 챙겨 주면 오히려 고마워한다니까. 뭐라고? 동료 경찰들? 동료 경찰들 역시 미국 경찰과 달라. 대부분 자기 승진이나 자리 챙기기가 더 중요하기 때문에 집단적으로 나서거나 복수하려는 일은 없어요. 온라인상에서 잠깐 으쌰으쌰 하다가 징계한다 그러면 조용해지거든. 모래알이야, 모래알. 절대로 뭉치지 않아. 그러니까 걱정하지 말고 방해가 되면 제거하라는 지시를 해요. 문제? 만약에 혹시 문제가 되면 그때는 내가 해결하지. 내가 경찰을 관장하는 국회 행안위원장이에요. 경찰청장, 행전안전부 장관 다 나한테 절절 맨다니까? 문제가 생겨도 다 내가 뒷수습을 할 테니까 걱정하지 말고 과감하게 밀어붙이라고. 존한테 경찰을 보호하라는 둥 그런 나약한 지침 내리지 말고, 그렇게 물러 터지게 일을 하면 되는 일이 없어요. 뭐라고? 그런 지침 준 적이 없다고? 존이 킹앤리 본사의 지침이라던데? 경찰은 절대로 해치지 말라는 지침 말이에요. 그래요? 그 친구가 오버했구먼. 알았어요. 그쪽 사람은 킹 변호사가 알아서 조치하고 난 우리 쪽 문제 해결하고, 그렇게 합시다. 그럼 굿나잇. 오케이."

통화 이후 킹앤리는 존에게 엄중한 경고와 함께 현장 작전 지휘책임을 박탈했다. 현장 작전 지휘책임은 일본인 카샤에게 맡겨지고, 존은 법률과 정보지원 역할만을 맡게 되었다. 숙소로 돌아온 존은 휴대전화 단축번호 1을 꾹 눌렀다.

"형, 나 현장 지휘권 잊어버렸어요."

"잊었어? Forgot? Lost 아니고?"

"You're right. I lost the control over the action team. 백업이 필요해요."

"알았어, 조치할게. 산이 너도 조심해야 해."

"알았어, 형. 내 걱정은 하지 마."

2024년 3월 11일 월요일

수사본부 보고와 서류 업무를 마친 이맥은 ACAT으로 돌아와서 영상 담당인 한 경장과 함께 유지수가 추락한 한남대교에 설치된 CCTV 영상들을 정밀 분석했다. 자신이 두 눈으로 직접 확인한 야전점퍼의 정체를 확인하기 위해서였다. 시간대별 위치별 검색을 하던 중 드디어 그의 정면이 선명하게 포착된 화면을 찾아냈다.

"잠깐, 거기!"

"아, 이 사람이요?"

"네, 그놈 제일 잘 나온 화면 정지해서 이미지로 뽑을 수 있죠?"

"당연하죠, 그게 제 전문 영역입니다. 누군지 바로 알 수 있도록 깨끗하게 뽑아 드릴게요."

맥은 한 경장이 뽑아 준 사진을 전국에 있는 강력형사 동료들에게 전달했다. 혹시 조폭이나 군 특수부대 출신 청부 폭력배 등 형사들이 관리하거나 파악하고 있는 자 중 하나인지 공개 질문을 던진 것이다. 하지만 성과가 없었다. 그사이 한 경장은 사이버수사 담당 심 경사와 함께 웹상에서 이미지 검색을 시도했다.

"이 형사님!"

"네, 뭐 나왔습니까?"

"아니요, 나온 게 아니라 안 나오는 게 오히려 이상해서 검색 범위를 좀 넓혀 봤는데요."

"어디로요?"

"일본이요."

"그래서요?"

"동일인이 나오진 않았지만, 아무래도 이 사람 일본 사람 같습니다."

"왜요? 우리나 일본 사람이나 같은 동양인이라 구분이 어렵잖아요?"

"체형이나 얼굴 윤곽은 그렇죠. 그런데 유전자가 아니라 사회환경 때문에 생기는 차이가 있습니다."

"헤어스타일, 패션 이런 거 말씀인가요?"

"네, 그렇죠. 거기에다가 표정과 행동, 감정 표현 방법, 제스처 이런 게 다 다릅니다."

"짧은 순간이 포착된 거라 정보가 많지는 않잖아요?"

"그래서 확신할 수는 없는데요. 여기 심 경사가 AI 분석을 해 봤거든요. 그랬더니 표정과 헤어스타일 등 검색 가능한 모든 부분에서 한국인보다 일본인일 확률이 높게 나왔습니다."

"맞다, 그놈이 쓴 흉기, 단검도 국내에선 생산이나 판매된 기록이 없었죠. 한 경장님 지난번 그 단검 사진도 좀 제게 보내 주시겠습니까?"

"넵, 바로 쏴 드리겠습니다."

이맥은 휴대전화 주소록에서 한 사람을 찾았다. 카즈미 후미코, 일본 도쿄경시청 소속 프로파일러. 몇 년 전 콜롬비아에서 열린 세계프로파일링학회에 참석한 프로파일러 중 단 둘만 아시아 출신이라 학회 이후 서로 사건 사례 등을 메일로 주고받으며 교류하던 사이였다. 그러다 지난해 일본에서 발생한 한국인 여성 실종사건 분석에 도움을 달라는 요청을 받고 일본에 가서 연쇄 살인의 피해자 중 한 명이라는 것을 밝혀내 사건 해결에 결정적인 도움을 줬었다. 이번엔 후미코의 도움을 받을 차례다.

이맥이 남자의 얼굴 그리고 단검 사진과 함께 간략한 설명을 담아 신원 확인에 도움을 요청하는 이메일을 보내자 후미코가 바로 회신을 했다. 최선을 다해, 최대한 빨리 결과를 알려 주겠다는 내용이었다. 채 몇 시간도 지나지 않아 이메일이 왔다.

사진 속 남자, 검은 야전잠퍼는 일본인이었다. 일본 육상자위대 특수작전군 출신 마쓰우라 히로(松浦 鴻). 일본 경찰청과 자위대 내부 자료에 따르면 그는 감정 조절과 성격 문제가 심각한 자였다. 누구보다 뛰어난 실력으로 인정받던 특수작전군에서 불명예 전역을 하게 된 이유도 지나가던 상관과 어깨가 부딪친 뒤 말다툼을 하다가 마구 폭행했기 때문이었다. 전역 후 그는 조폭에 몸담았었는데 상대파 행동대원들을 고문하는 수법이 너무 잔인해서 조직이 경찰의 집중 타깃이 될까 두려워한 보스가 내쫓았다는 첩보가 있고, 이후 생계를 위해 프리랜서 탐정으로 등록했기 때문에 경찰 관리 대상이 되었다고 했다.

후미코는 일본인이 한국에 가서 문제를 일으킨 데 대해 사과한다고 정중히 인사했다. 이맥은 한국인도 일본에 가서 사고 많이 치는데 일일이 사과하면 둘이 매일매일 서로에게 사과하다가 할 일도 제대로 못 할 거라고 응답했다. 후미코는 마쓰우라 히로 검거 등 필요한 게 있으면 뭐든지 요청해 달라고 했다. 최선을 다해 적극적으로 돕겠다고. 이미 그에 대한 입국 시 통보 조치를 해 뒀다는 말도 덧붙였다. 하지만 이미 정체가 밝혀진 이상, 마쓰우라 히로가 자유롭게 한국 땅을 떠나는 일은 없을 것이라고 이맥은 속으로 말했다.

Case No.11&12

성동구 한강변

2024년 3월 18일 월요일

이번엔 학교였다. 3월 18일 월요일 저녁, 서울 성동구 한강고등학교 교사용 여자화장실에서 유기된 신체 일부가 발견되었다. ACAT도 예상치 못한 시간과 장소엔 이유가 있었다. 이번에 유기된 신체 일부가 DNA 검사 결과 한강 중고등학교를 포함해 전국에 여러 학교를 운영하는 대규모 학교법인의 이사장 김천보의 것으로 밝혀졌다. 70대인 김천보 이사장은 자신이 인사권을 행사할 수 있는 학교 여자 교사들을 대상으로 성추행과 성폭행을 저질러 온 혐의를 받고 있었다. 그동안 소문도 무성하고 피해자 중 일부가 언론과 방송 그리고 국민신문고 등에 익명으로 피해 사실을 제보하기도 했지만 피해자가 특정되지 않고 증거도 없어서 수사조차 제대로 이루어지지 않았다. 그런 김천보가 일주일 전에 새벽 운동을 나갔다가 감쪽같이 사라졌고 가족이 바로 경찰에 실종신고를 했었다.

김천보의 성기와 고환이 발견되고, FOE에 그가 스스로의 잘못을 고백하는 영상이 올라오자 세상은 그야말로 뒤집어졌다. 유지수의 사망과 함께 끝난 줄 알았던 카스트라토 사건이 다시 부활한 것이다. 그것도 전보다 훨씬 더 크고 강력한 효과를 만들어 내면서. 김천보는 아주 낡고 오래되어 보이는 병상에 누워 링거를 꽂은 채 자신이 저질렀던 성범죄들을 카메라 앞에서 차분히 다 이야기했다.

ACAT 영상 분석 전문가 한진규 경장은 한강고등학교 교정과 복도에 설치된 CCTV 화면과 학교 측에서 제출받은 교직원 사진을 일일이 대조하는 고통스런 분석 작업을 계속하다가 소리를 질렀다.

"유레카, 찾았다!"

한 경장의 컴퓨터 모니터엔 딱 선생님 같은 복장에 긴 머리 여성의 모습이 정지 화면으로 고정되어 있었다. 국어 교과서를 오른쪽 팔에 끼고 왼 어깨엔 넓은 숄더백을 맨 채 교사용 여자화장실 방향으로 향하는 듯했다.

"뭔데? 그냥 선생님 같은데?"

한 경장의 비명 같은 소리를 듣고 그의 자리로 온 심희용 경사가 마치 속았다는 듯 내뱉었다.

"어허, 최고의 사이버수사관답지 않게 왜 그래요, 심 경사님. 자세히 보세요."

"뭐야, 얼굴이 교사 명단에 없는 사람이야?"

"그건 고개를 숙이고 측면만 보여서 식별이 불가능하고요. 우선 오른팔에 낀 교과서를 잘 보세요."

"국어 3-2 김진서, 이경욱…… 아, 진짜!"

"뭔데? 뭔데?"

뒤늦게 합류한 조유현 경위가 자기도 좀 알자며 끼어들었다.

"중학교 교과서잖아요, 여긴 고등학곤데."

"그리고 두 번째, 이 여자 오른쪽 창문을 잘 보세요."

"어, 보인다, 보여. 그 유, 유, 유디트 문신!"

"뭐야, 그 유지수는 죽었잖아. 그런데 이번엔 키가 크고 머리가 긴 유지수네? 목에 같은 문신이 있는? 그럼 목에 문신 있는 여자만 찾으면 되겠네, 이제!"

2024년 3월 24일 일요일

카스트라토의 다음 범행이 엿새 만에 재개되었다. 놀랍게도 이전 범행 장소인 한강고등학교에서 서쪽으로 1킬로미터 정도밖에 떨어지지 않은 현지공원 여자화장실, 피해자는 두 명이었다. 이번에는 성기나 고환이 아닌 머리카락이었다. 모근이 붙어 있는 머리카락 다발이 두 개의 스텔라드롭 음료수 용기에 각각 담겨 있었다. 지리적 프로파일링에서 찾아낸 '남북을 오가며 동쪽으로 이동'이라는 카스트라토 범행 장소의 기본 원칙이 아홉 번째 DDP 사건에 이어 또 다시 깨졌다. 처음으로 후진, 수평 이동을 한 것이다.

범행 요일도 또 다시 바뀌었다. 피해자들의 신원은 쉽게 확인되지 않았다. 성범죄자 및 강력범죄자 DNA 데이터베이스에도 없었고, 전자발찌 부착 등 보호관찰 대상도 아니었으며 실종신고자도 아니었다. 수사본부와 ACAT은 마치 그들을 꿰뚫어 보는 누군가에 의해 농락을 당하는 느낌이었다. 유력한 용의자였던 유지수가 사라졌는데도 연이어 사건이 발생하고 있었다. 그나마 동원 가능한 경찰력을 집중 배치해 경계 근무를 하던 예상 장소를 살짝 벗어난 곳에서 보란 듯이 저질렀다. 피해자들이 누군지 신원확인조차 안 돼 어디서부터 어떻게 수사를 이어 나가야 할지 막막하기만 했다.

경찰은 모르는 피해자의 신원을 JY 대응팀은 알고 있었다. 전우균과 손우빈이었다. 스텔라드롭 체인을 비롯한 식음료 사업 전체를 총괄하는 JY F&B 전우균 대표, 그리고 그의 경호와 안전을 책임져 온 자가 납치돼 거세당할 처지가 된 것이다. 우균과 우빈은 전날 밤 함께 술자리를 마친 뒤 만취한 우균을 집에 데려다주기 위해 조직원 두 명과 함께 차를 타고 가던 길에 접촉사고가 났다. 운전하던 놈과 조수석에 앉아 있던 놈이 차와 상대 운전자를 보기 위해 차례로 차에서 내렸다가 갑자기 공격을 당해 정신을 잃었고 깨어나 보니 두 사람이 사라졌다는 것이었다. 협박전화 등 어떤 연락도 오지 않았고 아무리 찾아도 우균과 우빈의 행방을 알 수 없었다.

그 일이 있고 바로 다음 날, 현지공원 사건이 터지자 JY 대응팀은 관계자를 통해 경찰이 확보한 증거물 중에서 일부 시료를 빼돌려 사설 유전자 검사 업체에 두 사람이 각각 사용하던 칫솔 등에서 채취한 DNA와 긴급 비교검사를 의뢰했다. 결과가 나오기까지 시간이 걸리겠지만 이미 JY그룹 쪽에선 이들이 우균와 우빈이라는 확신을 가지고 있었다.

손우빈은 우균이 동담시에서 고등학교 다니던 시절부터 그의 부하를 자처하며 온갖 더러운 심부름을 도맡아 해 온 폭력배였다. 보스코의 집 출신으로 같은 보육원 여자 후배들을 꾀어 내 우균의 성폭행 먹잇감으로 만들거나 유흥업소에 팔아 넘기고 수수료를 챙긴 비열하고 파렴치한 인신매매 범이기도 했다. 아르테미스의 사장 유희영 역시 손우빈의 피해자였다. 하지만 이맥을 포함한 경찰은 현지공원 피해자가 전우균과 손우빈일 것이라는 가능성조차 떠올리지 못하고 있었다.

2024년 3월 25일 월요일

    그동안 JY 대응팀은 재즈바 아르테미스를 집중 감시해 왔다. 말 그대로 감시만 해 왔다. 아직 실체와 규모가 명확하지 않은 적의 아지트를 섣불리 공격할 경우 꼬리를 끊고 달아나는 도마뱀처럼 달아나 숨을 우려가 있었기 때문이다. 하지만 이제 더 이상 감시만 할 수는 없었다. 사주 일가 장남과 그의 최측근 인사가 직접 공격당했기 때문이다. 그동안 다수의 사건이 스텔라드롭 매장 화장실에서 발생하고, 스텔라드롭 음료수 용기가 사용된 것만으로 JY그룹을 노린다고 단정할 순 없었다. 하지만 그동안 우려했던 대로 카스트라토가 JY그룹, 특히 전우균 대표를 목표로 삼아 공격해 왔다는 사실이 분명해졌다. 이경덕이 이끄는 JY 대응팀이 본격적으로 움직이기 시작했다.

    현지공원에서 두 명의 머리카락이 발견된 다음 날 저녁, 영업 준비를 하던 아르테미스는 그야말로 쑥대밭이 됐다. 갑자기 난입한 마스크 쓴 남자들이 쇠파이프와 해머, 야구방망이 등으로 닥치는 대로 때려 부쉈다. 이를 말리던 종업원들은 사정없이 구타당했다. 무대에서 악기 튜닝과 리허설을 하던 밴드 멤버들은 공포에 사로잡힌 채 각자 악기를 끌어안고 그 자리에 그 대로 얼어붙었다.

카운터에 있던 유희영 사장은 두목인 듯한 남자에게 머리채를 잡힌 채 질질 끌려 다녔다. 부술 수 있는 건 다 파괴한 뒤에 이경덕이 희영과 종업원 모두를 무대로 내몰았다.

"무릎 꿇어, 씨발것들아! 어디서 복날 처늘어진 개처럼 편한 자세를 하고 있어, 개 같은 것들이! 다 알고 왔으니까, 바로 사실대로 분다. 알겠나?"

"무슨 일인지 모르겠지만 우린 아무것도 몰라요. 그냥 술 파는 주점이에요. 재즈 연주하고……."

"너 뭐야, 씨발년아. 니가 사장이지? 그래 입 놀린 김에 니가 얘기해. 여기서 누가 카스트라토야? 너희들 다야?"

"어디서 무슨 이야길 들었는지 모르지만 우린 아니에요. 아무것도 몰라요 우린. 정말."

퍽 소리와 함께 희영의 입에서 피가 섞인 침이 날아갔다. 경덕의 주먹이 사정없이 희영의 얼굴을 가격한 것이었다.

"사장님, 사장님! 정말 왜들 이러세요. 왜 아무것도 모르는 우리한테 이러시냐고요!"

"오, 그래. 니가 사장 대신 처맞고 싶다 이거구나!"

경덕의 손이 올라간 순간, 부하인 듯한 남자가 경덕에게 다가와 귓속말을 했다. 경덕이 뒤를 돌아보자 어두운 실내인데도 짙은 선글라스를 쓰고 있는 검은색 야전점퍼 차림의 카샤, 마쓰우라 히로가 팔짱을 낀 채 서 있다가 고개를 까딱였다.

"저 재수 없는 새끼. 야, 이 사장년 저 일본놈한테 데리고 가. 아마 일본 순사가 독립군 고문하는 것처럼 할 거다, 저 새끼. 그럼 불지 않곤 못 배기지. 너 오늘 계 탔다. 차라리 나한테 불걸 그랬다고 후회하게 될 거다."

"안 돼, 안 돼! 살려 주세요!"

희영이 두 명의 남자에게 들린 채 끌려가면서 온 힘을 다해 소리를 지르고 발버둥을 쳐 봤지만 소용이 없었다. 희영은 '일본놈'이라고 불린 남자 뒤를 따라 아르테미스 밖으로 끌려 나가 검은색 SUV 뒷자리에 던져졌다. 차는 바로 출발했다. 경덕은 바닥에 무릎 꿇고 있는 아르테미스 직원들을 협박했다.

"니들 사장년 무사하길 바란다면 그 카스트라톤가 뭔가 그것들한테 반드시 전해. 이번에 데려간 우리 전 대표 무사히 돌려보내고, 여기서 중단하라고. 안 그러면 저 사장년 손톱 발톱부터 시작해서 신체 모든 부위 다 생으로 뽑히고 고통에 울부짖다가 뒈진 다음에 니들 하나하나 다 지옥 끝까지 쫓아가서 사지를 찢어발겨 줄 테니까. 알았어?"

부하인 듯한 남자가 다시 경덕의 소매를 잡아끌었고, 못내 아쉽다는 듯 마지못해 철수 명령을 내렸다. 일행이 떠나고 순찰차가 도착했고 정복을 입은 경찰들이 아르테미스 안으로 들어왔다. 곧이어 소식을 듣고 달려온 이맥의 모습도 보였다.

직원들은 아르테미스를 방문한 뒤에 국회의원과의 스캔들로 고초를 겪은 맥의 얼굴을 알아봤다. 사장의 지인이기도 한 맥을 발견한 일부 직원의 눈물샘이 터졌다. 맥이 그들을 달래며 진정시키자 조금 진정된 직원들이 자초지종을 맥에게 이야기했다.

"전 대표?"

"네, 누군진 모르겠는데 하여간 그놈들이 전 대표 무사히 돌려보내라고, 안 그러면 사장님 죽일 거라고 그랬어요. 그리고 손우빈……인가 하는 이름도 나왔어요."

"손우빈, 역시."

"아 참, 그리고, 일본놈."

"일본놈이요?"

"네, 짙은 선글라스 쓰고…… 엄청 싸늘하고 무서웠어요, 분위기가."

"혹시 검은색 야전점퍼 같은 거 입고 있었나요?"

"네, 맞아요."

맥은 바로 수사본부와 ACAT에 연락해 이 사실을 알렸다. 긴급하게 유희영의 휴대전화 위치추적을 요청하고 전우균 등 JY그룹 2세들 정황에 대해 조회를 부탁했다. 얼마 후 답이 왔다. 유희영의 휴대전화는 경기도 양평군 일대 반경 2킬로미터 이내까지는 기지국 정보가 확인되지만 보다 정확한 GPS 위치 추적은 불가능하다고 했다.

이맥은 수사본부를 통해서 양평경찰서에 특수 납치 감금 피해자 유희영의 긴급 위치 확인 및 구조를 요청했다. 전 대표는 JY그룹 전우균이 맞았다. 유흥업소 사장을 하면서 여전히 전우균 뒤를 봐주던 양아치 손우빈이 전우균과 함께 실종됐고, JY시큐리티에서 둘의 행방을 수소문하고 다닌다는 것이 확인됐다. 퍼즐 한 조각이 맞춰졌다. 희영의 휴대전화 위치를 추적하면서 이맥과 통화하던 ACAT 조유현 경위가 한진규 경장이 발견한 CCTV 속 머리 긴 여성의 목에 새겨진 유디트 문신 이야기를 해 줬다. 이맥은 기쁘기보다 의문과 당혹감에 사로잡혔다.

'진아가 카스트라토인가? 유지수와 공범? 아니면 또 다른 머리 긴 유디트 문신을 한 여성 공범이 있는 것인가? 희영이는 어디로 잡혀간 것일까? JY그룹이 데려갔다면 왜 서울에 있는 JY시큐리티가 아니라 양평일까? JY그룹이 아니라 그 일본인이 데려간 것이라면, 왜, 어디로……'

경기도 양평 한적한 시골길 한쪽에 10여 층 높이의 거대한 폐건물이 흉

물처럼 자리 잡고 있었다. 오래전 숙박시설이었던 듯 건물 꼭대기에 설치된 간판 중 '텔' 자만 알아볼 수 있었다. 유리창은 거의 깨져 떨어져 나가 있었고 페인트도 여기저기 벗겨져 있었다. 건물 외벽은 물론이고 외부인 출입을 막기 위해 설치한 것으로 보이는 철제 가벽 여기저기에 섬찟한 붉은 글씨로 '유치권 행사 중, 사유지이므로 허락 없이 출입이나 파손 시 법적 조치할 것임'이라는 경고 현수막들이 걸려 있었다. 아름답고 수려한 주변 풍광은 이 폐건물로 인해 깊은 상처를 입고 있는 것처럼 보였다.

깜깜한 밤, 성벽 같은 철제 가벽 앞에 서너 대의 검은색 SUV 차량 행렬이 도착하더니 맨 앞 차 뒷자리에서 내린 남자가 열쇠로 커다란 자물쇠를 풀고 문을 열었다. 차량들은 차례로 안쪽으로 빨려 들어갔고 남자는 안쪽에서 철제 가벽 출입문을 잠갔다. 잠시 후 안쪽 깊숙한 지하, 벽지와 장판이 다 뜯겨져 나가고 책상과 의자 같은 집기류만 나뒹구는 골방에서 말소리가 들리기 시작했다. 한 여자가 바닥 가운데에 던져지듯 쓰러져 있었다.

"어이, 사장 아줌마. 여기가 어딘 줄 알아? 여긴 말이야 한국인데 한국 땅이 아닌, 일본 야쿠자가 접수한 땅이야. 아무리 소리쳐도 널 구해 주러 올 한국 경찰은 없다, 이거지."

"내가 어떻게 알아요? 난 아무것도 몰라요. 제발 살려 주세요. 돈이든 뭐든 다 드릴게요. 제발…… 네?"

"아무것도 모른다…… 알게 해 주지. 우리가 도와줄게. 아니, 저기 막 뭘 준비하느라 바쁜 저 야전점퍼 입은 양반 봐. 엄청 무섭게 생겼지, 그치?"

"제발 살려 주세요."

"저 양반이 말이야, 일본군 아니 자위대 특수부대 출신이야. 그런데 군대 그만두고 야쿠자가 된 거야. 야쿠자 알지, 일본 조폭? 거기서 고문을 배웠다나 뭐라나. 암튼 잘 견뎌 봐. 우리 독립투사들께서 얼마나 대단한 분들이었는지 체험해 보라고. 낄낄. 아 참, 저 양반 교포 3센가 그럴걸, 한국말 잘은 못 해도 다 알아들어. 악!"

뒤쪽에서 가방을 펼치며 도구들을 꺼내 놓고 있던 야전점퍼가 갑자기 여자를 협박하던 검은 양복을 입은 남자 얼굴에 하이킥을 날렸다. 야전점퍼는 코피를 쏟으며 바닥에 쓰러진 남자의 목을 밟았다.

"개노무 새퀴, 누가 교포야. 이 더러운 조센징 새퀴야!"

남자는 야전점퍼에게 목을 밟혀 한마디도 내뱉지 못했다. 코뼈가 무너지고 입과 코에 피가 가득 차 숨도 제대로 못 쉬고 버둥대기만 했다. 다른 검은 양복의 남자가 무릎을 꿇고 사정을 했다.

"카샤, 죄송합니다. 스미마셍. 이 친구가 큰 무례를 범했습니다. 다시는 이런 일 없을 겁니다. 용서해 주십시오. 오네가이시마스."

다른 검은 양복들도 뒤따라 무릎을 꿇고는 '오네가이시마스!'를 복창했다. 그제야 야전점퍼는 남자의 목에서 발을 뗐다. 얼굴이 피범벅이 된 채 컥컥거리며 가쁘게 숨을 몰아쉬는 남자는 동료들에게 부축된 채 방 밖으로 나갔다. 이 광경을 지켜보던 여자는 두려움과 공포에 몸을 떨었다. 카샤가 여자에게 다가갔다.

"너, 이름?"

"네, 희영…… 유희영입니다."

"전우균, 손우빈 알지?"

"네?"

퍽 소리와 함께 희영이 오른쪽으로 픽 하고 쓰러졌다. 쓰러진 희영의 코에선 피가 흘렀고 뺨에는 벌겋게 물든 손자국이 선명했다. 순식간에 벌어진 상황이라 희영은 비명을 지를 틈조차 없었다. 고통과 아픔은 그 후에 찾아왔다.

"아프지 않게, 쉽게 갈 수도 있는데, 힘든 길 가는구나. 재미있게 놀아 보자. 어이, 여자 의자에 결박해라."

검은 양복 남자들이 일사불란하게 움직였다. 일으켜 들린 채 의자에 앉혀진 희영의 팔다리가 의자에 단단히 묶였다. 카샤가 고갯짓을 하자 남자들이 고문 도구가 잔뜩 올려진 책상을 가져왔다. 카샤가 금속 도구들을 만지는 찰그랑대는 소리가 희영의 불안과 공포를 최대한도로 끌어올렸다.

"자, 나는 이거 하나씩 쓰면서 즐길 테니까, 너는 말하고 싶을 때 말해라. 난 귀찮게 이것저것 말 많이 하지 않는다."

"알아요, 손우빈. 안다고요. 다 말할게요. 전우균은 잘 모르고, 손우빈은 어릴 때 보스코의 집, 보육원, 오빠예요. 그런데 오랫동안 못 봤어요. 진짜예요."

"지금 어딨어?"

"네? 그걸 제가 어떻게…… 아아악!"

처절한 비명이 지하 골방을 넘어 폐건물 전체를 휘돌았다. 하지만 건물 부지 밖으론 새어 나가진 않았다. 설사 밖으로 소리가 들렸다 해도 인근에 상점이나 주택도 없고 지나다니는 사람도 없었다. 카샤의 손가락 사이에는 머리카락이 한 움큼 끼어 있었고, 희영의 왼쪽 귀 위쪽은 머리카락이 뽑혀 하얀 살이 벌겋게 상기된 채 드러나 있었다. 일부 모공에는 핏방울이 보였다.

"긴 말 안 한다고 했지. 전우균, 손우빈 어딨어?"

"몰라, 이 짐승 새끼야, 니가 사람이냐! 아아아아악!"

희영의 왼손에는 커다란 쇠못이 박혔다. 카샤의 손에 망치가 들려 있었다. 희영의 왼손에서 흐른 피가 의자 손잡이를 타고 바닥으로 뚝뚝 떨어지기 시작했다.

"오랜만에 했는데, 정확히 스트라이크! 다음에는 오른손이다. 전우균, 손우빈, 지금 어딨어?"

"아 씨발 이거 진짜 미친 새끼네. 쪽발이 새끼야, 몰라! 몰라! 죽여! 죽여! 아아아악!"

이번엔 오른쪽 손등이었다. 희영은 참을 수 없는 고통에 온몸을 뒤틀다 정신을 잃었다. 얼굴은 온통 땀과 눈물 그리고 피로 뒤덮였다. 고통에 못 이겨 배출된 소변이 의자 다리를 타고 바닥으로 줄줄 흘러내렸다.

응봉동 IMG기획

2024년 3월 26일 화요일

ACAT 분석, 특히 윤의주 박사의 지리적 프로파일링은 마지막 세 번의 사건 현장에서 규칙성이 무너지면서 막다른 골목에 다다랐다. 윤 박사는 납치된 유희영 사장을 찾기 위해 양평경찰서에 가 있는 이맥과 화상통화를 하면서 다시 처음부터 분석을 시작했다.

"이맥 형사, 스크린 잘 보입니까?"

"네, 그런데 자꾸 흔들리네요. 전화기를 고정해 주시면 좋겠습니다."

"아, 네, 잠깐만요. 고정하고 스피커로 연결했습니다. 화면 어떻습니까?"

"안정적입니다. 잘 보이네요. 좋습니다."

"이맥 형사도 지리적 프로파일링 공부했다고 했죠? 자세한 설명은 생략할게요. 지금까지 카스트라토, 아니 신체 일부 훼손 유기 사건 발생 장소들을 디지털맵에 표시한 뒤에 관련 데이터들을 각각의 레이어로 추가해 봤어요. 그리고 나서 다양한 분석 툴을 돌려 봤는데 가까스로 찾은 규칙성이 무너지고 다시 원점이에요. 그래서 우린 벽에 부딪쳤고, 직접 현장에 있는 이형사 시선으로 다시 봐 줬으면 해요."

이맥은 아무 말 없이 화면 속 디지털 지도를 응시했다.

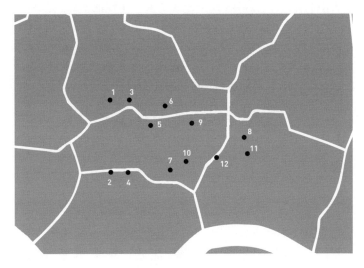

▲ 1차~12차 범행 장소

"윤 박사님, 제 생각에 이번 사건은 기존 지리적 프로파일링 이론으로 접근해선 안 될 듯합니다. 범죄자의 환경과 상황, 습관, 욕구, 충동과 필요에 따라 범행 장소를 정하는 연쇄 범죄자들하고는 전혀 다른 자들 같거든요. 우리가 접근하고 분석하는 방식도 알고 있는 것 같고요."

"그렇죠? 그래서 이 형사 도움이 필요해요."

"그래서 말인데요. 일단 저 GIS 지도에 추가된 모든 셰이프 파일들하고 래스터 파일들을 하나씩 천천히 내려 주시겠습니까? 마지막에 현장 위치들을 표시한 점들만 남을 때까지요."

하나씩 레이어들이 사라지면서 스크린에 띄워진 지도의 모양이 변해 갔다. 하지만 특별한 단서가 발견되진 않았다. 이제 스크린엔 아무것도 없는 하얀 배경 위에 점들만 찍혀 있었다.

"이제 신체 일부 유기 장소들을 표시한 점들만 남았어요. 이 형사, 혹시 뭐가 보입니까?"

"글쎄요……. 윤 박사님, 점들 사이를 선으로 연결해 보시겠습니까?"

윤 박사는 점들 사이를 직선, 곡선, 일방향, 양방향, 왕복 등 다양한 방식으로 연결해 보았다. 선들의 연결을 지켜보던 진현수 박사가 '잠깐'이라고 외치더니 컴퓨터 앞으로 다가갔다. 직접 그리기 기능을 기능을 이용해 삐뚤빼뚤한 선을 그려 나가던 손끝에서 IMG 모양이 완성됐다. 모두가 탄성을 토해 냈다.

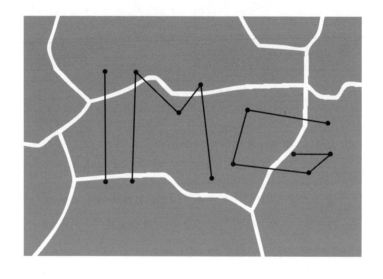

"윤 박사님, 내렸던 셰이프 파일 중에서 서울시 기본 지도를 레이어로 다시 추가해 주시겠습니까?"

"알았어요…… 자, 추가했습니다."

"진 박사님이 그리신 IMG에서 G를 쓸 때 마지막 끝나는 지점, 그곳이 최종 열세 번째 목적지가 될 것 같은데요. 지도에서 그 부분 확대 부탁드립니다."

"네, 확대 들어갑니다."

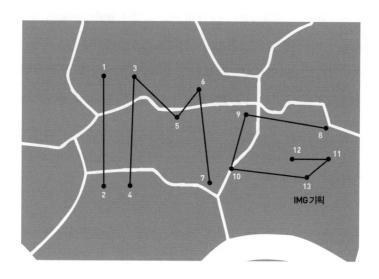

▲ 1차~13차 범행 장소

"그렇죠, 응봉동 IMG기획 건물이네요. 마 팀장님도 지금 같이 계시죠?"

"나 여기 있네, 경찰특공대 출동 요청해 달라는 거겠지?"

"네, 팀장님. 부탁드립니다. 저도 바로 응봉동으로 출발하겠습니다."

통화를 마친 이맥은 양평경찰서 형사들에게 늦기 전에 희영을 구조해 달라고 신신당부한 뒤 진경원과 함께 차에 올라 응봉동으로 향했다. 현장에는 이미 관할 지구대와 경찰서 기동타격대가 출동해서 폴리스 라인을 치고 봉쇄 통제를 하고 있었다. 곧이어 서울경찰청 기동대와 경찰특공대도 도착했다.

현장에 출동 나온 대원들 중에는 경찰특공대 출신인 이맥 형사를 알아보는 옛 동료, 선후배들이 꽤 많았다. 이들과 인사를 나눈 뒤 특공대장에게 사건 상황과 배경을 설명한 이맥은 작전 통제본부가 차려진 컨테이너 안에서 건물 4층 현장에 투입된 내시경 카메라에 포착된 영상을 모니터링했다. 현장 내부에 있는 사람은 모두 네 명이었다. 의자에 결박당해 있는 고일민과 어딘가 고일민을 닮은 젊은 남자—아마도 실종된 마이클 고일 가능성이 높은— 그리고 이경도의 얼굴도 보였다. 결박당해 앉아 있는 세 사람 앞에는 흉기를 들고 서 있는 강두필이 보였다. 강두필은 카메라를 등지고 고일민에게 무엇인가를 보여 주고 있는 듯했다.

강두필이 결박당한 고일민과 마이클 고를 비추면서 SNS 생중계를 하고 있는 카메라 앞에 섰다.

"이 방송을 보고 계시는 모든 분들, 제가 카스트라토입니다. 이 영상을 널리 전파해 주시고 지워지기 전에 녹화해서 계속 전파해 주시기 바랍니다. 세상 사람 모두가 다 알 수 있도록. 지금 보고 계시는, 저 의자에 묶여 있는 자는 고일민 목사입니다. 뉴스에서 보신 분도 있는 유명 인사입니다. 검색해 보시면 어마어마한 인물이란 걸 아실 겁니다. 그런데 저 인간의 실제 모습은 악마입니다. 노래 잘하는 어린 고아 남자 아이들을 데려다가 거세해서 카스트라토 가수로 만들었습니다. 제가 산 증인입니다."

갑자기 강두필이 바지를 내렸다. 그에겐 고환이 없었다. 절제한 수술 자국이 선명했다. '카스트라토 납치 현장 라이브'라는 제목으로 SNS를 타고 전파된 실시간 중계 영상을 보던 사람들이 경악했다. 차단선을 설치하고 현장을 모니터링하면서 작전 투입 시기를 조율하던 경찰특공대원들도 충격을 받은 듯했다.

이맥 역시 큰 충격을 받았지만, 그의 뇌 한쪽에선 강한 의문이 경고음을 울렸다. 뭔가 빠져 있다는 생각을 지울 수 없었던 것이다. 왜 남자들만 있지? 그 머리 길고 목에 유디트 문신을 한 여자는 어디로? 그리고 다른 피해자들은? 전우균과 손우빈은? 그때 이맥의 휴대전화가 울렸다.

양평 폐건물 지하 골방엔 이제 끔찍한 고문을 당해 만신창이가 된 채 죽은 듯 누워 있는 희영만 남겨져 있었다. 희영은 끝까지 입을 열지 않았다, 의식이 남아 있을 때는. 하지만 그의 초인적인 의지력도 점점 강도를 높여가며 이어지는 가혹한 고문 끝에 바닥이 났다. 유희영의 입에서 '아테나센터'와 '동담요양병원'이라는 두 단어가 흘러나왔다. 일행은 전화로 JY시큐리티 이경덕 대표에게 알린 뒤 모두 떠나 버렸다. 희영이 그대로 죽어 아무도 찾지 않는 가운데 서서히 부패하도록 방치한 것이다. 하지만 희영의 생명력은 끈질겼다. 마지막 남은 삶의 여력을 모아 주머니 속 휴대전화를 가까스로 꺼낸 뒤 단축번호 0을 꾹 눌렀다. 이맥의 전화번호였다.

"희영아, 너 어디야? 양평이야? 괜찮아?"

"오빠…… 놈들이 갔어……. 동담요양병원…… 아테나센터……."

"희영아! 희영아!"

기절했는지 사망했는지, 분명히 전화는 연결되어 있는데 아무 소리도 들리지 않았다. 맥은 현장 경찰특공대 기술팀에게 가서 연결되어 있는 희영의 전화 위치를 추적했다. 추적 요원이 손을 들었다. 위치가 잡힌 것이다. 경기도 양평군 용문면 파라리 105번지, 폐업한 호텔이었다. 이맥은 바로 양평 경찰서 상황실과 형사들에게 잇따라 전화해서 위치를 알려 주고 구조 요청을 했다. 119에도 같은 내용의 신고전화를 했다.

희영의 구조 요청을 마친 이맥은 티타늄 목발에 의지해 현장 경계선 밖으로 뛰어나가면서 머릿속을 정리했다. 박 형사의 형사수첩에서 발견했던 아테나센터. 당시엔 끊어진 연결고리, 미싱 링크(missing link)가 너무 커서 더 확인해야 할 대상으로 미뤄 뒀었다. 이제 희영의 전화로 그 연결고리들이 채워지고 완성됐다. 카스트라토-이경도&강두필-고일민-스텔라드롭-아르테미시아-유디트-유지수-유희영-민진아-박 소장-아테나센터. 그 중심엔 모두를 연결하는 세 개의 키워드가 있다. 동담시, 보스코의 집, 그리고 JY그룹, 특히 전우균. 이맥은 특공대장에게 현장을 맡긴 후 목발을 짚고 날듯이 뛰어나갔다. 진경원의 차가 보이지 않아 두리번거리고 있을 때 경찰 통제선 밖에서 경찰과 실랑이하는 귀에 익은 하이톤의 목소리가 들려왔다. 안순옥 기자였다. 이맥은 목발을 짚으며 안 기자에게 달려가 다짜고짜 차가 어딨냐고 물었다. 안 기자의 차는 채 5미터도 떨어지지 않은 곳에 시동이 걸린 채 정차 중이었다. 이맥은 안 기자에게 가면서 설명해 줄 테니 일단 차에 올라탄 뒤 출발하라고 요구했다. 안 기자는 사건 현장 코앞, 전대미문의 특종 기회 앞에서 물러서지 않기 위해 버텼다.

"안 기자, 내 말 들어요. 결코 후회하지 않을 겁니다. 여기 말고 진짜 현장으로 갑시다."

"이거 왜 이러세요, 내가 그딴 상투적인 수법에 속는 어린애로 보여요?"

마음이 급해진 이맥은 안 기자를 향해 목발을 치켜들며 험악한 표정을 짓고 반협박조로 재차 요구했다.

"사람 말을 믿어 봐요, 좀. 안순옥 기자, 지난번 나한테 진 빚 안 갚을 거야? 그 빚 갚으려면 지금 당장 차에 나 태우고 출발해! 내가 기자 하나 따돌리려고 거짓말이나 하는 사람이야?"

"아, 그 빚. 알았어요, 타요."

"목적지, 동담시 옛 동담요양병원! 네비게이션에 찍어요."

"요양병원에는 왜, 아니 아무리 다리가 아파서 병원에 가고 싶다고 해도 특종 기회 잡은 기자를 운전기사로 써요?"

"뭐? 다리? 그런 거 아니라니까! 일단 출발 좀 해 봐요, 차차 설명할 테니. 출발!"

반신반의한 안 기자가 좁은 골목길을 가까스로 빠져나가는 사이 이맥은 ACAT 사무실로 전화를 걸었다.

"여보세요, 저 이맥입니다."

"나 진현수야, 다리는 좀 어때?"

"찾았습니다. 박사님, 연결고리."

"아테나센터, 그리고 JY그룹."

"박사님은 이미 알고 계셨군요."

"나도 방금 분석을 마쳤어. 동담시 요양병원, 아테나센터가 현장일 듯한데."

"네, 방금 전 관련자 한 명에게서 확인했습니다. 처음부터 전우균이 최종 타깃이었고요."

"결국 그랬구먼. 안 그래도 마 팀장이 직접 팀원들하고 JY그룹 쪽 조사하고 있어. 그런데 뒤에 또 누가 있는 것 같아."

"혹시 해용이 형 말씀이신가요?"

"역시 같은 생각이었군."

"JY그룹 쪽으로는 김태섭 경감이나 노병조 본부장 쪽에서 정보가 흘러간 것 같은데 카스트라토 쪽은 그럴 경로가 전혀 안 보였거든요."

"게다가 현장에서도 원격 지원이 있는 것 같았어. 해용의 경찰 경험과 수사 실력, 게다가 기술과 자원도 막강하잖아."

"JY그룹에 사무친 원한도 있고요."

"지금 이동 중인 것 같은데, 동담으로 가고 있나? 다리 때문에 조심해야 할 텐데……."

"지금 특공대랑 경력 전체가 고일민 목사 쪽에 몰려 있어서요. 설명하고 설득해서 경력 이동시킬 시간도 없고요. 제가 가는 게 낫죠. 걱정 마세요, 저 튼튼한 거 잘 아시잖아요."

"아, 잠깐만."

"이맥 형사, 나 마일영이야."

"네, 팀장님. 안녕하십니까?"

"이거 참 상황이 이상하게 흘러가는데 일단 노병조 팀장이 JY그룹하고 통하는 것 같아서 수사본부 쪽에 다 이야기해 줄 수도 없고, 선거다 김천보게이트다 해서 다른 쪽 경력 동원할 데도 없고…… 우리가 어떻게든 해결을 해야 할 상황인 것 같네."

"네, 저도 그렇게 생각합니다."

"자, 잘 들어. 전우균, 손우빈 실종은 우리도 방금 확인했는데 JY쪽에서는 혹시 외부에 알려질까 봐 극도로 보안 유지하고 있고."

"역시 그렇군요."

"또 하나, 황병철 대령 모르지? 예비역."

"네, 처음 듣습니다."

"오래됐어, 군대 내 성폭력. 직속 부하였던 여군이 피해를 신고했는데 완강히 부인하고 군이 감싸서 증거 불충분 무혐의 처분. 오히려 피해자를 이런저런 복무규율 위반으로 징계했지. 남성 편력이 심하다, 행실이 나쁘다 등 소문 퍼트려서 결국 피해자 자살."

"해군, 육군, 공군…… 유사한 패턴 계속 반복되지 않았습니까?"

"그 시초 격이라고 할 수 있지. 그런데 자살한 그 여군 동기생이자 절친한 친구가 있었는데 특전사 에이스였고, 친구 명예 회복 위해서 백방으로 노력하다가 황 대령한테 찍혀서 징계당하고 결국 옷 벗었지."

"아테나센터 박 소장이군요."

"그래. 그 황병철 대령도 실종 상태라는 걸 이제야 확인했어. 이혼하고 시골로 귀촌해서 혼자 사느라 아무도 몰랐던 거지."

"그럼 첫 번째 세종문화회관 사건, 황 대령입니까?"

"맞아."

"이경도, 고일민, 마이클 고…… 강두필은 미끼였군요."

"그래, 복잡한 유기 장소를 선정해서 우릴 갖고 논 거지."

"결국 우리가 IMG 모양을 찾아내고 응봉동 IMG기획 건물로 몰려갈 걸 처음부터 알고 있었다는 거네요."

"그렇게 유도했다고 하는 게 더 정확하겠지."

"피해자들은 다 살아 있을 가능성이 높겠군요."

"파산한 요양병원을 사들여서 오랫동안 준비하고 철저하게 계획한 것을 보면 다 살려 둘 계획이었던 같네. 하지만 실제 계획대로 됐는지는 모르지."

"또 하나의 문제는 JY그룹인데요."

"그쪽은 회사 이미지랑 전 씨 집안 이익을 지키기 위해서라면 살인, 아니 전쟁이라도 일으킬 거야. 아무 주저 없이."

"그게 걱정입니다. 벌써 아르테미스 사장 납치해다가 고문해서 아테나센터 위치 확인한 것 같습니다. 일단 제가 그쪽으로 가고는 있는데요. 경력 동원하기 어려운 사정은 잘 알지만 무장경력을 아테나센터 현장으로 좀 보내 주십시오. 그때까진 제가 어떻게든 범인들 검거하고, 피해자들 신병 무사히 확보할 수 있도록 버텨 보겠습니다."

"알았네, 우리가 최선을 다해 볼 테니 이 팀장은 몸도 성치 않은데 너무 무리하지 말고, 안전 잘 챙기게."

"네, 걱정 마십시오."

"참, 내가 정중히 사과하겠네."

"네? 무슨 사과 말씀입니까."

"사실 자네를 의심했었어. 차해용과 내통하고 거세 범죄를 돕고 있는 공범 아닌가……."

"아, 네. 그러실 수 있죠. 그럴 만합니다. 괜찮습니다. 사과 안 하셔도 됩니다. 그럼 끊겠습니다."

머리 좋은 민완 기자 안순옥은 한쪽 얘기만 듣고도 전체 대화 내용의 상당 부분을 파악했다. 이맥이 요약 설명을 해 주자 더욱 명확하게 사건 전체의 모습과 그 이면에 도사리고 있는 동기와 욕구, 복잡한 관계까지 이해할 수 있었다.

안 기자의 차가 복잡한 서울 도심을 기어가듯 통과하고 있던 그 시각, 외딴 산자락 낡은 건물 안 깊숙한 지하 방 안에 두 남자가 나란히 의자에 묶인 채 앉아 있었다. 미동도 없이 고개를 숙이고 있는 두 사람은 의식이 없는 것 같았다. 누군가 양동이로 찬물을 들이부었다. 두 남자는 화들짝 놀라며 정신을 차리고 얼굴을 쳐들었다.

"아, 추워. 뭐야? 여기 어디야?"

둘을 비추고 있는 밝은 조명 뒤, 전혀 보이지 않는 어둠 속에서 여성의 목소리가 들렸다.

"전우균, 손우빈. 이제 정신이 드나?"

"누구……야? 이것 좀 풀어 줘. 돈은 달라는 대로 다 줄게."

"우리가 돈 때문에 이러는 줄 아나?"

"그럼 혹시 그 카스트라토?"

"자, 여기 카메라가 있으니까 본인이 저지른 성범죄에 대해 자세히 말해 봐."

"아, 무조건 잘못했습니다. 다 인정합니다. 그러니까 제발 좀 풀어 주세요.”

“무조건, 다…… 이건 자백이 아니지. 구체적으로 하나하나 다 털어놔.”

“아, 씨발, 어디부터 어디까지 말하란 말이야! 한둘이 아닌데, 진짜.”

“그래? 기억도 잘 안 날 정도로 성폭행을 많이 저질렀다, 피해자가 무척 많다 이건가?”

“아, 관점에 따라 다른 거죠. 서로 즐겼는데 맘이 바뀌거나 이래서 딴소리하는 애들도 많으니까.”

“김소은, 기억 나나?”

전우균의 동공이 확대되고 입이 벌어졌다. 놀람과 공포가 뒤섞인 듯한 표정이었다.

“아, 저기, 그…….”

“갑자기 왜 말을 더듬지? 신나게 떠들던 그 주둥아리가 고장 났나?”

“죄송합니다. 잘못했습니다. 제가 어릴 때 그만…….”

“여기 그분 동생이 계신다. 세상에서 유일한, 그리고 가장 믿고 사랑하고 의지하던 언니를 잃은 동생은 어떤 심정일까?”

한 여성이 앞으로 나섰다. 그녀는 의사들이 입는 흰 가운을 입고 있었고 검은 뿔테 안경과 마스크 그리고 수술용 라텍스 장갑을 착용하고 있었다.

“난 언니에게 약속했지. 그 착하고 순수한 언니를 짓밟아 죽게 만든 짐승을 꼭 내 손으로 처단하겠다고.”

“죄송합니다, 잘못했어요, 정말. 그땐 제가 너무 철이 없었습니다. 무슨 벌이든 달게 받겠습니다. 근데 사실 그건 저보다 손우빈 이 새끼 책임이 커요. 이놈이 예쁜 동생 소개해 주겠다면서 나한테 데려왔거든요.”

“손우빈, 인정하나?”

“아니, 난 시키는 대로만 했을 뿐입니다. 우균이 형 아니, 전 대표님은 돈 많고 귀하신 분이고 이분 모시는 게 평생 제 일이었다니까요. 제 죄는 달게 벌받겠습니다. 하지만 그 거세, 잘리는 건 제가 아니라 직접한 우균이 형이 받아야죠."

"야 이 새끼야, 배신하냐? 엉? 니가 끝까지 내 편을 들어야 내가 널 챙겨 줄 거 아냐? 어차피 잘릴 거 니가 잘리면 내가 너 죽을 때까지 편하게 모시고, 응? 우빈아!"

"아 씨, 형, 대표님. 아닌 말로 평생 날 노예처럼 부려 먹었으면 됐지, 거시기 잘리는 것까지 대신하라는 게 말이 됩니까? 그것만은 안 됩니다. 절대."

"제발 거시기 자르는 것만 좀…… 네? 제발요……."

"무슨 벌이든 받겠다면서 무슨 조건이 그렇게 까다롭나? 전우균, 내 얼굴은 기억하나?"

어둠 속에서 질문을 하던 키가 크고 머리가 긴 여성이 조명 앞으로 한 발 나와서 머리에 쓰고 있던 두건을 벗었다. 목덜미엔 춤추는 듯한 여성의 모습, 유디트 문신이 새겨져 있었다.

"글쎄요, 잘 모르겠는데…… 어디서 우리가 만났었나요?"

"26년 전, 난 초등학교 5학년이었지."

"26년 전, 초등학교…… 아, 그 서울로 전학 간 우민이 친구!"

"그렇게 반가운가? 난 지난 26년간 오늘만을 기다리며 칼을 갈았는데?"

"그때는 정말…… 내가 잘못했어, 응? 난 친구 오빠잖아. 한 번만 용서해 줘. 나 정말 다른 사람이 될게. 맹세해, 진짜."

갑자기 밖에서 시끄러운 소리가 들려왔다. 누군가 황급하게 들어와 여성에게 귓속말을 했다.

"시간이 없네, 난 나가 볼 테니까 집행해 줘."

"뭐? 집행? 안 돼! 안 된다고!!! 제발!"

안순옥 기자가 운전하는 차량이 네비게이션상 목적지에 도착하자 이미 현장에서는 치열한 전투가 벌어지고 있었다. 동담시 외곽 산자락에 있는 아테나센터는 오래전 폐쇄된 요양병원 건물로 내부 의료시설과 장비가 그대로일 가능성이 있었다. 바리케이드와 철조망으로 방어선이 구축된 센터 내부에선 돌과 화염병, 특수 제작한 저격용 새총으로 쏜 쇠구슬, 그리고 화살 등이 날아왔다. 진입을 시도하는 PY-Team 외국 용병들과 이경덕의 JY 대응팀 역시 미리 준비해 온 석궁과 단검 등 각종 무기를 사용하면서 건물을 향해 전진하는 중이었다. 진입을 시도하다가 당했는지 바닥에 쓰러져 있는 남자들도 여러 명 보였다. 센터 내부 부상자나 사망자는 외부에서 확인할 수 없었다.

아무리 고도로 훈련된 이맥이라도 혼자 대응하기엔 역부족이다. 이맥은 안순옥에게 112 신고를 하고 차 안에서 꼼짝하지 말고 대기하라고 한 뒤 목발을 들고 차에서 내렸다. 어쩌면 이번이 죽기 가장 좋은 절호의 기회일지 모른다고 생각했다. 그렇게 자살 전투가 시작됐다. 이맥은 목발을 짚는 둥 마는 둥 뛰어가 무리 속으로 돌진했다. 목발을 휘둘러 한 녀석의 머리를 타격하자 뒤에서 쇠파이프가 날아와 이맥의 뒤통수를 가격했다. 몸 중심이 앞으로 무너지면서도 다른 녀석의 무릎을 타격해 쓰러트림과 동시에 옆에서 휘두른 각목이 이맥의 다친 다리를 후려쳤다. 이맥은 무수한 타격을 당하면서 한 놈씩 한 놈씩 쓰러트렸다.

죽기 전에 몇 놈이나 쓰러트릴 수 있을지 모르겠다고 생각하는 순간, 차가 급정거하는 소리가 들리며 승합차 두 대가 도착했다. 족히 열 명은 넘어 보이는 숫자의 남자들이 손에 몽둥이와 쇠파이프 등을 들고 내리자마자 목숨을 건 사투를 벌이고 있는 이맥 쪽으로 돌진했다. 이맥은 죽음의 순간이 찾아왔음을 직감했다. 자연스럽게 얼굴에 미소가 피어올랐다. 하지만 승합차에서 내려 달려든 이들이 공격한 대상은 이맥이 아니라 이맥을 둘러싼 JY그룹 측 남자들이었다. 이들은 필리핀에서 차해용이 보낸 코피노 용병들이었다. 존, 아니 이맥의 쌍둥이 이산이 해용에게 전화해서 이맥을 보호해 달라고 한 뒤 바로 소집해 급파한 Cha-Security 소속 경호인력이었다.

안순옥은 떨리는 오른손을 왼손으로 붙잡은 채 휴대전화로 이맥을 중심으로 온라인 생중계를 하고 있었다. 필리핀 용병들의 모습은 극히 일부만 잠깐 화면에 담겼다. 안 기자의 휴대폰이 찍은 영상 속에선 이들도 이맥이 맞서 싸우는 적들로 보일 뿐이었다. 찍는 사람이 그렇게 인식하고 구도를 잡고 촬영하고 있었기 때문이다. 필리핀 용병들이 JY그룹 쪽 무리들을 상대하는 동안 이맥은 야전점퍼를 찾아 두리번거렸다. 그러다 뭔가 날아오는 느낌에 티타늄 목발을 치켜들었다. 금속성 마찰음과 함께 번쩍거리는 단검이 공중으로 튕겼다 떨어지면서 이맥의 뺨에 긴 상처를 남겼다. 이맥은 칼이 날아온 방향으로 돌아섰다. 야전점퍼가 단검을 오른손에 들고 서 있었다. 이맥은 그를 향해 크게 소리를 질렀다.

"어이, 마쓰우라 히로!"

녀석이 움찔했다. 놀람과 분노가 교차하는 표정이었다.

"바카야로 야쿠자, 이 비겁한 놈아!"

흥분한 마쓰우라는 예상대로 단검을 꺼냈다. 이맥은 그동안 세 차례 마주친 경험을 토대로 빠르게 그의 움직임을 분석하고 예측했다. 하나, 둘, 속으로 세며 서서히 거리를 좁혀 갔다. 마쓰우라의 오른손이 움직였다. 그와 동시에 마치 투수의 동작을 보고 미리 판단해 배트를 휘두르는 실력 좋은 타자처럼 이맥의 목발이 움직였다. 시속 160킬로미터가 넘는 투수의 공도 잘 훈련된 타자의 배트에 맞듯이, 금속성 소음과 함께 단검이 허공으로 날아갔다. 미쓰우라가 다시 허리춤에서 단검을 꺼내 든 순간, 목발이 날아들었다. 무방비 상태로 열려 있던 미쓰우라의 코에 단단한 티타늄 표면이 부딪치면서 코피가 터졌다. 단검은 엉뚱한 방향으로 날아가고 미쓰우라는 무릎을 꿇었다. 이맥은 통증을 잊고 전속력으로 돌진하면서 하나 남은 목발을 양손으로 잡고 휘둘렀다. 홈런 스윙이었다. 퍽 소리와 함께 미쓰우라의 왼쪽 관자놀이 부분이 푹 들어가면서 피부가 터져 나갔다. 핏물이 얼굴을 뒤덮었다.

목발을 던져 버린 이맥의 양손 타격이 시작되었다. 미쓰우라의 턱뼈가 탈구되었고, 광대뼈와 안와가 골절되었다. 코뼈는 완전히 내려 앉았다. 치아 여러 개 입 밖으로 튀었다. 미쓰우라의 입에서 쳇소리 같은 신음이 흘러나왔다. 이어진 이맥의 팔꿈치 가격에 미쓰우라의 쇄골이 부러지는 소리가 들렸다. 미쓰우라의 몸은 마치 절구질이 끝난 찹쌀떡처럼 바닥에 널브러졌다. 미리 차해용으로부터 구체적인 지시를 받았는지, 필리핀 코피노 용병들은 PY-Team 용병들과 JY 대응팀이 모두 쓰러지자 지체 없이 차를 타고 철수했다. 그들은 철수하면서 영문을 몰라 방어 자세를 취하고 있는 이맥을 향해 의미를 알 수 없는 야릇한 미소를 던졌다. 안순옥의 휴대폰은 승합차 너머에서 벌어진 이 장면을 담지 못했다.

두 대의 승합차가 떠나자 이맥은 반은 정신이 나간 모습으로 주머니에서 케이블 타이 뭉치를 꺼내 쓰러진 놈들의 손과 발을 차례로 묶었다. 그러고는 경찰 신분증을 목에 걸고 목발 하나는 짚고 다른 하나는 높이 든 채 천천히 센터 안으로 걸어 들어갔다. 안에서 모든 상황을 지켜본 센터 내부 사람들은 아무런 저항 없이 미란다 원칙을 읊조리는 이맥의 체포에 순순히 응했다. 두 손을 모아 내밀며 이맥이 케이블 타이 수갑을 채우기 쉽도록 협조했다. 그사이 안순옥 기자의 112 신고와 ACAT 마일영 팀장의 요청을 받고 출동한 경찰차와 119 구급차가 아테나센터 정문 앞에 도착했다. 인근 군부대에서도 무장 지원 병력이 출동했다. 뒤따라 도착한 방송사와 언론사 취재진들이 조명과 카메라를 내리다가 안전상 조치로 제지당하자 거세게 항의했다.

경찰들은 지휘관의 지시에 따라 이미 손과 발이 케이블 타이로 묶인 채 땅바닥에 쓰러져 있는 10여 명의 건장한 다국적 남성들에게 미란다 원칙을 읊어 준 후 부상 정도에 따라 이들을 구급차와 경찰차로 분류해 '수거'했다. 잠시 후 건물 안쪽에서 케이블 타이에 묶인 손을 앞으로 내밀고 고개를 푹 숙인 카스트라토 조직, 박윤하 소장과 홍유라 부소장, 그리고 종적을 감췄던 추진화, 김창수, 이인학 등 공범들이 나왔다. 이 장면은 차 안에 숨어 계속 촬영하고 있던 안순옥 기자의 휴대전화에만 포착되었다. 민진아와 김주은의 모습은 보이지 않았다.

카스트라도 조직원들의 끝으로 얼굴이 피와 상처로 뒤덮인 이맥이 다리를 절뚝거리면서 혼자 걸어 나왔다. 이맥은 경찰과 119 구급대를 향해 두 손을 흔들며 들어오라는 신호를 보냈다. 그리고 건물 안쪽을 가리켰다. 건물 안 미로처럼 얽힌 복도를 지나면 뒤편에 옛 병동이 있고 병상에 수액을 꽂은 채 침대에 수갑으로 결박되어 있는 10여 명의 카스트라토 피해자들이 누워 있었다. 그 안에는 전우균과 손우빈, 황병철도 포함되어 있었다. 최근에 거세를 당한 전우균과 손우빈을 제외한 피해자들은 모두 걸을 수 있는 상태였다. 구급대원들에 의해 실려 나오는 두 개의 들것 뒤로 마치 호송되는 범죄자처럼 수건이나 옷으로 얼굴을 가린 채 어그적거리며 불편한 걸음을 옮기는 피해자들의 행렬은 기괴했다. 안순옥 기자의 현장 생중계 화면을 지켜보던 시청자들은 경악했다.

2024년 3월 29일 금요일, 그리고

사흘 뒤, 싱가포르 병원에서 회복 및 재활 치료를 받던 최성의가 입국했다. 최성의가 입원해 있는 동안 그의 고향 마을 역 앞에 있는 5층짜리 건물이 그의 명의로 변경되어 있었고 5층 전체가 최신 냉난방 시스템 및 최첨단 시청각 교육 기자재를 갖춘 입시 학원으로 탈바꿈되어 있었다. 귀국한 최성의는 이미 알고 있었다는 듯 아들 준서와 함께 고향으로 내려가 건물주 겸 학원장 생활을 시작했다.

어떻게 알았는지 기자들이 전화와 문자로 끈질기게 인터뷰 요청을 해왔다. 기자들에게 최성의는 짧은 문자 메시지를 보냈다.

[난 결코 이 범죄자들을 잊지 않을 겁니다. 억만금의 돈, 어떤 보상도 이 끔찍한 상처와 피해를 대신할 순 없습니다. 내가 피해를 당하고 보니 억울한 누명을 쓴 사법 피해자들, 그리고 성폭행 피해자들의 심경을 이해할 수 있었습니다. 이것이 제가 할 수 있는 말의 전부입니다. 다시는 찾거나 연락하지 말아 주시기 바랍니다. 저도 살아야 하지 않습니까?]

대한민국은 물론 전 세계의 관심과 이목이 집중되었던 카스트라토 사건의 파장과 후유증이 계속되는 가운데, 범인들에게 어떤 형량이 내려질 것인가에 대한 논란이 뜨겁게 달아올랐다. 남권총을 중심으로 한 남초 커뮤니티에선 사형을 선고해야 한다는 주장이 압도적이었다. 반면에 여전사 등 여초 커뮤니티에선 살인을 한 것도 아니고, 사법부의 미약한 형벌과 수사기관의 미온적인 태도로 선처를 받아 온 악질 성범죄자들에게 정당한 응징을 했다는 정상참작을 해서 선처해야 한다는 주장이 쏟아져 나왔다. 정치권과 학계, 언론과 평론가들은 마치 물 만난 물고기처럼 다양한 주장을 토해 내면서 입장이 다른 상대방을 물어뜯듯 싸워 댔다.

말의 홍수 속에서 걸러질 건 걸러지고 근거를 갖춘 주장과 설명이 힘을 받으면서 재판 방향에 대한 합리적인 전망이 가능해지기 시작했다. 관건은 범죄 단체 조직 혐의가 인정될 것이냐, 였다. 세상을 뒤집고 충격과 경악으로 사회를 어지럽힌 엄청난 사건이었지만, 법적으로 보자면 소위 카스트라토 사건은 공동 납치 감금, 공동 중상해, 의료법 위반 정도가 가장 중한 혐의라고 할 수 있었다. 가장 무거운 살인죄를 적용할 수 없고 추진화 등 일부 폭행 전과가 있는 경우를 제외하곤 모두 전과가 없는 초범들이었다.

박 형사 살인사건의 범인은 체포되는 과정에서 이맥에게 흉기를 던지며 저항하다가 중상을 입고 중환자실에 의식 불명 상태로 입원 중인 일본인 마쓰우라 히로라는 것이 밝혀졌다. 지하차도 유조차 화재 참사 역시 마쓰우라 등 일본 야쿠자 조직원들의 책임이란 것도 확인되었다. 이런 상황에서 그동안 성범죄자 등 파렴치범들에게 적용해 온 작량감경, 정상참작, 양형기준 등을 카스트라토 범인들에게도 그대로 적용해 형평성을 지킨다면 결코 중형을 내릴 수가 없었다. 다만, 이들이 범죄를 저지를 목적으로 단체 혹은 조직을 구성해 명령 체계에 따라 조직적으로 범행을 저지른 것이라는 입증이 이루어진다면 얘기는 달라졌다. 각 범죄에 대해 초범 여부나 반성 등 어떠한 선처나 참작 사유도 인정하지 않고, 법에서 정한 최고형으로 처벌할 수 있게 되기 때문이었다.

누가 어디서 어떻게 모았는지 카스트라토 변호인단에 합류한 변호사들은 검판사 전관이나 대형 로펌 소속이 아닌 개인 혹은 중소규모 합동 법률 사무소 소속이었다. 다만 이들은 배경이나 연고 없이 오직 실력만으로 검찰과 맞붙어서 매우 높은 승소율을 유지하고 있는 실력파 형사 전문 변호사들이었다. 서로 잘 모르는 사이였지만 변호인단 소속 변호사들은 마치 같은 사람으로부터 지시와 지휘를 받는 듯 매우 체계적으로 역할을 분담해서 일사불란하게 소송 준비에 임했다. 증거가 확실한 혐의는 분명하고 확실하게 인정하되, 범죄 단체 조직으로 인정받을 수 있는 어떤 자료나 진술도 증거로 채택되는 일이 없도록 하는 데 역량을 집중했다. 피의자들 역시 범행 전이나 과정에서 확실하게 교육을 받은 듯 변호사들의 안내와 설명을 잘 이해하고 따랐다.

다만, 박윤하 소장과 김창수는 달랐다. 각자 자신이 주동자고 거세 시술을 직접 담당했다는 주장을 굽히지 않았다. 억울한 피해자 최성의에 대해서는 잘못된 정보를 접하고 오해해서 거세한 것도 서로 자신이라고 주장하면서 최성의에게 진심으로 사죄하고 용서를 구한다며 고개를 숙였다. 다른 공범들은 각자의 성폭행 피해 사건 가해자들을 찾아내 아테나센터로 데려왔을 뿐이고, 그 이후에 발생한 일들에 대해서는 모른다는 진술을 일관되게 유지했다. 경찰과 검찰은 그동안 공범들끼리 책임을 떠넘기는 죄수의 딜레마 상황을 이용해 수많은 사건을 해결해 왔지만 이번처럼 서로 자기가 주범이라고 주장하는 정반대의 상황 앞에서 당황하고 혼란에 빠졌다.

카스트라토 일당들을 현행범으로 체포해서 만족감에 도취됐던 경찰과 검찰이 다시 커다란 벽에 부딪쳤다. 치밀하고 조직적인 범행 수법에 비해 범죄자들 사이의 관계와 역할 분담 및 지휘 체계 등을 입증할 증거가 너무 부족했기 때문이다. 의료 전문가의 흔적이 느껴지는데 일당 중에 그런 사람은 없었다. 경찰 수사 기록 어디에도 등장하지 않는 인물, 성형외과 의사 김주은은 마치 아무 일도 없었다는 듯 평소처럼 진료와 시술, 수술로 이어지는 일상을 이어 나갔다. 양평경찰서와 소방서 긴급구조대에 구조된 유희영 사장은 응급 수술을 마친 뒤 회복을 위해 입원 중이었다. 유지수는 여전히 그 정체가 밝혀지지 않았고, 경찰 공식 기록에는 한남대교에서 추락한 이후 사망한 것으로 되어 있었다. 민진아의 행방 역시 묘연했다.

납치, 감금된 채 강제 거세 수술을 받은 피해자들 역시 경찰과 검찰에 큰 도움이 되지 않았다. 자신의 죄를 반성해서인지, 아니면 너무 큰 충격을 받아서인지, 혹은 여전히 보복과 복수를 두려워해서인지 구체적인 피해 사실과 가해자의 특징 등에 대한 질문만 나오면 하나같이 잘 기억나지 않는다는 답으로 일관했다.

필리핀 케손시티 K-Tower 44층 C-Unit에선 아테나센터에서 구조된 카스트라토 피해자들, 그리고 병원에 입원 중인 주성배가 자신의 성폭행 범죄에 대해 구체적으로 진술하는 영상의 음향과 밝기 등에 대한 보정 작업이 진행되고 있었다. 이들의 진술 중에는 피해자들이 신고하지 않아서 알려지지 않은 여죄가 포함되어 있었다. 카스트라토의 범행에 대해 누구보다 잘 알고 복수심에 불타오를 피해자들이 입을 꾹 다물고 모르쇠로 일관하는 이유가 여기에 있었다.

한편 이맥에게 검거된 일본 파쿠르 수련자들과 야쿠자 행동대원 등 외국 용병들 그리고 이경덕이 투입한 폭력배들 역시 모두 SNS를 보고 현장에 달려 온 개인이라며 조직이나 집단 범행이 아니라고 강변했다. 폭력을 휘두른 이유는 카스트라토 체포, 남성 권익 보호라고 주장했다. 이들을 변호하는 대형 로펌 전관 변호사들의 영향력 때문인지 살인 혐의를 받는 마쓰우라 히로를 제외하고는 모두 자신의 주장대로 단순 폭력 혐의만 인정되어 약식 기소된 후 벌금형을 선고받고 각자의 자리로 돌아갔다. 존 역시 본사의 지시에 따라 미국으로 귀국했고 차에서 대기하면서 현장 지휘를 하던 이경덕은 자신의 존재와 신분을 들키지 않은 채 JY시큐리티로 돌아갔다. 전우균의 피해 사실은 철저히 비밀에 부쳐졌고 JY그룹과 카스트라토 사건을 연결 짓는 어떤 기사도 보도되지 않았다.

서울리안을 퇴사하고 프리랜서 기자가 된 안순옥은 '누가 진정 '거세당한 자'인가—카스트라토 사건 뒤에 감춰진 충격적인 진실'이라는 제목을 단 책을 출간해 일약 베스트셀러 작가 반열에 올랐다. 안 기자는 그 누구보다 이 사건을 잘 알고 위험을 무릅쓰고 깊이 있는 취재를 하기도 했지만, 구치소에 구속 수감된 채 조사를 받던 카스트라토 사건 범인들이 모두 이례적으로 안순옥 기자와의 심층 인터뷰에 동의해 준 덕이 컸다. 카스트라토 범행에 가담한 공범들 한 명 한 명의 슬프고 기구한 사연들, 그들 혹은 그들의 가족을 잔혹하게 성폭행했던 가해자들의 정체와 그들이 법망을 피하거나 솜방망이 처벌만으로 면죄부를 받은 구체적 사실을 읽은 수많은 독자들이 분노와 연민으로 눈물을 흘렸다.

특히 그 사건들의 이면에 있는 악마의 조력자들인 경찰, 검찰, 판사, 언론, 정치권 고위직 유력 인사들의 민낯에 경악했다. 인간으로서의 기본적 양심, 정의감, 책임감, 직업윤리, 다른 인격에 대한 존중, 약자에 대한 배려와 보호 의식을 스스로 거세한 채 오직 돈과 이익을 좇는 고깃덩어리로 전락한 사회 유력 인사, 권력자, 전문가, 공무원 들이 진정 '정의의 적'이며 '스스로 자원해서 거세당한 자들, 카스트라토'라고 안순옥 저자는 설파했다.

책 속에는 어떤 언론 보도에도 등장하지 않은 스텔라드룹과 JY그룹에 대한 이야기가 담겨 있었다. 저자는 법적 소송을 대비해 인세의 상당 부분을 변호사 비용으로 마련해 두었지만 JY그룹 측에선 소송을 제기할 기미조차 보이지 않았다. 미국 킹앤리 측에서 무시가 답이라는 조언을 한 것 같았다.

에필로그

여성 비서를 성추행했다는 의혹이 국회 직원들의 익명 게시판인 '여의도 대나무숲'에 올라온 김숭일 국회의원. 국회 행안위 카스트라토 관련 현안 질의 때 과도하게 흥분하며 행안부 장관과 경찰청장에게 연신 '사퇴하세요'를 외쳤던 그는 그동안 카스트라토의 다음 공격 대상이 될까 봐 불안과 두려움에 떨며 모든 힘을 다 동원해 언론 보도를 막으면서 피해자 회유에 온 힘을 기울였다. 한편 남자 보좌진들과 지역구 청년 당원들로 하여금 자신을 지키라며 24시간 경호 교대 근무를 시켜 오고 있었다.

그러다 응봉동 IMG기획과 동담시 폐쇄된 요양병원에서 카스트라토 관련자들이 모두 검거되고 감금되어 있던 피해자들도 구조되었다는 뉴스를 접하곤 날아오를 듯 기뻐했다. 부정부패 의혹, 중진 퇴진론, 물갈이 주장 등 숱한 위기 속에서 재선, 3선에 이어 이번 총선 공천에 성공했을 때보다 지금이 몇백 배 몇천 배 더 기뻤다. 그럼에도 완전히 안심하지 못하던 김 의원은 비서가 공유해 준 링크를 클릭해 안순옥 기자의 TV서울리안 뉴스 긴급 속보 현장 영상을 보며 광란했다. 이맥이 범인들을 제압하고 손목에 케이블 타이를 채울 때, 그리고 감금되어 있던 피해자들이 구조대원들에 의해 요양병원 밖으로 이송되어 나올 때, 마치 월드컵 축구 경기에서 대한민국 대표팀이 후반 추가 시간 막판에 극적인 역전 골을 넣었을 때처럼 소리를 지르며 어퍼컷 세리머니를 날렸다.

자축하기 위해 후원회장과 시도의원 및 지역 유지 등을 불러 마련한 술자리. 거나하게 취한 김 의원이 화장실에서 기분 좋게 노래를 흥얼거리며 소변을 보고 있는데 뒤에서 누가 등을 툭 쳤다. "뭐야." 하며 뒤돌아보는 김 의원의 눈앞에서 커다란 가위 날이 전등 불빛을 받아 번쩍였다.

영웅적인 성과를 올렸지만 큰 부상을 입은 이맥은 사지에 모두 깁스를 한 채 병상에 꼼짝없이 누워 있었다. 경원과 김 형사는 물론 ACAT 요원들과 수사본부 형사들, 태백서점 한 노인까지 연이어 문병을 와 병실은 초만원이었다. 서예정 의원은 비서관을 통해 쾌유기원 화분을 보냈다. 그 누구와도 가까운 관계 맺길 거부하며 외톨이로 살아온 이맥에게 이렇게 많은 친구가 있다는 사실은 이해하기 힘든 미스터리였다. 담당 간호사는 연신 환자에게 절대적 안정이 필요하다며 경찰 문병객들을 내쫓느라 힘겨워했다.

이맥에게 실컷 잔소리를 퍼붓고는 혼자 샐쭉해져 고개를 돌린 경원의 눈에 창밖에 서 있는 여자가 들어왔다. 시끌벅적한 병실 밖에서 창을 통해 이맥을 쳐다보는 짙은 선글라스 속 두 눈. 긴 갈색 머리 사이로 보이는 목덜미엔 중세 유럽 복장을 한 여성 문신이 얼핏 보였다. 두 손에 든 꽃다발을 만지작거리던 여자는 경원의 눈길이 느껴지자 그대로 돌아서 데스크에 있는 간호사에게 꽃 전달을 부탁하고는 엘리베이터로 향했다. 경원이 나가 봤지만 이미 엘리베이터 문이 여자의 뒷모습을 감추며 닫혀 버린 후였다.

엘리베이터에서 내린 여자의 휴대폰이 울리고, 화면에 메시지가 떴다.

[일단 이쪽으로 건너오지.]

세상을 충격과 공포 속에 빠트렸던 카스트라토 조직은 경찰에 의해 일망타진되었다고 방송과 언론에 연이어 보도되었다. 여러 가지 이유로 불안과 두려움에 떨던 일부의 사람들은 안도의 한숨을 내쉬었고, 역시 다양한 이유로 카스트라토를 응원하던 사람들은 아쉬움 속에 잠겼다. 한편 학계에서는 각 학문 분야별로 '카스트라토 현상'을 연구하기 시작했고 시사 탐사 프로그램들은 앞다퉈 심층 취재와 보도를 이어 갔다. 정치권에선 각 정당의 이해 득실에 따른 아전인수 해석이 난무하며 카스트라토 사건마저 상대를 공격하는 정쟁의 도구로 삼기에 바빴다. 가히 '포스트 카스트라토' 시대가 열린 것이다.

동담시 최후의 결전 이후 아무런 활동이 없던 FOE의 카스트레이터 계정에 다시 글이 올라왔다.

[거세 집행 주동자는 따로 있다. 지금 검거된 사람들은 오직 자신이 당한 끔찍한 범죄 피해에 대해 뒤늦은 형벌을 가한 피해자들일 뿐이다. 대한민국 권력자와 기득권층, 당신들은 비루하고 부끄러운 분노에 휩싸여 그저 자신의 삶을 망가트린 가해자에게 작은 복수를 행한 피해자들에게 큰 벌을 내리겠다며 광분하고 있다. 스스로를 돌아보라. 이것은 끝이 아닌 시작이다. 우리 시민의 의지와 자유를 거세한 자들, 그들에게 다른 의미의 거세가 집행될 것이다. 기대하시라.]

『카스트라토: 거세당한 자』 원고를 처음 보냈을 때 출판사 대표는 제목이나 내용이 너무 흉하고 세지 않냐며 걱정했다. 소설가로서 세상에 내놓는 첫 작품인데 좀 더 일반 독자들이 불편해하지 않을 작품이 어떻겠냐는 제안을 무척 정중하고 조심스럽게 해 왔다. 하지만 그럴 수 없었다. 고등학교 때 국어 교과서에 있던 '글은 안에서 차올라 밖으로 나와야 하는 것'이라는 문구가 내 가슴에 새겨져 있었기 때문이다. 이 이야기는 늘 내 안에 있었고 더 이상 품고 있을 수 없을 정도로 커졌다. 이제 밖으로 나와야 했다.

경기도 부천경찰서 형사로 근무하던 1991년 연말, 막 대입 시험이 끝난 고3 여학생이 클럽에서 만난 남자에게 성폭행을 당했다는 신고 사건을 수사했다. 용의자의 신원을 확인하고 체포해 피의자 신문을 하기 전 경찰서를 찾아 엄벌을 요구하는 피해자와 모친에게 당부했다. 어떤 어려움이 있더라도 유죄 판결이 내려지기 전까지 합의나 고소 취하를 하시면 안 된다고. 당시는 성폭행이 피해자가 고소해야 처벌할 수 있는 친고죄였기 때문이다. 분노에 떨며 당연히 절대로 합의나 고소 취하는 없다고 다짐했던 모녀. 그런데 피의자 신문을 받던 범인이 피식피식 웃으며 성의 없이 조사에 임하는 모습이 뭔가 불길한 느낌을 줬다. 아니나 다를까, 얼마 후 피해자의 모친이 경찰서를 찾아와 미안하다며 눈물을 흘리고 종이 하나를 내밀었다. 고소취하서. 나중에 알고 보니 부유하고 영향력이 큰 지역 유지였던 피의자의 부친이 피해자 가족을 전방위로 압박해서 결국 합의를 받아 냈다는 것이었다. 웃으며 경찰서를 떠나는 강간범을 쫓아가 두들겨 패 주고 싶었다.

그 사건 이후에도 이런저런 압력과 청탁, 부조리가 난무하던 1990년대 초. 경찰 수사 현장에서 분노와 자괴감에 휩싸여 품속에 사직서를 넣고 다니면서 공상을 했다. 낮에는 경찰, 밤에는 법망을 피하는 악인들과 부패한 유력자들을 벌하는 현대판 일지매가 되는 공상. 현실로 옮기지 못한 그 공상은 씨앗으로 30년 동안 묵혀 있다가 소설로 발아했다.

어린 시절부터 청년기에 이르기까지 힘들고 아프고 억울할 때마다 위로와 치료, 때로는 도피처를 마련해 줬던 소설들. 코난 도일과 애거사 크리스티부터 김성종, 김홍신, 이외수, 무라카미 하루키, 히가시노 게이고, 마이클 코넬리, 요 네스뵈로 이어지는 미스터리와 권선징악의 세계. 충실한 독자였던 내가 두근거리는 심정으로 저자의 대열에 합류하기 위한 여정을 시작했다. 『카스트라토: 거세당한 자』가 그 첫걸음이다.

『카스트라토: 거세당한 자』는 추상화다. 현실 속 수많은 인물, 사건, 상황 들의 특징을 추출해 확대, 축소, 변형 및 혼합과 분리를 거쳐 작가만의 관점과 감성으로 새로 만들어 낸 이미지다. 해석과 의미는 온전히 독자의 몫이다. 현실 속 닮은 꼴을 찾거나 작가의 의도를 추리해 보는 재미도 한껏 즐기길 바라지만, 정답이 있을 것이라는 기대는 실망으로 돌아올 수 있음을 미리 경고하고 싶다.

우리 역사 속 환관과 내시, 유럽 바로크 시대 거세된 남성 가수 카스트라토, 사육 편의나 육질 향상 등을 위해 거세된 가축들, 그리고 성범죄자에 대한 처벌과 재범 방지 보안 처분으로서의 물리적 거세와 화학적 거세…… 상상만 해도 끔찍한 '강제된 거세'의 고통. 모든 생물의 본능인 생식과 종족보존의 기능을 박탈당하는 것은 어쩌면 죽음보다 더 무서운 형벌이다. 그 무서운 형벌을 스스로 자신에게 내릴 수 있을까. 어느 누구의 강요도 없는데? 실제 물리적인 거세를 스스로에게 행하는 이들이 간혹 있다. 종교적, 윤리적 혹은 정신적인 이유로 자신이 통제하지 못하는 성적인 욕구에 대한 징벌을 내리는 이들. 하지만 이들은 자신만 고통스러울 뿐 남을 해치진 않는다. 가장 사회적 해악이 큰 자들은 생식과 번식 기능이 아닌 '용기, 양심, 정의감,

인간성' 같은 인간의 본질이 거세되거나 스스로 거세한 자들이 아닐까?

　　부탁 한 말씀 드리고 싶다. 셜록 홈스처럼 커 주길 바라며『카스트라토: 거세당한 자』와 함께 세상에 내놓는 한국형 프로파일러 이맥. 한 명의 아이를 키우려면 온 마을이 필요하다는 말처럼, 우리 이맥이 무럭무럭 클 수 있도록 독자 여러분의 관심과 사랑을 부탁드린다.

2024년 가을
표창원